KB113345

연애의 조건

연애의 조건 Ⅱ

초판 1쇄 찍은 날 | 2012년 4월 10일
초판 1쇄 펴낸 날 | 2012년 4월 20일

지은이 | 이지환
펴낸이 | 서경석

편집책임 | 이수민

펴낸곳 | 도서출판 청어람
등록번호 | 제1081-1-89호
등록일자 | 1999. 5. 31
어람번호 | 제5-0301호

주소 | 경기도 부천시 원미구 심곡동 163-2 서경B/D 3F (우) 420-822
전화 | 032-656-4452 팩스 | 032-656-4453
http://www.chungeoram.com
E-mail | chungeoram@chungeoram.com

ⓒ 이지환, 2012

ISBN 978-89-251-2804-7 04810
ISBN 978-89-251-2802-3 (SET)

이지환 장편 소설

연애의 조건 Ⅱ

도서출판 청어람

...목차...

part
01

늦은 오후, 행복 비슷한

아침나절 유럽과의 통화를 생각하며 느끼지 못하는 사이, 세영의 입술 사이로 사르르 부드러운 웃음가루가 흘러내렸다.

"자, 선택해. 객관식이거든. 일 번, 이 번, 삼 번, 어느 것으로 고를 거야?"

〈힌트는 없어?〉

"그런 건 안 키워. 빨랑 정해봐."

〈뭐든지 일등이 좋더라. 일 번.〉

"축하해. 내일 저녁 집들이 메뉴야. 일 번, 한식 일식 퓨전으로 당첨됐어."

〈네가 직접 요리를 한다고?〉

영 미덥지 못한 듯 그의 목소리가 떫었다.

"왜?"

〈믿어도 될까? 흥 안 볼 테니 그냥 나더러 음식을 포장해서 들고 오라고 해. 요리 못해도 용서해 줄게.〉

사람을 무시해도 유분수지 말이야, 꽥 하고 고함을 질러주었다.

"이래 봬도 이 년이나 요리학원을 다녔다구."

〈요리학원 다닌 걸로 치면 난 이미 유명한 셰프 됐다, 인마.〉

가까이 있었다면 분명 한 대 패주었을 거다.

세영은 두꺼운 주방장갑을 끼고 오븐에서 쿠키판을 집어냈다. 달콤하고 고소한 냄새가 풍겼다. 아무래도 커피 한 잔을 마셔야 할까 보다. 한 개를 집어 입으로 가져갔다. 모양은 울퉁불퉁 제멋대로이지만, 맛은 좋다. 갓 구워낸 쿠키 맛이란, 맛있는 행복의 다른 이름이었다.

돌아서서 프린터로 인쇄한 메뉴를 내려다보았다. 여름의 만찬답게 에메랄드빛 골판지에 한지를 붙여 정갈하게 만든 '핸드메이드' 메뉴판이었다. 약식 초대 모임이지만, 차려야 할 격식은 다 차렸다. 이건 아무래도 매사에 완벽주의인 어머니 내림이다. 더 멀게는 라면 하나를 먹어도 새 김치 꺼내 썰고 수저받침에 은수저 꺼내고 소반 받쳐 정갈하게 차려주시던 외할머니 가르침일 테고.

"먼저 귀하게 대접해야 나중에 너도 대접받는단다."

항상 입버릇처럼 일러주셨지. 평범하고 일상적인 말씀이나, 살아오며 터득한 지혜일 테니 뜻을 새기면 새길수록 깊었다. 메뉴를 소리 내어 읽어보았다.

"차게 식힌 달걀찜, 장어구이샐러드, 쇠고기찹쌀구이와 파말이, 배추속대 위에 올린 낙지볶음, 날치알과 무순, 아보카도를 곁들인 쌈밥, 미소된장국, 쿠키와 냉커피, 허브셔벗. 좋아, 좋아. 이 정도면 까다로운 그 남자도 트집 잡기 힘들걸?"

배추속대쌈을 만들기 위해 사다놓은 배추를 냉장고에서 꺼냈다. 노랗고 사각거리는 속이파리를 하나하나 뜯어 차가운 물에 담갔다. 씻어 건져 냉장고 안에 몇 시간만 놓아두면 다시 밭으로 돌아갈 정도로 싱싱해질 것이다.

돌아선 등 뒤로 벨이 울렸다. 손님 접대를 도와주러 아침부터 와 있는 도곡동 외숙모님일 것이다. 나름대로 시장을 본다고 보았다. 하지만 전문 주부의 눈으로 보면 모자란 것투성이였다. 결국 앞치마를 벗고는 지하슈퍼에 잠시 내려갔다 오마 하셨다.

세영은 돌아보지도 않고 소리쳤다.

"문 열려 있어요!"

"아무리 낮이지만, 여자 혼자 거처하는 집에 문을 활짝 열어놓고 있어?"

에구머니, 어머니였다. 본능적으로 세영은 손아래 놓여 있던 메뉴판을 슬쩍 싱크대 서랍 속으로 밀어 넣어버렸다. 버젓이 '이유립 님'이라고 적혀 있는 메뉴판을 어머니 눈에 띄게 할 수는 없는 노릇이었다.

물론 어머니가 연인의 이름을 알 턱이 없지만, 만사불여튼튼이다. 몰래 짓는 죄가 있으니 아주 사소한 것에조차 심장이 벌렁거려 견딜 수 없을 지경이다.

"바쁘신데 기별도 없이 어쩐 일이세요? 모임 나가시는 길 같은데 요."

"아무리 바빠도 딸내미 새살림 난 것을 눈으로 보고 싶어서 말이 야. 잠시 들렀어."

마음에 숨겨둔 미안함과 죄책감을 씻어버리고 싶었다. 세영은 더 활짝 미소 지으며 어머니의 아름다운 모습을 칭찬해 드렸다.

"모시옷, 고우세요. 정말 여름이네요."

수국빛 모시저고리에 순백의 모시치마, 비칠 듯 말 듯 사각거 리는 치맛자락 아래로 아른아른 비추어 보이는 단아한 속치마 선 이 고왔다. 반투명한 옥노리개에 같은 색 반지, 저고리 색과 같은 남빛조각천이 이어진 모시백을 들고 있었다. 머리끝에서 발끝까 지 남다른 자태와 우아한 기품이 딸인 세영의 눈에도 아름다웠 다.

비서가 올망졸망한 꾸러미 몇 개를 현관 앞에 내려놓고 문을 닫 았다.

"잠시 짬이 났다. 두 시간 후에 APEC회의 때 쓸 식기와 전통의 상 선정 때문에 사람들 만나야 해. 그보다 집 정리는 다 했나 봐?"

어머니의 눈이 이리저리 실내를 훑고 지나갔다. 소리 없이 조용 하게 매사를 깔끔하게 정리정돈하고 제자리 잡아가는 분이다. 당신 의 눈에 미진한 구석이 몇 가지인들 보이지 않을까?

하지만 그것을 꼬집어내어 말하지 않을 정도로 너그러우시다. 그 래서 더 어렵다. 어머니 딸이지만, 세영은 아버지의 유전자를 더 많 이 받은 편이었다. 대범하고 통찰력을 가졌고 저돌적이고 추진력이 있지만, 대신 덜 치밀하고 덤벙대고 대충주의에다 대강이다.

"반도 못했어요. 겨우 이삼 일 정리한 건데요, 뭐."

"그래도 깨끗해. 고생했구나. 그보다 얘, 찬물 한 잔만 다오."

더위를 드셨나? 오늘따라 불편한 안색이었다. 단아한 얼굴이 바라보는 세영조차 놀랄 지경으로 하얗게 질려 있었다. 세영은 냉수에다 얼음을 넣어 가져갔다. 단숨에 들이켠 영부인이 무너지듯이 소파 등에 머리를 기댔다.

"엄마? 무슨 일이 있었어요? 무엇에 크게 놀라신 듯싶어요."

"그러게 말이다. 놀랄 일이 생겼구나. 뭐, 별일은 아닌데……."

영부인, 현수는 말꼬리를 흐렸다. 딸애 앞에서 어른인 그녀가 불편함을 가리지 못하고 내심을 그대로 드러낸 것이 조금은 민망스러웠다. 진정해야지 했어도, 쉽지 않다. 몹시 놀란 심장이 아직도 벌렁거리고 있었다.

'죄 지은 것도 아닌데, 굳이 만난다 하면 못 만날 이유도 없고 그런 인연도 아닌데……. 왜 저절로 고개가 돌려지고 외면하게 되었을까?'

전혀 예상치도 못한 시간에 예상치도 못한 껄끄러운 사람과 딱 마주쳤다. 갑자기 가슴이 툭 떨어지고 어찌할 바를 몰라 황망해지던 것은 어쩔 수가 없었다.

현수는 손을 들어 아직도 활활 타는 얼굴을 향해 손부채를 부쳤다.

'분명 그이였어. 잘못 볼 리가 없는걸. 세상 참 좁구나. 그이를 이런 데서 만나다니.'

누구에게도 알리지 않고 몰래 딸애 살림 나온 것을 보러 온 길이다. 막 차에서 내리려는데, 지하주차장으로 연결된 엘리베이터가 도착했다. 거기서 나오던 이는 분명 최영혜, 그녀였다.

어느덧 삼십 년. 서로가 늙어가는 처지. 그렇다고 해서 얼굴마저 알아보지 못할 정도로 변한 것은 아니다. 그런데 왜 못 볼 사람처럼 먼저 시선을 피하고 말았던가. 혹여 자신을 알아볼까 괜스레 핸드백을 열어 콤팩트를 꺼내는 시늉을 했다. 무심히 화장을 고치는 척하며 얼굴을 감추어 버렸다.

싹싹하게 생긴 젊은 여자와 함께였다. 아들이 있었으니 며느리일지도 모르겠다. 나란히 저만치 세워진 승용차로 걸어가고 있었다. 그 뒷모습을 바라보면서 한참을 멍한 상태로 가만히 앉아 있었다.

겉 볼 새는 넉넉했다. 하나 그뿐. 최영혜, 그녀는 썩 행복해 보이지는 않았다. 얼굴에 그늘이 있었다. 당연한 일이다. 지헌과 영혜의 불화는 알 만한 사람들 사이에서는 유명했다.

결혼은 했지만, 임신한 채 쫓겨나가다시피 캐나다로 떠났다지. 아들을 낳았지만 잠시 잠깐 명절 때만 드나들었을 뿐, 십여 년이 지나 선대 회장이 죽을 때까지 귀국하지 못했다고 들었다.

'그게 뭔 부부 사이래? 남편은 사랑채에 있고, 마누라는 본관에서 거처한대요. 잠자리도 같이 안 한다는데? 말만 경산 사모님이지, 허수아비 아닌가?'

'하지만 원은 풀었을 거야. 시어머니 세상 버리자마자 제 세상 만난 듯 원없이 돈을 펑펑 쓰고 다니는 모양이던데.'

'여하튼 천격스러워요. 그이 하는 짓이 바로 집안 망신, 나라 망신이라니까.'

안 들으려 해도 귓전에서 들리는 소문들은 여전했다. 오며 가며 알음알음 보고 듣는 것들은 전부 똑같았다. 자신이 지헌과 영혜를 아주 잔혹하게 부숴놓았다는 사실, 바로 그것. 현수는 한 손으로 머리를 짚었다. 다시 한 번 깊이 자조했다.

'딱해. 정말 딱해. 나, 그때 정말 모질었어.'

주방으로 갔던 세영이 차갑게 식힌 녹차를 한 잔 가져와서는 앞자리에 앉았다. 걱정스레 얼굴을 살폈다.

"안 좋은 일이었나 봐요."

"왜?"

"엄마 얼굴이 평온치 못하세요. 여간해서는 내심 잘 드러내고 그러지 않으시는데, 무슨 일이에요? 제가 함께 걱정해야 할 일이에요?"

현수는 가만히 고개를 흔들었다.

"그런 건 아니고……."

속 깊이 어미의 모든 것을 헤아려 주고 따뜻하게 감싸주는 딸애의 얼굴을 바라보자니 거친 심장의 고동 소리가 슬며시 가라앉는 듯 했다.

"그저 묻어둔 옛날 이야기들이며 인연들을 기억해야 하는 일이 생겼구나. 예상치 못하고 만난 사람, 무엇 그리 놀랄 일도 아닌데 이리 마음이 평온치 못해. 수양이 덜 되어서 그렇다."

왜냐고 묻는 딸애의 걱정스런 눈망울 앞에서 대답을 얼버무렸다.

어린 딸에게 미주알고주알 설명할 일도 아니고, 또 설명할 수도 없었다. 새삼스레 놀랐다는 것조차 우세스러웠다.

세월 따라 가슴속에 묻어둔 앙금이며 애증들이 전부 다 삭아지고 말갛게 씻겼다고 생각했다. 이제는 서로 마주쳐도 그저 한 번 웃고 지나갈 일이라고 생각했는데. 정작 그녀를 보자 불편하고 두려웠다. 아직도 식지 않은 검고 추한 것들, 떫고 시린 맛이 혀끝에 아리게 남아 있다.

결국 최영혜를 만나 느낀 이러한 놀람, 외면, 흔들림. 그건 전부 다 되돌아온 검은 죄책감의 다른 얼굴이다.

모두 다 망신스러운 일이었다. 추악하고 더러운 씨앗이 심장에 박혀 있었다. 모호한 그 이름들은 바로 죄책감, 후회, 자조 그런 것들……. 아직은 완전히 씻어내지 못한 원망과 미움, 그것들이 다 섞여 있는 걸쭉하고 심란한 것들이다.

누구에게도 아닌 오롯이 자신에게 돌아오는 회한, 너무 큰 잘못을 저질렀다. 수십 번 생각하고 생각해 보아도 인간 된 도리로 잘못했다. 아무리 '당연한 일이야' 하고 가리려 해보아도 그들에게 그녀 자신은 잔인했다.

어리석었다. 처음엔 어긋나 버린 사랑이 이유였기에, 정당하다 믿고 벌였던 모든 일이었다. 그것이 삽시간에 잘못된 방향으로 뻗어나가 버렸다. 나중에는 그녀 스스로도 손을 쓸 수 없을 지경에 이르렀다. 변명할 수 없고 덮을 수 없었다.

지헌을 마지막으로 만났을 때, 왜 또 그런 심술을 부리고 말았던 것일까? 아직도 기억한다.

"말해봐요, 당신. 행복하나요?"

염치없고 잔인한 질문 앞에서 목이 졸린 것처럼 검붉게 변하던 그 남자의 얼굴, 기진맥진하고 빈사 상태에 이른 그의 심장에 다시 한 번 독 바른 비수를 꽂아 넣었다. 두 눈으로, 그녀가 망쳐 버린 그들이 절대로 행복하지 않다는 것을 보면서도 말이다. 철없고 잔혹한 승리감에 젖어 그리도 오만하게 물었었다.

"내가 행복하지 않다는 건 네가 더 잘 알고 있잖아?"

나직하게 되묻던 그 남자의 목소리는 흔들리고 있었다. 차디찬 눈동자, 텅 비어 공허하기만 하던 그 눈동자가 오래도록 악몽처럼 박혀 있었다.

세월이 가고 그녀가 점점 더 행복해질 때, 언제나 기억 한쪽에서 살며시 들고 일어나던 냉기 한 자락. 그는 그만큼 더 나락으로, 불행으로 떨어져 갈 테지. 그것을 깨달았을 때 하얀 서리가 내려 심장을 가득 얼렸었다. 그렇게 잔인할 권리가 없었다. 현수 자신에게는 그들을 망칠 권리가 없었다.

"······아주 많이 나빴어."

"네?"

스스로도 인식하지 못하는 사이, 자탄과 회한이 입 밖으로 새어 나오고 말았다. 의아하게 되묻는 딸애의 눈동자 안에서 문득 정신을 간추렸다.

더 늦기 전에, 그를 한 번 만나 정말 진솔한 사과를 해야 하는 것일까. 더 늦기 전에…….

마음속에서 부글거리는 복잡 미묘한 것들을 억지로 걷어냈다. 곱게 웃으며 주방 쪽을 돌아보았다.

"쿠키 구웠니? 냄새가 좋네."

"네, 나중에 선물로 들려 보내려구요. 외숙모님이 오셔서 다 하셨거든요. 저도 하나쯤 해야 할 것 같아서요. 아버지 좋아하시니까 싸드릴게요."

"좋아하실 거다. 그런데 너, 내년 봄쯤에 유학 가겠다고 아버지께 말씀드렸다면서?"

"예."

"갑자기 왜……?"

세영은 찻잔을 내려놓는 척하면서 정면으로 다가오는 시선을 피했다. 하나도 놓치지 않는 어머니의 예리한 시선과 감각을 절대로 간과해서는 안 된다.

"그동안 너무 앞만 보며 바쁘게 살아온 것 같아요. 심신을 좀 추스르고 싶어요. 그리고 실무에서 뛰다 보니까요, 제 실력이 많이 모자르다는 것을 절감했어요. 좀 더 전문적인 공부를 하고 싶어요."

"공부를 더 한다는 건 좋은 일이지만, 다시 네가 외국으로 떠나는 게 마음에 들지 않는구나. 내 욕심을 말하라면, 너 혼자 말고 둘이서 떠났으면 좋겠어. 그럼 좀 안심이 되련만."

나직한 어머니의 말은 돌려 친 꾸지람이었다. 혹은 걱정이거나.

"제가 결혼하는 것을 보고 싶으세요?"

"벌써 서른하나잖니."

"아직은 그럴 마음 없어요, 엄마. 요즈음 처녀 나이 서른하나면 아직은 금값이죠. 또 결혼을 한다 해도 전 아버지가 공직에서 은퇴하신 다음에 하고 싶어요. '대통령의 딸'이란 프리미엄을 가지고 결혼할 이유가 없어요. 전 저 자신만을 사랑해 주고 존중해 주는 남자를 만나고 싶거든요."

"결국은 거절?"

"그렇게 되겠네요."

생긋 웃으며 대답하는 세영더러 영부인이 작은 한숨을 내쉬었다.

"아, 섭섭해. 최 검사, 나 참 좋아했는데. 외숙부님이 천거한 남자잖아. 흡족하다 싶었는데 말이지."

"나중에 어머니께서 더 흡족해하실 남자로 반드시 데려올게요. 이번은 봐주세요."

금단의 남자를 쟁취하려면 너구리 같은 교활함과 오소리와 같은 음험함과 호랑이와 같은 용감함을 겸비해야 하는 법이다. 철저하게 연막작전을 펴야 한다. 둘이 도망가서 결혼하기 위해서는 어느 누구에게도 그들의 비밀을 눈치채게 하면 안 된다. 그를 얻기 위해서라면, 무슨 짓이든 하겠다고 결심해 버렸다. 돌이킬 수 없다.

"네 동생들이 돌아온다 하니 이번에는 네가 떠나려고 하는구나. 우린 언제쯤이면 다 모여서 살게 될까?"

섭섭해하는 어머니의 얼굴을 바라보며 세영은 다시금 일어나는 죄책감과 미안함을 억지로 잡아 눌렀다.

'죄송해요, 엄마. 정말 죄송해요. 하지만 그래도 난 그 남자를 갖고 싶어요. 무슨 짓을 하더라도.'

모녀지간, 말하지 못한 비밀들을 똑같이 그렇게 아무렇지도 않게 덮고 말았다. 현수는 과거의 악몽을, 세영은 미래의 불효를 고민하고 있다.

그러면서도 평온하게 웃고 차를 마신다, 검은 그늘을 목 안으로 넘겨 버리며.

같은 시각, 세영이 그녀의 어머니에게서 들은 반문을 유립도 똑같이 듣고 있었다.

이 회장이 돋보기를 치켜 올렸다. 아들을 바라보는 눈동자에는 분명 유립조차 느낄 수 있는 동요가 담겨 있었다.

"갑자기 왜……?"

"그냥입니다."

"거취에 대한 중차대한 일을 요구하면서 '그냥'이란 대답이라니?"

벌써 영감의 목소리가 굳어지고 있었다. 평생 가야 이 노인네, 친절하게 부드럽게 말하는 것을 듣지 못했다. 태어났을 때도 딱딱 박자 맞추어 장엄하게 사분의사박자로 울었을 거다. 유립은 냉소적으로 생각하며 심드렁하게 내뱉었다.

"구구절절 설명하면 허락하실 겁니까?"

이 회장이 도전적으로 내뱉는 아들을 바라보았다. 그의 이마에 주름살이 더 깊게 새겨졌다.

"이성적으로, 합리적으로 해. 상대가 납득할 수 있는 수준으로 설명하면 네 요구가 더 잘 받아들여질 가능성이 있는 거다. 그 나이 되어서도 떼만 부릴 셈이냐? 그럭저럭 어른 되었다고 생각했더 니……."

아직도 멀었구나, 삼켜 버린 말토막은 아마 그런 것이겠지.

지헌이 한마디 더할 듯 입술을 달싹이다가 그만 꾹 입을 다물었 다. 다만 이마에 그려진 주름살의 고랑이 더 깊어졌을 뿐이다. 아들 역시 아비와 똑같이 고집스런 얼굴로 입술을 꾹 다문 채 묵묵히 소 파 팔걸이만 노려보고 있었을 뿐. 한동안 부자父子간 침묵은 길었 다.

유립의 나이 이미 서른하나, 조만간 결혼하고 아이를 보고 제 몫 의 식구를 거느린 가장이 되고, 나이 들어 환갑을 지나도 영감 앞에 서는 언제나 철이 들지 않은 불량품 어린애. 어련하시겠어. 천한 태 생이 어디 가겠는가. 어차피 죽었다 깨어나도 바보 같고 멍청한 놈 일 테니. 하여 노인네가 상상도 하지 못할 끔찍한 바보짓을 해주겠 다는 거다. 이를테면 영감이 결혼했던 여자의 딸과 사랑에 빠지고, 마침내 결혼이라는 미친 짓을 하기 위해 머나먼 곳으로 줄행랑을 치는 일 따위 말이다.

유립은 슬슬 들끓는 짜증과 울화통을 억지로 누르며 간결하게 대 꾸했다.

"답답합니다."

"뭐가?"

"모든 게요."

"대체 왜……?"

그동안 지나치게 유순하게 굴었나. 잘도 참아내고, 꾹꾹 엎드려 시키는 대로 하더니 왜 새삼스레 미친 광증이 돋았느냐는 뜻인 모양이다.

"전 여기 이곳, 회장님 눈에 들어 높은 자리에 올라앉기에는 너무 어울리지 않는 함량미달 불량품인 것, 아직도 모르셨습니까?"

아버지라는 말 대신 '회장님'이라는 호칭 앞에서 지헌의 눈썹이 휙 치켜 올랐다. 한쪽에서 이런 식으로 무작정 거칠게 덤비는데 도리가 없다. 상대도 속이 없는 것이 아닌 다음에야 친절하게 부드럽게 받아줄 수가 없는 법이다.

"그래서?"

"내보내 주십사 하는 겁니다."

틈만 나면 갉아대어 늘 너덜거리는 아비 속은 읽지 못한 듯, 유립이 간단명료하게 대답했다.

"어차피 이곳엔 제가 별로 필요없습니다. 이 회사, 사람 하나 들고 난다고 해서 달라질 것 없을 정도로 잘 돌아가는 곳입니다. 사주의 아들이라고 해서 무조건 회사를 승계한다는 것도 시대착오적인 일이지요. 북미 쪽 지사에서 평범하게 일하고 싶습니다."

"평범? 평범하게? 이렇게 멍청한……!"

지헌의 깡마른 손이 탁자 바닥을 세차게 내려쳤다. 마치 아들의 얼굴을 후려갈기는 것처럼 강한 동작이었다. 여간해서는 내심을 드러내지 않는 그로서는 이상할 정도로 격앙된 얼굴이었다. 노인네

혈압을 너무 올린 모양이다.

"평범 따위가 너에게 어울린다고 생각하는 게 어리석은 거지!"

유립은 조용히 되물었다.

"오늘따라 이상하시군요. 왜 저란 놈에게 새삼스레 기대하십니까?"

"뭐라고?"

노인의 속을 헤집다 못해 난도질하듯이 유립은 아주 많이 삐뚤어진 웃음을 지어 보였다. 이미 버리겠다 작정한 후였다. 다 내던지고 내동댕이치려고 마음먹었다. 하여 감추고 삭이던 말이 비수날처럼 삐죽 바깥으로 드러나고 말았다.

"늘 저에게 가르쳐 주셨다시피 저, 별 볼 일 없습니다. 솔직히 못마땅하고 모자란 제가 눈앞에 없는 게 회장님께도 더 편안하실 텐데요?"

"……기어코 말도 안 되는 이 고집을 부리겠다는 거냐?"

"역시나 같으십니다."

유립은 희미하게 차가운 미소를 지었다. 자조와 감추지 못한 반항이 뒤섞인 눈빛으로 턱을 치켜들었다.

"늘 이러시지요. 제가 무슨 말을 어떻게 하든 회장님께는 말도되지 않는 고집이요, 어리석은 짓이 되지요. 이런 제가 안전에서 사라지겠다는데 왜 노여워하십니까? 오히려 기뻐해야 하시는 것 아닙니까?"

"내 언제 너를 두고 어리석다 했던?"

"말로 하셔야 말입니까?"

사랑하지 않는 여자에게서 태어난 아들, 말로만 핏줄이지, 단지 악연을 이어갈 지겨운 굴레였을 뿐. 멀리 이국에서 태어나 십 년 동안 이 나라에 돌아오지도 못했다. 아비라 이름 붙은 사람 곁에서 살지도 못했다. 지겹게도 확인시켜 주었지 않았던가. 차가운 눈빛으로, 엄격한 손길로, 내치는 마음으로. 바라지 않았던 아이, 환영받지 못한 탄생을 시시각각 뼛골에 새겨주었지.

　"어렸을 때부터 지금까지 언제나 모든 것을 통해서 저에 대한 실망, 노염 충분히 표현하셨습니다. 아니라고 이제 와서 말씀하시면 그게 진실이 됩니까?"

　"애초부터 그렇다 믿어버린 네 녀석더러 아니라 한들 못 믿을 텐데, 내가 왜 변명하니?"

　지헌 또한 날카롭게 반박했다. 아들만큼이나 얼음 뚝뚝 떨어지는 어조로 지적했다.

　"네 어미가 하듯, 다 큰 자식 품에 끼고 아기 노릇 시키랴?"

　"그래도 어머니는 절 정직하게 사랑은 해주셨지요."

　"장성한 놈이 아직도 이런 말을 하고 있으니 여태 덜 자랐다 하는 거지!"

　대체 어찌 말을 해야 할까? 배배 꼬이고 무조건 밀어내는 저놈 마음 안으로 들어가 볼까? 그동안 객지생활 충분히 시켰다 싶었다. 믿을 만하니 불러들인 것이다. 곁에 두고 가업 배우게 하고 자리 이으라 했으면 속뜻 다 말한 것이라 생각했는데. 섭섭한 만큼 노염도 더 불었다. 목청이 자연히 더 높아지고 있었다.

　"늙은 아비, 짐 좀 덜고 대신 젊은 네가 짐 좀 더 얹으라는데 그게 어때서? 무엇 그리 큰 욕심 부린 거냐? 잠잠하다가 갑자기 왜 이리 비딱하게 굴어? 이 고얀!"

"아버지 짐, 저에게 얹지 마십시오. 두 분 어긋난 인생의 무게와 불행, 대신 제가 충분히 져왔습니다. 저를 사이에 두고 힘겨루기하지 마십시오. 지긋지긋합니다. 두 분, 억지로 저 때문에 산다 하는 말 그만두시고 아예 깨끗하게 다시 시작하시죠? 더 늦기 전에, 여하튼."

"앉아!"

그러거나 말거나 유립은 자리에서 일어섰다. 의논도 아니고 허락도 아닌 통보를 했다.

"뭐라 하시든 떠나게 될 겁니다. 그러니 모양새 좋게 보내주십시오. 어차피 원하지도 않았던 아들, 이 나이 되어 새삼스레 인정하는 척하는 것도 민망하지 않으십니까? 그리고 아버지, 저 이제 제 뜻대로 해도 좋은 나이입니다. 서른 넘은 '어른'이라구요."

그러니 무슨 말씀을 하시든, 내 마음대로 하겠다. 이젠 당신이 어찌하시든 나를 통제하거나 막을 수는 없을 거다. 이건 아비를 상대로 눈 부릅뜨고 선전포고를 한 셈이 아닌가. 결국은 제멋대로 하겠다는 떼 부림이다. 고약한 녀석.

지헌은 닫히는 문을 가만히 바라보았다. 그는 고개를 설레설레 저었다. 어디서부터 어긋났을까? 회복되고 되돌리기에는 너무 멀어져 버린 거리가 아프게 와 박혔다.

얼굴로는 싱글거리고 눈치 빠르게 문제를 교묘하게 피해갔다. 속 없는 척 웃고는 있지만, 피부 아래 한 치만 파고들면 늘 칼날 같은 얼음이 뚝뚝 떨어지고 있었다. 이중적이고 가면 같은 제 놈의 표정을 읽지 못할 거라고 어리석은 저놈은 정녕 믿고 있을까?

피는 속이지 못한다고 했다. 하는 품새며 생각이 어찌 그리도 자신의 못되고 나쁜 점만 닮았는지. 지헌은 한 손으로 이마를 짚으며 깊숙이 소파에 가라앉았다. 아들과 대화란 것을 나눈 이후 삼십여 분. 겨우 그 짧은 사이 삼십 년은 늙어버린 듯 깊은 피로를 느꼈다.

"예끼, 이 고얀 놈아! 너도 장가란 것을 가서 너하고 똑 닮은, 아니, 너보다 더한 놈으로 자식 낳아서 키워봐라! 그래야 애면글면 네놈 키우며 속 썩고 문드러지는 것을 알지!"

그가 못마땅한 짓을 저지를 때면 들었던 말이다. 돌아가신 부친이 늘 입에 달고 살았지. 저주 아닌 저주였던가. 결국은 사실이 되어버린 예언인가. 지헌은 자신도 모르게 허탈하고 아픈 속웃음을 피울음처럼 뱉어냈다.

'아주 잘, 너무나 뼈아프게 배우고 있습니다.'

오만하여 제멋에 겨워 살았다. 다른 데는 둘러보지 않고 오직 자신만 중요했었다. 늘 제멋대로 고약하게 굴고, 쌀쌀맞아 남 챙기는 것도, 주변을 배려하는 것도 알지 못했다. 오직 하나, 독선적으로 자신이 하고 싶었던 것, 보고 싶었던 것, 믿고 싶었던 것들만 보고 알고 믿고 살았다. 그것의 결과가 바로 이런 것, 누구의 죄도 아닌 바로 자신의 죄의 무게이다.

결국은 그가 뿌린 씨앗, 이렇게 아픈 가시넝쿨이 되어 되돌아온

다. 그의 생이란 어찌 이리 늘 실수투성이인 것인지. 다시 또 돌이키지 못할 어리석음이 되풀이되는 것인지…….

한 발자국 늦어 이미 되돌릴 수 없을 지경에 이르러서야 잘못했구나 하는 것을 알게 되는 것이다. 똑같은 실수, 똑같은 회한, 그에게 남은 시간은 이제 많지 않은데, 제자리를 찾고 손을 잡기에는 너무 멀리 서 있다. 그것을 해결하는 방법을 그 자신도 제대로 알고 있지 못하기에 더 괴로웠다. 삐뚤어져 어긋난 길을 걸어가는 아들을 되돌릴 방법을 알지 못해, 이젠 더 이상 잡아챌 힘도 없어 멍하니 손놓고 바라보기만 해야 하는 비애가 무겁게 짓눌렀다.

지헌은 한동안 이마에 손을 얹고 생각에 깊이 잠겼다. 그러다가 한 손을 더듬어 손아래 놓인 인터폰을 눌렀다.

〈네, 회장님.〉

"해외사업 본부장 좀 올라오시라고 연락하지."

〈알겠습니다.〉

아직은……. 지헌은 지그시 어금니를 악물었다.

너무 젊어, 혈기가 넘칠 때이지. 제멋대로인 저놈이 원하는 대로 한 번은 해주는 것도 나쁘진 않을 것이다. 명색이 아비라면서 저놈에게 제대로 해준 것이 아무것도 없음이니. 아무리 너그럽게 스스로를 변명하려 해보아도 그는 좋은 아비가 아니었다. 좋은 아들, 좋은 남편도 되지 못했는데 이제 인생의 말년, 좋은 아비조차 되지 못하는 죄를 또 짓고 마는가.

'아직은.'

그는 주먹을 꾹 쥐었다. 마지막까지 해보아야지. 그가 할 수 있는 것은 이것이 전부. 그가 이렇게 버티고 있는 한은, 지헌 자신으로서는 너무 일찍 알아버린 삶의 짐과 의무의 무게를 반은 덜어줄 수 있을 때. 아직은…….

'한 번은 기회가 있을 거야. 너무 늦지 않기만을 빌 뿐이지만……. 하지만 저놈, 나와 너무 닮았어.'

마음으로 정리하고 닫아버리면 그것으로 끝. 다시는 돌아보지 않지. 그래서 더 절망스러운 늙은 아비는 굳게 닫힌 문 쪽을 바라보았다. 말할 수 없고 말하지 못한 침묵의 세월이 하 길어, 이미 늦어버린 것은 아닌가. 아니, 이미 늦어버렸다. 더 이상은 남은 시간이 거의 없는데…….

엘리베이터를 타고 사무실로 돌아오며 유립 또한 이를 악물고 있었다.

'이 영감, 한 번 더 붙어야 할까?'

더위가 짙어 뿌옇게만 보이는 서울의 탁한 하늘을 바라보며 유립은 제주도의 그 밤을 생각했다. 순순히 고개를 끄덕일 거라고는 생각하지 않았지만, 버럭버럭 고함부터 지르는 것도 경우가 아니지. 웃기지도 않게, 애정 깊은 아비 흉내를 내느냐고. 그러거나 말거나 물론 그는 제 하고 싶은 대로 하겠지만 말이다.

"영감이 힘도 좋군."

아직도 고함을 지를 기운이 있으니 말이다. 그는 냉소를 지었다. 단지 해외로 나가 살겠다는 말을 했는데 이 정도라니. 세영과 결혼하겠다고 이런 짓을 하는 것을 알게 되면 어떤 히스테리를 부려댈까? 자신의 머리 위로 유리재떨이라도 날릴 것 같았다. 피를 철철 흘리며 죽어 자빠져도 눈 하나 까딱하지 않을 거다. 미운 정이라도 있어야 놀라기라도 하지.

캐나다로 도망가서 결혼하자고 말했을 때 세영은 한참 동안 말을 잇지 못했다. 이윽고 절대 확신이 필요한 눈빛으로 되물었었다.

"정말? 자기, 정말 모든 것 버리고 그럴 수 있어?"

"네가 내 것이 아니면 난 아무것도 아니야. 너도 그렇잖아."

"아마 그럴 거야."

"너만큼 중요한 것도 없어. 내 전부를 걸어도 모자란 사람이지. 아직 누구도 눈치채지 못했을 때 일부터 치자. 빼도 박도 못하게 만들어놓으면 어쩌겠어?"

"……우리가 해낼 수 있을까? 당신은 모르지만 난 자유롭지 못해. 알잖아?"

"내가 먼저 파견근무인 양하고 나가 있을게. 한 보름 정도 차이를 두고 무슨 핑계를 대든지 내가 있는 곳으로 와. 결혼신고를 하고 일주일 동안 잠적하자고. 공식적으로 우리가 부부 관계를 맺고 증인이 있으면 아무도 부인하지 못해. 사고 쳐버리자, 세영아."

"두려워."

세영이 동그랗게 몸을 말고 연인의 가슴 안에 파고들었다.

"당신 집안도 만만찮지만, 우리 아버지 진짜 무서운 분이셔. 자기도 봤잖아."

"알고 있어. 그래서 이 수밖에 없다는 거야. 네 아버지를 이길 수 있는 방법은 우리 둘이 완전히 합법적인 부부가 되는 길밖에는 없어. 알잖아?"

풀 수 없는 실뭉치처럼 생각이 엉키고 그들이 처한 상황이 얽히고 앞이 보이지 않는 미래가 엉켰다. 제주도의 밤바다는 검었다. 암흑처럼, 지옥처럼, 그들의 미래처럼 아뜩했다. 한 치 앞이 보이지 않았다.

그럼에도 놓칠 수 없는 서로의 존재. 이성은 분명 천리만리 도망가라 말하는데, 없던 일로 하고 무無로 돌리라 하는데, 정직한 심장과 영혼이 잡고 놓아주지 않는다. 서로를 위해 만들어진 운명을 절대로 놓칠 수 없다 말했다.

'너를 위하여.'

유립은 고개를 흔들었다. 아니다, 틀렸다. 모든 것은 그 자신을 위해서였다. 그녀를 잃으면, 갖지 못하면 살지 못할 이기적인 자신을 위해서였다. 하늘이 무너지더라도, 세상을 전부 파괴해서라도 우린 결혼해서 같이 산다. 두고 봐라.

"갑자기 회장님께서 웬 호출이래요?"

자리에 앉는데 커피 향기가 풍겼다. 윤 과장이 텀블러컵에 가득히 커피를 따라 놓아주었다. 이 여자, 한 번 개인적인 자리에 데리고 갔더니 당장 애인 행세를 하는 건가? 불쑥 치밀어 오르는 역겨운 의심을 억지로 가라앉혔다. 아직은 주변 사람들에게 알려진 바, 착한 남자의 가면을 벗을 때가 아니다.

"그러게 말입니다. 하늘에 계시는 분이니 늘 천둥벼락이 칩디다만."

"우리 경영정보팀 요새 별문제 없었는데, 왜?"

"우리 팀이 문제가 아니라 내가 문제죠. 능력없는 팀장 데리고 사는 거, 이거 윤 과장님에게도 민폐인 거죠?"

속없고 사람 좋은 얼굴로 씩 웃고 말았다.

하지만 그 얼굴은 누가 보아도 명백한 메시지를 담고 있었다. 꺼져, 간섭하지 마. 눈치는 백 단, 고단수 여우인 윤 과장이 한발 물러섰다. 사무적인 얼굴로 파일을 내려놓았다.

"다음 달 스케줄 나왔어요. 상무님의 특별 지시가 있었습니다."

"뭡니까?"

"이번에 크루즈 세 척하고 컨테이너선 수주한 ISE사社 말이에요, 그 회사 회장이 구월 첫 주 목요일에 방한한다고 말씀드리지 않았던가요?"

"회의에서 보고받았던 사안입니다."

"우리 팀이 그분과 관련된 의전 일체를 담당하라는 지시입니다."

"의전팀을 놔두고 왜 우리더러 그치 접대하고 시중들라는 거지요?"

대부분 이런 일은 비서실 직속 의전팀에서 담당한다. 뭐, 때에 따라서는 경영정보팀에서 거물급들 손님을 접대하거나 자잘한 뒷시중까지 보아주는 일은 가끔 있는 일이었다. 다만, 유럽의 팀을 지정해서 일을 맡기는 경우가 처음이었을 뿐.

"이번 달에 맞이하는 우리 회사 최고의 VIP이니 마중하시는 분도 이 과장님 정도는 되어야 하지 않을까요?"

"흐흠."

"아참, 이건 의전팀에서 보내온 사항이지만 그 회장이란 사람,

이 팀장님하고 연배도 비슷해요. 역시 젊은 사람들끼리 말이 잘 통할 테니 맡으란 뜻 아닐까요?"

"흠, 영감들이 대체 무슨 꿍꿍이지?"

"극비이긴 하지만 그 회장, 이번 방한이 단순히 우리 공장만을 방문하려는 것이 아니란 말이 있어요."

"그럼?"

"그 회사가 세계적인 초일류급 해운회사거든요. 하지만 이번에 사업다각화를 꾀한다는 말이 있어요. 극비이긴 하지만요. 자국의 정보통신망 정비를 위한 파트너를 찾기 위해 TK와 조건을 조율하기 위해 온다는 정보가 있습니다."

"아하, 역시."

유립은 한 손으로 턱을 어루만졌다. 아직은 동종업계 2위이지만, 경산그룹 역시 정보통신 쪽 사업 부분 확장을 꾀하고 있다. 올해는 반드시 1위 고지를 점령하리라 공격적인 행보를 거듭하고 있는 형편이다.

유립은 씩 웃으며 혼잣말을 내뱉었다.

"우리에게 날아온 손님을 경쟁사에 순순히 넘겨주면 우리 팀 전부 다 단칼에 죽는다는 말이로군요."

"난 이 과장님이 이렇게 눈치 빠를 때가 제일 좋더라."

수단과 방법을 가리지 말고 그를 녹이란 말이다. 굴러 들어온 커다란 먹이를 반드시 중간에서 가로채란 뜻이다. 못해내면 조용히 목이 잘린다는 이야기, 사표 쓰고 제 발로 걸어나가란 이야기이다. 달리 말하자면, 영감태기가 그를 시험에 들게 했다는 뜻. 정말 지긋지긋한 인간. 고약한 심술보라니.

속으로 이를 갈면서도 유립은 다시 싱긋 웃었다.

"날 칭찬하는 말?"

"그럼요. 이럴 때 보면 이 과장님 무서워요."

윤 과장이 돌아서며 한마디 던졌다.

"게으르게 어슬렁거리다가도, 단번에 핵심으로 파고들죠. 먹이를 낚아채는 맹수 같다구요. 상무님도 이 과장님더러 회장님 젊었을 때하고 똑같다고 그러던데요? 역시 사업도 유전자가 중요한 거예요. 그렇죠?"

저게 칭찬인 거야, 욕인 거야? 그에게 있어 가장 큰 모욕은 영감을 닮았다는 말이란 것을 아직도 모르나.

이러는데 책상 위에 놓인 휴대전화가 움직였다.

〈너, 왜 엄마한테 말도 안 하고 전화번호 바꿨어? 왜 엄마를 수신 차단해?〉

다짜고짜 고함부터 지르는구나. 엄마 고슴도치 최 여사님의 등장이었다. 정신이 쑥 빠져나가는 기분이었다.

유립은 한 번 눈을 감았다 떴다. 회장실에서 나올 때 이미 기분은 너덜거리는 누더기가 다 되어 있었다. 이런 식의 날카로운 신경질을 감당할 만한 여유가 남아 있지 않았다.

전화기를 귀에 대고 복도로 나갔다. 금연 건물이기는 하지만 담배를 끊지 못한 직원들이 몰래 흡연구역으로 쓰고 있는 공중 로비 창가로 걸어가며 되물었다.

"그냥 싫증나서 바꾼 거야. 내가 어린애도 아닌데 엄마한테 일일이 보고해야겠어? 집에서 만날 보는데 무슨 전화질? 꼭 연락할 일 있음 회사전화로 하면 되잖아."

그전에 가지고 있던 휴대전화는 세영에게 건네주었다. 둘만의 어지간한 수다질은 그 전화번호를 이용하는 편이었다. 최 여사에게 새 번호를 알려준다고 하면서도 그만 잊어버렸더니, 결국 이런 사단이 나는 거다.

엎드려 사과해도 모자랄 판에 아들이 오히려 더 신경질을 부린다. 속은 약해 은근히 찔끔하면서도 최영혜 여사, 체면이 있다. 다시 목청을 돋워 바락바락 한 번 더 호령질을 했다.

〈그럼 대문 비밀번호는 왜 바꾸고 난리야! 너, 인제 엄마 따돌리는 거야?〉

"그건 무슨 말인데, 지금?"

〈못 알아듣는 척할 거야? 지금 말하고 있잖아. 왜 엄마한테 말도 안 하고 문 번호 바꾸느냐고! 엄마가 얼마나 망신당한 줄 알아? 아들 집 비밀번호도 모르고 문전박대당하고 살아야 하니?〉

저런, 저런, 유립은 속으로 혀를 찼다. 최 여사가 아들 먹이려고 김치 들고 오셨다가 들어가지도 못하고 돌아섰구먼.

하지만 세영이 이사 온 이후로 무슨 난리 나려고 최 여사를 그의 집에 드나들게 한단 말인가?

침대 옆 휴지통에는 쓰고 버린 콘돔투성이, 둘이 같이 재미 삼아 찍은 누드 동영상도 감추지 않았는데. 매미 허물 같은 세영의 붉은 슬립이며 브래지어가 떨어져 있는 구겨진 침대를 어떻게 보이려고? 착한 아들을 사랑하는 최 여사에게 여자랑 놀아나는 못된 모습을 보일 수는 없지. 방심할 수 없다.

그의 어머니는 마음 내키면 새벽에라도 아들 집에 뛰어들어 와 푸념에, 울음질에 제멋대로 해야 직성이 풀리는 양반이니까.

얄미운 세영, 이 계집애. 제집에도 초대를 좀 해주면 좋으련만, 아직 집 정리를 못했다고 쌀쌀맞게 내쳤다. 대신 뻔질나게 그의 집으로만 찾아들었다. 세영이 드나들기 편안하도록 결국 그의 집 비밀번호를 둘이서 같이 바꿨다.

"잠시만 더 기다려. 처녀가 사는 집을 함부로 공개할 순 없지."

"처녀 좋아하시네. 방금 나랑 엉킨 여자는 정세영이가 아니고 이세영이냐?"

"결혼서약서에 도장 찍기 전에는 유부녀 아니거든. 완벽한 처녀걸랑. 여하튼, 조만간 정식으로 초대할 테니깐 그때 놀러 와. 그다음에는 시도 때도 없는 무사통과 프리패스를 줄 테니까."

"잡소리 까지 말고 비밀번호나 대."

"당신 집하고 같은 번호."

"1222?"

"물론이지."

두 사람이 처음 만난 날, 운명을 발견한 날, 그 사랑을 소유한 날의 숫자였다.

어제도 집에서 저녁을 같이 먹고 밤 내내 게임을 하고, 거실 바닥에서 영화를 보다가 부둥켜안고 같이 잠들었다. 방해받기 싫어 모든 전화를 수신차단해 두었더니 결국 이런 사단이 발생한 거다.

유립은 천천히 숨을 들이쉬며 나직하게 반문했다.

"내 집에 엄마가 못 들어가는 게 왜 망신이야?"

〈듣기 싫엇! 오늘 얼마나 민망했는지 알아? 엉? 경진이가 너 준다고 반찬 곱게 해서 싸들고 왔더라. 저녁 해서 너랑 나랑 그 애랑 맛나게 먹고 놀려고 그랬더니 말이야.〉

영혜는 옆에 선 며느릿감더러 들으라는 듯이 더 크게 화를 냈다. 아들쯤이야 제 손에 꽉 쥐고 있다는 것을 보여줄 심산이었다. 네가 우리 아들하고 결혼이란 것을 하고 싶다면, 나에게 잘 보여야 하는 법이다 하고 시위를 하려는 셈이었다.

"경진이? 그 여자가 누군데? 내가 아는 사람이야? 누구예요?"

〈이 녀석이! 너랑 결혼할 여자도 기억하지 못해? 아무리 바빠도 정신 좀 챙기고 살아!〉

아, 진짜 돈다, 돌아!

버럭버럭 고함지르고 싶은 것을 참느라 어금니가 아팠다. 이제야 생각나는 이름이다. 성형수술한 새우 눈이었다. 망할! 겁도 없이 최 여사 앞에 가서 꼬리를 살랑거린단 말이로군. 안팎으로 이러니 내가 도망을 가고 말지, 젠장! 유립은 목소리를 깔고 음산하게 되물었다.

"이보세요, 최 여사. 내가 콩입니까?"

〈무슨 소리야?〉

"왜 시도 때도 없이 볶아대느냐구!"

〈얘가, 얘가! 말하는 것 좀 봐?〉

"끊어요! 시간 없어. 내가 쓸데없는 짓 하지 말랬지? 난 결혼 안 한다고! 그리고 마지막으로 말하는데, 경진인지 경순인지 하는 계집애, 엄마가 데리고 사쇼. 이런 전화 또 해봐요! 콱 받아버릴 거 야!"

거칠게 전화를 끊어버렸다. 그리고는 도망치듯 화장실로 들어갔다. 볼일을 보던 직원들이 힐끗힐끗 곁눈질을 하든 말든 머리부터 물속에 푹 담갔다. 수면 아래 홀로 부유하듯이 숨을 멈추고 눈을 꽉 감았다. 물이 뚝뚝 떨어지는 머리를 들어 거울 속에 쾅쾅 박았다. 당장 세영을 보지 못한다면 숨이 막혀 죽어버릴 것만 같았다. '미치고 환장한다'는 건 딱 지금 그의 상태를 표현하는 말이다. 삽시간에 지독한 편두통이 몰려들었다. 아무래도 오늘은 진통제 세 알은 필요할 듯싶었다.

"미안. 늦었지?"
"그럼. 아주 많이 늦었어."

말로는 꾸짖고 있었지만 눈빛은 온화했다. 유립은 현관에서 곧바로 세영의 가슴 사이로 푹 쓰러졌다. 달콤한 연인의 향기를 맡으며 중얼거렸다.

"기절 일보 직전이다. 아직도 먹을 게 좀 남아 있어? 세영아, 음식도 좀 주고 사랑도 좀 주라. 이것저것 결핍돼서 배고파 죽겠다."

"쳇! 이 남자, 어디서 형편없이 당하고 온 거야? 일단 들어와."

세영이 그를 질질 끌고 거실로 걸어갔다. 유립은 온몸의 힘을 빼고 축 늘어졌다. 형겊 강아지처럼 들들 끌려가 소파에 드러눕고 말았다.

"아, 괴로워. 요즈음 내 정신이 아냐. 얼이 다 빠졌다니까."

"괜찮아. 내 곁이잖아. 잠시 드러누워 마음 풀어도 돼. 좀 빠르기는 하지만, 애교 많은 마누라인 척해볼게."

세영이 넥타이를 풀어주었다. 그리고 손가락을 머리카락 안에 넣어 간질여 주었다. 그의 머리를 허벅지에 올려놓고 이마에 키스도 해주었다. 아주 가까이, 거의 닿을 듯이 가까워진 사이로 두 사람의 눈동자가 부딪쳤다. 하나가 되었다. 똑같이 덧그려지는 미소가 다정한 꿀맛이다.

"세영아."

"응."

"좋다."

진흙탕처럼 엉켜 있던 머릿속이 단번에 가을하늘처럼 맑아지는 느낌이었다. 비로소 사람으로 돌아왔다. 편안하게 숨을 쉴 수 있었다. 이것이 이 여자만을 사랑하는 이유.

지독하고 강렬한 소유욕이 아팠다. 숨쉬기조차 힘들 정도로 처절한 열정. 그의 속에 들어 있으리라고는 단 한 번도 생각하지 못했던, 무섭고 두려운 감정의 밑바닥을 보여주는 이 여자. 동시에 모든 평온함을 맛보게 해주고 천국으로 안내하는 이 손길. 그래서 사랑한다.

"왜 이렇게 조용해? 아무도 안 왔어?"

"약속시간이 달라. 당신이 두 시간 전에 미리 왔다구."

아이쿠, 멍청한 자식. 그는 눈을 감아버렸다. 휴일에 불려 나가 하루 종일 얼마나 얼을 뺐던지 아직도 제정신이 아니었다.

"정말 정신이 없네. 난 점심 약속이라고 생각했는데. 늦었다고 생각해서 시속 백 킬로로 밟았다구."

"저녁 약속이었지."

"그래, 이제 기억나네. 그런데 너, 냄새 난다."

"응?"

"참기름 냄새."

그는 가까이 닿은 세영의 손을 잡아 코에 대고 큼큼거렸다.

"맛있는 냄새다. 뭐 만들었냐?"

"낙지 양념해서 그런가 보다."

"낙지도 만져?"

"그럼. 맛있는 건 뭐든지 만져. 산낙지를 건져 그대로 난도질해서 참기름 한 방울 똑. 그리고 소주 한 잔. 천상의 맛이지. 설마 산낙지도 못 먹는다는 말은 안 할 거지?"

유립은 잠시 눈을 깜빡했다. 그리고는 이내 착하게 대답해 주었다.

"네가 주는 건데 뭐든 못 먹겠냐. 양잿물이라도 마시지."

사랑이란 것이 때때로 사람을 바보로 만들기도 한다. 지금처럼 거짓말쟁이로도 만든다는 것은 오늘에서야 알게 된 진리이지만.

세영이 생긋 웃었다.

"예뻐. 진짜 착하게 변했잖아. 역시 길들이는 맛이 있다니까."

"날 길들인다고?"

"에이, 설마! 길들여지지도 않을 거면서? 그냥 말만 그런 거지. 난 단지 같이 살기 좋게 자기의 제멋대로를 다소간 변화시키고 싶을 뿐이야."

"절대로 그러지 못하게 만들겠다고 미리 선언해 두겠어."

세영이 유립의 입술을 손바닥으로 찰싹 쳤다.

"가정의 평화, 나아가서 세계 평화는 남자들이 여자의 말을 잘 듣는 데서 비롯되는 거야. 결혼해서 평화롭게 살고 싶다면, 내가 말을 할 때는 항상 입을 다물고 경청하는 태도를 지녀."

"너, 지금 결혼을 미끼로 협박하는 거냐?"

"당연하지."

"아예 개 줄 달아 끌고 다녀라."

"음, 그러려고."

무어라 말할 사이도 없이 목에 차가운 것이 감겼다. 가느다란 두 겹의 가죽끈에 매달린 은빛 문자의 조합이 반짝이고 있었다.

—SYUL.

그 사이에 귀여운 하트가 대롱거리고 있었다. 낯간지러울 정도로 앙증맞았다.

이렇게 노골적으로 '연애 중'이라는 표식을 달고 다닌 적이 있던가. 어떤 여자에게도 허락한 적 없는 거리距離. 당장 풀어 던진 후 뒤도 돌아보지 않고 그대로 게임아웃.

하지만 이것을 걸어준 여자가 정세영이라면 다르다. 예전만 같으면 지겹고 짜증나는 구속이라 생각했을 것이 심장 멎는 행복도 되는 거다.

"내가 자기에게 주는 선물. 티파니에서 우리 둘 이니셜을 꿰었지. 음, 소위 말하는 연애질의 증표라고나 할까?"

그를 쓰다듬는 세영의 팔목에 똑같은 모양의 가죽팔찌가 감겨 있었다. 천하의 명청이처럼 헤픈 웃음이 터질 것만 같았다.

"무엇에 대한 선물?"

"착하게 구는 데에 대한 선물. 아니다. 약혼선물이라고 하자."

"이번엔 당근이냐?"

"음."

"키스나 해. 이딴 것 없어도 네가 키스만 해주면 모든 게 용서된다."

연인의 키스는 체리주스. 뜨거운 에스프레소 위에 얹힌 차갑고 달콤한 생크림. 초겨울 아침에 맛보는 무르익은 딸기 맛이기도 하다.

풀 수 없을 정도로 엉켜 버린 실뭉치 같던 머리가 하나둘씩 차곡차곡 정리정돈되어 가고 있었다. 제자리를 잡았다. 편안하고 상냥하던 키스가 이내 섹시한 열정으로 변했다. 뜨겁게, 격렬하게 검붉은 화염火焰으로 변해갔다.

유립의 손이 어느새 연인의 풍만한 젖무덤을 움켜잡고 있었다. 세영의 손 역시 그의 셔츠 깃을 파고들고 있다. 하나, 또 하나, 단추를 풀고 있었다. 탄탄한 근육을 자극적으로 쓸어내렸다.

손님들이 오기까진 두어 시간. 아직은 넉넉하다. 잠시 사랑을 나눌 짬이 있을까.

어때? 그의 눈이 물었다.

좋아. 그녀가 대답했다.

유립의 한 손이 세영의 등을 거칠게 감싸 안았다. 더 깊고 진한 키스, 레드와인의 감각이 혀끝을 타고 흘렀다. 동시에 취하게 만들었다.

멀리 갈 것도 없다. 그냥 이 자리에서 세상에서 오직 둘인 것같이 하나가 된들 어떠랴. 꿀처럼 달콤하고도 농밀한 키스는 오래도록 계속되었다. 애염의 시작 같은, 열정의 정수 같은 입맞춤. 그들을 둘러싼 모든 복잡하고 괴로운 것들이 희미해졌다. 유립의 건강한 체취 안에서, 세영의 달콤한 부드러움 안에서 불안한 그늘들, 억누르고 감시하는 족쇄 같은 세상의 모든 성가신 것들이 삽시간에 사라져 갔다. 서로가 서로의 품속에 잠겨 있는 이 순간, 세상은 온통 화려한 꽃밭이다.

"얘가 또 문을 안 잠갔네. 세영아, 거기 작은 방에 종이가방, 빈 통이랑 지갑 들었거…… 에구머니나!"

열려진 현관문을 열고 들어오던 노부인이 젊은 두 남녀의 해괴망측한 광경 앞에서 소스라치게 놀랐다. 얼굴이 벌게져 그만 얼굴을 돌려 버렸다.

화들짝 놀라 버린 것은 유립과 세영 또한 마찬가지였다. 허둥지둥 옷차림을 수습하며 소파에서 몸을 일으켰다. 미치겠다. 그러고 보니 아까 들어올 때 문 잠기는 것을 확인하지 못했다.

대담한 세영조차 어지간히 놀라선, 안색마저 새파랗게 변해 있었다.

"외, 외숙모……."

"아이고, 놀라라. 난 아무것도 못 보았단다."

노부인은 현관 앞에서 어색하게 돌아서 있었다. 점잖은 체면에 얼굴이라도 가리고 싶다는 표정이었다. 밀회의 현장을 들킨 그들보다 더 민망해했다.

"종이가방? 잠시만이요."

의리 없기는……. 나 살려라 하는 얼굴로 세영이 방으로 쏙 들어가 버렸다.

혼자 남은 유립만 오도 가도 못하고 엉거주춤 서 있었을 뿐. 대체 이 상황을 어찌 타개해야 하나. 패닉 상태가 되어버린 뇌가 돌아가지 않았다.

그렇다고 해서 어른 앞에서 도망칠 수는 없었다. 어찌 되었거나 세영의 가족들 중 어른을 뵌 참이다. 손가락으로는 바쁘게 셔츠의 깃을 여미고 단추를 잠그며, 허리를 굽혔다. 눈 딱 감고 먼저 인사했다.

"민망합니다. 처음 뵙겠습니다."

"우리 세영이 손님인가 봐요?"

"아, 네. 죄송합니다."

"앙큼한 기집애, 이런 듬직한 사람을 감춰두었으니 그랬던 거야. 누구를 가져다 놓아도 새침 맞게 사람을 내친 이유가 있었던 거지."

혼잣말처럼 중얼거리고 있었다. 어쩔 수 없는 호기심 앞에서 노부인이 슬쩍 시선을 돌려 그를 살폈다. 허공에서 두 사람의 시선이 마주쳤다.

버릇없다 할 것 같아 유립은 재빨리 얼굴을 돌려 버렸다. 차츰차츰 그의 얼굴이 시뻘게졌다. 안 보는 척하면서도 은근히 찬찬히 살

피는 시선이 느껴졌기 때문이다.

'어디서 한 번 본 분인데…….'

제기랄, 그는 신음을 삼켰다. 어딘지 모르게 낯이 익다 싶었다.
유정욱의 얼굴이었다. 세영도 외숙모라고 했으니 아마 정욱의 어머
니인 모양이다.

유립은 그녀가 제발 자신을 알아보지 못하기만을 빌었다. 하긴
십여 년 전에 한 번 본 아들놈 친구 얼굴이다. 누구인지 쉽사리 알
아차리기란 무리일 것이다.

천 년처럼 긴 1~2분이 지나고 세영이 방에서 나왔다. 그녀도 옷
차림을 수습한 후 시침 뚝 떼고 있었다.

하지만 아직도 놀랐는지, 얼굴에 떠오른 붉은 기는 지워지지 않
았다. 손에 든 종이가방을 현관 앞에 선 노부인에게 건네주었다.

"이거죠?"

"그래. 간다."

"주차장까지 모셔다 드려요?"

"손님 와 계신데 뭘. 너, 문 좀 잘 잠그라 그랬지? 여자 혼자 사는
집, 그리 문단속 허술해서야 되겠니?"

"죄송해요."

문이 닫혔다.

세영이 그만 바닥에 주저앉았다. 그리고 두 손을 가슴에 대고 헥
헥거렸다.

"아이고, 십년감수했네."

"십년? 난 백 년 감수했다."

"못살아. 내가 문단속 잘하라 그랬잖아."

"자알~ 한다. 문이 제대로 걸렸는지 늘 확인하라고 그랬지?"

동시에 둘은 네 탓이다 소리 질렀다. 상대를 향해 앞에 놓인 쿠션을 집어 던졌다.

한편, 세영의 외숙모. 그러니까 현수의 둘째 올케인 유정은 자꾸만 고개를 갸웃거리고 있었다. 미심쩍고 의심스러워 다시 고개를 돌렸다.

'분명 처음 보는데 왜 자꾸만 아는 얼굴인 것 같을까?'

엘리베이터에 올라타면서 아들 정욱에게 반드시 물어보리라고 생각했다. 오늘 모임에 아들도 초대를 받았다. 그러면 조카딸과 함께 있던 그 사내의 정체를 알고 있으리란 생각이 들었던 것이다.

'훤칠하고 잘생기긴 했어. 어디서 그런 놈을 골라왔을까? 하긴 고 계집애, 어려서부터 제 앞가림은 똑 부러졌지. 세영이 고게 눈은 높아.'

유정은 헛기침을 했다. 제가 하나 빠진 것 없이 잘났으니 지금껏 늘 사내 알기 우습게 여기는 것이 보였다. 발가락 때만도 못하게 여기더니, 인연이란 다 정해져 있는 모양이다.

겨우 몇 초지만 둘이 서로에게 푹 빠져 있고, 좋아 어쩔 줄 모르는 것이 눈에 와 박혔다.

'청와대 그이가 알면 참 좋아하겠더라만. 한데 왜 입을 꼭 다물고 있었지? 사내 집안이 별 볼일 없나? 기껏 그런 이유라면 부모가 굳이 반대할 것 같지도 않은데 말이야.'

그녀는 다시 고개를 갸웃거렸다.

'거참, 이상하네. 왜 그 사내가 눈에 박혔을까? 왜 낯설지 않을까? 내가 아는 누굴 꼭 닮은 것 같은데…… 에구머니!'

유정은 자신도 모르게 부처님 하고 신음을 내뱉었다. 인제야 생각났다. 아까 본 그 사내, 그녀가 잘 알고 있는 어떤 사람하고 너무 닮아 있던 것이다. 젊었을 때 본 그 사내 인상 그대로가 떠올라 있었다.

'가회동 그 양반하고 어찌 그리 비슷한가?'

아이고, 설마! 유정은 고개까지 흔들며 터무니없는 생각을 억지로 지웠다.

세영이 어떤 앤가? 제 엄마, 아빠 닮아 야멸칠 정도로 경우 바르고 생각 제대로 박힌 아이다. 제 앞가림 기차게 하고 깔끔하게 정리 정돈하는 아이다. 그런 애가 설마 제 엄마가 결혼했던 남자의 아들과 그런 꼬락서니로 엉켜 있겠는가?

'내가 별 미친 생각을 다 하고 있구나.'

유정은 탄식했다. 세상에 닮은 사람이 얼마나 많은데. 겨우 몇 초 본 것으로 단정 지을 수는 없다. 그냥 인상이 비슷한 남자였을 거다.

'하긴 가회동 그이가 젊었을 때 미목수려하고 훤칠하기로 유명했었지. 그래서 잘난 젊은 애를 보니 그냥 그런 생각이 들었던 거야.'

하지만 자꾸만 강해지는 심장의 이 불길한 두근거림은 무엇인지. 반드시 오늘 밤 아들을 닦달질해서 아까 그 사내의 정체를 캐고 말리라, 다시 한 번 다짐했다.

떠들썩하고 화기애애한 식사가 끝났다. 후식으로 나온 커피를 마신 후 담배 한 대 태운답시고 남자들만 발코니로 나온 참이다.

이날 집들이파티에 초대받은 손님은 지난달에 결혼한 사촌 정욱 내외, 그리고 소영과 그 파트너라는 기름기 맨들한 외국인 변호사 필립, 그리고 유립이었다.

"너, 많이 컸다? 형님을 제치고 먼저 장가를 들다니. '찌질이' 주제에 밤일이나 제대로 하냐?"

유립은 심히 아니꼬운 눈초리를 감추지 않고 먼저 정욱을 향해 도발했다.

"형님? 형— 니— 임? 이게 죽고 싶나? 이봐, '재수만땅', 까불지 마라. 모래를 확 뿌려 버리는 수가 있다."

느른한 비아냥에 정욱이 발끈했다. 입에 문 담배가 유립이나 되는 것처럼 거칠게 비벼 끄며 음산하게 되받아쳤다.

"먼저 장가들면 어른이지. 그리고 말이야, 서열상 봐도 세영이가 내 아래라고. 누가 형님 소리 해야 하는데?"

"내 입에서 형님 소리 들을 생각하지 마라, 찌질이. 듣기평가 빵 점 받은 놈이 무슨?"

"어럽쇼? 지난날 나의 실수를 들춰 날 망신시켜? 죽을래?"

"어디 한번 붙어볼까?"

여차하면 언제든 주먹을 날릴 준비가 되어 있다는 표시를 충분히 해 보였다. 옆에 서 있던 필립이 심상치 않은 기류를 감지하고는 현명하게 실내로 피신해 버렸다.

세영이 고개를 쏙 내밀었다. 살벌한 두 사람의 분위기에 혀를 쯧쯧 찼다.

"들어와서 과일 먹어, 쓸데없이 소모전하지 말고. 기력을 아껴! 침대 위에서나 사용하라고."

"세영아, 이 자식이 겁도 없이 나더러 형님이라고 부르란다."

"형님 맞지. 사촌지간 나이 순서로 가는 거지. 분명히 세영이 생일 구월, 내 생일 사월. 겨우 십이월 생 주제에 까불고 있어."

"둘이 왜 그렇게 사이가 나쁜 건데?"

만나기만 하면 어째서 서로에게 으르렁대는 사이가 된 것인지 몹시 궁금하다. 세영이 정색한 채 캐물었다.

정욱과 유립이 동시에 서로를 노려보았다.

싫어하는 이유를 대자면 둘 다 할 말 무척 많았다. 솔직히 까놓고 말하자면 아직도 분했다. 유립으로선 고등학교 2학년 체육대회 때 정욱이 다리를 걸어 계주 예선에서 탈락한 앙갚음을 하지 못한 것이 천추의 한이었다. 정욱 역시 프랑스어 듣기평가 때 빵점 맞은 치욕을 유립이 떠벌리고 다니는 것을 죽을 때까지 용서할 수 없었다.

세영이 다시 물었다.

"둘이 라이벌이었어?"

"오, 노!"

"네버! 네버!"

두 남자는 동시에 강력 부인했다. 그리고 동시에 '흥' 하고 콧방귀를 날렸다.

"천만에! 이런 찌질이하고 무슨 라이벌씩이나? 말만 들어도 자존심 상한다, 인마."

"재수만땅 이유럽이하고 웬 라이벌? 난 이 자식만 보면 삼 년 전 먹은 누룽지까지 올라오거든."

"난 널 보면 십 년 전 급식으로 먹은 스파게티 면발까지 꼬이는 사람이야."

"라이벌이었구먼."

소영과 세영이 동시에 판정 내렸다.

정욱이 입술을 내밀어 대놓고 비웃었다.

"라이벌 좋아하시네! 난 이래 봬도 자랑스러운 대한민국 육군 병장으로 전역한 몸이거든. 군대도 안 갔다 온 풋내기 녀석하고는 라이벌 안 한다."

"조국의 현실상 싫어도 끌려간 주제에 말이 많다. 너, 뒷구멍으로 군대 안 가려고 별수 다 쓰다가 네 아버지한테 귀싸대기 맞고 끌려간 거 다 알아, 인마."

유럽이 거침없이 정욱의 날카로운 잽을 가볍게 피했다. 캐나다국적을 가지고 있어 군대를 가지 않은 것은 한국에 사는 남자로서 상당한 핸디캡이었다. 비슷한 비아냥을 여러 번 들어보았기에 피하는 방법도 잘 알고 있었다. 이놈의 한국 사내들, 군대 안 간 게 무슨 큰일이라고. 아주 유세를 떨고 있다.

정욱이 인상을 팍 썼다. 무서운 눈으로 세영을 노려보았다.

"이 배신자, 천기누설을 하다니."

"뭐, 어때? 사실인걸. 외숙부님한테 개기다가 반쯤 죽도록 맞고 쫓겨난 건 우리 집안 전설이야."

세영이 뻔뻔스레 정욱의 말을 뭉갰다. 그리고 재판관처럼 손을 들고 장엄하게 선언했다.

"노래방으로 진출하자."

"뭐?"

"싸움은 말리고 흥정은 붙이랬다고, 이참에 두 사람, 진정한 승부를 한번 내보지? 누가 누가 잘하나, 구원舊怨을 해결하라고."

"어머, 재미있겠다."

정욱의 아내 기원 이하 소영 커플까지 손뼉을 쳤다. 대찬성이었다. 주먹질보다는 악악대며 노래하는 게 훨씬 더 낫지. 진정한 세계 평화는 이런 식으로 이루어지는 법이다.

나름대로 노래방에서 스타 대접을 받는 정욱이 벌떡 일어섰다. 거만한 눈빛으로 노려보며 음핫하하 웃어 제쳤다. 그 옛날 음악시간, 항상 뒷자리에서 소리 없이 입만 벙긋거리던 친구의 전력을 잘 알고 있었다.

"친구, 아니지, 라이벌이라 주장하는 놈. 기권이냐?"

"기권 좋아하시네!"

유립의 외로운 저항에도 불구하고 승부는 결국 노래방에서 결정될 모양이었다. 음치이긴 하지만 예서 꼬리를 말 수 없는 법. 정욱의 조롱에 자존심은 빌보드 차트 1위인 유립 역시 벌떡 일어섰다.

여섯은 한 덩어리로 뭉쳐 토요일 밤 거리로 나섰다. 빌딩 사이로 둥실 뜬 둥근 달이 등 뒤로 따라왔다. 자동차의 소음과 네온사인,

휴일 밤의 향락을 즐기려는 사람들도 엇갈려 지나갔다. 그런 길을 걸어서 노래방으로 밀고 들어갔다.

"이 노래를 사랑하는 기원이에게 바칩니다."

제일 먼저 정욱이 사람들을 제치고 무대로 나섰다. 아내를 바라보며 키스를 날렸다. 그리고 그윽한 목소리로 '사랑하는 그대에게'라는 주접스런 노래를 시작했다. 아무리 깎아 내리려고 해도 그럭저럭 멋진 노래 솜씨였다.

그것을 지켜보며 유립은 몹시 배알이 꼴린 얼굴이 되고 말았다. 발끝을 거들거리며 두 팔을 머리 위에 대고 권태롭게 노려보며 논평했다.

"눈꼴시다, 눈꼴셔."

"왜? 들을 만한데."

"하기 싫은 노래, 안 하면 역적 되는 노래방, 이런 문화 정말 싫어. 젠장, 유흥조차도 일체적이고 강압적이잖아. 나처럼 자유로운 영혼의 소유자는 이런 분위기 정말 짜증난다고."

"자기야, 노래 못해서 스트레스받는다는 사실을 이런 식으로 비비 꼬아 현학적으로 표현하는 거지?"

물 만난 고기로다. 정욱이 연속으로 세 곡이나 뽑았다. 팡파레가 울리고 99점이라는 경이적인 점수를 기록했다.

정욱은 거만하게 웃으며 마이크를 내밀었다.

"이봐, 재수만땅! 한번 나서보시지. 자신없으면 기권하시고. 여기 선수들 많거든."

"웃기고 자빠졌네. 누가 안 한다고!"

유립이 거칠게 마이크를 낚아챘다. 자신만만한 동작으로 선곡한 노래 버튼을 눌렀다. 이내 아주 경쾌하고 명랑한 전주곡이 시작되었다. 음치가 좋은 점이 무엇인가? 박자 음정 무시, 언제나 자유로운 편곡이 가능하다는 데 그 매력이 있지 않은가? 멋진 오페라 가수나 되는 듯이 마이크를 움켜쥐고 노래하기 시작했다.

"야~ 뽀로로다~ ♬"

"이, 이게 뭔……?"

"나 미쳐! 멋쟁이! 오빠, 죽인다!"

삽시간에 세영과 정욱을 비롯해 실내의 모든 사람은 바닥에서 데굴데굴 굴렀다. 이유립의 재롱쇼, '뽀로로'의 열창을 듣게 되다니 이런 빌어먹게 환장할 코미디가 있나.

그러거나 말거나 그는 눈까지 지그시 감고 열창했다. 유립이 부르니 동실한 펭귄 뽀로로조차 더없이 섹시하고 시니컬한 펭귄으로 변했다. 장엄한 오페라가 되었다.

"♬눈 덮인 숲속마을 꼬마 펭귄 나가신다. 뽀롱뽀롱 ♪ 뽀로로 뽀롱뽀롱 뽀로로♬"

"오빠~"

"앵콜!"

유립이 무엇을 해도 콩깍지인 세영 말고도 기원과 소영까지도 열광했다. 점수야 34점인들 어떠리. 탬버린을 흔들며 악악대는 팬들의 성원에 힘입어 마침내 노래방의 꽃 '뽕짝'에까지 도전했다. 간드러진 목소리로 명작 중의 명작, 불후의 고전, '여자는 배 남자는 항구'를 시작했다. 99점짜리 정욱은 이제 완전히 뒷전이었다.

기가 찬 정욱이 열불을 식히려 맥주를 벌컥벌컥 마셨다. 마지못해 비웃음 반, 감탄 반 내뱉었다.

"재수만땅 이유립이. 여하튼 예측불허라니까."

"예측불허지. 그래서 재미있고 매혹적이지."

자랑스레 떠벌리는 세영의 말에 정욱이 흥 하고 콧방귀를 날렸다.

"이봐, 사촌. 콩깍지 낀 눈으로 보는데 무슨 객관적? 그렇게 애인을 자랑하고 싶으냐?"

세영이 생긋 웃으며 기습적으로 물었다.

"사실은 좋아하지?"

"뭐?"

"틱틱거려도 너, 저 사람 은근히 좋아한다고. 성격상, 너 정말 아니다 싶은 건 다시는 안 보잖아. 그런데 입으로는 욕 엄청 하면서도 만나는 거 별로 꺼려하지 않고, 쫘 붙이고 입씨름하는 거 묘하게 즐겁다고. 편안해 보이기도 하고. 유립 씨도 마찬가지거든. 사실은 둘, 서로 좋아하는 거지?"

"아니!"

정욱은 강력 부인했다.

난 다 안다네. 세영이 씩 웃으며 말끄러미 응시하고 있었다.

잠시 후, 그도 피식 웃고 말았다.

"아마 그런 것 같기도 해. 라이벌은 서로 인정해야 가능한 거니까."

턱없이 큰 노래방 소음 안에서, 귀 기울여 듣지 않으면 제대로 알아들 수 없는 그 안에서 두 사람은 무대 위의 유립을 동시에 바라보았다. 그는 부서지는 무지갯빛 조명 아래에서 소영의 파트너인 필립과 어깨동무를 하고 있다. 난이도 1,000% 상승인 최신 유행곡 '잘생긴 남자는 얼굴값을 한다네'를 악악대고 있었다.

정욱이 감동하여 쓰러지는 척했다.

"앗, 저건 지가 엄청 잘났다 자신하는 자의식 과잉인 사내들만이 부를 수 있는 천하의 명곡이 아닌가."

"……잘해줘, 정욱아."

"뭐?"

세영은 손에 들고 있던 맥주를 한 모금 마시고 탁자 위에 빈 캔을 놓았다.

"보이는 것보다 훨씬 더 좋은 사람이야."

"재수만땅이라는 별명이 왜 생겼을까, 사촌? 아무리 네가 현재 저놈의 연인이라 해도, 저 이기적인 자식에게 좋은 사람이라는 평가는 터무니없이 과하지."

"나누어줄 상대가 없어 이기적인 사람으로 보이는 거야."

세영이 조용히 말했다. 정욱이 눈썹을 치켜 올렸다.

"인간성에 관한 새로운 해석이냐?"

"너도 알다시피 저 사람, 마음 나누는 사람이 주변에 없어 그래. 형제도 없이 혼자 자랐고 집안 형편이 더분더분 친구를 사귈 만큼 개방적인 것도 아니고. 자기중심적이 되지 않으면 안 되는 상황에서 자랐잖아. 너나 나처럼 오픈된 성장이 아니었어."

"그래서?"

"이제야 저 사람도 친구를 사귈 만큼 자란 것 같아. 저렇게 어울리려고 노력하는 것 보면. 그러니까 잘해줘."

"나이 서른 넘어 참 잘하는 짓이다. 엉?"

"그러게 말이야. 저 사람, 나 만나 진짜 사람 됐잖아."

세영은 부인하지 않고 의기양양, 자랑스레 떠벌였다. 지금껏 사춘기 그 자리에 머물러 있던 연인을 바라보며 나지막이 중얼거렸다.

"좋아하면 할수록 고슴도치처럼 가시를 세워. 순수하고 맹목적이지만, 어떻게 마음을 내보여야 할지 몰라. 그래서 좋아하는 사람일수록 더 끼적거리고 귀찮게 해."

"흠, 이유립에 대한 새로운 발견인걸?"

"표면적이고 진실이 없는 관계에 대해서는 아주 능수능란해."

정직한 감정을 드러낼 필요가 없기 때문이다. 상처받지 않으니까. 얼마든지 웃고 이해하고 마음 좋은 척할 수 있다. 어차피 표피적이고 스쳐 지나가는 감정이니 금세 잊어버릴 것들이니까.

"하지만 깊은 속을 개방해야 할 때는 서툴러. 저 사람하고 정말 친구가 되려면 말이야, 저 사람이 내보이는 표면적인 가식에 속아서도 안 되고, 그렇다고 달라붙어 다가오는 거 밀어내도 안 돼."

늘 섬세하게 헤아려야 한다. 버릇같이 입술에 붙은 이중성의 미소에 절대로 기만당하면 안 된다. 금세 경멸당하게 될 거니까. 그렇다고 불친절하게 내보이는 진실을 읽지 못하고 넘겨 버려서도 안 된다. 깊이 상처받으니까. 음울하고 어두운 뿌리는 보이지 않는다. 겉으로 드러난 꽃송이같이 밝고 환한 모습만 보여주는 사람이

다. 그렇게 되면 아무도 귀찮게 하지 않으니까 생긴 슬픈 버릇이
다.

　운명일까. 오직 단 한 사람. 그와 세영은 시작부터 감춰둔 뿌리로
부터 만나 버렸다. 흙 속에 파묻혀 있던 비밀스런 본질, 누구에게도
개방한 적 없는 심연에서부터 시작된 관계였다.

　분명히 가지고 있으나, 스스로 싫어하고 부인하고 싶은 그런 것
들로부터 시작된 만남은, 그들 스스로가 통제할 수 없을 지경으로
빨리, 제멋대로 싹터 올랐다. 떡잎이 되고 이파리가 되고 이내 꽃,
그리고 지금은 그 꽃마저 지고 이울어 열매 맺히는 연애.

　그래서 운명.

　유립 자신보다도 더 많이 세영은 그를 알고 있었다. 연인의 결핍
과 슬픔을, 단점과 약점을 분명히 보았다. 그래서 그녀에게만 집착
하고 필요로 하는 이유도 알았다. 사랑하는 이유, 그와 같은 뿌리에
서 났고 물관을 타고 수액이 흐르듯이 그를 적셔줄 수 있는 사람이
기 때문이라는 것을 알게 되었다.

　그녀의 연인은 가시 돋친 고슴도치, 무척 약하고 예민한 꽃잎 같
은 사람. 언젠가는 개화시켜야 하지만, 억지로 벌리거나 찢어서는
절대로 안 되는 몹시 여린 사람. 동시에 아주 위험하고 거친 맹수.
부드럽게 비단채찍을 휘두르다가 알몸으로 포근하게 안아주기도
해야 한다. 상상할 수 없을 정도로 복잡 미묘한 결을 지닌 저 남자.
그렇기에 상상 이상의 매혹을 지난 저 사람. 그녀의 연인. 그녀의
운명. 아직은 서투르지만, 언젠가는 거대한 산으로 하늘로 세상과
사람 전부를 품을 사람.

세영은 저 남자를 반드시 그렇게 만들 것이다. 가만히 이야기를 듣고 있던 정욱이 싱긋 웃었다.

"너희, 연애질하는 거 맞아?"

"왜?"

"네 말을 듣고 있으니 연애질을 하는 게 아니라 맹수 조련하는 것 같아서 말이다."

세영은 빙긋 웃었다.

완전히 발동 걸렸다. 탬버린을 목에 걸고 필립과 둘이 엉켜 폭스, 트로트, 왈츠, 룸바에다 지루박까지 추면서 열창하고 있는 연인에게 손으로 키스를 보냈다. 그리고 사촌을 돌아보며 자신만만 내뱉었다.

"몰랐어? 철없는 맹수 조련, 그게 바로 내 전공이지. 그게 얼마나 짜릿한데? 힘들기는 하지만 보람이 크지."

사육당하는 줄도 모르면서 사육당하는 저 불쌍한 놈. 지독한 사촌 녀석에 걸려 뼈도 못 추릴 놈이 아닌가? 날마다 재수없이 구는 것, 한 번쯤 용서해 주기로 할까?

"세영아, 이리 와."

유립이 세영을 무대 위로 불러 올렸다. 머리를 맞대고 마이크 하나를 잡고 따로 또 같이. 서투르나 열정적으로 노래하는 두 사람은 한 가지에서 피어난 두 꽃송이처럼 보였다. 미친 생각일 테지만, 지독하게 잘 어울리는 한 쌍이었다. 서로에게 맞춰진 존재처럼만 보였다. 싫든 좋든 저들 둘은 함께여야 하는 팔자인 모양이다.

'태어나길 너흰 같이 살아야 하는 운명인 것 같다.'

홀로 중얼거리며 정욱은 맥주캔을 들었다. 수난밖에 기다리고 있지 않을 저들 둘의 미래에 대하여, 그래도 끝내 이기고 같이 살게 될 둘을 위해 건배했다.

의도하지 않은 운명

그 전화는 아주 바쁜 시간에 울렸다. 한 손으로는 서류를 뒤적이며, 또 한 손으로는 진동하는 휴대전화의 화면을 터치했다.

"안녕하세요, 정세영입니다."

〈[로즈.]〉

담대한 심장이 갑자기 뚝 멈추어 섰다. 입술에 침이 말랐다. 휴대전화를 귀에 댄 채 세영은 하얗게 변해 버린 허공을 멍하니 응시하고 있었을 뿐이다.

상상하지도 못한 악몽. 지독한 날의 시작이었다.

노을 지는 청신한 하늘이 갑자기 핏빛으로 물든 것처럼만 보였다. 평화와 안식의 세상이 아주 쉽게 깨어지고 균열되고 있었다. 세영은 꿀꺽 침을 삼켰다. 아주 천천히, 망각의 그늘 아래에서 증오스런 이름 하나를 꺼냈다. 천천히 이 사이로 밀어냈다.

[카이사르.]

〈[그래, 나야.]〉

혹시나 했지만, 바쁘고 분주한 일상에 젖어 잊어버린 일이었다. 그렇지 않아도 복잡하고 바쁜 머릿속에, 이미 과거로 넘어간 남자 따윈 오래도록 입력되지 못했으니까.

하지만 긴 시간을 내내 기다린 남자는 단 하나도 잊지 않고, 아무 것도 버리지 않고 온전히 그녀를 원하고 기다리고 낚아채려 호시탐 탐 기회를 노리고 있었던 거다. 그가 나직하게 속삭였다.

〈[들으면서도 전율스럽군. 그리운 이름이야. '카이사르'라……. 십 년 전의 모든 것이 떠오르는 느낌이야.]〉

[원하는 게 뭐야?]

이제 와서 새삼스레 왜……? 세월 안에서 잊힌 과거일 뿐인데, 왜 다시 내 앞에 나타난 거지?

말하지 못한 말의 꼬리를 들었던 걸까. 그가 나지막이 웃었다.

〈[나의 장미는 아직도 아름다운가?]〉

[죽어버려, 카이사르!]

쿡쿡쿡! 수화기 저쪽에서, 깊은 지옥에서 새어나오듯 소름 끼치 도록 서늘한 웃음소리가 다시 들려왔다. 사랑했던 그 남자가, 잊었 던 악령이 칼을 들고 심장을 찌르는 적의 얼굴을 하고 다시 나타났 다.

〈[역시 그래, 나의 로즈. 예상대로 나를 아직 잊지는 않았군.]〉

[여자의 원한은 쉽게 사라지지 않지.]

〈[그럼 이건 어떨까? 남자의 사랑은? 그것도 쉽게 지워지지 않지.]〉

[장난하지 마.]

세영은 천천히 돌아오는 이성을 거둬들여 냉담하게 대꾸했다. 냉동고에서 방금 꺼낸 얼음처럼 딱딱하게 내뱉었다.

이 사내로 인해 동요하고 떨리는 심장 소리조차 아까웠다. 지금 이 순간, 유립이 죽도록 보고 싶었다. 따뜻한 품에 안겨 그의 규칙적인 심장 소리를 들을 수 있다면, 포근한 체온을 가까이 할 수 있다면 이렇게 허약한 떨림 따윈 흔적 없이 사라질 테지. 진정으로 깊이 사랑하는 남자를 생각하며 흐트러진 마음을 추슬렀다. 한없이 도도하게 후려쳤다.

[감히 내 앞에서 사랑 따위를 말해? 당신 같은 쓰레기는 그런 말을 할 자격 없어.]

〈[너에 대해서 그 말을 할 자격이 있는 남자가 있다면 이 세상에서 단 한 사람이지. 바로 나야.]〉

아니, 세상 사람 전부가 사랑을 말할 수는 있어도 이 남자만큼은 그 말을 할 자격이 없다. 세영은 축축한 땀이 돋아난 손을 치맛자락에 사납게 문질렀다. 차갑게 비웃어주었다.

[멍청한 카이사르, 어쩜 이렇게 웃길 수 있지? 우리가 나눈 것이 '사랑' 비슷한 것이었다면, 그것을 아주 완전하게 부인했던 것은 당신이 먼저였지.]

〈[그만. 로즈, 그때 우리가 나눈 건 '사랑' 비슷한 것이 아니야. 운명이라고 부르지.]〉

[당신은 귀머거리로군. 십 년 전 분명히 '아듀'라고 했던 것을 기억하는데? 입 닥치고 꺼져. 다시는 나타나지 마.]

그가 다시 웃었다. 새틴처럼 유연하고 부드럽지만 동시에 아주 강하고 폭압적이지. 남자의 웃음은 미치도록 강하고 섹시했던 예전의 질감 그대로였다. 꼼짝할 수 없도록 여자를 지배하고 적시는 그 웃음소리는 지독하게 강렬한 맛이었다.

〈[역시 짐작대로야. 아직도 날 용서하지 않았군.]〉

[감히 용서받을 수 있을 거라고도 믿지 않았을 텐데?]

〈[그래, 맞아. 다행이야. 네가 용서했다면 나에 대해 깡그리 잊어버렸을 테니. 나의 로즈, 네가 그런 것처럼 나 또한 너에 대해 그 어떤 것도 잊지 않았어. 우리의 재회를 기대하지. 조만간 만나게 될 거야.]〉

그리고 전화는 일방적으로 끝났다. 동시에 세영의 입술 사이로 증오에 가득 찬 욕설이 터져 나왔다.

"개자식!"

이 사이로 새어 나오는 이것은 단순한 욕설이 아니었다. 치명상을 입은 짐승이 내지르는 가냘픈 비명이었다. 참을 수 없어, 핏줄기처럼 내뿜는 신음 소리였다.

세영은 벌떡 일어나 화장실로 갔다. 변기에 앉아 떨리는 손으로 담배 한 대를 피워 물었다. 연기를 빨아들일 생각도 하지 못하고, 기다란 재가 치마 위에 떨어지는 것도 모르고 멍하니 허공만 바라보며 하염없이 앉아 있었다. 담배를 낀 손가락이 바들거리고 있었다.

"카이사르……. 이 개자식……. 나쁜 놈."

세영의 입술이 심술 맞게 삐뚤어졌다. 이제 와서 나타나면 어쩔 건가? 아직도 남아 있는 애증을 생각하니 이가 시렸다. 어금니를 삭여 물었다.

스물, 그때 세영의 나이 기껏 스무 살이었다.

순백하나 어리석은 청춘. 비에 씻긴 하늘같이 말갛고 이제 막 내린 첫눈처럼 순결만이면 족하던 그 시절. 자신의 이름 말고는 모든 것이 거짓이던 그 남자의 가증스런 배신으로 인하여 세영은 바보스런 순수의 유리관에서 단번에 튕겨져 나와야만 했었다. 싫어도 맞부딪치고 당해야만 하는 잔혹하고 아픈 현실과 정면으로 맞부딪쳐야 했었다.

'당신, 찢어발겨 버릴 거야, 카이사르.'

꼭 쥐어진 작은 주먹이 바들바들 떨렸다.

'아직도 잊지 않아, 카이사르. 아무것도 잊지 않았어. 그날의 하늘은 며칠이나 내린 비로 씻겨 투명한 사파이어빛이었던 것까지.'

스무 살, 그 시절에 세영은 첫사랑의 독감을 지독하게 앓았다. 죽을 만큼 처절하게 고통스러웠다.

'와봐, 과거의 당신! 삼켜줄 테니. 와작와작 씹어주지.'

독약처럼 잔인하며 얼음보다 더 차가운 미소가 세영의 입술을 적셨다. 그 미소는 선혈처럼 더 검붉었다. 감히 그 자식이 논論한 사랑 따위로는 절대로 메울 수 없는 깊은 상처가 있다. 세상의 그 어떤 것으로도 메울 수 없는 치욕과 슬픔이 있다.

'올 테면 와봐. 이번엔 내가 당신을 이용해 주지, 카이사르. 심장

을 파버리겠어. 네 단물 한 점까지 다 빨아주겠어. 다시 한 번 널 철저하게 부러뜨려 주지, 이렇게!'

세영은 아직도 손에 끼고 있던 담배를 한 모금 깊게 빨아들이고 강하게 비벼 부러뜨렸다.

화장실을 나와 손을 씻었다. 오래도록, 문신이라도 지우는 것처럼 비누로 몇 번이나. 거울 속에 박힌 얼굴을 향해 새하얗게 웃어주었다. 교활하고 빈틈없는 '독바늘' 정세영의 얼굴이 떠올라 있었다.

'카이사르, 제법 적절한 때에 나타나 주었어. 그 공적을 인정해서 한 번은 봐주지. 단번에 말고 천천히 난도질을 해주겠어. 나타나 라구, 어서!'

"관저에서 어르신들과 함께 식사 예정 잡혀 있습니다."

퇴근하고 사무실을 나오는 세영 뒤를 따라오며 강 실장이 나지막이 일깨워 주었다. 세영의 최측근에서 근접경호를 담당하기에 그녀도 명목상 민국당 홍보팀 직원으로 함께 근무하는 사이였다.

"알았어요. 바로 그쪽으로 가죠."

"그리고 이번 주말, 어르신들께서 여름휴가를 떠나시는데 동반하실지 연락드려야 합니다."

"오늘 아버지 뵙고 직접 말씀드리죠."

"그보다 저기…… 세영 씨, 잠시 저하고 이야기 좀 하실 수 있는지? 꼭 말씀드릴 것이 있습니다."

언제나 침착했던 강 실장의 목소리가 심상찮았다. 세영은 돌아서서 그녀를 응시했다.

"무슨 일 있어요?"

"박 팀장은 당장 모든 것을 어르신께 보고드려야 한다고 말했지만, 제가 막았습니다. 아무래도 이건 세영 씨가 먼저 알아야 한다고 생각해서……. 저어, 아직 경호실장님께도 보고되지 않은 사안입니다. 아무래도 사생활이니까요."

강 실장은 어지간해서는 입 꾹 다물고 지켜만 본다. 자유분방한 세영의 일상에 대해서 간섭을 거의 하지 않는 그녀가 이 정도의 표현을 써가며 말을 한다는 것은 아주 심각한 문제가 발생했다는 뜻이다. 보통 일이 아니다.

불운은 혼자 오는 법이 아닌 모양이다. 이미 카이사르의 일로 갈가리 찢어진 심장이 다시 한 번 벌렁거렸다. 갑자기 오한이 들었다. 이상하게 예감이 좋지 않았다.

"심각한 일인가 보군요. 대체 무슨 일인지 들어나 봅시다. 긴요한 일인 모양인데."

걸어가다 말고 멈추어 섰다. 엘리베이터를 타는 대신 복도 끝 빈회의실 문을 열었다.

'좋은 것이든 나쁜 것이든 어차피 들어야 할 이야기라면 빨리 듣는 게 낫지.'

담대한 세영다운 생각이었다. 그래야 한시라도 빨리 대책을 세울 게 아닌가. 설사 그것이 유립과의 밀회가 발각되었다는 최악의 것이라 해도. 강 실장의 말에 따르자면 아직 아무도 모른다니 다행이지. 아랫배에 힘을 주었다. 당장 오늘 밤이라도 둘이서 줄행랑을 치면 그만이다.

강 실장은 마치 자신이 죄인인 양 어두운 얼굴이었다. 그는 세영 앞에서 고개를 숙였다.

"죄송합니다. 제 불찰입니다."

"뭐가 대체 죄송한지 들어나 봅시다."

그녀가 핸드백에서 꺼내놓은 것은 소형 디지털카메라였다. 화면을 확인하다가 멈칫하는 세영의 손가락을 강 실장이 응시하고 있었다.

세영은 카메라를 내려놓고 한 손으로 이마를 짚었다.

"미치겠네."

나지막한 한탄이 절로 새어 나왔다. 불길한 예감은 끔찍하게 정확했다. 역시 영원한 비밀은 없었다. 세영은 팔짱을 낀 채 탁자에 놓인 디지털카메라를 물끄러미 내려다보았다.

유립과 세영, 둘만의 공감과 비밀스런 세상이 거기 다 들어 있었다.

"카메라는 이렇게 제 손에 들어왔고, 절대로 공개하지 않겠다는 약속을 받아내기는 했습니다."

"어떻게 찍었을까? 그냥 평범한 봉사활동이었는데."

"어떻게 두 분이 같이 있으면서 '평범하다'는 표현을 쓸 수 있습니까?"

나지막하나 강한 힐난이었다. 그 한마디로 강 실장이 유립의 정체를 벌써 파악하고 있다는 것을 알았다.

하지만 세영도 지지 않았다. 도전적인 시선으로 그녀를 노려보았다. 죽을 때는 죽더라도 불리한 것은 끝까지 부인하고 시침을 떼자, 이것이 세영의 확고한 인생관이었다.

"같은 소우회 회원이란 말이죠. 우연히 같은 봉사활동에 참가한 것뿐이라구요. 봉사활동하는 데에도 파트너를 골라가며 해야 하나? 주최 측에서 임의로 배정한 거라구. 난들 어떻게 해요?"

"진실이야 어떻든 모르는 사람들은 눈에 보이는 것만 믿습니다. 소문은 이내 빵처럼 부풀어 오르겠죠."

강 실장이 담담한 어조로 지적했다.

"그리고 금세 흥미있는 이야깃거리로 전락하게 될 것은 뻔하죠. 싫든 좋든 어르신들에게 큰 누가 될 것이 자명한 일이구요. 그 이유는 제가 더 이상 말씀드리지 않아도 세영 씨께서 더 잘 아시리라 생각합니다만."

세영은 두 손으로 머리카락을 넘겼다. 마지막으로 뻗대며 항변했다.

"우리 둘만 같이 있었던 건 아니라구요. 강 실장도 알잖아. 정욱이랑 기원이도 같이 활동했었어요."

"사진을 보십시오. 처음부터 끝까지 두 분뿐입니다. 스캔들은 두 분의 진실이나 그때의 사실과는 전혀 상관없다는 것을 알고 계시지 않습니까? 여론조작이나 거짓광고는 세영 양의 전문 아닙니까?"

세영 또한 마지못해 인정했다. 고개를 끄덕였다. 물끄러미 앞에 놓인 카메라의 화면을 내려다보았다.

환하게 웃으며 유립이 이불 빨래를 하고 있다. 반팔셔츠에 반바지, 맨발로 통 속의 거품을 철퍼거리는 그의 얼굴은 태양처럼 밝았다. 가슴이 시렸다. 헤벌레 미소에 잠겨가는 스스로에 기가 찼다. 이런 심각한 때에도 연인의 멋진 미소를 보며 마음 설레 하고 있다니. 정말 중증이었다.

손을 뻗어 다른 화면을 다시 넘겨보았다. 누가 보아도 이건 처음부터 끝까지 깊은 사랑에 빠진 연인들의 이야기였다.

유립과 세영이 다정한 부부처럼 이불 양 귀퉁이를 잡고 빨랫줄에 널고 있었다. 그리고 숨다시피 나눈 잠시의 짧은 키스. 둘이서 쪼그리고 앉아 라면을 끓이는 광경도 있었다.

"참 많이도 찍었네. 대체 박 팀장은 뭐 하고 있었대?"

자신도 모르는 사이, 누군가가 그들을 지켜보며 낱낱이 파인더에 담고 있었다는 사실에 울컥 소름이 끼쳐 왔다. 그녀의 운명이, 싫든 좋든 공개된 존재라는 것이 이렇듯이 무거운 무게로 뒤통수를 칠 줄이야.

그래서 어머니가 세영이 선거운동에 나서서 설쳐 대는 것을 그리도 탐탁해하지 않았던 모양이다.

사단은 지난 주말이었다. 그날 소우회 회원들은 연례적인 활동으로 독거노인의 세탁 및 외출 도우미 봉사를 나갔었다. 뻔히 둘 사정을 아는 총무 정욱이 모르는 채 두 사람을 한 묶음으로 배치해 주었다.

그래서 달동네의 독거노인 집에 가서 물먹은 장판지 뜯어내고 새로 장판지 붙이는 일이며, 곰팡내 나는 습하고 묵은 이불 빨래를 했던 것이다.

모처럼 외출을 하고 싶다는 노인을 휠체어에 모시고 골목길을 걸었다. 자장면도 먹고 시늉뿐인 마을 개천가도 걷고. 노을이 지는 길을 손잡고 걸어가는 두 사람의 뒷모습은 아무리 감추어도 사랑하는 연인, 그 이상도 그 이하도 아니었다.

언젠가는 사람들 눈에 드러날 수 있을 거라고 늘 걱정했다. 다만 이런 식으로 예고 없이 대중들 눈앞에 노출될 거라고는 생각하지 않았지만.

"이번 일은 없던 것으로 무마한다 해도 대체 어쩌실 생각입니까?"

"무슨 대답을 원하세요?"

"심각한 사이가 아니라고 말씀해 주십시오."

"그렇게 대답하면 강 실장 마음이 편하겠어요?"

세영은 한 손으로 거칠게 머리카락을 쓸어 넘겼다. 핸드백 안에서 담배 한 대를 찾았다. 라이터가 찰칵 소리를 내며 불길을 내뿜었다. 빨갛게 달아오르는 끝을 바라보며 나직하게 되물었다.

"거짓말로 내가 유립 씨를 만나지 않겠다고 맹세하면 달라지는 게 있느냐구요."

"저는 세영 씨를 보호하고 책임져야 합니다. 이런 식으로 물의를 빚는 일에 대해서는 좌시할 수는 없단 말입니다."

"강 실장은 저의 경호원이지 사생활 감시자가 아니죠."

"그럼 계속 이분과 관계를 지속하시겠다는 말씀이십니까?"

"어머니와 결혼했던 남자의 아들이라고 해서, 내가 만나지 못할 이유는 없죠. 어때요? 우리 아주 썩 잘 어울리는 한 쌍처럼 보이지 않나요?"

세영은 긴장을 풀기 위해 더 크게 활짝 웃었다. 우직한 사람 앞에서 얄팍한 술수를 쓸 수는 없었다. 잔인할 정도로 정직한 것이 최선이었다.

"다른 사람이 막기에는 이미 늦었어요. 우린 무슨 일이 있어도 결혼할 작정이니까."

결혼이란 말에 강 실장의 침착한 얼굴이 파랗게 질렸다. 두 사람의 관계가 이 정도까지 깊어졌으리라고는 짐작하지 못했던 거다. 순진하기는.

"그, 그러면 저는 어쩔 수 없습니다. 이 사실을 여사님께 말씀 올려야 합니다."

"이보세요, 강 실장. 내가 남자를 만나고 하룻밤 화끈한 연애질 하고 다시 헤어지고 뭐, 이런 거 한두 번인가? 다 내 사생활이에요. 이건 경호를 맡은 강 실장이 간섭할 문제가 아닌 거죠. 내 나이가 몇인데? 그리고 어머니께 무슨 보고를 드리려고? 어머니가 결혼했던 남자의 아들을 당신 따님이 만나고 있습니다, 연애를 하는 것도 모자라서 결혼까지 생각하는 아주 심각한 사이입니다, 이런 말 하려고요? 우리 어머니, 뇌출혈로 쓰러지시겠네."

"그것을 아시면서 왜 이런 불장난을 하시는 겁니까? 세영 씨가 이리도 경솔하고 이성적이지 못한 것을 처음 알았습니다."

"사랑에 이유가 어디 있어? 나 미쳤어요, 이 남자한테."

세영은 단호하게 내뱉었다.

"그리고 누가 무슨 방해를 한다 해도 우린 결혼할 작정이야. 이 사람이나 나나 마음만 먹으면 무슨 짓이든 할 힘이 있어요. 그건 강 실장도 알잖아요. 그리고 우리 둘 관계 섣불리 알렸다간 강 실장도, 박 팀장도 무사하지 못해요. 내가 가만 안 있을 거니까."

"대체 어쩌실 작정입니까?"

"이 사람, 나 작년 겨울 세인트존스 섬에서 처음 만났어. 그때 강 실장, 여름감기로 끙끙 앓고 있었죠. 그래서 이 남자가 나에게 접근하는 것 못 막았잖아요. 당신, 직무유기한 거라고. 입만 벙긋 해봐요. 엄마한테 가서 당신이 오히려 날 부추겼다고 말해 버릴 거야."

"그, 그런 터무니없는……!"

"왜 터무니없어? 아까 말했잖아요. 난 필사적이라고. 이 남자랑 결혼하기 위해 무슨 짓이든 다 한다고. 이 사람도 마찬가지야. 괜히 긁어 부스럼 만들지 말고 모른 척해요. 그게 당신 신상에 좋아."

"하, 하지만……."

강 실장의 이마에 땀이 뚝뚝 떨어지고 있었다. 거의 패닉 상태가 된 것이 분명했다. 어지간한 그녀도 대체 이 난관을 어찌 수습해야 할까 아득해진 것이리라.

세영은 냉철한 어조로 오금을 박았다. 사실은 자포자기에, 반은 이판사판이었지만.

"그냥 하던 대로 해요. 내가 알아서 처리할 테니까. 강 실장님은 지금처럼 입 꾹 다물고 있으면 돼."

"그게 가능할 거라고 믿으십니까?"

"그럼 어떻게 할 작정인데? 이미 막장까지 간 날 감시할 생각 말고 이런 쓸데없는 짓이나 하는 날파리들이나 감시 잘해요. 그게 당신 할 일이야. 당신이 막거나 말거나 난 이 남자랑 연애하고 있는 중이고, 아버지나 엄마가 반대하시거나 말거나 반드시 우린 결혼하게 될 거라고. 알았어요? 서로 미리 밉보이지 말고 잘합시다. 나 아니라도 이 남자, 경산 황태자인 거 알죠? 무시 못한다구."

〈회장님께서 찾으십니다.〉

찬물 한 잔 마실 틈도, 의자에 앉아 에어컨 바람을 쐴 틈도 주지 않았다. GS텔레콤에서 대대적으로 벌이는 '굿바이 섬머 쿨' 행사 진척 상황을 점검하고 돌아온 길이었다.

올해 여름은 이상하기도 하지. 8월이 가고 9월도 초반인데 오히려 더 끈적거리고 늘어지는 늦더위가 기승을 부리고 있었다. 세상이 미쳐 돌아가니 날씨조차 비정상이었다.

부르시니 가야지. 노크를 하고는 회장실 문을 열었다. 늘 곁에서 수행하는 비서실장이 앞에 앉아 무슨 이야기를 나누고 있다가 입을 다물었다. 심각한 이야기였는지, 두 사람 다 표정이 굳어 있었다. 유립은 문 앞에 멈추어 섰다.

"제가 기다릴까요?"

"아니다. 오 이사, 이 이야기는 다음에 하지."

"알겠습니다. 제가 알아서 동경 지사에 연락해 놓겠습니다."

"그래."

비서실장이 탁자에 놓여 있던 파일을 주섬주섬 집어 봉투에 넣었다. 그는 유립에게 가볍게 목례하고 문을 열고 사라졌다.

소파로 다가가다가 이 회장의 깡마른 손을 보게 되었다. 'JAL' 마크가 찍힌 비행기티켓이 순간 사이드 테이블의 서랍 속으로 사라졌다.

"일본에 나가실 겁니까?"

"왜 물어?"

"비행기티켓이잖아요."

"그래."

"언제 가실 겁니까?"

"다음 주말에."

최 여사님 히스테리가 또 시작되겠군. 유립은 한숨을 쉬었다. 그나저나 아무래도 수상하다, 노인네. 재작년부터 뻔질나게 일본을 드나들고 있다. 짤막짤막하기는 했지만, 올해만 하더라도 벌써 세 번째이다.

"이번에는 얼마나 있다가 오실 건데요?"

"글쎄, 이런저런 일 다 보려면…… 한 사나흘은 있어야 할 거다."

"거기 여자라도 숨겨두셨어요?"

아들의 버릇없는 말에 이 회장이 얼굴을 찡그렸다.

"쓸데없는 소리."

"그런데 왜 만날 일본엘랑 가시는데요? 여자도 없고 배다른 자식 숨겨놓은 것도 아니고 말이죠. 그렇다고 따로 꿀단지 숨겨놓은 것도 아닐 테고. 어머니가 영 수상해하는 거 모르세요?"

노인의 이마에 더 깊은 주름살이 새겨졌다. 못마땅해하는 표정이 역력했다.

"쓸데없는 일로 제 속을 왜 후벼 파? 여하튼 생각하는 것이라곤 왜 만날 그 모양인지. 쯧쯧……."

"천생 여자인 죄겠지요. 믿지 못하게 만든 죄야 회장님 탓일 테구요. 그런데 왜 부르셨습니까?"

입 꾹 다물고 매사 유들유들, 제 간이라도 전부 빼줄 것처럼 착하고 속 좋은 얼굴만 하고 있었다. 시키는 대로 늘 '네, 네, 네', 그 이상은 대꾸도 않던 아들놈이 갑자기 며칠 전부터 번번이 말속에 가시를 박고 있다. 고개 치켜들고 날 잡아잡수 하며 미운 짓만 골라 한다. 대체 이게 무슨 사단인지 알 수가 없었다.

아무리 참으려 해도 힘들었다. 생전 제 뜻 가로막거나 대놓고 고개 치켜들어 반항하는 인간 따윈 본 적이 없었다. 지헌의 이마에 자신도 모르게 불끈 심줄이 돋았다.

"너."

"왜요?"

"조심해라. 요즈음 무척 건방져."

"저 원래 이런 놈이었습니다."

"아비하고 싸울 작정하고 들어왔냐?"

"아닌데요."

노인의 혈압이 갑자기 높아져서 지금 쓰러지면 손해이다. 목줄 끊고 자유롭게 날아가려는데 발목 잡히면 곤란하지. 유립은 그 정도에서 현명하게 주먹을 거둬들였다. 한발 물러섰다.

"왜 부르신 겁니까?"

"민 상무한테서 ISE 회장 이야기 들었을 거다."

"네."

"너에게 제안 하나 하마."

"제안이라니요?"

"네가 해. TK를 제치고 통신 쪽 계약을 성사시키면, 네가 원한 대로 북미 지사로 보내주지."

제멋대로 놀아나려는 대가를 치르라는 이야기였다.

사무실로 돌아오는데 창밖으로 황금빛 노을이 들이치고 있었다.

망중한忙中閑.

잠시 서서 청계천의 푸른 흐름을 내려다보았다. 눈 아래로 사람들이 까맣게 움직이고 있었다. 모든 것을 다 잊어버리고, 세영과 함께 운동화 끈을 졸라매고 청계천 변이나 뛰고 싶다. 언젠가는 당당하게 태양 아래서 사람들 시선을 의식하지 않고 연인과 산책하는 날이 올 수 있겠지. 그러기 위해 싸우고 있는 중이다. 아무도 모르게. 그러나 아주 치열하게.

사무실로 돌아온 유립은 팀원인 허 대리를 불렀다.

"모레까지 ISE사社 하고 그 회사 회장에 대한 정보, 샅샅이 훑어요. 아주 작은 것이라도 몽땅! 가능한 것 전부. 늦어도 상관없으니까 내게 메일로 보내줘."

"알겠습니다."

지피지기면 백전백승. TK 쪽 정보를 모아야 한다. 경쟁사 어디든 이럴 때를 대비해서 몰래 숨겨둔 비장의 스파이가 존재하는 법이다. 이런 비상시국에는 약간의 불법도 허용되는 법. 인터넷 전문가들 사이에서 가장 뛰어난 해커그룹이 있다. '29A'.

전 세계 최고의 해커들만 가입한 곳으로 돈이야 좀 들겠지만, 실력이야 확실하다. 못할 것도 없지. 가능하다면 TK의 서버로 해킹해 들어가는 것이 가장 확실한 정보 수집이 될 것이다. 알토란 같은 정보를 빼낼 수 있다면야 29A를 동원 못할 것도 없다. 적의 계약 준비 상황이 어느 정도의 수준인지 점검할 필요가 있으니까.

모니터를 들여다보며 유립은 머릿속으로 그 사내를 정복할 전략을 짜기 시작했다. 다른 것도 아니고 운명 같은 사랑이 흥정조건으로 등장하면 사내는 목숨을 거는 법이다.

올해 상반기 GS텔레콤의 경영 실적 분석표를 불러냈다. 주르륵 펼쳐지는 화면을 노려보고 있는데, 책상에 놓인 휴대전화가 움직였다. 유립은 화면에 뜬 전화번호를 노려보다가 천천히 귀에 갖다 댔다.

"뭐냐?"

〈나와, 한 놈이 부족하다.〉

"뭔 소리야?"

〈이 새끼들, 다 죽었어! 완전히 겁을 상실했어. 확실히 밟아주지.〉

"유정욱이, 제대로 말해라."

〈건방진 것들이 도전장을 보냈다. 응해주는 게 우리 자존심 아니겠어?〉

"야, 알아듣게 정확하게 설명하라구!"

바빠 죽겠는데 다짜고짜 전화질을 해서는 알아듣지도 못할 헛소리를 하는 놈이라니. 이게 친구인가, 원수인가. 유립은 한숨을 내쉬었다. 세영 때문에 한동안 무시하고 살았는데 유정욱은 이유립의 원수, 맞다.

〈고수부지 축구장이라고!〉

"그래서?"

인내심이 바닥을 치려고 했다. 부아가 치밀다 못해 인제는 줘패고 싶었다.

〈한 놈이 더 필요하다. 축구화는 필요없어. 여기 있거든. 삼십 분 내로 튀어나와라.〉

"뭐 하자는 수작이냐?"

〈진성 새끼들이 한 게임 붙자고 콜했잖아. 인마, 건방지게 우리더러 설욕 기회를 준단다. 이것들을 그냥!〉

허탈해졌다. 졸업한 지 십 년 넘은 모교의 영광을 재현하기 위해 되지도 않는 몸으로 헐떡이려는 정성을 칭찬해 줘야 하나, 비웃어 주어야 하는 거냐.

"축구? 진성 놈들하고 붙는다고? 나이들은 서른 넘어, 똥배 불룩 나온 중년들이? 기가 차서! 이봐, 친구."

〈왜앳? 시간 없다. 자식이, 기어나오라면 나와!〉

"너처럼 한가한 놈 아니라서 말이야. 본관은 심히 바쁘시다. 내가 그따위 시시한 일에 말려들 거라고 믿는 네가 정말 이상하구나. 그럼 이만."

변함없이 재수없게 이죽거려 주었다. 대답도 듣지 않고 휴대전화 종료를 눌러 버렸다. 미친놈! 먹고살기에도 바빠 죽겠다. 지는 자유로운 자영업자 '님'이시다, 이거다. 시간 없어 화장실도 맘대로 못 가는 불쌍한 샐러리맨 사정은 눈곱만큼도 모르는 나쁜 놈. 완전히 무시해 주마.

다시 모니터를 노려보며 자료들을 훑어보기 시작했다. 적을 이기려면 하나라도 빈틈이 있으면 안 된다. 모든 준비가 완벽해야 승리를 거둘 수 있는 법이다.

다시 휴대전화가 댕글댕글 움직였다. 문자가 들어왔다.

〈미드필더 한 명. 7시 30분. 여의도 고수부지.〉

징그러운 놈. 알아듣게 말을 했으면 내버려 둬야지, 끝까지 귀찮게 한다. 몇천만 불짜리 프로젝트를 준비 중이시다. 누가 그깟 영양가 없는 축구 게임 따위를 신경 쓸까 보냐. 유립은 흥 하고 비웃었다. 들어온 문자를 완전 무시해 주었다.

한데 이거 좀 이상하다. 유립은 한 손으로 턱을 문질렀다. 글씨가 눈에 들어오지 않는다. 아주 중요한 부분은 밑줄도 그어야 하는데 흥미가 없다. 눈앞으로 까맣고 하얀 무늬가 새겨진 둥근 공만 굴러가고 있었다.

"환장하겠네!"

속으로 욕설을 씹으며 유립은 들고 있던 서류를 내려놓았다. 노트북을 둘둘 말아 가방에 집어넣고 펜을 내던졌다. 적과의 동침. 아무리 재수없는 유정욱의 콜이라도 격돌하는 상대가 진성 놈들이라면 마음이 달라진다.

"허 대리, 미안. 나 먼저 나가 볼게. 갑자기 급한 일이 생겨서 말이야."

삼십 분 후, 여의도 고수부지.

유립은 사회인이 된 동창들 틈에서 축구화 끈을 매고 있었다.

거 봐라. 씩 웃는 정욱이 놈이 마음에 들지는 않았지만, 공동의
적과 대항하는 이상은 네놈도 잠시 친구라 불러주겠다.

사방에 하얀 빛이 번쩍이는 고수부지 운동장. 스물두 명. 공 하나
를 사이에 두고 사내들의 거친 몸싸움이 벌어졌다.

킥오프, 센터링. 드리블, 강한 슈팅에 크로스 바Bar가 흔들린다.
백패스, 코너킥, 강력한 어택, 교묘한 반칙과 거친 몸싸움 역시 게
임의 또 하나 룰. 하프백과 레프트윙의 순발력. 기분 좋다. 얼마만
의 짜릿한 골 감각인지. 힘껏 걷어찬 공이 강하게 날아간다. 정확하
게 패스된 볼이 강하게 골문을 향해 날아갔다. 슛─ 골인!

다 함께 어깨동무하고 하늘로 솟구쳐 오른다. 바닥에서 데굴데굴
구르는 녀석들도 있다. 2대 1. 차가운 맥주를 따서 샴페인 대신 머
리 위로 들이부었다.

아, 행복하다.

헉헉거리는 숨을 진정시키며 운동장 위에 그대로 드러누웠다. 정
욱이 옆에 와서 털썩 드러누웠다. 다른 놈들도 하나둘씩 다가왔다.
대여섯 명의 사내가 전사한 시신들처럼 나란히 널브러졌다. 누구도
입을 열지 않았다. 땀 냄새와 기분 좋은 침묵만이 떠돌고 있을 뿐이
었다.

서른하나. 젠장! 아직은 젊다. 싱싱한 청춘이다. 백 킬로미터라도
더 뛸 수 있을 것 같았다.

"다음에는……."

누군가가 소리치고 있었다.

"5대 0으로 이겨 버리자."

"천하의 서울외고이시다. 어디서 감히 까불어 있어?"

결눈질로 패자들을 살폈다. 어깨들이 하나같이 축 늘어져 있었다. 볼록한 똥배가 나오기 시작하고 다리 힘도 풀린 사이비似而非 중년들의 모습이었다. 더없이 처량 맞았다.

"실력도 저따위인 주제에 까불고 있었단 말이지?"

"야, 저 새끼들 불쌍한데 택시비나 보태줘라."

누군가가 선심을 썼다. 푸하하하, 웃음이 터졌다. 누가 시작했는지 모른다. 바닥에 나란히 누운 사내들이 약속이나 한 듯이 일제히 목청을 높였다. 고래고래 그리운 교가를 부르기 시작했다. 밤하늘에는 밝은 등을 달고 비행기가 날고 있었다.

'이런 기분, 나쁘지 않아.'

그런 생각을 했다. 구십 분 동안 같이 뛴 인간들의 진한 땀 냄새가 어쩐지 정겨웠다. 박자도 음정도 맞지 않는 거친 음성들이 하나로 모여졌다. 전부를 하나로 연결한 기묘한 안도감 같은 것이 그들을 둘러쌌다. 굳이 비유하자면, 봄날 아지랑이처럼 실체는 없지만 몹시 포근한 그런 기운 속에 푹 잠겨가는 느낌이랄까? 타인이라 부르던 것들이 친구란 이름을 단 사람들로 천천히 다가오고 있었다.

기분이다. 포장마차에서 소주 한잔씩들을 하고 밤늦어 헤어졌다.

어느새 자정 넘어가는 시간. 유립은 대리 운전한 사내에게 열쇠를 받으면서 휴대전화를 오른쪽 귀에서 왼쪽 귀로 옮겼다.

"그래서?"

〈그러니까 자기도 조심해. 조만간 분명 태클 들어갈 거야.〉

지난번 봉사활동 때 세영과 그를 함께 찍은 카메라들을 아슬아슬하게 강 실장이 압수했다고 한다. 청춘남녀 연애질하는 거 한두 번 보았나? 도대체 무엇 그리 큰일이라고 거머리처럼 달라붙어 사진까지 찍었단 말인가? 소주 한잔한 상태다. 큰일 났구나 싶은 생각보다는, 열불이 확 치밀어 올랐다. 저절로 상소리가 터졌다.

"대체 어떤 눈깔이고 손가락들인지, 확 뽑아버리고 분질러 버려야 해! 개새끼들."

하나를 해결하고 나면 또 하나가 터진다. 고비를 넘겼다 싶으면 더 깊은 골을 만난다. 이 여자와의 연애질이라는 건 이래서 힘들다. 롤러코스터를 타는 기분이다. 어질어질하고 현기증 난다. 그래서 더 짜릿하기도 하지만.

"알았다. 너 지금 어디니? 내가 내려갈까?"

〈미안. 지금 관저 들어와 있어. 아버지께서 호출하셨거든. 내일까지는 못 만나.〉

"그래, 알았어. 세영아, 내일은 내가 서울에 없다."

〈어디 가?〉

"울산 내려갔다 올 거다. 거물께서 내한하시는데 접대 준비 좀 알아보고, 진행 상황 체크해야 해."

〈알았어. 비행기?〉

"아니 차 몰고 간다."

〈조심해서 운전하고. 올라올 때 힘들면 대리 불러서 와. 무리하

지 마.〉

"알았어. 차오!"

〈차오! 보고 싶어.〉

"나는 미치겠다. 자식아!"

막 엘리베이터버튼을 누르려는데 가로막는 사람이 있었다.

검은 양복을 입은 사각 턱의 사내였다.

"실례합니다."

유립은 아무 말도 않고 돌아섰다. 연락받기 무섭게 곧바로 태클이 들어온 거다. 아마도 세영의 경호원쯤 되겠지. 유립은 팔짱을 낀채, 전혀 대수로울 것도 없다는 얼굴로 거만하게 내뱉었다.

"용건만 말하시죠."

"저희가 모르는 척하는 것에도 한계가 있습니다, 이유립 실장님."

"그래서요?"

"영애의 사생활을 간섭할 권리는 없습니다. 하지만 두 분은 아닌것 같습니다. 저희가 왜 이런 말씀을 드리는지 더 잘 아실 터이니 긴말은 하지 않겠습니다. 다만 이제부턴 저희가 이유립 실장님의접근을 막을 수밖에 없음을 양해하십시오."

유립은 그만 픽 웃어버렸다. 어떻게 보면 이상할 정도로 너무 늦은 반응이었다.

처음에는 언제나 그랬듯이 연애박사 정세영의 새로운 남자라고여겼겠지. 몇 주일 가다가 말 사이라고 생각했을 것이다. 심상치 않다 싶은 지금에서야 부랴부랴 유립에 대하여 뒷조사를 하였음이 분명했다. 앗, 뜨거라 싶어서 개떼처럼 달려드는 모양이다.

하지만 늦었다고, 이 친구들아.

유립은 픽 웃으며 가볍게 잽을 날렸다.

"이봐요, 지금 시대가 어떤 시댄데? 우리 둘 다 미혼. 서른 넘었고 건강한 청춘남녀가 눈 맞아 같이 자는 것도 경호원들 허락받아야 하나?"

"이런 식으로 자꾸만 두 분이 접촉하신다면 저흰 어르신께 이 사태를 보고드릴 수밖에 없습니다."

끝까지 연애라거나 관계라는 말을 사용하지 않는군. '접촉'이라는 아주 공식적이고 무의미한 단어를 사용하고 있다. 그래, 그만큼 그들도 그들의 관계를 절대적으로 부인하고 싶다는 거다.

"거참, 이상도 하시네, 들! 보고, 하세요. 안 말려. 당장 보고하시라고."

유립은 다시 돌아서서 엘리베이터버튼을 눌렀다. 슬슬 졸려오기 시작했다. 피라미 따위들과 입씨름을 하며 금쪽같은 시간을 낭비할 생각이 전혀 없었다.

"보고해 봤자, 당신네 경호원들의 직무태만만 드러날 것 같은데?"

사내의 얼굴이 일그러졌다. 자신이 협박 비슷한 것을 시작하면 유립이 당장에 꼬리를 말고 깽깽 도망칠 거라고 믿었나. 망설이지 않고 유립은 어리석은 사내를 조롱했다.

"당신들, 나랑 세영이가 만나는 것이 싫다면 처음부터 접근하지 못하게 했어야지. 물 엎질러진 다음에 다시 담아라 하면 안 되지."

"이 실장님께서 고집 피운다고 해서 두 분 사이 이루어질 것도 아니지요."

유립은 거만하게 까불어대는 사내를 노려보았다. 개자식이 감히 어디다 대고 둘 사이 운운하면서 간섭질이야? 주먹이 근질거렸다.

하지만 특수 경호무술을 익힌 프로페셔널을 상대로 덤비는 어리석은 짓은 하지 않는다. 필요도 없는 싸움질을 하면 무엇 하나? 그에게 지금 절실한 것은 치명적인 하나. 간결하고 깨끗한 일처리만이 전부였다.

"이루어질 것은 바라지도 않아. 나나 당신 주인장도 마찬가지고. 아, 씸! 이 나라 청춘남녀, 정말 피곤하군. 같이 자고 함께 섹스하면 다 결혼하나? 이런 식으로 일일이 간섭 들어가다간 당신네들 제명에 못 살지, 아마?"

"앞으로 저희들이 신경 쓰지 않을 정도로 처신하시겠다는 약속이십니까?"

"그런 약속을 해봤자 지킬 것도 아닌데 왜 그래야 하지? 설사 한다 해도 믿지 않을 거면서?"

"아가씨께는 이미 다른 분이 계십니다. 어르신께서 사윗감으로 지켜보고 계신 분이 있으십니다."

"잘난 그놈하고 잘 해보도록 당신네 아가씨나 설득하시지. 끝내는 건 우리 둘이 알아서 할 일이니 당신네들은 파리 떼 꾀지 않도록 아가씨나 잘 지켜."

유립은 냉랭한 한마디만을 남기고 엘리베이터에 올라탔다. 바깥에서 그를 노려보고 선 그림자들을 향하여 음산하게 미소 지어주었다.

"당신들, 우리 둘 두고 씹고 싶으면 씹어. 뱉어내고 싶으면 뱉어내든지 말든지, 상관 안 해. 곤란해지는 건 내가 아니라 당신 주인 장이니. 치도곤을 당할 인간들은 내가 아니라 제대로 경호하지 못하고 모시지 못한 당신네들일 테고 말이야. 어쨌든 임무에 충실하려는 건 마음에 드네. 아저씨, 정년퇴직하고 갈 데 없으면 연락해요, 우리 회사 경호실에 자리 마련해 줄 테니까! 차오!"

엘리베이터 문이 닫혔다. 유립은 주먹으로 벽을 꽉 우겨 박았다. 개자식들, 언젠가는 손을 보아줄 테다.

part
03

검붉은 재회

저물어가는 노을빛이 화실 창문을 타고 안으로 새어 들어왔다. 수화기 안에서 현수가 홋호호 웃음소리를 냈다. 망중한忙中閑이라며, 자분자분 십여 분 수다를 떨던 끝이다.

〈여하튼 지난번에 와주셔서 감사해요. 정리를 해서 보내 드려야 하는데 그냥 보냈어요. 양해하세요.〉

"보내준 것만으로도 감사하네. 어려운 자리에 초대해 준 것도 고맙고. 언제 내가 식사 한번 대접하지."

〈네. 다음에 또 뵈어야지요.〉

"해외순방 나간다더니?"

〈다음 주랍니다. 인도랑 파키스탄, 네팔까지 해서 열흘간이에요.〉

"먼 길 건강 조심하시고. 고생하시겠네."

〈뭘요, 늘 하는 일인데요. 저보다는 바깥양반이 고생이죠. 그럼 다음에 또 연락드릴게요. 건강하세요.〉

일 미터 등 뒤에 영혜가 앉아 있었다. 대놓고 친밀하게 허물없이 말을 하기가 아무래도 조심스러웠다. 무엇인가 불편해하는 것을 현수도 느낀 모양이다. 상냥한 인사를 끝으로 먼저 전화를 끊어주었다.

지민도 수화기를 제자리에 놓고 돌아섰다.

미리 양해도 구하지 않고 불쑥 찾아오는 저 버릇이야 도무지 고쳐지지 않는 것이다. 그렇지 않아도 못마땅한 마음이었다. 그런 참에, 보라고 허락한 적도 없는데 그녀의 책상에 놓인 사진들을 제멋대로 뒤적거리고 있는 것이 보였다. 저절로 눈살이 찌푸려지고 말았다. 좋은 말이 나올 수 없었다.

"나도 아직 안 본 거네, 이 사람아."

"그러세요? 전 여기 있기에 보아도 되는 줄 알고."

그다지 미안한 기색도 없었다. 지민은 영혜의 손에서 사진을 빼앗아 거둬들였다. 두어 주 전 대통령의 여름휴가 때 현수로부터 초대를 받았다. 바비큐파티도 하고 소문으로만 듣던 청광대 별장의 풍경도 구경하고 그러면서 하루 잘 놀았던 것이다. 그때 찍은 사진들이다. 꼼꼼한 현수가 사진을 챙겨 인편에 보내주었던 것이다.

"뭘 그리 궁금해해? 보면 마음이 그리 썩 편안하지도 않을 텐데."

"그래도 대통령 별장이라니까 호기심이 나네요. 얼마나 잘 해놓

앉을까 싶기도 하고."

"말만 요란하지, 보았더니 뭐 그리 좋은 데도 아냐. 산책 한 번 하는데도 경호원들이 줄줄이 따라다니는데 그게 뭔 재미라고? 팔자 좋기로야 자네가 최고 아닌가?"

"그래도 샘나네요. 아무도 못 들어가는 곳인데요. 다들 선망하는 자리 아닌가요? 부러워요."

지민은 거둬들이고 싶은 사진을 영혜는 또 굳이 빼앗아 들었다. 한 장, 한 장 다시 넘기며 내뱉었다.

속이 없는 것인지, 아니면 진심인 것인지. '부럽다'는 말이 지민의 귀에는 편안하게 들리지 않았다. 하긴 부럽다 할 것이면 틀린 말이 아니다. 사진 속의 현수와 동욱의 모습은 누가 보아도 샘이 날 만큼 행복한 모습일 테니. 영부인이 된 팔자보다는 사랑하는 남편, 아이들에게 둘러싸여 활짝 웃고 있는 환한 표정과 행복이 부럽겠지. 그녀는 평생 갖지 못한 것을 다 가진 듯해 보이는 현수의 모습 앞에서 더 깊이 느껴지는 구차함과 초라함이 뼈아프다는 것으로 들렸다.

비웃음인지, 감탄인지 아니면 비난인지 모를 묘한 어조였다. 영혜가 사진을 놓고는 지민을 바라보았다.

"참 대단하세요. 이 사람하고 이리 오래도록 연락이 되는 걸 보면요."

"한 번 맺은 인연이야 오래가면 좋은 거지."

"불편하지 않으세요?"

"불편하면 어찌 만나겠어? 이 나이 되어 예전 젊은 날 일 가지고 마음 쓰는 자네가 더 우스운 거지. 다 같이 늙어가는 처지, 며느리 보고 손자 볼 나이에 아직도 꿍해서는 속 좁은 말 할 건가?"

한마디 무안에 영혜가 딴청을 피웠다. 세월 따라 시간 따라 접혀지고 잊어지는 것도 있지만, 더 깊어지고 징글맞아지는 한恨도 있는 법이지요. 말 대신 외로 꼰 옆얼굴이 그렇게 소리치고 있었다. 여적 제 편이 아닌 지민이, 현수와 정다운 그녀가 함께 원망스럽다는 것을 감추지 않았다.

"젊은 애는 딸인가 보네요."

지민은 영혜가 내미는 사진을 바라보았다. 반바지에 민소매티, 챙모자를 쓴 세영이 지민과 현수 사이에서 활짝 웃고 있었다. 햇살처럼 눈부시고 싱그러웠다. 영혜 눈에조차도 곱게 보인다는 뜻이다. 이에 간단하게 대답했다.

"그래. 제 부모들 닮아 참하고 싹싹해."

"잘생겼네요. 제 엄마보다는 아버지를 많이 닮았네."

"그렇지?"

"이름이 뭐예요?"

"세영이, 정세영. 똑 부러지는 애야."

"음. 이 애, 우리 유립이하고 동갑이죠? 그이가 나보다 먼저 출산은 했을 테지만."

"그럴걸? 생일이 이 애가 빠르지. 앤 구월인가 그렇고 우리 유립인 십이월이지."

어쩐지 가슴이 선뜻했다. 세영의 나이까지 기억하는 것을 보면, 이 아이들이 태어날 그 무렵의 소동을 아직도 잊지 않았다는 뜻으로 들렸다.

지민은 영혜에게 연민으로 가득 찬 눈길을 던졌다. 한쪽은 사랑과 축복으로 임신했고, 또 한쪽은 더러운 오기와 냉담한 증오로 시작했다. 누구보다 외롭고 불행했을 임신과 출산, 그리고 괴로웠을 탄생. 두 여자의 임신과 두 아이의 시작은 그리도 달랐다.

인과응보라 해도, 세월이 이리 흘러 누구의 잘못인지도 희미해져버린 이때, 잘잘못을 가리기보다는 이 여자도 다만 가련한 희생양이라는 생각뿐이었다. 제발 늘그막에라도 마음 편히 잘살았으면 하는 바람조차 아직은 이루어지지 못했다.

무엇보다 불행한 이 여자. 그 무게만큼 함께 불행했을 동생 지헌의 삶도 그리고 보면 연민스럽기는 마찬가지였다.

가슴 한쪽으로 먹먹함이 일어났다. 단 하나뿐인 희망이라 할 수 있는 아들 유립이 지금 현수의 딸에게 목매달고 끌려다니고 있다. 결혼까지 하겠다고 난리 치고 있다는 것을 영혜에게 알린다는 게 너무 잔인한 일로 느껴졌다. 언제든 결국은 알려질 일이지만, 과연 이 심약한 사람이 그 충격을 견뎌낼 수 있을까?

"우리 유립이랑 동갑이니 서른하나네요."

"그래."

"이 집은 왜 딸자식을 아직까지 안 치우고 내버려 둔대? 잘난 집안 자식이면 벌써 짝 지우고 남지. 무슨 흠이라도 있나?"

"남의 집 혼사야 그 집이 알아서 할 일이지, 왜 자네가 신경을 써?"

지민은 그만 퉁명스럽게 꾸짖고 말았다. 그녀의 천금, 잘난 아들

놈이 목매달아 죽고 못 사는 아이가 바로 세영이라는 것을 알면 이 사람 얼굴이 어떻게 변할까? 결국은 이 집 며느리가 될 아이다 싶으니 영혜 입에서 나오는 험한 말이 듣기 싫었다.

"똑같이 자식 키우는 입장에 남의 집 자식 두고 험한 말 하는 거 아냐. 세상일 어떻게 될지 아무도 모르잖나."

"그건 그렇지만요. 잘난 딸이라면서 이적까지 혼인도 시키지 않고 내버려 둔 게 이상하죠."

"요새 애들이 혼인 빨리 하는 것 봤어? 어른들이 시켜도 제 일 한다고 몸 사리는 게 요즘 애들이야. 혼사 늦은 것으로 따지면 우리 유립이도 똑같아."

"딸하고 아들이 같나? 사내자식이야 좀 늦어질 수도 있는 거죠. 서른하나면 사내 나이 한창 비쌀 때라구요."

그러면서도 제 자식이 말 안 듣는다고 짜증을 왜 부리는지 모를 일이었다. 나이 많아 혼인을 안달해야 할 나이도 아니라고 제 입으로 말했으면서도 말이다. 이만하면 지겹도록 되풀이된 아들놈 타령 그만 듣고 싶었다. 지민은 일부러 화제를 바꾸었다.

"그나저나 유립 아범, 또 일본 나갔다면서?"

"그저께요. 모레 온답니다."

"일본 나간 게 올해만도 벌써 서너 번 아냐? 왜 그리 뻔질나게 나간대?"

"말을 해주는 사람이면요? 전들 아나요? 거기 꿀단지를 감춰두었나 보지요."

제 남편 이야기인데도 영혜는 남 이야기인 양 마냥 시큰둥했다.

제 서방이 무엇을 하든, 어디로 가든 관심없다는 말이었다. 입으로
는 무심한데, 그러면서도 제 남편에 대해 조금만 못마땅한 것이 있
으면 애꿎은 주변 사람 전부를 상대로 푸념질에 생난리를 부리는
주제면서? 지민의 마음속에 천불이 일었다. 한쪽이 데면데면하더
라도 다른 한쪽이 살갑게 굴면 좀 달라지련만. 안에서 먼저 웃으며
감아들고, 지혜롭게 애교 부리며 사근사근 안아주면 사내란 것들,
천에 천 길들여진다는데. 어찌 이들 부부는 안팎이 다 어리석고 차
갑고 쌀쌀맞은지. 매일 보아오는 일이어도 어리석다 싶어 울화통이
치밀었다.

제 남편은 안중에도 없다는 사람이 도돌이표 찍힌 것 같다. 그만
하자는 아들 유립의 이야기로 다시 돌아갔다.

"형님, 유립이 이야기가 나와서 말인데, 저 요새 너무 속상해 죽
겠어요."

"왜? 그놈이야말로 자네에게는 입안의 혀같이 살가운 놈이잖
어."

"그런 말씀 마세요. 그런 녀석이 갑자기 또 북미 지사로 나가서
근무하겠다고 그랬겠어요?"

"그랬대? 갑자기 왜?"

기어코 제멋대로 일을 치르려고 준비하는 모양이었다. 멀리 도망
가서 세영이랑 결혼하려고 하는구나. 그리 짐작하면서도 지민은 모
르는 척 대꾸했다.

"낸들 아나요? 제 아버지더러 안 보내주면 사표 쓰고 나가겠다고
엄포까지 놓았대요. 해외 본부장이 전화를 했더라구요. 혹시 집안

에 무슨 일이 있는 건 아니냐구요. 많기나 해? 하나뿐인 아들놈이 제 터전 버려두고 왜 이국만리 나가서 살아야 한대요?"

결국 오늘도 푸념하러 온 모양이다. 징징거리며 제 편 들어달라는 하소연이었다.

지민은 단번에 내뒹겼다.

"자네 말도 안 듣는 놈이 내 말인들 들을까? 자네 말이면 팥으로 메주를 쑨다 해도 믿는 아들 고슴도치 아닌가?"

"그래도 그놈의 자식, 말만 그렇지 무서워하는 건 고모뿐이네요, 뭐. 말로만 끔뻑 죽는다지, 요샌 대놓고 절 무시해요."

"왜, 무슨 일 있어?"

"결혼 안 한다잖아요."

영혜가 불퉁한 목소리로 짜증을 부렸다.

"나이도 그만, 집안이며 인물이며 아휴, 하나도 빠지는 게 없어. 얼마나 예쁘고 참한지 몰라요. 내 맘에 딱 들었어요. 그런 애를 골라 소개시켜 놓았더니 이놈의 자식, 딴 짓만 해. 속상해 죽겠어요."

툴툴툴, 입이 만 발은 튀어나왔다. 지민은 너무 한심해져서, 입 다물어야지 했던 아까의 결심을 또 잊고 말았다.

"제 놈이 결혼 안 하겠다는데 어찌 시켜? 자네가 간섭해서 될 일이야?"

"그래도 내 시키는 대로, 내가 좋다는 애로 결혼하겠다고 철석같이 약속했다구요. 그래 놓고 딴 말하는 게 어찌나 얄미운지, 원. 요새 같으면 마구 패주고 싶어."

영혜가 한 무릎 더 다가앉았다. 아주 큰 비밀 의논이라도 하듯이 목소리를 죽였다.

"형님, 아무래도 수상해요. 유립이 숨겨둔 여자 있는 것 같아요."

지은 죄가 없다 말 못하니 지민의 가슴이 철렁 내려앉았다. 감기와 사랑은 절대로 감출 수 없다고 했었던가. 눈 뒤집혀 물불 가리지 않는 연애질 중이다. 어지간히 둔한 영혜조차 인제는 아들의 비정상적인 모습이 보이기 시작한다는 것이었다. 혹시 눈치챈 것 아닌가?

'에이, 설마.'

만약 유립이 다른 누구도 아닌 현수의 딸과 연애를 하고 있다는 것을 알았다면 영혜 성격에 이렇듯 잠잠할 수는 없는 노릇이다. 지민은 시침을 뚝 떼고 억지로 목청을 가다듬었다.

"갑자기 그런 생각을 왜 해?"

"이놈의 자식, 말도 없이 전화번호를 바꾸었어요. 제집 대문 비밀번호도 갈아버렸더라구요."

"그랬어?"

철저한 놈. 하나도 놓치지 않았구면. 저도 사람 눈 무서운 것을 아니 어지간히도 조심하는 모양이다. 잘도 사람들을 따돌리고 있는 것이다. 지민은 속으로 유립을 향해 욕을 했다.

"퇴근시간 이후며 주말이고 할 것 없이 코빼기를 보기가 힘들어. 제 말로는 일 때문에 바쁘다 하는데, 회사로 전화 걸어보면 일찌감치 퇴근한 게 부지기수구요. 정말 수상해. 그놈의 자식, 나 몰래 분명 하찮은 계집애하고 쓸데없는 연애질 하는 게 분명해요."

"하찮은 계집애하고 연애질이라니? 자넨 아들을 그리 몰라? 그 애가 그런 짓 할 놈이야?"

"아이고, 사내놈이 여우 같은 계집애에게 홀려봐요. 눈에 뵈는 게 있나. 낯짝 반반한 것만 믿고 제 팔자 고치려는 앙큼한 것에게 걸려들면 어째요? 절대로 안 되죠. 제가 어디 아무 계집이나 만날 처지인가? 내가 알아서 걸맞은 짝 찾아준대도 왜 신경질만 내고 그러느냐고요."

애꿎은 사람 앞에서 영혜는 바득바득 신경질을 내고 있었다. 하도 어이가 없어 지민은 헛웃음과 함께 새어 나오는 한숨을 꾹꾹 눌러 삼켰다. 자네 생각을 해보게, 목울대까지 치밀어 오르는 이 말을 참으려니 너무 힘들었다.

"여자 하나 잘못 들어오면 집안 망신이라는 것 알고 있는 녀석이네. 성품이 좋아야지. 겉 볼 조건이 무엇 그리 중요하다고? 그만해. 괜스레 유립이 들볶지 말라고. 제 앞가림 잘하는 녀석이야. 때 되면 어련히 알아서 데려올까?"

"어찌 그리 태평한 말씀을 하세요? 요즈음 있는 집 혼인들 다 집안끼리 알음알음 격 맞추어 맺어주네. 별 볼일 없는 계집애하고 연애질 같은 것만 해봐. 아주 다리몽둥이를 분질러 버릴 거야."

주먹까지 움켜쥐고 사뭇 씩씩거렸다.

지민은 한숨을 내쉬었다. 개구리 올챙이 적 생각 좀 하지. 모진 시집살이 한 며느리가 더 독한 시집살이 시키는 시어미가 된다 하더니, 딱 그 짝이었다. 젊은 날, 저 또한 그 일로 그리 소동 벌이고 난리 쳐댔으면 좀 다르게 처신해야 정상이 아닐까? 그런데 이 위인 하는 것 좀 보라지. 예전에 어머니 박 여사가 기함한 것보다 한술 더 떠서는 요모조모 조건 따지고 있었다.

"너무 잘난 며느리 얻어도 힘들어, 이 사람아. 옛말에 며느리는 없는 집에서 데려오고, 딸은 있는 집으로 치우라는 말이 있어. 똑똑하고 잘난 며느리 들어와서 시어머니 자리 무시하고 제멋대로 굴면 그것 어찌 감당하려고 그러나? 엉?"

"그래서 제 눈에 예쁜 애를 고른다는 거죠."

"지금엔들 그저 자네 눈에 잘 보이려고 가장하는데, 그 속이 다 보일 것 같아? 이 속없는 사람아."

천층만층 복잡다단한 것이 사람 속이라 하였다. 바다보다 깊은 게 마음결이 아닌가? 겉 볼 새 상냥하고 유순하다 하여 진정 속내까지 처음부터 끝까지 무던할 줄 믿는다면 그거야말로 순진하다 못해 어리석은 생각이지.

"혼인이란 그저 둘이 잘살아야 좋은 걸세. 남들 보기 좋은 건 소용없어. 못할 말이기는 하지만, 자네 또한 그리 혼인해서 평생 당하고 살았잖아? 한데 어찌 아들 혼사 앞에서 그런 말이 나와?"

영혜의 미간이 좍 조여지며 입술이 앙다물어졌다.

"……말씀이 좀 지나치시네요."

"그냥 들어. 약 되는 이야기는 원래 쓴 법이야."

지민은 차갑게 잘랐다.

"유립이 그거, 겉보기에는 싱글거리고 다녀도 주관 뚜렷한 놈이고 누가 무어래도 제가 하고 싶지 않은 일, 안 하고 사는 놈인 거 아직도 몰라? 둘이 좋다 하면 그냥 시켜줘. 그놈, 영 아닌 애는 데려오지 않을 거야. 어미가 아들을 믿어야지, 어찌해?"

결국 또 지민에게 아픈 소리를 듣고 말았다. 뾰로통해서는 영혜가 발딱 일어났다.

"하여간 제 말이라면 무엇이든 못마땅하시죠? 남 일도 아니고 하나뿐인 조카 일인데, 어찌 그리 형님은 남처럼 무심하신지 모르겠어요. 그래도 믿을 데는 여기뿐이다 싶어 찾아온 제가 민망하네요."

"내가 무슨 말을 해서 자네가 들으면? 어차피 자네도 마음대로 하는 위인 아닌가?"

바람 소리 나게 영혜가 사라졌다. 강하게 닫히는 문이 흔들거렸다.

"쯧쯧쯧, 저 성질머리. 저 나이 되어서도 어찌 저리 다스리지도 못하는지, 원."

화낼 기운도 없어 지민은 자리에 주저앉아 한숨을 푹 내쉬었다. 나중에 아들에게 말짱하게 뒤통수를 맞을 영혜가 가엾지 않은 건 아니었다. 하지만 제 생각은 못하고 같잖지도 않은 사람 '격' 따지고 집안 따지며 요사스런 계집애 운운하는 말에 실소만 나왔다. '격' 따지고 '낯짝' 따지자면 지민도 정말 할 말 많은 사람이었다.

'언제나 남 탓하는 저이 버릇이야 변하지도 않은 것. 나중에 원망은 전부 나한테로 오겠네. 이거 내가 이 나이에 무슨 망령된 짓을 하고 있는지 모르겠어.'

혼자만 알고 있고 감당하고 있는 비밀의 검은 무게가 새삼 지민을 짓눌렀다. 그렇다고 이제 와서 발을 뺄 수도 없었다. 그러기에는 너무 많이 진행돼 버렸다. 더 늦기 전에 족제비처럼 교활한 유립이 놈이 문제를 제대로 해결할 수 있기만을 바랄 뿐.

늦더위가 한풀 꺾인 9월의 첫 주 목요일. 인천공항. 오후 4시.

유립은 윤 과장, 허 대리와 함께 출국장 게이트 앞에 서 있었다.

"우리가 너무 소박한 게 아닐까요?"

윤 과장이 자신없는 얼굴로 허 대리의 손에 든 피켓을 내려다보았다. '환영!! ISE 프레지던트 알렉키소스.' 꽃다발도 준비했지만, 아무래도 미진하고 초라했다.

유립은 저만치 카메라를 들고 웅성거리고 있는 기자단들과 대규모로 몰려나온 TK사社 임직원들 쪽을 바라보았다.

"나 같으면 먼 길 온 피곤한 몸에 번잡스러운 환영이 더 짜증날 것 같은데. 상관없습니다."

"연착되나 봐요, 아직도 나오지 않는 것을 보면."

"이십 분 전에 비행기가 도착했으니 지금쯤 나올 시간입니다."

허 대리가 손목시계를 내려다보며 시간을 확인했다.

바로 그때였다. 드문드문 걸어오는 관광객들을 뒤로하고 고급스런 회색 양복에 검은 선글라스를 낀 이국의 한 사내가 출국 게이트 앞으로 모습을 드러냈다. 너덧의 수행원들을 대동한 그 남자는 거물답게 위압적인 존재감을 드러내고 있었다.

"알렉키소스 회장이다!"

벌 떼처럼 기자들이 달려들었다. 발 빠르게 그 앞으로 달려간 TK 임원들이 허리를 굽히고 악수를 청했다. 꽃다발을 내민다, 서로 다투어 악수를 한다 난리들을 쳐댔다. 카메라 플래시가 번쩍이고 질세라 녹음기가 달린 마이크를 들이댔다.

[경산 조선과 크루즈 선 수주 계약을 진행하고 계신다지요]

[프레지던트 알렉키소스, 시베리아 에너지 개발권을 확보하기 위해 러시아 정부와 접촉하기 위한 전초전으로서 방한을 하신 것이라는데, 사실인가요?]

[그리스에 대한 대규모 차관 집행과 관련되어 한 말씀만 해주시죠.]

[TK와 정보통신 설비 계약 우선협상 체결 건이 알려져 있는데요, 이번에 계약하고 돌아가시는 겁니까?]

불과 몇 년 전에 ISE사의 전권을 이어받은 젊은 회장. 다보스에서 열린 92회 WEF(일명 다보스포럼)가 끝나자마자 조국인 그리스로 돌아가는 대신 갑자기 기수를 한국으로 돌렸다. 그의 행보에 대하여 많은 사람들이 초미의 관심을 가지고 지켜보고 있는 형편이다.

그러나 장신의 이국 사내는 그 어떤 질문에도 대답하지 않았다. 입을 꾹 다문 채 너덧의 건장한 개인 경호원들이 터주는 길을 따라 뚜벅뚜벅 걸어나갔다. 청원경찰들의 도움까지 받아가며 사람들의 물결을 헤치고 앞으로 나아가기만 했다.

"저대로 가게 내버려 두실 겁니까? 우리 회사에서는 아무도 나오지 않았다고 나중에 섭섭하다고 하면 어쩌죠?"

초조해하는 허 대리를 유립은 제지했다.

"기다려."

"네?"

"기다리라고, 허 대리. 그 인간, 아직 나오지 않았어."

"뭐라구요?"

"기다려 봐, 좀 있다가 진짜가 나타날 테니."

유립은 매 같은 눈을 빛내며 단언했다. 적어도 이십여 분은 더 기다린 듯했다. 마침내 기다리던 사람이 모습을 나타냈다. 반팔셔츠에 청바지, 가벼운 점퍼 차림이었다. 누구도 눈여겨보지 않는 평범한 배낭여행족 같은 느낌이었다. 가벼운 백팩을 메고 애완동물이 든 작은 쇼케이스를 직접 들었다. 커다란 여행용 가방을 질질 끌고 따라오는 비서 한 사람만을 대동하고 있었다.

바로 그때, 유립이 허 대리의 옆구리를 찔렀다. 신호를 받은 그가 피켓을 치켜들었다.

—환영!! ISE 프레지던트 알렉키소스.

[저런.]

뚜벅뚜벅 걸어나오던 사내가 멈추어 섰다. 다소 당황해 보이는 미소가 선명한 입술에 떠올랐다. 얼굴을 가렸던 연한 청록빛 선글라스를 벗어 머리 위에 얹었다. 동양인처럼 새카만 흑발이다. ISE 회장인 그 남자, 시저 율리우스 알렉키소스. 눈동자는 신비로운 검회색이었다. 악마적인 매혹을 보여주는 신비한 눈동자였다. 미소를 짓자 턱에 멋진 보조개가 움푹 패었다.

유립은 그에게로 다가갔다.

[프레지던트 알렉키소스, 경산그룹의 이유립입니다. 한국에 오신 것을 환영합니다.]

조사한 자료에 따르자면 알렉키소스 회장은 단 한 번도 공식적인 석상에서 사진을 찍힌 적 없었다. 그래서 얼굴에 혹시 보기 흉한 상처라도 있는 게 아닐까 싶었다. 그 짐작이 맞았다. 그는 남자인 유립이 보아도 매혹당할 만큼 아름다운 얼굴을 가지고 있었지만 안타깝게도 왼쪽 볼에 보는 사람이 흠칫할 정도로 깊은 상흔이 패어 있었다. 강도에게 피습이라도 당한 것일까? 날카로운 것으로 단번에 얼굴을 내려 그어버린 듯한 상처였다. 성형수술을 해서 없앨 수도 있을 텐데, 왜 놓아둔 걸까?

그런 의문을 해소할 기회도 없이 그가 먼저 악수를 청했다. 끝까지 시침을 떼고 도망을 가버리면 어쩌나 싶었는데, 의외로 선선히 자신의 정체를 인정했다. 솔직하게 자신의 패배를 인정할 줄 아는 쿨한 성격인 듯싶었다.

다소 난감해하는 미소를 지으며 나직하게 탄식했다.

[한 방 먹었는걸. 제법 잘 따돌렸다고 생각했는데.]

[경산의 정보력은 나름대로 정확합니다.]

[어떻게 나를 알아본 거죠? 부사장이 충분히 사람들의 이목을 끌었을 텐데.]

[회장님의 브리핑 자료를 보았더니, 한 번도 기자들에게 사진을 찍힌 적이 없더군요. 페이스북이나 트위터 상에서조차도 미공개였어요.]

[그래서요?]

[파파라치들을 따돌리는 나름대로의 기술이 있지 않을까 짐작했을 따름입니다. 나라면 근사한 대역을 쓰겠다 싶었죠. 여러 가지로

민감한 사업적 문제를 해결하기 위해 방한하신 거라면, 가능한 한 은밀하게 움직일 거라고 생각했습니다. 사람들이 꾀면 여러모로 불리하거든요. 게다가 이 상자.]

유립은 그의 손에 들린 루이비통 마크가 찍힌 상자를 가리켰다. 그 안에는 하얀 털을 가진 아름다운 고양이가 한 마리 들어 있었다.

[저희가 찾아낸 정보에 따르자면, 어디를 가든지 반드시 애완 고양이를 데리고 다닌다지요. 하지만 아까 나간 그 남자의 일행 어느 누구도 고양이 따윈 안고 있지 않았어요. 전 그래서 고양이를 데리고 오는 같은 비행기의 다른 남자를 찾았을 뿐입니다. 도박이었습니다만, 오늘은 제가 운이 좋았나 봅니다.]

[아주 논리적이고 정확한 추리로군요. 당할 수 없겠는걸.]

유립은 한 발 물러서 출입문 쪽으로 그를 안내했다.

[가시죠. 조용히 쉬실 만한 숙소로 바로 모시겠습니다. 가면서 저희 회사에서 마련한 스케줄을 말씀드리죠.]

[아니, 호의는 감사하지만 사양하겠습니다.]

그가 활짝 웃었다. 그러면서도 아주 세련되게 거절했다.

[난 공식적인 스케줄을 거부할 권리가 있습니다. 오늘의 스케줄은 기자들을 몰고 호텔로 간 내 대역이 할 일이죠. 그리고 경산과의 약속도 내일 아침으로 잡힌 것으로 알고 있습니다. 아닌가요?]

[그렇습니다만.]

[내가 긴 여행에 상당히 피곤한 것을 이해한다면 하루 정도는 날 내버려 두세요. 적어도 오늘은 내 사생활을 즐길 권리가 있지요.]

그가 호의 어린 눈빛으로 유립을 바라보았다. 그리고 싱긋 웃었다.

[대신 당신과 다시 만나고 싶군요, 미스터 리. 날 마중해 주신 답례로 내일 경산과의 회의에는 제가 나가지요. 내일 아침 내 숙소로 와주시겠습니까? 내 비서가 호텔을 알려줄 겁니다. 이 친구를 오늘만 부탁하죠.]

그가 그리스어로 비서에게 간단하게 지시했다. 그리고 손에 들고 있던 애완동물 쇼케이스를 넘겨주었다. 유립의 일행과 함께 호텔로 가라는 지시인 모양이었다.

놀랄 일이었다. 첫 번째 방한訪韓이라는데, 그를 마중 나온 사람이 있었다. 출입문을 나선 그의 앞으로 짙게 선팅이 된 검은색 대형 승용차가 스르르 다가와 멈추었다. 뒤도 돌아보지 않고 그가 차에 올라탔다. 그렇게 사라져 버렸다.

아주 짧은 찰나, 유립은 차 안에 탄 사람이 여자라는 것을 알았다. 모자를 쓰고 고개를 돌린 채 밖을 외면하고 있어 얼굴이 드러나지 않은 그녀는 붉은 미니스커트 아래 늘씬한 각선미를 자랑하고 있었다.

유립 일행과 비서만이 남았다. 마치 닭 쫓던 개가 된 기분이다. 무엇에 홀린 듯했다.

[이건 좀 예상치 못한 일의 전개로군요. 한국을 처음 방문하는 분에게 기다리고 있는 여자분이 있었다니.]

혼잣말 같은 유립의 말에 비서가 싱긋 웃었다. 아무렇지도 않게 더 큰 폭탄을 던졌다. 그들을 한층 더 놀라게 만들었다.

[회장님의 약혼녀이십니다. 한국분이시죠. 사실 회장님께서는 그

분을 모시러 온 겁니다. 우리 모두 조만간 웨딩마치가 울려 퍼지기를 기대하고 있습니다.]

승용차는 미끄러지듯이 영종대교를 넘어갔다. 커다란 해가 붉게 타오르고 있었다. 서해의 갯벌을 먹어들어 가는 밀물 위로 감주홍의 빛 그늘을 뿌리고 있었다.

[오랜만이로군.]

[십 년 만이지.]

[정확히는 십 년하고도 팔 개월 십이 일.]

느릿느릿. 율리우스가 세영의 말을 정정했다.

남자들이란! 픽 웃고 말았다. 여자들더러 대책없이 낭만적이라고들 하는데 이런 면을 보면 오히려 남자들이 더 순정적이다. 이미 까마득히 잊은 시간들을, 함께 나눈 기억들을 이토록 정확하게 세고 있었다니.

그의 손가락이 다가와 세영의 입술을 어루만졌다. 뇌쇄적인 검회색 눈동자가 애무하듯이 부드럽게 그녀를 응시하고 있었다.

[내 작은 꽃이 이제는 용서하기로 한 건가?]

[글쎄, 다시 불어온 바람이 얼마나 따뜻한지에 달라지겠지. 이 손 치워. 무례해, 카이사르.]

입술을 거쳐 볼로 다가오는 손을 찰싹 치며 새침하게 대꾸했다. 과거는 뒤돌아보지 말라. 이것이 바로 세영의 인생 모토였다. 그와 헤어져 죽음과도 같은 배신감과 치욕의 상처가 주는 심연을 건넜다 하더라도. 이 남자, 카이사르 율리우스 알렉키소스는 이미 과거의 이름. 그가 어떤 식으로든 꺼진 불길을 되살리려고 해도 그에게 줄 것이란 이제 아무것도 없었다. 오직 십여 년에 걸쳐 썩어버린 증오와 해묵어 숙성된 분노만이 그가 그녀에게서 얻어갈 것 전부였다. 검붉은 그 불길은 이제 잦아져서 고약처럼 진득거리며 세영의 심장에서 저 혼자 날뛰고 있었다. 복수의 여신 네메시스의 이름으로!

쌀쌀맞게 내치는 손이 그에게 잡혔다. 쓸쓸한 미소가 돌아왔다. 그가 아주 진지하게 물었다.

[너의 눈을 보니 몹시 괴롭군. 내가 너무 늦었나?]

한 번의 깜박거림도 없이 네 개의 눈동자가 허공에서 부딪쳤다. 십 년 만에 느닷없이 만나러 가겠다고 통고해 왔을 때는 숨이 막힐 정도로 위압적이고 막무가내이더니, 정작 얼굴을 마주한 지금. 율리우스는 거짓말처럼 달콤하고 부드러웠다. 그를 처음 사랑했던 그때의 아름다운 그 모습 그대로, 사랑스러운 그 표정을 짓고 있었다. 한없이 다정하고 부드러운 시선이 말하고 있었다. 이미 수천 번, 수만 번 후회하고 또 후회했다고. 지난 십 년 동안 얼마나 깊은 심연 속에서 허우적거렸는지. 정말 비겁했고 잔인했다고 그 눈이 사정하고 있었다. 그때 너무 두려웠다고, 그래서 도망가고 싶었기에 그만 너를, 유일한 사랑을 잔혹하게 상처 주고 말았다고 말한다면 믿을까?

[당연하지.]

여자의 눈이 남자에게 말하고 있었다.

배신하고 기만한, 별 볼일 없는 남자를 십 년이나 기다려야 하는 이유가 어디 있느냐고.

[긴 시간이 흘러 버렸거든. 난 이미 다른 남자를 만났어. 이를 어쩌나.]

이미 다른 사람에게 영혼과 심장을 주어버렸다는 말에 카이사르의 눈이 번쩍 빛났다. 그가 아는 한, 세영은 말과 행동이 같은 유일한 사람이었다. 아니라 했으면 아닌 것이다. 누군가를 만났다고 한다면 사실이다. 그녀가 영혼과 심장을 누군가에게 이미 주어버렸다 말한다면 아무리 그가 애태워도 그것을 다시 돌려받을 수 없다는 뜻이다.

절망, 혹은 깊은 회한. 남자의 아름다운 눈동자가 흐려졌다. 빛을 잃어버려 거의 죽을 뻔했다. 가질 수 없음으로 고통스럽던 실체가 이렇게 눈앞에 있는데. 그녀는 그가 아니라 한다. 다른 사내의 것이라 한다.

현명하게 남자는 침묵했다. 겉으로는 웃고 있었다. 하지만 아물거리는 여자의 눈동자 속에서는 아직도 아물지 못한 상처가 패어 있었다. 그것에서 풍기는 생생한 피 냄새를 보았기 때문이다.

세영은 미소를 지우고 '카이사르란 남자'를 똑바로 바라보았다. 한때 사랑했던 남자. 사랑한다고 믿었던 남자. 이제는 아무런 감동도 없는 그 남자를 영원처럼 길게 응시했다.

[이제 와서 날더러 다시 봐달라고 말하기에는 당신, 너무 큰 실수를 저질렀지.]

[그래. 아주 큰 실수, 했었지.]

부인하지 않았다. 율리우스의 눈빛이 더 깊이 검게 가라앉았다. 소용돌이치는 감정이 음울하게 번쩍였다. 상처 입은 여자만큼, 아니, 그보다 더 깊이 상처 입은 남자가 나지막이 속삭였다. 회한에 차 고해했다.

[내 스스로 생각해도 절대로 용서받을 수 없는 말을 해버렸어. 인정해. 네게 이런 대접 받아도 싸지.]

[맞아. 사랑한 죄뿐인 여자를 그렇게 망가뜨리면 안 되는 거지. 당신이 사내였다면 말이야.]

세영은 피하지 않고 신랄하게 되받아쳤다. 검붉어지는 얼굴이 전해주는 것은 죄책감일까? 아님 수치심일까? 남자의 감정이 깊고 치명적인 상처를 입어 비틀거리는 것을 보면서도 여자는 눈 하나 까딱하지 않았다. 입술을 비틀면서 고약한 독즙을 여전히 줄기줄기 내뿜었다.

[그건 도리가 아니지. 그랬다면 적어도 난 내가 당신이 경멸해 마지않는 동양인으로 태어난 것도 부끄러워하지 않았을 테고, 사사건건 사랑하는 내 부모님을 원망하는 망나니가 되지도 않았겠지. 또한 나의 노력과는 상관없는 이유로 누군가에게 잔혹하게 상처받을 수 있다는 부당함에 대하여 깨우칠 필요도 없었겠지. 사랑하는 것은, 나를 살해하는 무기를 상대에게 건네주는 것이나 다름없다는 것까지 배우지는 못했을 테지.]

동화童話는 끝나고 꿈은 깨어졌다. 사랑은 망가지고 심장은 부서졌다. 그녀를 향해 그 모든 잔혹한 칼날을 휘두른 건 사랑했던 바로 그 사람, 바로 이 남자였다.

고드름처럼 날카롭게 내뱉은 말들이 남자의 심장에 직격으로 가서 박혔다. 은빛 선혈을 흘리게 만들었다. 십여 년 동안 조금도 녹지 못한 얼음덩어리. 사랑은 둘이 한 것이기에 상처 또한 둘이 입은 것. 그것이 그의 잘못이라 해도.

[하지만 나쁘진 않았어. 단번에 정신 들게 해주었거든. 당신이 현실을 깨우쳐 주지 않았다면, 내가 지금 이 자리에 앉아 있었겠어? 카이사르. 여전히 어리석은 집착과 맹목의 사랑에 허우적대며 당신 침대나 데우는 창부 노릇을 하고 있었겠지.]

[너무 늦었지만 미안해, 로즈.]

부인하지 않고 변명하지 않았다. 나지막하게 사과했다. 진솔하고 솔직했다. 십여 년 동안 아물지 않은 상처는 남자에게도 치명적인 독이 되었다. 풀 길 없는 후회. 가슴 아픈 이별. 다시는 만나지 못할 거라 절망했기에 피 흐르는 상처는 사라지지 않았다. 사랑한 여자가 그로 인해 망가지는 모습을 보는 고뇌는, 누구에게든 견디기 힘든 고통이자 시련이었다.

뜨겁고 부드러운 입술이 이마에 닿았다. 지난 날 그들이 사랑이란 것을 하던 때, 깊이 사랑하는 남자가 깊이 사랑받은 여자에게 했던 그대로의 키스였다. 손끝만 닿아도 솜털이 일어설 정도로 전율스러웠다. 가슴 언저리가 저릿저릿하던 때도 있었다.

그러나 지금은 어째서 아무것도 느껴지지 않을까? 세영은 손바닥에 키스를 하느라 숙여진 남자의 정수리를 내려다보았다. 슬픔보다 더 나쁜 무미건조함을 깨달았다.

여자와는 달리 남자는 가슴 떨고 있었다. 아주 오랜만에 심장이 멎을 만큼 사랑하는 여자를 포옹했다. 두 팔로 얼굴을 끌어안아 넓은 가슴에 묻게 했다. 비로소 살아난 심장이 생생하게, 붉은 환희로 거칠게 뛰고 있었다.

[결혼, 하자.]

[결혼?]

세영은 가당치도 않아 되물었다.

한때 너무도 바랐던 그것, 유일한 소원이었던 결혼. 스무 살에 그
녀가 먼저 하려던 청혼. 그러나 고백도 하지 못하고 끝나 버린 청혼
이다. 그런데 다시 돌아온 남자가, 먼저 그녀를 모욕하고 배신한 그
가 무릎을 꿇듯 간절하게 결혼을 원하고 있었다.

[오롯이 십 년을 기다렸다. 너를 다시 내 곁으로 데려올 수 있게
만들기 위해서. 우린 사랑 비슷한 것을 나눈 게 아니었다. 로즈, 너
도 알잖아? 운명을 선택했던 거지.]

여자의 차디찬 손이 그를 밀어냈다. 용암같이 뜨거운 남자의 시
선과 손길을 단번에 잘라냈다.

[카이사르, 그만하지 그래?]

[우린 결혼할 거다, 무슨 일이 있어도.]

단언하는 남자의 말에 여자가 미소 지었다. 푸른 물이 뚝뚝 떨어
지듯 서늘한 미소였다.

어느새 그들을 태운 차는 짙은 수림 속에 파묻힌 서울 도심의 한
특급 호텔에 도착했다.

객실 문을 닫고 둘이 되자마자 세영은 남자의 굵은 목을 두 팔로
감았다. 그리고 유혹하듯이 애를 태우듯이 속삭였다.

[설득해 봐.]

줄 듯 말 듯, 여자의 촉촉한 혀끝이 남자의 입술을 살짝 건드렸

다. 슬쩍 벌어지는 입술 사이로 끔찍한 관능을 맛보여 주듯이 작은 혀로 남자의 혀와 이를 쓸었다. 망설이지 않고 남자의 커다란 손을 봉긋 솟구친 풍만한 가슴 쪽으로 옮겨놓았다.

[당신이 가진 모든 힘을 걸고 날 유혹해. 수단과 방법을 가리지 말고. 카이사르, 혹시 알아? 설득당해 지금의 남자를 버리고 당신을 따라갈지. 어디 한번 알아보자.]

세영은 두 손으로 율리우스의 얼굴을 감싸 안고 사악하게 속삭였다. 열기가 이글거리는 검회색 눈동자를 응시하며 독을 바른 올가미를 던졌다.

[클레오파트라 때문에 아내를 배신한 카이사르였지. 그 아내는 과연 어떤 생각을 하고 살았을까? 그가 부르투스의 칼에 찔려 죽었을 때, 그 아내는 울었을까? 천만에! 아마도 비탄을 가장하며 홀로 웃었을 거야. 여자는 배신을 당하느니 차라리 그 남자를 죽이고 말지. 나의 카이사르, 안타깝게도 나 또한 그래. 난 그날 당신을 내 마음에서 죽였어.]

망설이지 않고 붉은 매니큐어가 발린 날카로운 손톱을 들었다. 남자의 단단한 왼쪽 볼 거기. 십 년 전 그날, 다이아몬드반지로 긁어내려 생긴 하얀 상처가 아직도 남은 바로 거기이다. 망설이지 않고 아래로 휙 그어 내렸다. 깊이 파인 붉은 손톱 흔적 사이로 서서히 여린 피가 배어 나왔다. 다디단 독이 발린 뜨거운 혀로 그 핏줄기를 할짝거렸다. 달콤하고 그악스럽게 속삭였다.

[율리우스, 난 말이야. 당신이 행복하기를 바라. 하지만 동시에 나 때문에 누구보다도 지독하게 불행하기를 바라고 있어!]

[알아······.]

어쩔 수 없는 그 진실을 율리우스가 인정했다.

[당신이 부질없는 노력을 해서 결국 날 얻는다 해도 난 당신 아닌 다른 남자와 사랑에 빠져 당신에게 복수할 거야. 내가 딛는 땅을 혀로 핥고 평생 가시 바닥을 맨발로 걷는다 해도 난 당신이 아닌, 다른 남자에게 내 영혼을 주어 당신을 고문할 거야. 그래도 좋다면 어디 한번 해볼까? 결혼?]

너무 짙어져서 거의 검은 심연이 된 눈동자가 불꽃을 담고 그녀를 응시하고 있었다. 손을 뻗어 남자의 반팔셔츠 단추를 하나씩 풀었다. 붉은 입술을 치켜 올리며 관능의 세계로 초대했다. 전율하고 있는 남자의 근육을 손으로 쓸었다. 귓불을, 쇄골을, 작은 젖꼭지를 살짝 핥고 깨물고 끌어당기며 조롱했다.

[하긴 우리들, 굉장했지. 환상적이었어. 와우! 아직도 당신의 이것. 굉장하네?]

살짝 무릎을 꿇고 그의 바지 벨트를 풀었다. 세영의 작은 손이 그 아래로 사라졌다. 세영은 배시시 웃으며 그를 유혹적으로 올려다보았다.

[경험 없는 처녀인 내가 그 밤에 몇 번이나 오르가즘을 느꼈으니······! 그건 부인하지 않을게. 당신 정말로 죽여주는 애인이었거든.]

더없이 천박하고 무신경하게 굴었다. 뻔뻔한 말에 율리우스가 주먹을 꽉 움켜쥐었다. 모락모락 솟은 화를 억지로 참는 표정이었다. 정면을 응시하며 잠시 침묵을 지켰다. 속으로 천천히 열까지 세는 듯했다.

남자의 허벅지 사이에 내려가 움직이고 있던 손을 움직여 다시 단단한 가슴 쪽으로 옮겨갔다. 얇은 천을 통해 느껴지는 근육의 떨림을 음미했다.

그의 심장이 불규칙하게 뛰고 있었다. 흥분 때문이든 분노 때문이든, 그도 저도 아니면 슬픔 때문이든. 여하튼 그가 반응하고 있다는 의미였다. 거미줄에 걸린 나방처럼 그녀의 페이스에 휘말려 움직이고 있다는 증명 같았다. 적이나 만족스러웠다.

십여 년 만에 둘이 함께 선 이 공간. 바늘 떨어지는 소리조차 없다. 열기 어린 눈동자와 가쁜 숨소리만이 있을 뿐. 작은 손을 남자의 단단한 가슴에 얹고 싱싱한 근육을 더듬으며 세영은 요악한 사이렌처럼 덫을 놓았다.

[키스해 봐. 옛날 그 맛인지.]

당당하게 요구하는 여자의 입술을 남자가 덮쳤다. 갈망, 굶주림, 열망과 유혹, 회한과 미련을 전부 담아서. 검붉은 심장을 꺼내주듯이, 완전한 항복을 발치에 내려놓듯이 키스했다. 거칠고 난폭한 입술. 세차게 깨물고 삼켜 마침내 터져 버린 입술 사이로 찝찔한 피맛이 났다. 타액에 섞인 비릿한 맛이 두 사람의 혀를 넘나들었다.

[미치도록, 죽도록 그리워했다.]

한숨과도 같은 고백이 귓전에서 흔들렸다. 뜨거운 불길이 이글거리는 남자의 눈을 받아치는 여자의 눈동자는 차디찬 빙하일 뿐이다. 웃음을 담고 있는 가식적인 입술 끝에 발간 조롱이 매달렸다.

[이미 다른 남자를 만났다고 말했어.]

[내가 다른 녀석에게 널 빼앗길 줄 알아?]

[난 탈취당하는 물건이 아니야. 내가 선택하지. 번지수를 잘못 찾았어. 카이사르, 헛된 말로 설득하지 말고 정직한 액션으로 다가오는 게 훨씬 더 낫지 않아?]

[진심을 다해 청혼하러 왔다는 내 말을 왜 믿지 못하는 거냐?]

[믿지 못하게 당신이 만들었지.]

[다시 시작하자. 너에게 주고 싶은 것을 모두 줄 수 있게 제발 허락해, 로즈.]

[당신에게서 빼앗고 싶은 건 딱 하나, 끝내주던 섹스. 그것 말고는 없어. 그것이라도 가지고 싶으면 시작해 보지 그래?]

거침없이 정면으로 상처가 공격당했다. 남자의 자존심에 깊은 상흔이 났다. 검붉은 핏물을 뿜어내듯이 거친 숨을 불끈거렸다. 검어진 눈동자가 잔인한 빛을 머금기 시작했다. 육식동물같이 변한 검회색 눈동자에 시퍼런 불길이 너울거리기 시작했다.

[날 도발한 것을 후회하게 될 거다.]

[내 사전에 후회란 없어.]

세영은 남자의 목을 감은 팔에 힘을 주었다. 한 손을 내려 다시 남자의 다리 사이로 가져갔다. 망설이지 않고 단단해진 분신을 건드리다가 꽉 움켜쥐고 탐미적으로 쓸었다. 그의 입술 사이에서 흘러나오는 탁한 신음을 통해 여전히 그에게 치명적인 그녀의 매혹을 확인했다. 그만큼의 더한 강도로 어리석은 남자의 심장을 다시 난도질했다.

[당신의 오만함에 침을 뱉어줄게. 시작해. 당신이 먼저 꺼뜨린 불

길을 이제 와서 되살리려는 헛수고를 우리 한번 시작해 보자고!]

　남자의 손이 어깨를 돌아 원피스 지퍼를 내렸다. 중간에서 걸린 지퍼가 더 이상 내려가지 않자 억세고 거친 손길이 얇은 천을 찢어 버렸다. 이내 알몸을 가린 천이 어깨에서 매끄럽게 흘러내렸다. 가림없이 풍만한 젖가슴이 드러났다. 하얀 만월같이 풍염한 가슴 위에 진분홍빛 유두가 솟아 있었다. 찬탄하는 눈빛이 된 그가 하얀 젖가슴을 두 손으로 감싸 안았다. 햇살에 그을린 남자의 손에 가두어진 여자의 유방은 한없이 연약하고 동시에 탐미적인 아름다움을 보여주고 있었다.

　[얼마나 그리워했는지……. 네 몸은 아직도 날 기억하나, 로즈?]

　[아마도. 여자는 죽을 때까지 첫 몸을 준 남자는 결코 잊지 못한다고 하더군. 먼저 일 점 얻었어, 카이사르.]

　눈을 감으며 세영은 속삭였다. 불길을 담은 남자의 입술이 목을 거쳐 젖가슴으로 걸어갔다. 망설이지 않고 그는 탐욕스럽게, 주린 자가 물을 찾듯이 게걸스럽게 아름다운 유방을 한입 가득 베어 물었다. 목을 뒤로 젖힌 채 여자는 남자의 능숙한 손길과 혀가 주는 쾌락을 음미하는 동작을 취했다.

　몇 분이나 지났을까. 갑자기 세영이 그를 밀어낸 건 그다음 순간이었다.

　[그만하고 싶어. 역시 안 당겨.]

　칼날같이 차갑고 도도한 음성이었다. 두 사람의 눈이 마주쳤다. 세영은 아직도 그녀의 젖가슴을 움켜쥔 율리우스의 손을 조용히 떼어내 제자리로 가져다 놓았다.

[……이유가 뭐지?]

그녀는 바닥에 떨어진 옷을 주워 모았다. 두 손으로 옷자락을 끌어당겨 가슴과 어깨를 가리며 배시시 웃어주었다.

[솔직히 말해도 돼?]

침묵으로 그가 대답을 기다리고 있었다. 붉게 상기한 얼굴. 아랫도리에 뭉쳐진 근육이 그가 지금 얼마나 극도의 인내력을 발휘하고 있는지 여실히 보여주고 있었다.

세영은 농담처럼 가볍게 튕겼다.

[사실은 말이야, 귀찮아서 그래. 가짜로 신음하고 싶지 않았거든.]

[뭣? 뭐라고?]

[이제는 자기가 키스하는 것도, 애무하고 속살을 만지는 것도 진짜 재미없어. 귀찮아.]

나른하게 팔을 뒤로 들어 옷자락 소매를 몸에 꿰었다. 학회에 나가 실험 보고서를 낭독하는 강사처럼 무감정하고 메마르게 지적했다.

[이대로 끝까지 가도 별 재미가 없을 것 같아. 자지러지는 쾌감으로 실신하는 일 따윈 절대로 없을 것 같다고.]

[너!]

[아, 하지만 난 너무 착하잖아.]

세영은 반은 음탕하게, 반은 새침하게 내뱉었다. 손을 돌려 지퍼를 올리는 시늉을 했다.

[당신의 남성적인 자존심을 위하여 만족했다는 표시로 난 아마

거짓오르가즘을 가장해야 하겠지? 카이사르, 당신도 그건 싫을 것 아냐? 차라리 안 하고 말지. 전 세계에서 제일 섹시한 남자라는 평을 듣는 당신인데. 하룻밤에 서너 번이나 날 자지러지게 만든 당신 아냐? 그런 남자가 겨우 옛날에 버린 애인 하나를 만족시켜 주지 못한대서야 말이 되니? 너무 마음이 좋은 나는 억지로라도 당신을 위하여 미쳐 죽는다는 표시를 해야지. 그게 상대에 대한 예의거든. 아아, 짜증나. 사실은 하나도 흥분되지 않는데, 억지로 쾌감에 젖어 몸부림치는 여자의 연기를 흉내 내기란 정말 귀찮은 일이란 말이야. 그러니 그만해. 짜증나.]

율리우스의 아름다운 얼굴이 흙빛으로 변했다.

말 한마디로 세영은 남자의 자존심과 권위를 무참하게 짓밟아 버린 것이다. 그야말로 펄떡이는 심장과 오만을 작은 손가락으로 갖고 놀다가 단번에 짓뭉갠 것이나 다름없었다.

[망할! 로즈, 감히 네가 날 이따위로 조롱하고 무사할 수 있을 줄 알아?]

잔혹하게 상처 입은 남자가 미친 듯이 격노했다. 그가 세영의 어깨를 잡아 짓눌렀다. 사납고 거친 입술이 여자의 앙큼스러운 입술을 물어뜯었다. 침대도 아닌 바닥에서 하나가 된 두 개의 몸이 엉켜 굴렀다. 허벅지를 아슬아슬하게 가린 치맛자락이 허리까지 올라갔다. 손바닥만 한 실크팬티가 찢어졌고 광포해진 남자의 손가락 하나가 은밀하고 축축한 곳을 파고들었다.

분노한 남자의 폭력을 지척에 두고도 기 하나 죽지 않았다. 무표정한 검은 눈동자가 짐승으로 변한 남자를 말끄러미 노려보고 있었다.

[자기, 지금 날 강간하는 거지?]

[뭐, 뭐라고?]

[지금 당신이 하는 이 짓거리에 관한 상황 말이야. 난 몹시 싫거든. 그런데 당신은 아직 가라앉지 않아 계속해야겠다, 내 의사와는 상관없이 맘대로 욕심을 채워야겠다고 나서는 이 짓, 뭐야? 바로 강간이네.]

세영은 자신의 몸에 포개진 남자의 단단한 몸을 세차게 밀어냈다. 몸을 일으켜선 찰싹 단단한 뺨을 올려붙였다. 얼음이 뚝뚝 떨어지는 눈빛과 목소리로 잔혹하게 그를 패배시켰다.

[당신, 내가 아는 그 카이사르란 남자 맞아? 오만한 자존심은 하늘을 찌르고 절대로 여자를 먼저 유혹하지 않는 남자. 단 한 번도 여자에게 채이거나 강제로 여자를 취하지는 않는다는 그 남자 맞느냐고!]

한마디 말로도 남자의 마음을 뒤집고 자존심에 뼈아픈 상처를 낼 수 있었다. 냉혹한 시선으로 그 상처에 소금까지 퍽퍽 뿌릴 수 있는 유일한 여자, 세영. 그녀는 아직도 굳어진 채 바닥에서 움직이지 못하는 율리우스를 내려다보다 앙칼지고 냉혹한 눈꼬리에 새빨간 웃음기를 매달며 도도하게 소파로 걸어가 앉았다.

[꺼져 줘, 카이사르. 우리 재회는 이것으로 끝이야.]

그가 천천히 몸을 일으켜 바닥에 주저앉았다. 한없이 초라해진 채 고개를 숙였다. 이내 더할 나위 없는 깊은 패배감에 사로잡혀 마지막 자비라도 바라듯이 세영을 향해 두 팔을 내밀었다.

[대체…… 내가 어떻게 해야 하는 거냐? 어떻게 해야 나를 용서 하겠느냐고!]

절망에 빠진 맹수의 포효였다. 세영은 대답하지 않았다. 손가락 으로 헝클어진 머리카락을 쓸어내렸다. 표정 하나 없는 검은 눈으로 어두워지는 창밖만을 응시했다. 얼음처럼 차가운 눈동자 속으로 먹빛으로 먹어들어 가는 남산의 신록이 스쳐 지나가고 있었다.

누군가에게 잔인해지는 일. 생각보다 쉽지는 않았다. 그 상대가 죽도록 증오하는 사람이라 해도 말이다. 분노하고 미워하는 에너지 는 세상에서 가장 강력하지만, 동시에 가장 파괴적이다. 두 사람 모 두를 망치고 파멸시킬 수 있는 힘. 그것이 지금 그녀의 전신에 부글 거리고 있었다.

식혀야 해.

세영은 입술을 깨물었다. 흥분은 금물이었다. 복수는 소리 없이 우아하게 해치우는 자객과도 같아야 한다.

바닥에 그대로 주저앉은 채, 절망한 남자가 조용히 속삭이고 있 었다. 오열같이, 지독한 회한같이 그와 그녀, 두 사람 모두에게 묻 고 있었다.

[넌 십 년 동안 증오만 쌓아두고 있었구나. 내가 너에 대한 그리 움을 모아두었던 것처럼. 왜 우리가 이렇게 된 거지? 왜?]

[글쎄, 첫사랑 따위에 인생과 목숨 전부를 걸었던 소녀의 여린 마 음이 지독한 원한을 만들었나 보지.]

[다시는 널 잃어버리지 않을 거다. 내가 널 미치도록 사랑한다는 것은 이미 알고 있잖아? 널 얻기 위해서는 네 발로 길 수도 있다. 널

되찾으려면 내가 무엇을 어떻게 더 해야 하는 거지? 가르쳐 줘.]

[사랑? 웃기지 마, 카이사르.]

율리우스의 시선을 되받는 세영의 눈동자에는 시퍼런 빛이 뚝뚝 흘러내리고 있었다. 스무 살의 순수와 사랑을 쓰레기로 만들어 버린 남자. 절대로 용서할 수 없는 입에서 흘러나온 사랑이라는 단어가 철저하게 증오스러웠다.

[당신 사랑 따윈 내게 이미 동전 한 푼의 가치도 없어.]

[내 전부를 주겠어. 사랑도 목숨도 인생도 전부 다!]

[웃기지 마! 당신의 말을 내가 믿을 것 같아? 내가 믿는 그 사랑은 자신이 가진 모든 것을 버리고 지옥불에 같이 뛰어들어 갈 수 있는 거야. 이 세상 전부와 적이 되더라도 그 사람 하나면 충분한 거야. 당신, 그래? 지금 말하는 그 사랑, 그래? 내가 원하면 당신 가진 모든 것 버릴 수 있어? 그래?]

날카로운 절규, 악에 받친 여자가 소리 지르고 있었다. 이미 한 번 배신했던 그 남자에게 비명 지르고 있었다.

[로즈, 제발! 네가 원한다면 그래. 그렇게 하자. 그럴 수 있다.]

[웃기지 마, 가증스런 카이사르. 내가 믿을 것 같아?]

세영은 이를 갈았다. 가증스런 그를 철저하게 비웃어주었다.

[당신이 왜 지금 나타난 건지 내가 모를 것 같아? 그래서 이런 거짓말을 하는 거야? 당신, 당신 아버지와 이겨서 이제는 경멸해 마지 않는 나를 택해도 당신이 가진 그 무엇도 빼앗기거나 잃지 않을 자신이 있어 비로소 내 앞에 나타난 거잖아. 나를 위하여 아무것도 잃을 생각이 없는 거야, 당신이란 인간은!]

[로즈, 제발 이러지 마라. 이러지 마.]

하지만 남자의 변명과 애원은 무력했다. 여자는 온몸을 둥글게 말고 가시를 곧추세운 고슴도치였다. 그를 찌르기 위해, 상처 내고 피 흘리게 하려고 사무친 사람이었다.

[원래는 말이야, 당신을 만나면 산 채로 씹어 먹으려 했어. 하지만 이렇게 만나니 옛정이 남았나 보군. 마음이 좀 달라지네. 뭐, 당신의 애원이 약간 효과를 발휘했다고 자신해도 좋아. 당신의 더러운 심장, 내가 앞으로 어떻게 할지 생각 좀 해볼게.]

손가락으로 문을 가리켰다. 남자의 눈을 똑바로 응시하며 턱짓을 했다.

[나가줘, 제발. 피곤해. 얌전하게 당신 볼일이나 보고 제발 빨리 돌아가. 하지만 날 상대로 허튼짓을 조금이라도 하면, 졸졸 따라다니면서 철저하게 소금 뿌려줄 거야. 아디오스! 카이사르.]

문이 탁 소리를 내며 닫혔다. 문안의 여자는 떨리는 손으로 핸드백을 찾았다. 담배 한 대를 꺼내 피워 물었다. 멍하니 창밖을 응시하는 눈동자가 복잡하게 일렁이고 있었다.

"생각보다 너무 쉽잖아, 이거."

자조하듯이 기운 빠진 목소리가 흘러나왔다. 세영은 납덩이처럼 무거운 몸을 소파 등받이에 축 기댔다. 아듀, 카이사르. 치사하고 더러운 과거여, 미련이여, 이제는 완전히 안녕이다.

하지만 그녀는 한동안 복도 끝에 서서 숨을 고르고 있던 남자를 알지 못했다.

상기한 얼굴로 그는 흐트러진 머리카락을 뒤로 쓸어 넘겼다. 단추 몇 개가 풀려진 셔츠 안의 붉은 자국이 선명했다. 심장에 더 큰 상처를 남긴 여자가 준 선물이다. 분노와 흥분, 회한과 슬픔. 삭이지 못한 온갖 감정들이 휘몰아쳐 그의 얼굴이 경련하고 있었다.

남자는 아직도 떨리는 손을 들어 상기한 얼굴을 선글라스로 가렸다. 버릇처럼 볼의 상처를 쓸어내렸다.

엘리베이터를 타기 전, 그는 한 번 더 여자가 있는 객실 쪽을 노려보았다. 그대로 선 채 한동안 움직이지 않았다. 입술이 한일자로 굳게 다물어져 있었다. 환청이겠지만 그를 조롱하는 붉은 웃음소리를 들은 것 같았다. 위로 삐뚤어진 입술선이 더 잔혹하게 굳어졌다.

무엇을 생각하는 것일까? 간신히 그의 손에 들어왔다가 너무 허무하게 사라진 한 여자를 생각하는 것일까. 너무나 뿌리 깊어 도무지 손을 댈 수조차 없을 만큼 깊은 증오를 떠올리는 것일까?

[로즈, 나를 너무 쉽게 생각하지 말아. 필사적인 건 너뿐만이 아니야.]

돌아서는 남자의 입술 사이로 음산한 한마디가 새어 나왔다. 그의 주먹은 꼭 쥐어져 있었다.

part
04

끝나지 않은 것들의 파편

오피스텔에 도착하니 이미 깊은 밤이었다. 차에서 내려 엘리베이터에 올라타며 비로소 휴대전화 전원을 다시 켰다.

부재중 전화 너덧 통, 문자 메시지 예닐곱 개. 대부분 사무실에서 온 것이고, 업무상 필요한 전화들이었다.

유립에게 온 것은 하나였다.

〈공항 가는 길. 바쁘다. 넌?〉

그다운 짤막한 메시지였다. 아마도 공항 가는 도중에 찍어 보낸 것인가 보다. 모범적인 회사원의 얼굴을 아주 그럴듯하게 연기하는 중인가 보다. 그는 평상시 보기 힘든 점잖은 얼굴을 하고 있었다.

넥타이를 매지 않았다. 줄무늬 반팔셔츠의 단추가 두 개쯤 풀려 있었다. 지난주에 그녀 자신이 백화점에서 사다 준 셔츠이다. 아마도 그것을 입고 출근했다고 자랑하려고 사진을 찍어 보낸 것은 아닐까.

대담한 그녀도 실은 무척 긴장했다. 몸 구석구석 어디고 말랑한 데가 없다. 근육 전부가 경직되어 있었다. 그만큼 긴장하고 지독하게 공격적이었다는 뜻이다.

그런 때에 유립의 메시지를 확인했다. 그 순간 마법에 걸린 듯 마음과 몸 전부가 스르르 비단결처럼 풀려가고 있었다. 행복했다.

집으로 들어서자 실내의 전등이 일제히 켜졌다. 다른 날이면 반가웠을 밝음이 이날은 거추장스럽고 부담스러웠다. 손으로 스위치를 다시 눌러 버렸다. 거실의 열대어 어항에 장치된 희미한 불을 지표 삼아 세영은 그림자같이 소리 없이 움직였다.

제일 먼저 한 일은 몸에 걸친 원피스를 벗어 던진 것이었다. 그남자, 카이사르를 만난 증거. 그와 위험한 게임을 벌인 흔적. 쓰레기보다 더 흉물스러웠다. 손가락 끝으로 반쯤 찢겨 내려간 옷을 주워 쓰레기통에 처넣었다. 그리고 욕실로 직행했다.

샤워부스로 들어갔다. 가장 세게 물을 틀었다. 바늘처럼 몸을 때리는 서늘한 물로 온몸을 씻어냈다. 그 남자의 흔적을, 과거의 미련과 질척한 집착을 닦아냈다. 아직도 가시처럼 목에 걸린 비뚤어진 오기와 상처 입은 자존심의 흉터를 씻어냈다. 정말 대단한 허세를 부렸다. 당당한 척, 아무렇지도 않은 척 그 남자의 자존심과 심장을 후벼 파버렸다.

인생에 있어 가장 깊이 묵혀둔 빚을 청산했는데 왜 허무할까? 그토록 어려운 일을 해치웠는데 왜 개운해지지 않을까. 홀가분해졌어야 할 심장이 오히려 더 우울하게 가라앉고 있었다.

'하지만 카이사르, 칭찬해 줄게. 당신을 만난 덕분에 난 소중한 것을 지킬 힘이 더 많이 생겼거든.'

배신자 율리우스가 가르쳐 준 진실이 있다. 사랑은 야누스의 얼굴을 가진 괴물이라는 것이다. 따뜻하고 행복하고 부드러운 얼굴 안에 잔혹하고 냉정하고 무자비한 것을 감추고 있었다.

하지만 이제 세영은 스무 살의 그녀가 아니었다. 양면의 칼날 같은 위태로운 사랑에 베여 쓰러지는 짓 같은 것은 절대로 하지 않는다. 당당하게 먼저 선택하고 원하고 소유할 뿐이다. 아프지 않다 스스로를 위로하며 비겁하게 도망가는 일 같은 것도 하지 않는다.

지금 현재 세영의 전부이자 미래인 그 사람, 유립. 율리우스의 함정을 벗어나 그에게로 가기 위하여, 정착하기 위하여 과거의 시간 동안 많은 남자들의 징검다리를 건넜다. 진짜와 가짜를 가릴 수 있는 눈을 배웠다. 사랑에 휘둘리는 풋내기도 아니고, 사랑에 맹목적으로 침몰하는 바보도 아닌 성숙한 여자가 되었다. 진짜인 한 남자를 골라내고 선택할 수 있고, 서로의 인생을 책임질 수 있는 어른이 되었다. 그를 위해 세상과 싸울 수 있는 투지를 갖게 되었다.

가운으로 갈아입고 젖은 머리를 수건으로 닦으며 사무실에 전화를 걸었다. 야근 중이던 홍보부의 직원이 전화를 받았다. 골치를 아프게 했던 로고송 문제도 저작권을 가진 음반사와 작곡가와 원만한 타협이 이루어졌다고 말했다. 방송국 생중계 협약, 후보들의 이미

지 관리를 위한 방송 프로그램 섭외 사항. 사이버상의 후보들 아바타 설정 문제 등 놓치기 쉬운 자질구레한 일들을 전부 짚었다.

앞으로 일주일 후, 서울 월드컵 경기장에서 벌어질 민국당 전위 부대인 청년단 발대식은 한 치의 차질 없이 거행될 것이다.

"내가 안 나가 봐도 될까요? 내일도 좀 바쁠 것 같은데."

〈실장님께서 지시한 것 전부 다 해결되었습니다. 오늘은 쉬시고 내일 출근하시죠, 뭐.〉

전화를 끊고 차가운 얼음을 넣은 오렌지주스를 마셨다. 그녀의 오피스텔은 한강변에 선 고층 건물이었다. 검은 밤 강변 건너편 아파트들의 불빛, 강변도로를 달리는 두 줄의 자동차 물결이 바로 내려다보였다. 발코니로 갔다. 손에 쥐고 있던 휴대폰을 눌렀다. 몇 번이나 신호가 갔을까?

〈이유립입니다.〉

액정화면 안에 나타난 그 남자를 바라보며 생긋 웃었다. 그 역시 빙그레 웃었다. 공모자의 미소, 은밀한 약속이 담긴 눈빛이 잠시 오갔다. 세영은 입을 내밀고 투정하는 어린애처럼 칭얼거렸다.

"나 샤워했어."

〈뭐?〉

기습공격. 세영은 가운 깃을 벌렸다. 불쑥 아름답고 풍만한 하얀 젖가슴을 자랑스럽게 드러냈다. 화면 안에서 유립이 숨을 후루룩 들이켰다. 혹여 누가 볼세라 그가 주변을 두리번거리는 것이 보였다. 세영은 헤죽거리며 팔로 가슴을 반쯤 가리는 척했다.

"여기까지만 봐. 나머지는 밤에. 갖고 싶어."

〈너!〉

세영은 백치처럼 풀어진 미소를 지었다. 세상 안의 남자에게 유혹을 던졌다. 과거의 아픈 기억을 정화시켜 줄 지금의 사랑을 갈구했다.

"당신이 필요해, 허리케인 렉스. 내 남자, 나를 진짜 오르가즘에 이르게 하는 유일한 당신. 지금 당장 당신 몸으로 여기를, 그 이상을 가득 채우고 싶어."

쪽 소리 내어 붉은 입술로 키스해 주었다. 그리고 통화 아웃.

그는 한 시간 내로 달려올 것이다.

"아, 죄송합니다. 계속하죠."

호기심 어린 눈동자 여덟 개가 그를 바라보고 있었다. 일식집에서 회식을 빙자한 미팅 중이었다. 유립은 모른 척하고 어색한 헛기침을 했다. 손을 탁자 아래로 내려 휴대전화 전원을 꺼버렸다.

사람 놀라게 하고 뒤통수치는 데에는 천재적인 여자. 정세영, 이 말썽쟁이 암표범 같으니라고.

'너, 죽었어.'

유립은 속으로 욕설을 내뱉으며 휴대전화를 움켜쥐었다. 메마른 입술을 축이며 허 대리의 보고에 집중하려 애썼다. 그러나 쉽지 않았다. 뇌리에 어른거리는 것은 아까 화면 안에 순간적으로 드러난 연인의 하얀 가슴이었다. 단단하고 향기로운 만월. 그 위에 달린 발간 체리. 빨아보면 달콤한 과즙이 흐르는 그것의 영상이었다.

중독이었다. 가장 치명적이고 고약한 중독.

기껏해야 일이 초쯤 보았을까. 두툼한 욕실가운 사이로 드러난 세영의 팽팽하고 부드러운 곡선은 순간적으로 유립을 미치게 만들기에는 충분했다. 머리끝까지 붉고 더운피를 치솟게 했다. 저항할 수 없는 매혹. 화산같이 폭발하게 만든 집착과 소유욕으로 발광하게 만들었다.

'날이면 날마다 나를 발정 난 짐승으로 만드는구나. 이 뻔뻔하고 사악한 계집애하고는.'

감추지도 않는다. 오히려 자랑스럽게 내덤비는 태도라니. 정세영이 할 법한 짓이었다. 맹세컨대, 오늘 밤 두고 보자. 아주 가루로 만들어주겠어. 젠장!

유립은 거친 숨을 몰래 토해냈다. 불편할 정도로 뻣뻣해져 버린 아랫도리가 민망했다. 탁자로 가려졌으니 망정이지, 정말 커다란 망신을 당할 뻔했다.

기다려, 정세영. 날 혼비백산시킨 응분의 대가를 치르게 해주겠어. 그는 실죽 은밀한 미소를 입꼬리에 매달았다.

공항에서 돌아와 대책회의 중이었다. 앞에 놓인 컴퓨터 화면에는 YTN 뉴스가 떠 있었다. 알렉키소스 회장의 방한을 비중있게 다루고 있었다. 다시 허 대리가 잠시 끊어진 보고를 계속했다.

"저 남자가 부회장이구요, 같은 알렉키소스의 성을 가졌지만, 사촌이라고 합니다. 공식적으로 회장 역할을 하는 사람입니다. 한국에서의 모든 일정은 이 사람이 소화할 예정이라고 들었습니다."

"좋은 조짐이야. 이 팀장, 수고했어. 율리우스 회장을 낚아채다니. 여하튼 눈이 날카롭거든. 어떻게 대역을 쓴 것을 알았을까? 역시 우리 이 팀장은 감각이 있어. 그러니 회장님께서 이 팀장을 애지중지하시지."

민 상무가 안 해도 될 칭찬을 벌써 몇 번째 내뱉었다. 이 늙은이, 정말 불쌍하게 출세에 목매달았다. 속 보이는 저 아첨이라니. 주먹으로 나불거리는 입술을 쥐어박아 주고 싶었다.

"윤 과장님하고 허 대리가 고생했지요. 짧은 시간 안에 정보를 모으느라고 며칠이나 야근했잖습니까."

유립은 시큰둥하게 대꾸하며 물잔을 집어 들었다. 낙하산 팔자, 이게 곤란한 거다. 싫든 좋든 언제나 아첨쟁이들에게 노출된다. 정신 똑바로 차리지 않으면 제가 세상에서 최고 잘난 놈이라고 착각해서는 멍청한 짓을 하기 십상이다. 언제나 조심해야 한다.

젓가락으로 회 한 점을 집었다. 귀로는 허 대리의 말을 들으며 입으로는 쫀득하고 야들거리는 감촉을 음미했다. 입안에서 구르는 회맛이 꼭 세영의 감각 같았다. 모든 것에서 연인과의 섹스를 생각하는 이유립의 중병이다. 그녀의 속에 들어가 움직일 때면 느껴지는 희락. 탐미적이고 쾌락적인 관능이었다. 싱싱한 회 한 점을 씹듯이 연인의 입술을 빨고 싶다. 탱글거리는 몸 안에서 애욕을 마찰하며 지독한 욕망을 마음껏 탐닉하고 싶다. 아직도 뻣뻣한 아랫도리가 여간해서는 죽어지지 않았다. 미칠 노릇이었다.

"일단 이 팀장님하고 구 대리가 스물네 시간 알렉키소스 회장을 수행할 작정입니다. 공식적인 일정을 소화하는 부회장은 윤 과장님하고 제가 담당하고요. 스케줄표는 내일 아침에 제출하겠습니다."

"좋아, 좋아. 이번 프로젝트, 자네들만 믿겠네. 회장님께서 큰 관심을 가지고 계셔. 직접 확인하실 정도이네. 우리 통신사업이 일 위로 올라설 절호의 기회가 도래한 거야."

"열심히 하겠습니다."

"암암, 능력이라면 우리 경영정보팀이 최고지. 자자, 승리를 위해 건배!"

어느새 불콰해진 얼굴로 민 상무가 건배를 제창했다. 청주 한 잔이 뱃속을 훑고 지나갔다. 알코올이 들어가자 더 치밀어 오르는 욕망은 오직 하나, 여자. 따스하고 격렬한 섹스이다. 유립은 마지막 술잔을 털어 넣었다. 회식이 끝나자마자 세영에게로 달려가겠다고 마음먹었다.

식당에서 막 일어서려는데 민 상무의 휴대전화가 울렸다. 갑자기 그의 몸이 경직되며 그가 유립에게 손짓했다.

"네, 회장님. 그렇습니다. 네네, 잠시만 기다리시지요."

그가 자신의 휴대전화를 내밀었다.

"왜 전화를 꺼놓고 그래? 어르신께서 찾으시잖아. 받아봐."

노트북 가방을 어깨에 걸며 유립은 민 상무의 전화를 건네받았다.

"네."

〈집에 오너라.〉

"저, 퇴근했는데요."

그러니 굳이 가회동까지 가 보고할 이유는 없다는 거절이었다. 수화기 안에서 이 회장이 혀를 찼다.

〈그래서 오라는 거다.〉

"왜요? 정리할 일거리가 많은데요."

⟨말도 많구나. 볼일 있으니 오라는 거지. 내 입으로 네 어미 생일이라는 말을 해야겠니?⟩

오 마이 갓!

유립은 반사적으로 식당 벽에 걸린 달력을 바라보았다.

어머니 생일은 음력으로 치르기 때문에 잊어먹기 십상이었다. 그래서 항상 휴대전화 일정표에 입력을 시켜놓고는 했다. 한데 그 휴대전화를 세영에게 주었다. 새 전화기에게 다시 입력하는 것을 까맣게 잊어먹었다. 아들만 바라보는 고슴도치 최 여사, 버림받았다고 울고불고 난리를 피웠다는 뜻이었다. 어지간한 일에는 눈 하나 까딱하지 않고, 아내의 일에는 더더구나 관심이 없는 이 회장이다. 그런 그가 직접 전화를 해서 챙길 정도이면 이건 꽹장히 심각한 사태라는 뜻이었다. 유난히 재수가 없는 날이 있는 법이다. 오늘이 그랬다.

'일 났군, 일 났어.'

유립은 속으로 중얼거리며 반사적으로 '죄송합니다' 하고 사과했다.

"까맣게 잊었습니다."

⟨중요한 일 맡아서 무척 바쁘다고 말은 했다만, 섭섭한가 보더라.⟩

"네, 곧 가지요."

세영과의 밀회도 중요했지만, 일단 발등에 떨어진 불부터 꺼야지. 유립은 일행과 헤어져 근처의 꽃집부터 찾았다. 어머니가 제일 좋아하는 장미꽃으로 해서 소담스런 꽃바구니를 만들 작정이었다. 한데 마음이 바쁘면 일이 제대로 되지 않는 법이었다. 하필이면 붉은 장미꽃이 다 떨어졌단다. 분홍색으로 꽃바구니를 만드는 동안 일부러 '미소미슈' 까지 걸어가서 치즈케이크를 샀다.

아들이 그런 고생해서 집으로 기어갔으면 그 성의를 봐서라도 얼굴을 푸셔야지. 앵돌아진 최 여사, 모로 돌아앉아 새큰새큰 숨만 들이쉬고 있었다. 필시 그사이 울고불고 하신 것이지. 벌써 얼굴이 퉁퉁 붓고 눈가가 벌겠다.

"늦었구나. 저녁은?"

아마도 생일이라서 오신 것이겠지. 이모 경혜가 케이크 상자를 받아주며 물었다. 저녁 내내 아우의 푸념에 눈물 섞인 하소연을 들어주느라 그녀조차 십 년은 늙어 보였다. 진력나고 피곤해하는 얼굴이었다.

"회식했어요. 괜찮아요."

유립은 어린애처럼 어머니 턱 아래 무릎걸음으로 다가갔다. 아무래도 오늘은 재롱을 아주 많이 떨어야 할 모양이었다.

"엄마, 나 왔어요."

"너 누군데?"

"에이, 왜 이러셔? 엄마 아들 최유립이지."

"보기 싫어! 너 가. 아들 맞다면서 엄마 생일도 몰라?"

"내가 왜 몰라? 케이크도 사고 꽃바구니도 사고 그러고 왔잖아. 회식하다가 몰래 빠져나오느라 얼마나 힘들었는데."

"그래도, 그래도……! 속상해서 죽겠단 말이야!"

최 여사의 눈에서 비죽비죽 눈물방울이 뚝뚝 떨어졌다. 유립은 한숨을 내쉬었다. 어머니 앞으로 한 무릎 다가앉았다. 두 손으로 얇은 어깨를 꼭 안아 토닥거려 주었다.

"엄마, 다 큰 아들 앞에서 꼭 그렇게 수도꼭지 틀어야겠어? 보기 안 좋아."

"엄마 울려놓고 인제 와서 사탕발림하면 내가 속을 줄 알어? 내가 널 어떻게 키웠는데……. 너 이러면 안 돼. 너 진짜 못됐어."

눈물 반, 팩 토라진 어머니를 바라보며 유립은 다시 한숨을 쉬었다.

같은 집에 살면서도 아예 거처를 달리하고 안 보는 것을 택한 영감이 비로소 이해가 될 것도 같았다. 아무리 사랑한다 해도 제정신 박힌 남자라면 이런 눈물보, 짜증나는 투정에다 무분별한 어리광을 부려대는 여자랑 같이는 못산다.

하지만 그녀는 아내가 아니라 낳아준 어머니였다. 떼어낼 수 없는, 그래서 더러운 천륜天倫. 고통주머니이지만 달리 벗어날 길이 없는 질긴 연. 어금니를 악물었다. 실실 웃으며 더없이 상냥하게 달랬다.

"내가 몰라? 그래서 냅다 달려온 거구만."

"그래서 10시 넘어 들어와? 생일 축하한다고 전화도 안 해줘? 아무리 바빠도 전화는 일 분도 안 걸려."

"미안해. 내가 잘못했어. 그만해요. 좋은 날 이러면 어떡해? 나도 어쩔 수 없었다는 거 엄마가 한 번만 이해해 줘요. 응? 주말에 시간 낼게. 엄마, 우리 둘이 제주도라도 갈까? 바다 좋아하시잖아. 별장

가서 하룻밤 자고 회도 먹고 그러고 옵시다, 응?"

"그만해라. 다 큰 아들 앞에서 부끄럽지도 않니? 얘가 몸이 두 개도 아닌데, 바쁜 회사일 던져 두고 어떻게 집에 와? 어미가 되어서 그 정도는 먼저 이해해야지."

옆에서 경혜도 덩달아 달렸다.

유립은 옆에 놓아둔 장미꽃다발을 억지로 어머니 품 안에 밀어넣었다. 과장을 반 섞어 요란스레 너스레를 떨어댔다.

"이야아, 꽃 좋다. 엄마, 이거 괜히 사왔나 봐. 우리 엄마가 꽃인데 내가 다른 꽃을 왜 사왔지?"

"거짓말 마! 입만 살아가지고! 매일매일 엄마 따돌리기나 하고."

"내가 언제? 내가 정말 그러면 천벌받는다!"

아직은 분과 설움이 덜 풀린 얼굴이다. 그래도 눈물은 그쳤다. 유립을 향해 눈을 흘기며 최 여사가 어린애 떼 부리듯이 툴툴거렸다.

"너, 바른대로 말해! 나 몰래 못된 짓 하는 거 있지?"

"누가? 아냐!"

"그런데 고모가 왜 그런 말 하셔? 확실하게 말해! 너 엄마 몰래 이상한 계집애하고 연애질해?"

"아니, 그런 짓은 안 하지. 맹세한다. 내가 엄마 몰래 하는 게 뭐가 있다고 그래?"

"진짜지?"

"엄마, 아들 말 못 믿어?"

유립은 눈을 부릅뜨고 힘을 주었다. 정색을 한 채 최 여사를 노려보았다.

"엄마가 나를 어떻게 키웠는데 내가 엄마 몰래 딴 짓 하겠어? 아냐. 그러니깐 걱정 말아요. 자, 눈물 닦고. 이것 봐. 우리 엄마 고운 얼굴이 그만 퉁퉁 부었네. 인제 진정해요, 네?"

이 방에 더 있다간 진짜 미치고 발광할 것 같았다. 우아악 고함이라도 지르기 전에 유립은 현명하게 일어섰다. 문손잡이를 잡고 뒤돌아보았다. 어머니가 좋아하는 싱긋 미소 서비스. 활짝 웃어주었다.

"두 분 다 나오세요. 제가 오늘은 서비스하죠. 차 끓일게요."

닫힌 문에 등을 대고 한동안 서 있었다.

유일무이한 외동이, 사랑받는 아들 노릇, 참으로 힘들고 어려웠다. 머릿속이 거의 폭발 직전이었다.

"네가 이해해. 네 엄마 어리광 유명하잖니?"

경혜가 따라나오며 그의 등을 두드렸다. 유립은 주방으로 들어가 전기주전자에 물을 부었다. 찻잔을 챙기며 물어보았다.

"오늘 대체 뭔 일이 있었던 거예요?"

"뭔 일은? 생일이라 친구 너덧 모여 저녁 먹고 그러고 간 거지."

"그런데 우리 최 여사가 왜 저렇게 히스테리예요? 아주 날 잡아먹으려고 하네."

"그게 말이다……."

경혜가 난처한 듯 말꼬리를 흐렸다.

유립은 싱크대에 등을 대고 돌아섰다.

"왜요?"

"그…… 왜 있잖니. 네가 지난번에 선본 아이. 네 엄마가 마음에 들어 하는 병원장 집 딸내미."

"그 여자? 성형수술 경순이?"

"너 만나게 해준다고 모녀지간 같이 초대했어요."

"아하."

이야기가 그렇게 흘러가는 것이었다.

한데 정작 주인공인 아들이 나타나지 않았으니 초대한 최 여사님, 형편없이 체면을 구겼던 모양이다.

"그런데 오늘 너 엄마 생일이라고 일부러 청담동 고모님께서 오셨거든."

"고모님이 입바른 소리 한마디 하셨군요?"

"그래."

아닌 것은 아닌 거다. 도통 경우없는 꼴일랑은 보지 못하는 고모가 가만있었을 리 없다.

유립은 허공을 바라보며 한숨을 푹 쉬었다. 가시같이 신랄한 지민의 말에 상처받아 또 찔끔거렸을 어머니 얼굴이 눈에 선했다.

"뭐라고 하셨는데요?"

"왜 이러느냐고, 보기 흉하다고 하셨어. 이러다가 인연 안 되면 아가씨 쪽에도 실례고 민망한 거라고, 그러지 말라고 딱 부러지게 한마디 하셨지."

"우리 최 여사, 뒤집어졌겠네."

"그래. 아들 마음이야 이왕 딴 데 가 있는 거, 내버려 둬도 잘하는 애, 왜 자꾸 건드리고 어미가 정신 산란하게 하느냐고 호통 치셨거든. 너희 엄마, 그게 섭섭하다고 울고불고…… 아휴, 정신없어.

넋이 쏙 빠졌네."

어머니가 그더러 이상한 계집애하고 연애질하느냐고 물었던 이유가 있었던 거다. 고모가 아주 잠시, 깜빡하고 입 조심을 못한 모양이다. 유립은 허공을 바라보며 다시 긴 한숨을 내쉬었다.

"환장한다. 결혼 당사자는 난데 왜 다른 사람들이 난리들이야? 정말 미친다니까."

"네 엄마 마음도 이해해 줘라. 너만 보고 사는 사람 아니니. 며느리 맞아 저도 한번 재미나게 살고 싶은 게 꿈이란 거지."

경혜가 조카를 위로하듯이 나지막이 말했다.

유립은 고개를 흔들었다.

"그게 어머니 착각이라니까, 이모님. 요새 계집애들이 얼마나 영악한데? 누가 시어머니 모시고 살며, 누가 고개 숙이고 산대? 우리 엄마 순진하고 마음 약해서 어지간한 계집애 들어오면 백이면 백, 밟히고 살아요. 내가 그거 몰라? 그래서 신중하게 고르겠다는데 왜 먼저 저 난리냐고!"

"너, 정말 네 엄마 생각은 하냐?"

"생각하죠. 그래도 엄마인데, 내가 사정 봐줘야지. 어떡해요, 그럼?"

"그래그래. 그래서 네 엄마가 너만 보고 사나 보다."

거만도 부리는 것 같고 겉으로는 못되게 건들거려 보여도 속 깊고 따뜻하다. 제 엄마 앞에 두고, 감싸 안고 품에 담는 것 보면 언제나 넉넉하다. 과하다 싶은 어리광이며, 어른 노릇보다는 오히려 아기 노릇이 더 어울리는 투정질 행태에도 눈 하나 깜빡 않고 품어준다. 아우가 입버릇처럼 말하기를, 남편 대신 연인 대신 아들 대신이라는 말이 꼭 맞는 거다. 오늘만 해도 그렇다. 어지간하면 지겹다, 그만하라 고함 한 번 뻑 지를 만도 한데, 웃으며 제 어미 눈물부터 닦아준다.

'사랑채의 저이가 이 아들 반의 반만 닮았어도 애 짐이 덜 무거울 텐데……. 네 팔자도 참 버겁구나.'

차를 끓이는 조카를 바라보며 경혜는 안쓰러움에 가만히 한숨을 쉬었다. 안방에서 나오는 아우를 바라보았다. 마음속으로 가만히 중얼거렸다.

'유립 에미야, 넌 대체 언제 어른 될래?'

제 배로 낳아 키운 아들도 벌써 어른 되었는데, 제 어미 모자란 것 감싸 안는 넉넉한 하늘 되었는데. 어미란 것은 만날 똑같이 눈물꽃에 철부지 노릇. 저 철없는 것이 나이 들면 나아질 줄 알았더니……. 경혜는 고개를 설레설레 흔들었다.

'타고나길 제 팔자. 평생 저리 살 양이면 할 수 없는 거지. 저것도 제 복이니.'

아무래도 오늘은 가회동에서 자야 할 모양이다. 세영이 기다리고 있을 것을 뻔히 알았지만, 이런 상황에서 발을 뺄 수가 없었다. 명색이 생일 아닌가. 한 번 정도는 어머니를 위해 연인을 바람맞히는 짓도 할 수밖에 없다.

이모가 가는 것을 보고 나서 2층에 올라갔다. 반팔셔츠, 트레이닝바지로 갈아입고 내려오니 그것만으로도 최 여사, 기분이 좋아진 얼굴이었다. 다정하게 아들 팔짱을 끼었다.

"자고 갈려고?"

"응. 늦었는데 자고 가지, 뭐. 엄마, 안 피곤해요?"

"피곤해. 자야지."

"엄마, 두통약 있어?"

"왜? 두통 생겼어? 많이 아파?"

이 집에 들어서던 순간부터 시작된 편두통이었다. 삭아들어 가기는커녕 더 심해지고 있었다. 너무 아파 눈을 뜰 수가 없을 지경이었다. 진통제 두 알을 한꺼번에 삼켰다. 정신과 의사는 그더러 지나친 스트레스 때문에 생긴 긴장성 편두통이라고 했었다.

걱정스럽게 바라보고 있던 최 여사가 소파에서 일어섰다. 유립이 현관문 쪽으로 걸어가자 소리쳤다.

"머리 아프다면서? 잠이나 자지, 지금 어디 가?"

"아버지한테 인사. 주무시는지 얼굴이나 들여다보고 와야지."

"그 영감태기, 오늘 무슨 바람이 불었나? 선물 보냈더라."

사랑채로 건너가기 위해 현관문을 열던 유립은 깜짝 놀라 뒤돌아섰다. 잘못 들었나 싶었다. 자신도 모르게 눈이 휘둥그레지고 말았다. 아내 생일 챙기고 기념일 기억하는 것, 그건 절대로 이 회장의 스타일이 아니었다. 직접 전화를 걸어 넌지시 아들더러 엄마 생일이니 들어오라 귀띔한 것이며, 이것 무엇인가 심상찮았다. 노인네 정말 이상하다.

"진짜?"

"그러게 말이다. 죽을 때 되면 안 하던 짓도 한다더니 말이다. 삼십 년 같이 살았어도 평생 처음이다."

"아버지가 직접 가져왔어?"

"바라지도 않는다. 너희 아버지 쌀쌀맞은 거 몰라서 그래? 오 이사가 꽃다발이랑 가져왔더라."

"뭐?"

"반지."

"그거유?"

유립은 최 여사의 손에 끼워진 흑진주반지를 바라보았다. 영감, 모처럼 거금 썼겠는걸. 한데 왜 이런 짓을 하는 거지? 저절로 고개가 갸웃거려졌다.

기억하기로 부친 이 회장이 최 여사의 생일이라고 선물을 챙겨주는 것은 한 번도 본 적 없었다. 늙어가는 처지. 슬슬 부친도 마음 달리 먹어지는 모양이다. 그럭저럭 아내와 잘 지내려는 제스처를 보내고 싶어진 것일 수도 있다.

유립은 원만한 중재를 시작했다.

"아버지가 모처럼 어머니 생각한 모양이네. 잘 받아줘요. 고맙다고 말이라도 해주고. 아버지도 이제 늙어가잖아. 늘그막에 어머니랑 잘 지내고 싶으신가 보지."

"아이고, 싫다. 인제 와서 고개 드밀면 누가 받아준다던?"

최 여사가 콧방귀를 팽 하고 불었다. 삼십 년 알게 모르게 남편에게 당한 설움과 박대를 누구에게 말할까? 책으로 쓰자면 열 권, 스무 권도 넘는다. 무릎 꿇고 두 손 모아 싹싹 빌어도 가슴속 응어리며 한恨은 풀어지지 않을 것이다. 머리털로 짚신 삼아준다고 해도 싫은 건 싫은 것이다.

순진한 사랑이 죽은 자리, 그악스런 증오와 헛된 오기. 더러운 집착 따위만 남았다. 사랑이 날아간 뒤 바닥에 떨어진 빈 허물의 모양들. 사랑의 끝이 이런 것이라면 절대로 하지 않는 것이 지혜일 것이다.

유립은 쓸쓸한 시선으로 흥분해서는 아버지 욕을 하고 있는 어머니 얼굴을 건너다보았다. 그토록 위험한 사랑에 그도 침몰해 버렸다. 그것도 부모의 사랑을 죽인 여자의 딸과.

"저 영감이 안 사줘도 반지 많아! 패물 따위 하나도 안 부러워!"

"그래도 아버지가 사 보낸 거 아니우."

"됐다, 그래. 제 마누라 생일날, 서른 번이나 지났어도 미역국 먹었냐고 한 번 안 물어준 양반이다. 흥."

한 번 박힌 얼음기둥은 쉬이 빠지지 않고, 마음에 쌓인 한도 쉽사리 풀리지 않고, 이미 평행선이 된 부부 사이. 어느 한쪽이 먼저 다가가려 해도 상처를 받을 대로 받아 거부부터 하게 되는 것은 당연지사. 그래서 다시 원점으로 돌아가고 마는 감정의 차단된 미로들. 아버지 이 회장이나 어머니 최 여사나 출구를 찾지 못해 그곳에 영원히 갇혀버린 수인囚人일 뿐. 누가 있어 그 문을 열고 길을 가르쳐 줄 것인가.

그들의 오랜 불화의 원인, 유립의 부모가 서로를 용납할 수 없이 경원하고 어긋나 버린 그 정점에 세영의 어머니, 아버지의 전부인이 있다.

이제 그들이 사랑한다고, 결혼한다 나서면 두 집안의 관계는 어떻게 요동칠까? 같은 자리에 함께 잠시 스치는 것도 용납되지 못하는 양가가 아닌가? 그런데 유립과 세영이 운명을 하나로 얽겠다고 나선다면? 치명적인 배신을 결심해 놓았다. 교활하게 차근차근 그짓을 준비하고 있다. 그러면서도 가슴이 먹먹하게 무거워졌다.

이 회장이 거처하는 사랑채는 벌써 불이 꺼져 있었다. 달 그늘 떨어지는 본가本家 마당에 우두커니 선 채 유립은 한동안 어둠 속에 파묻혀 있었다.

"엄마, 정말 경순이가 좋아?"

최 여사는 벌써 침대에 들어가 있었다. 유립은 어머니의 침대에 걸터앉아, 자분자분 시트 깃을 여며주며 솔직하게 물었다.

최 여사가 반눈을 흘겼다.

"경진이가 들으면 싫어해. 왜 자꾸 경순이라고 그래?"

"걔, 솔직히 말하는데 내 스타일 아냐. 욕심 그만 부려. 그만해."

"예쁘잖아. 게다가 얼마나 싹싹하고 상냥한데. 손도 곱고 마음도 곱고 내 젊었을 때하고 똑 닮았어. 엄만 진짜 마음에 들어. 사부인 되실 분도 얼마나 착하신지 몰라. 나, 그 애 정말 놓치기 싫어. 며느리 삼고 싶어. 네가 마음 한번 다시 돌려봐."

"좋아. 이렇게 생각해 보자고. 엄마가 그렇게 원하면 그 애랑 결혼은 할 수 있어. 그런데 참으실 수 있겠어요?"

"뭘 말이냐?"

유립은 악동처럼 짓궂은 미소를 지어 보였다. 최 여사에게 있어 유립 자신에 대한 집착과 독점욕이 치명적인 약점이라는 것을 너무 잘 알고 있었다.

"정말 내가 그 여자가 마음에 들어버리면 어떡해? 진짜 사랑에 빠져 어머니보다 그 여자를 더 사랑하면 엄마, 괜찮으냐고."

"얘가? 할 소리를 해라! 내가 설마 며느리 될 여자를 질투할까? 친딸처럼 귀하게 여길 거야. 잘해줄 거야."

"엄마는 나를 많이 사랑하고 의지하잖아. 하지만 결혼하면 난 엄마 아들만이 아니라 그 여자 남편도 된다구. 그 여자 때문에 엄마 마음 아프게 할 일도 생길 것이고, 거역할 수도 있을 것이고 만에 하나 혹여 그 여자를 위하여 엄마를 버릴 일도 생길 수 있어. 그러면 어떡해?"

"얘! 너 정말!"

최 여사의 얼굴이 질렸다. 발딱 일어나 앉았다. 말을 들은 그것만으로도 섭섭해서 당장 눈 속에 물기가 또 어렸다.

"너, 지금부터 경고하는 거야? 결혼하면 달라질 거라고 벌써부터 이 엄마더러 속 많이 상할 준비하라는 거야? 그런 말 하지 마, 얘. 너는 안 그래."

이 세상 다른 아들들이 다 그래도 내 아들은 안 그러지. 그것이 이 세상 모든 어미 된 자의 거짓말. 믿고 싶지 않아 믿지 않으려는 진실의 모습이다.

"그래, 난 안 그래. 하지만 가능성도 생각하자는 거지. 효자 아들, 좋은 남편은 못 되는 거랬어."

"내가 널 어떻게 키웠는데, 너 같은 효자 어디 있다고 마누라 생겼다고 네가 날 섭섭하게 하겠어? 내 아들은 엄마한테 안 그래. 그런 소리일랑 하지 마."

착한 아들 이유립. 어머니라면 자다가도 벌떡 일어나는 이유립. 마누라는 버려도 어머니는 못 버리는 유일무이한 원군. 어머니의 마지막 희망이자 유일한 사랑 이유립. 믿는 도끼에 발등이 찍힐 일이 반드시 생긴다는 것을 왜 아직 모르실까?

그도 벌써 서른이 넘었다. 마음의 탯줄을 끊고 다른 세상으로 날아간 지 오래인데 왜 어머니만은 눈치채지 못할까? 자신이 보고 싶은 것만 보는 어머니 앞에서, 유립은 언제까지 세상에 둘도 없는 효자요, 어머니만을 생각하는 끔찍하게 귀한 금쪽같은 아들 노릇을 할 수밖에 없다. 조만간 세영 때문에 그 가면도 박살나겠지만…….

연민도 아닌, 슬픔만도 아닌, 갈등과 고통의 아린 맛이 밀물처럼 차올랐다. 화장을 지운 어머니의 얼굴에 박힌 주름살들이 새삼 눈에 박혔다. 핏줄이란 건 칼로 잘라낼 수도 없고 지워질 수도 없다. 인생 끝날 때까지 등에 지고 갈 수밖에 없다. 사랑과는 또 다른 운명의 다른 얼굴이다.

아닌 척 애쓰지만, 최 여사의 얼굴에는 심란함이 가득했다. 당장에라도 유립이 결혼이란 것을 해서 그녀를 박대하고 마누라에게 목을 매는 팔불출이라도 될까 봐 경계하고 고민하는 눈초리가 뚜렷했다.

갑자기 그녀가 번쩍 얼굴을 들었다. 비장한 결심이라도 한 듯 선언했다.

"네가 결혼하면 너희들하고 같이 안 살 거야."

"왜? 같이 살아야지."

"싫어, 애. 난 너희들 방해되기 싫어."

"그럼 넓디넓은 가회동 집에 두 분만 두고 나가 살아? 써늘한 집, 더 써늘해. 나 그렇게 안 해, 엄마. 어떤 여자랑 결혼하든 같이 모시고 살 거야. 며느리 생기고 아이들 생겨야 이 집에도 온기가 돌지. 모시고 살아요. 아버지, 어머니 두 분 사이 나아지시는 것 볼 때까지 내가 엄마 옆에 있어."

"너희 아버지란 양반 달라졌으면 벌써 달라졌을 양반이야, 애. 삼십 년을 같이 살았는데도 얼음바닥이기는 여전한데 이제 와서 새삼스레 달라질 것 같으니?"

달라지지 않은 것은 어머니도 마찬가지잖아?

유립은 버럭 소리치고 싶은 충동을 억지로 눌렀다.

자기중심적이고 싸늘한 아버지의 천성, 그것을 달래고 갈무리하며 잘 다스리는 어머니의 지혜가 조금만 있다면 얼마나 좋으랴? 불평과 눈물과 어리광만 부린다고 사내 마음이 풀리는 것은 아니다. 이제는 같은 지붕 아래 남남으로 사는 습성이 익숙해져 개 닭 보듯이 덤덤하기만 한 부모를 생각하자 가슴 한편이 한동안 얼음을 머금은 듯 차가웠다.

"자요. 늦었어."

불을 꺼주고 어머니의 방을 물러 나왔다. 미완의 슬픔과 죄책감을 남겨놓고 돌아섰다.

2층으로 올라가 차 열쇠를 집어 들었다. 역시 세영에게로 가야 할 것 같았다. 그렇지 않으면 다시 시작되는 이 편두통이 가라앉지 않을 것 같았다.

오피스텔에 도착했을 때는 이미 새벽이었다.

늘 그러하듯이 연인의 침대로 회귀했다. 지옥 같은 사랑 안으로 침몰했다.

세영의 잠버릇은 특이하다. 시트를 머리끝까지 돌돌 말아 덮고 미라처럼 천에 완전히 감싸인 채 자고 있었다. 시트 바깥으로 하얀 발이 삐죽 나와 있었다. 빨간 딸기가 그려진 발톱이 귀엽기 그지없었다. 입에 머금고 빨고 싶은 청결하고 예쁜 발. 그녀를 처음 만났을 때, 로비에서 발가락 열 개에 패티큐어를 바르고 있던 것이 생각났다.

젊은 육신에 아프게 몰려드는 연인의 유혹적인 체취. 그 안에서 무작정 헐떡이는 심장을 진정하려 애쓰며 가만히 세영의 자는 양을 내려다보았다.

밤의 어둠을 헤치고 달려온 보람이 있었다. 고른 숨소리를 내며 잠이 든 연인의 모습을 보는 순간, 비어 있던 가슴이 그득해졌다. 그냥 좋았다. 휴우, 안도의 한숨이 쉬어졌다. 그가 갈구해 마지않는 안온함과 행복이 물결처럼 흘러들어 와 한없이 따뜻하게 만들었다.

한 손으로 셔츠를 벗어 던지며 침대 옆자리로 올라갔다.

"으음, 누구?"

그녀가 돌아누웠다. 하얀 시트 껍질 안에서 부스스 헝클어진 머리카락이 솟아올랐다. 잠이 물린 눈동자가 웃음기를 머금었다.

"지금 뭐 해?"

졸린 목소리로 세영이 물었다.

유립은 하얀 종아리를 입술로 쓸며 낮은 목소리로 말했다.

"탐험."

여전히 잠기가 묻은 웃음소리가 킬킬킬 새어 나왔다.

"거긴 탐험 끝난 지역 아냐? 엉뚱한 데 짚지 말라고, 바보야."

갑자기 세영이 얄미워졌다. 그는 넘치고 넘치는 온갖 심란하고 고민스런 일들로 무거워 죽을 지경이다. 눈앞이 캄캄한 자신과는 달리 그저 태평스런 얼굴이 미웠다. 유립은 세영의 발을 들어 엄지 발가락을 꽉 깨물어 버렸다.

"아얏! 아프단 말이야. 바보야! 정말…… 당신!"

반짝 눈을 뜬 세영이 벌떡 일어나 앉았다. 신경질적으로 베개를 집어 던졌다. 베개는 유립의 머리를 치고 지나 바닥으로 떨어졌다. 그러거나 말거나 유립은 이번에는 손바닥으로 세영의 발바닥과 종아리와 허벅지를 찰싹찰싹 패주었다. 열받은 김에 발등도 물어뜯고 라일락 향기가 풍기는 허벅지도 깨물어 버렸다.

"하지 마! 간지럽단 말이야!"

세영이 비명 지르며 낄낄거렸다. 돌돌 말린 시트가 이리저리 몸을 뒤척이는 통에 풀려 흘렀다. 귀여운 곰돌이가 프린트된 면잠옷이 드러났다. 그 안에 든 보드라운 매혹과 안식이 나타났다.

"이봐, 곰탱이! 약혼자께서 아직 귀가를 안 하셨는데 먼저 자기야? 의리 없이?"

"자정 넘겨 아침 일찍 들어오는 남자, 기다릴 의무는 없다고 봐."

"외박 않고 새벽에라도 너에게 돌아오는 남자, 칭찬해 줘야지, 인마."

같이 킬킬거리며 유립은 덮치듯이 연인의 몸 위로 무너져 내렸다. 세영의 향기 속에 파묻히자, 보드랍고 탄력있는 품 안에 녹아들자 모든 것이 잘되리라는 이상한 만용이 터무니없이 생겨나기 시작했다. 내일 일은 내일 생각하자. 지금은 이 여자가 그의 옆에 있다는 것만이 진실, 유일한 진실이다. 둘은 미칠 듯이 서로를 원하고 갈망한다. 이것만이 확고한 현실이다.

유립은 마구잡이로 남은 옷을 벗어 던졌다. 커다란 손이 잠옷을 파고들어 따뜻하고 매끄러운 살갗을 더듬어 올라갔다. 허벅지 쪽으로 슬금슬금 기어올라 갔다.

"이거 무슨 색이지?"

"알아맞혀 봐. 맞으면 상 줄게."

"널 닮은 속옷이면 레드겠지?"

낄낄거리며 세영이 고개를 저었다. 유립의 손가락 두 개가 그 속으로 파고들었다.

핑크? 다시 고개를 저었다. 실버인가? 아님 블랙? 화이트? 귀를 간질이는 속삭임에 여자는 달뜬 숨을 흘리며 다시 고개를 흔들었다. 힌트를 줘. 싫어, 안 돼! 세영이 격한 숨을 내쉬며 자신을 전율케 하는 감각에서 도망치려는 듯 침대 등받이를 움켜쥐었다. 남자의 손가락 끝이 민감하고 보드라운 꽃순을 건드리고 문질렀다.

"아학!"

짧은 비명이 질끈 물린 세영의 입에서 터져 나왔다. 잔인한 손가락이 세차게 끌어당기는 그녀의 동굴 속으로 파고들었던 것이다. 몽롱하게 젖어드는 눈동자를 바라보며 유립의 세련된 손가락이 깊게, 또는 얕게 몇십 초 동안 좁고 끈적한 동굴 속에서 방향을 잃고 방황했다.

세영이 온몸을 뒤틀며 헐떡였다.

"황금빛이군."

단숨에 작은 팬티를 끌어내렸다. 돌돌 말려 손 안에 반 줌도 차지 않는 그것의 색은 개나리빛이었다. 항상 그를 미치게 만드는 연인의 체취가 가득 배인 작은 천 조각을 아무렇게나 던져 버렸다.

그는 방금 전, 세영으로 하여금 비명 지르게 했던 자신의 손가락을 입으로 가져갔다. 상상 가능한 모든 것이 시선으로 오갔다. 두 사람은 서로의 눈을 응시하며 열기로 이글거리는 몸 안의 스멀거리는 갈증이 야만적으로 터져 나오기만을 기다렸다. 채워지지 못한 열기가 해일처럼 덮치는 그 순간을 고통스럽게 응시했다.

유립은 입술을 세영의 귀에 가져다 댔다.

"네 맛이 난다."

"내 맛이 어떤데?"

"죽을 맛."

너무 급하여 떨리기조차 한 손이 다가왔다.

"먼저 가버리면 죽여 버릴 거야!"

"나의 특권이 바로 그거지. 내가 원하는 한, 너를 위해 늦출 수 있다는 것."

유립은 세영의 잠옷자락을 허리까지 끌어 올리며 나른하게 중얼거렸다. 단 한 번의 동작으로 황홀한 꽃밭으로 파고들어 갔다. 하늘하늘 아주 요염하게 춤을 추는 연인의 향기와 감촉과 과즙을 약탈했다. 사나운 광풍처럼 흔들며 그녀의 영혼과 향기를, 육신의 쾌락과 달콤함을 남김없이 들이마셨다.

편두통 따윈 흔적도 없이 사라져 버렸다.

나흘 후 월요일 새벽. 그날 둘은 유립의 침대 안이었다.

누가 깨우지도 않았는데 눈이 번쩍 떠졌다.

아침에 다시 알렉키소스 회장과의 면담이 잡혀 있다. 어렵사리 수원의 공장 쪽에 가보겠다는 대답을 받아냈다. 사전 브리핑을 위해 오찬을 같이하기로 했다.

생각보다 그 사내는 소탈했다.

한국에서 ISE사의 모든 공식적인 일정은 그의 대역 노릇을 하는 부회장이 소화하고 있었다. 그림자 속의 그는 내내 편안하게 노닥거리는 눈치였다. 물론 방한한 지 나흘 동안 두 건의 중요한 일은 직접 처리했지만 말이다.

그리스 대사의 주선으로 전경련 회장과 일대일 면담을 가졌고, 경제 부총리를 위한 만찬을 주최한 일이었다. 그 외에는 내내 호텔에만 머물렀다. 사업이 아니라 유람 온 관광객 같았다. 오늘은 비서만 대동하고 코엑스에서 벌어지는 'IT 코리아 전시관'에 나가 볼 거라고 했다.

"제가 모시죠. 이왕 거리로 나가신 김에 수원에 위치한 경산 모바일폰 공장을 둘러보시는 게 어떨까요? 화성 구경을 시켜드리고 싶군요. 한국이 자랑하는 유네스코 지정 문화유산이죠. 게다가 수원갈비 맛은 세계 일류예요."

"절대로 거부하지 못하게 만드는 유혹이로군요, 렉스. 당신은 꿍장한 협상가예요."

감탄인지 비웃음인지, 그가 껄껄 웃으며 어깨를 툭 쳤다.

내일쯤 사탕을 더 발라야 할 것이다.

아무래도 긴장한 모양이다. 유립은 가볍게 목을 돌리며 몸을 일으켰다. 여름이라 5시밖에 되지 않았는데 어느덧 희뿌연 미명이 창문을 넘어 들어오고 있었다.

세영은 아직도 깊은 잠에 빠져 있었다. 아기가 엄마 품에 안겨 걱정 하나 없는 얼굴로 잠이 든 듯, 그의 품에 안긴 연인의 하얀 얼굴도 그늘 하나 없었다. 서로의 가슴 안에서 완전한 평화와 완전한 안식을 맛보는 것은 두 사람 다 마찬가지였다.

전날 밤도 함께 부둥켜안고 같은 침대에서 잠이 들었다. 함께 눈을 뜨는 아침이 어느덧 헤아릴 수 없이 많아지고, 그만큼 영혼과 육체가 서로에게 속해진다. 서로에게 물들고 젖어들고 비슷해지는 것이다.

처음에는 두 개였던 시공이 점점 하나로 합쳐져 간다. 그의 세상은 그녀의 것. 그녀의 세상은 그의 것. 그렇게 살고 싶어 둘은 세상을 속이고 부모를 속여야 한다. 무슨 일이 있어도.

예상대로라면 세영이 오히려 먼저 떠날 듯싶었다. 아직은 회사에 얽매인 유립보다는 상대적으로 자유로운 쪽이 세영이다. 이미 그녀의 부모에게 유학을 떠나겠다고 의사 표시를 했다고 한다. 긍정적인 답변을 받았단다. 빠르면 올 가을쯤, 늦어도 겨울에는 나가게 될 것이라 말했다.

'아무리 늦어도 내년 봄쯤이면······.'

그는 자신도 모르게 중얼거렸다. 유립이 북미 지사 쪽으로 나가는 순간, 곧바로 그들은 공식적으로 부부가 되는 증명서를 획득하게 될 것이다.

출근하기 전에 한 번 더 오늘 일정과 율리우스에 대한 정보를 점검해야 할 것이다. 행여 연인의 잠이 깰세라 가만히 몸을 일으켰다. 세영의 머리를 베개에 잘 놓아주고, 시트를 어깨까지 끌어올려주었다. 가만히 손가락으로 볼을 한 번 어루만져 보았다. 의지하던 든든한 몸이 사라졌다. 무엇인가 허전한지 그녀가 돌아누웠다.

"으음, 몇 시?"

"5시. 아직 이르다. 더 자라."

"으음……. 6시에 집에 내려갈 거야. 깨워줘."

"그래."

대강 세수하고 컴퓨터 앞에 앉았다. 구 대리가 뽑아놓은 일정이 메일로 들어와 있었다.

TK와 GS텔레콤의 사업 분석서. 동종업계 점유율, 장비와 물량 수주와 설비 수출 현황. 영문으로 작성된 십여 장이 넘는 문서가 첨부되어 있었다.

유립은 문서를 급하게 읽어 내리며 모호하거나 오류가 있는 것을 몇 개 잡아냈다. 본인 스스로는 아니라 말하지만, 그도 상당히 완벽주의자적인 일면이 있었다. 점 하나라도 제대로 찍히지 않거나 오타가 난 문서를 보면 짜증부터 나니까.

'아무래도 구 대리에게 보고서 작성하는 법하고 프레젠테이션하

는 방법에 관한 책을 사줘야겠군.'

그런 생각을 하면서 다음 메일을 클릭했다.

비번을 두 번이나 설정한 시크릿 메일.

'29A'에게 따로이 ISE사 회장 알렉키소스에 대한 정보를 모아달라고 부탁했는데 그 건件에 대한 정보가 도착한 것이다. 첨부된 파일을 클릭하고 그의 이름을 확인하던 순간, 유립은 자신도 모르게 정좌를 하고 있었다.

"메를로티가 본명? 이 자식, 이름까지 속이고 있었어?"

─시저 율리우스 알렉키소스 메를로티 필리오테(34세).

현재 그리스의 대표적인 물류 해운회사인 ISE사 회장. 학력은 예일대 졸업. 이후는 기록 없음.

주력분야는 유럽 쪽 해운 물류. 항공과 교통 서비스 및 정보통신. 러시아와 중부 유럽까지 잇는 정보통신 및 물류 왕국으로 평가받고 있음. 계열사는 북미 유럽 전역. 아시아, 남미까지 총 27사社 정도로 파악되고 있음.

유럽 마피아 수장인 시칠리아 계 대부 메를로티의 직계 증손자.

칠 년 전에 가문을 장악하고 합법적인 사업가로 변신. 이후 사업 거점을 이탈리아에서 그리스로 옮기고 ISE사 소유주인 필리오테 전前 회장의 양자로 입적. 이후 자신의 성姓에서 메를로티 삭제.

각종 불법과 탈법을 교묘하게 구사하며 다양한 방법으로 유럽 각국의 기업체를 닥치는 대로 먹어치워 '샤크'라는 별명이 만들어짐. 유럽 금융 위기 이후 파산 직전이던 그리스의 ISE사와 전략적인 제휴합병을 성사. 러시아 마피아와의 커넥션을 이용하여 단숨에 러시아와 중부 유럽까지 잇는 물류 왕국으로 성장시켰다 평가받고 있음.

십 년 전에 가문이 정한 결혼식이 열리기 직전, 약혼녀의 요트 사고 사事故死 이후 사생활이나 결혼 관계에 대하여 알려진 바 없음.

취미는 축구와 와인. 영국의 첼시구단이 그의 소유라는 소문도 있음. 이탈리아와 프로방스에 개인 와이너리. 개인 소유의 메틸티섬에 대저택을 가지고 있음. 평상시에는 대역을 내세우고 주로 은둔생활을 즐기고 있음. 은밀하게 용병사업을 운영하며 아프리카 지역 자원 개발 분야를 확장하고 있다고 알려짐.

'뭐야? 완전히 두 얼굴의 사나이잖아. 마피아 손자라. 그 얼굴의 상처는 그럼 그런 과거의 흔적이었나?'

새로 바뀐 화면에는 알렉키소스 회장의 얼굴이 떠 있었다. 아름다운 얼굴에 남은 날카로운 상흔. 그건 국제적인 사업가라는 명성과는 달리 도저히 씻어낼 수 없을 출생의 원죄와도 같았다. 유립은 팔짱을 끼곤 화면을 물끄러미 응시했다.

'기가 막히는 놈일세. 대단한데? 기껏 칠 년 만에 마피아에서 합법적인 국제사업가로 변신. 게다가 가문의 성까지 버리고 국적까지 바꿔? 완전히 신분세탁을 한 거네. 이런 놈이 한국에 왜 기어왔지? 게다가 약혼녀라니. 죽었다는 약혼녀가 사실은 살아 있고 더구나 한국 여자였단 건가?'

갑자기 눈앞이 막막해지는 기분이 들었다. 평범한 사업가거니 해서 만만히 보았던 상대가 뜻밖에도 완벽한 신분세탁을 통해 거듭난 무시무시한 암흑가의 거물이라니, 이건 뭐, 완전히 영화에서나 나올 법한 설정이 아닌가.

'눈매가 만만치 않더니, 역시 한 큐를 감추어둔 놈이었단 말이지. 이런 놈을 어떻게 말랑하게 만들고 내 맘대로 다루지?'

일단 유립은 알렉키소스의 정보가 담긴 파일을 쓸데없고 무의미한 사진 몇 장으로 덮어쓰기를 시켜 파일을 완전히 사라지게 만들었다. 이런 위험한 정보는 머릿속에만 남길 일이지 언제고 해킹 가능한 곳에 남기는 것은 어리석은 짓이다.

바로 그때, 책상에 놓아둔 휴대전화가 댕글댕글 울렸다. 세영을 위해 타임 설정을 해놓았다. 깨우기도 전에 먼저 침실 문이 열렸다. 어젯밤 그대로 트레이닝바지 위에 그의 셔츠를 걸친 세영이 나왔다.

"굿모닝."

"너만 눈앞에 있으면 난 에브리데이 굿모닝이다."

"예쁜 말 했으니까 커피 끓여줄게."

주방 쪽으로 걸어가며 세영이 상긋 미소 지었다. 아침의 시작이었다. 커피 향기와 연인의 미소와 상쾌한 햇살바람 한 조각.

"아침부터 바쁘네?"

책상 위에 진한 에스프레소가 담긴 머그잔이 놓여졌다. 유립은 화면을 응시하며 입으로 가져갔다. 향기로운 쓴맛에 달콤하고 부드러운 우유 맛이 섞여 맴돌았다.

"빈속이라 연하게, 카페오레가 좋을 것 같아서."

"땡큐."

세영이 등 뒤에서 목을 감아왔다. 우유와 크림 캐러멜의 달콤한 향기가 났다.

"내가 알아도 되는 일이야? 아니면 비켜주고."

"상관없다. 이번에 맡은 프로젝트야. 일이 많다."

"중요한 거야?"

"수단과 방법을 가리지 않고 성공해야 하는 일. 이게 되어야 영감이 날 내보내 준다고 했거든. 덧붙여 말하자면 내가 너랑 사고 쳐도 내 유산지분에 별다른 변화가 없을 거다."

"그래? 무진장 큰일이네."

작업표시줄 아래로 내려놓았던 허 대리의 메일을 창 위로 올렸다.

그의 등 뒤에서 같이 컴퓨터 화면을 바라보던 세영이 순간 후룩 숨을 들이쉬었다.

"이 남자가 당신 프로젝트?"

"그래. 시저 율리우스 알렉키소스. 그리스 해운회사 ISE 회장. 우리 회사에 선박 다섯 척 수주했어. 공식적으로는 주문한 선박 명명식에 참석하러 방한했어. 하지만 그건 표면적인 거고."

"다른 사업도 있어?"

"TK하고 그리스 내 노화된 인터넷 설비 및 8세대 정보통신쪽 분야에 대하여 합작 건을 타진하러 온 거야. 몇천만 불짜리 계약이지."

굉장한 액수 앞에서 세영이 휘파람을 불었다.

"TK하고 협상하러 왔다면서? 그런데 왜 당신의 프로젝트가 된 거야?"

"몇천만 불이 누구 이름이냐? 조용히 중간에서 인터셉트해서 먹어치우라는 분부를 내리셨다."

"그렇군."

세영이 그의 목을 감았던 팔을 풀었다. 유립의 빈 잔을 거둬갔다.

"커피 한 잔 더?"

"고맙지."

오 분 후, 세영이 구수한 향기를 풍기는 머그잔 두 개를 들고 다시 돌아왔다. 의자를 끌어당겨 옆자리에 앉았다. 그리고 아주 진지하게 물었다.

"도와줄까?"

"어떻게? 넘치는 섹시함으로 이 녀석도 한번 공략해 보려고? 생긴 건 뭐 그럴듯하더라만. 아서라, 일없다, 인마."

반 농담. 킬킬대는 유립을 바라보며 세영은 조금도 웃지 않았다. 눈빛이 서늘했다.

"원한다면 이 계약은 당신 게 될 수도 있어, 렉스."

"뭐라고?"

농담이 아니었다. 세영이 희미하게 미소 지었다. 어쩐지 칼날이 하나 박혀 있는 듯 섬뜩한 그늘이 엿보였다. 그녀가 나직하게 속삭였다.

"이 남자, 내가 좀 알고 있는 사람이거든."

이번에는 유립이 놀랄 차례였다. 한국 여자가 약혼녀라고 했는데. 설마……?

그는 다급하게 되물었다.

"어떻게?"

세영답지 않게 아주 잠시 망설이는 눈치였다. 그러나 금세 별것 아니라는 듯 덤덤하게 내뱉어서, 질문한 유립을 정말 놀라게 만들었다.

"옛날 미국에서 학교 다닐 때 만났던 사람. 정확하게 말하면 소위 말하는 '첫사랑'이라고 하지."

세영이 긴장하는 유립의 눈동자 앞에서 피식 웃었다. 예리한 칼날 같이 푸른 어조로 말을 맺었다.

"또 보기 좋게 날 배신한 놈이지. 절대로 용서할 수 없는 놈이거든."

"배신한……?"

귀로 들으면서도 마음으로는 믿을 수가 없었다. 비록 벌써 끝난 과거라는 데야 안심을 했지만, 의문은 남았다. 그가 아는 한, 세영의 인생에 '배신당한'이라는 말이 존재할 수 있을까? 선수 중의 선수인 그도 휘둘려서 매일 정신 잃고 끌려다니고 있는데. 양파처럼 벗겨도 벗겨도 새로운 매혹이 드러나는 이 여자. 샘솟는 활력과 당당함에, 속으로 감춘 다정함과 잘잘 끓는 밤의 유혹에 누가 감히 저항할 수 있었을까?

그녀를 알게 되고 한 번 마음을 주었다면, 절대로 잘라낼 수 없을 것이다. 이미 진짜를 맛보아 버렸으므로, 절대로 비슷한 가짜 따위에게 안식을 얻지는 못할 거다. 그런데 배신을 한 사내라고?

쓰디쓴 과거를 반추하듯 세영이 커피 한 모금을 마셨다.

"그래. 아주 보기 좋게 내 뒤통수를 쳤지."

"어떻게?"

"겁도 없이 감히 나를 두고 '하찮은 동양 여자' 라서 결혼은커녕 잠시 농락하기도 우스운 계집이라고 말한 놈이야."

짧은 단어, 문장 하나에도 핏빛 향기 풍기는 서러움이 사무치게 배어 있었다. 듣는 사람이 섬뜩하게 느껴질 정도로 짙은 증오와 모욕감이 스며들어 있었다.

십 년이 넘었는데도 아직도 잊지 못하고 심장 속에 분노와 증오를 새기고 또 새기고 있다는 뜻. 사랑의 다른 이름은 증오라 하였으니, 그만큼 세영이 한때 그를 깊이 치열하게 사랑했었다는 이야기. 결국은.

유립은 고개를 돌려 세영의 컵을 빼앗아 한 모금을 마셨다. 그래도 입안의 텁텁함은 가시지 않았다.

이 좋은 아침, 연속으로 뒤통수를 얻어맞았다. 그것도 아주 강력하게. 머릿속이 얼얼했다.

번갯불처럼 새파랗게 갑작스런 깨달음. 각기 다른 색깔과 모양의 조그만 퍼즐 조각들이 한 순간, 같은 장소에 모였다. 하나의 선명한 그림을 이루었다. 마치 그림처럼 펼쳐지는 이야기들. 아귀가 딱딱 맞아들고 있었다. 모든 것은 그 남자와 세영이 아주 강력하게 연결되어 있다는 사실을 가리키고 있었다.

공항에 그를 마중 나온 검은색 승용차. 그 차를 운전하고 있던 늘씬한 그 여자.

유립은 자신도 모르게 옆에 앉아 있는 세영의 다리 쪽을 흘깃거리고 있었다.

아무리 그가 이 여자에게 눈이 먼 바보 멍청이라 해도 애인의 늘씬한 이 다리가 그 여자 다리라는 것 정도는 이제는 안다.

그의 비서가 주장하던 바, 약혼녀라는 존재.

그리고 그 사내가 첫사랑이었다고 말하는 세영.

세영의 아버지 눈에 완벽한 짝으로 보이기 위해 그는 지난 십 년 동안 마피아 자손이라는 신분도 지우고 국적과 지위도 세탁했다. 유립은 비로소 확실하게 짐작할 것만 같다. 집안이 정해준 그 남자의 약혼녀가 결혼식 직전에 죽은 이유를.

'내가 그라면 말이지, 단 한순간도 망설이지 않을 거야. 싫은 결혼을 피하기 위해서 그 여자를 제거했겠지.'

한 여자에게 그토록 집착하여 모든 이러한 일들을 망설임없이 해치운 위험한 남자가 이제 다시 그의 연인을 낚아채 가기 위해 먼 길을 돌아와 접근하고 있다는 뜻이다.

인식하지 못하는 사이, 그들을 지켜보는 사람들의 눈과 양가의 부모뿐만 아니라 더 확실하고 강력한 방해자가 둘 사이에 나타나 버티고 있는 형국이었다.

생각 외로 유립의 침묵이 길어지자 조금은 켕기는 모양이다. 세영이 몸을 돌이켜 유립의 눈동자를 빤히 바라보았다.

"무슨 생각해? 뭔가 엄청 심각해진 것 같은데? 내가 이 사람에 대해 말한 게 조금 후회되는걸. 역시 여자의 과거는 문제가 되는 건가? 혹시 질투하는 건 아니지?"

"미친……! 한 대 맞을래? 닥쳐라."

"질투하는구나."

세영이 킥킥대며 사뿐히 유립의 무릎 위에 올라앉았다. 몸을 돌이켜 그의 목을 끌어안았다.

"하긴, 당신도 좀 긴장해야 해. 이 남자, 카이사르. 보기 드물게 아름다운 남자지. 당신만큼이나."

"……카이사르?"

"그의 이름 몰라? 시저잖아? 하지만 우리 둘만 있을 땐 카이사르라 불렀지. 그 남자 애칭이었어. 우웅! 주름 펴!"

세영이 두 손으로 유립의 입술 끝을 잡아 늘렸다. 얄미운 계집애가 빈들빈들 웃으며 그를 자극하려 했다.

"솔직히 말해봐, 렉스. 자기, 지금 질투하는 거지?"

이 순간, 절대로 치사하게 질투를 해서도 안 된다는 것을 알고 있다.

하지만 자꾸만 열이 끓었다. 꾹 참아내고 더없이 관대한 척하려니 배알이 뒤집어졌다. 그가 모르는 세영의 세상. 그 안의 감정들과 인연들의 그림자를 무시하려 했지만, 쉽지 않았다.

꾹꾹 누르며 냉정하려 하던 유립은 결국 굴복했다. 솔직하게 털어놓았다.

"그래, 인정한다. 화 좀 나려고 한다. 내 여자를 걷어찬 자식하고 내가 얼굴을 맞대고 웃고 있었다니."

내가 갖지 못한 너의 처음을 전부 소유한 자식에게 고개를 조아리고 있었다니. 입 밖으로 내지 못한 말은 바로 그것.

세영이 실쭉 웃었다. 열불 돋아나는 남자의 마음을 읽은 모양이다. 망설이지 않고 뜨거운 키스를 해주었다. 덤으로 친절한 설명까지 해주었다.

"벌써 십 년이나 지난 이야기야. 더 이상 정감이니 사랑 같은 건 남아 있지 않아. 하지만 빚은 있지. 그날 당한 모욕과 분노의 찌꺼기라고 할까? 하긴, 헤어지면서 얼굴에다 지워지지 않는 흉터 하나를 남기기는 했지만."

"흉터를 남겨?"

심장이 다시 서늘하게 식어 내린다.

"음, 다이아몬드반지로 얼굴을 긁어버렸거든."

복수의 화신 메데이아가 거기 있었다. 아니면 받은 대로 돌려주는 아마존의 전사이거나. 유립 자신의 짐작이 맞아들어 갔다. 자존심 강하고 그악스러운 그 성질머리를 못 이긴 세영이 보란 듯이 그 남자의 볼에 절대로 지워지지 않는 상처를 남겨주었다는 것이다.

하지만 그 사내는 십 년이 지난 지금에도 그 상처의 흔적을 끝내 지우지 않았다.

'그건 너를 아직도 지우지 않았다는 거다. 그 속에 든 것이 미움이나 분노일 수도 있고, 또 여전히 남은 열정과 사랑일 수도 있을 테지.'

보지 않아도 훤했다. 남자이기에 유립은 그 남자의 마음을 읽을 수 있다. 율리우스라는 그가 아직은 세영을 잊지 못했는데 그는 가진 것 전부를 걸 수도 있었다.

하지만 그런 말은 하지 않는 게 좋다. 두 사람이 다시 만날 일은 없을 테고, 또 그렇게 만들지도 않을 거니까. 연인의 작은 솜털 하나도 이제는 다른 사내와 나눌 생각이 없었다.

"대단한걸, 정세영. 널 못마땅하게 만들면 나에게도 그런 봉변이 기다리고 있는 거냐?"

"그것만일까? 얼굴도 뭉개주고 당신, 이 잘난 것도 잘라주지."

세영이 유립의 다리 사이로 손을 가져왔다. 그리고 눈동자를 들여다보며 속삭였다. 음산하게 단언했다.

"십 년 전에도 그랬어야 했어. 미진해. 부족해. 그래서 잊지 못한 거야. 그때 완전히 복수해 주지 못했거든. 그 자식, 한 톨도 남지 않게 완전히 씹어 먹어버리고 싶어."

"그만 놔줘라."

"응?"

가능한 한 천천히, 가능한 한 감정을 담지 않으려고 노력했다. 자신의 마음 깊이에서 소용돌이치는 질투와 불안함을 드러내지 않으려고 조심했다. 덤덤하게 충고했다.

"네 말대로 이왕 끝난 사이라면 네 마음에서도 완전히 놓아주라고. 네가 그 녀석을 생각하며 이렇게 분노하고 미워하는 건 아직도 끝나지 않았다는 뜻이다."

"그런가? 하지만 그때 생각만 하면 분하다고! 분해서 미칠 것 같다고! 감히 날 하찮게 봐? 죽여 버리고 싶어, 그 자식!"

세영이 버럭 고함쳤다.

유립은 컴퓨터 화면을 닫았다. 그의 특기가 발휘되어야 할 모양이다. 부드럽게 빠져나가기, 혹은 조용히 문제 수습하기 모드로 전환했다.

"세영아, 괜스레 열받지 말고 관점을 바꾸어봐."

"관점?"

"음, 이렇게도 생각할 수 있다고. 그 녀석은 우리의 은인이란 말이지."

"무슨 소리야, 그게?"

유립은 씩 웃으며 단언했다.

"이놈이 걷어차 준 덕분에 내가 널 만났다는 말이지."

"흠, 그런 걸까?"

"이 자식이 너의 저항할 길 없는 매혹에 눈이 멀어 너를 스무 살때 낚아챘다고 상상해 봐. 누구도 보지 못하게 제집 안에 감추어 버렸으면 우리가 어떻게 만났겠냐? 우리가 함께 행복해진 건 그 자식덕분이다. 미워하지 마라. 오히려 고마워해야 옳은 거다."

"괜찮은 발상의 전환이네. 이놈에게 배신당한 건 근사한 다른 남자를 만날 수 있는 또 한 번의 기회였던 거다? 음. 마음에 들어, 렉스."

세영이 생글거리며 먼저 키스했다. 하지만 입술에 닿은 감촉은 서늘한 얼음 같았다. 말 못할 불안함이 유립의 심장으로 한줄기 더 흘러들었다. 역시 이 여자, 호락호락 넘어갈 생각이 없는 모양이었다.

"고마운 건 고마운 거고 복수는 복수인 거지. 나에게 온 기회를 그냥 흘려보낸다는 건 말이 안 돼."

"무슨 생각 하고 있냐?"

"지금의 연인인 당신을 위해 과거의 배신자를 이용해 줄까 생각 중."

까만 눈동자가 얼음처럼 차디찼다.

절대로 안 될 말. 누가 허락한다고.

유립은 정색했다. 진지하게 거부했다.

"무리하지 마. 이런 것 원하지 않는다."

"아아, 멍청한 자기 같으니라고."

세영이 씩 웃었다. 앙큼한 고양이처럼 가르랑거리며 너스레를 떨었다.

"언제부터 이렇게 착해진 거야, 렉스? 이기적이고 자기중심적인 본성이 설마 사라진 거야? 사업에서 감상이나 어설픈 의리 따지다간 그 자리에서 망한다구."

"하지만 연적이라 말할 수 있는 놈에게 내 연인을 드밀어서 사업하는 것도 취미 아니다. 도대체 내 자존심을 뭘로 생각하냐?"

세영이 킬킬거렸다. 재미있다는 눈빛이었다.

"내가 그 남자에게 다시 넘어갈까 봐 두려운 거지?"

손가락 끝으로 부드러운 귓불을 만지작거리면서 새침하게 물었다. 여하튼 남자를 도발하는 데 천부적인 소질이 있다니까. 유립은 한숨을 쉬었다.

물론 그렇긴 하지만 말이다. 사내꼭지가 되어서 그런 말을 입 밖으로 내지 않을 정도의 오기는 있다.

"세영아, 약혼자의 자존심을 그 정도로 몰락시키면 천벌받는다."

무릎에 앉은 세영의 몸 아래로 손을 들이밀어 그대로 안았다. 침실로 다시 걸어가며 귀를 깨물었다.

"아무리 못난 사내에게도 쓸데없는 경쟁심이나 승부욕 같은 게 있는 법이다."

"잘났다."

"누구에게도 간섭당하고 싶지 않는 오기도 있지. 이 문제는 손 떼라. 내가 알아서 할 테니까. 서툴게 나섰다간, 정말 산통 깨진다. 이 세상 어느 사내도 제 여자였던 여자와 사귀는 놈에게 우호적일 수가 없거든. 정말 날 돕고 싶다면 이 자식 만나지 마라. 네 기억 속에 든 아주 작은 것도 다 버리면 된다."

침대에 내려놓자마자 곧바로 눌러오는 단단한 몸, 기분 좋은 체온, 세영은 두 팔을 들어 유립을 가득 껴안았다. 달콤하게 속삭였다.

"출근 안 해?"

"지각해 버리지, 뭐."

"바른생활 사나이가 웬일이래?"

"일 년에 한두 번쯤, 회사일보다 더 중요한 프로젝트가 생기는 법이지."

그가 소담스레 드러난 젖가슴을 한가득 베어 물었다. 손가락으로 유두를 살살 쓸어 도토록 세웠다. 간지러움과 짜릿한 쾌락과 기대에 들뜬 흥분이 물결처럼 그 손에서 흘러나왔다.

'아아, 수컷의 허세라니.'

세영 또한 유립의 목을 끌어안고 키스를 되돌렸다. 그의 잠옷 사이로 손을 밀어 넣어 단단한 피부를 어루만지면서 홀로 한숨을 쉬었다. 이런 주변머리로 사업을 한다니, 멀어도 한참 멀었지.

'렉스, 당신은 이래서 아직도 풋내기인 거야. 당신 아버지가 걱정하는 거야.'

냉혹한 사업의 승부에 무슨 페어플레이가 있다고 그러는 걸까? 이기지 못하면 아무것도 얻지 못하는 제로섬게임인데. 아무래도 그가 모르게 일을 진행시켜야 할 모양이었다.

세영은 상냥하게 연인의 머리카락을 쓰다듬었다. 아주 가증스럽게 거짓말을 했다.

"좋아. 당신 프로젝트에 대해서 난 모른 척할게."

"착하다."

그가 고개를 들었다. 세영의 이마에 쪽 소리 나게 키스해 주었다. 막 떠오른 햇살에 젖은 눈동자가 황금빛이었다.

"남자가 생각이 많으면 매력 없어, 렉스. 행동해야지."

세영은 도발적으로 그의 몸을 밀어냈다. 발딱 일어나 그를 타고 올라 두 손으로 목을 조르는 척하면서 화끈하게 물었다.

"아무리 사랑이 좋다고 하나, 남자를 지각시키는 건 여자의 자존심이 허락하지 않지. 딱 십 분 만에 끝내줄게. 천국으로 가고 싶어? 지옥으로 가고 싶어?"

"푸핫하하!"

아래에 깔린 그가 한 손으로 이마를 치며 패배를 인정했다. 그리고 이내 두 팔을 벌려 온몸으로 환영했다.

"역시 정세영스럽다니까. 좋아. 내게도 선택권이 있다면 천국으로 보내주라."

함께 올라가는 천국, 함께 추락하는 지옥. 서로의 몸에서 뿜어지는 화염은 뜨거웠고, 땀방울은 감미로웠다. 함께 섞여 누구의 것도 아닌 것이 되어버린 체취. 온전히 적셔진 쾌락과 지치지 않는 열정으로 두 사람은 서로를 마음껏 탐닉했다. 존재를 나누어 가졌다.

　구겨진 시트 안, 세영은 알몸으로 엎드려 있었다. 그녀의 몸에는 유립이 끌어 올려준 시트가 감겨 있었다. 반쯤 잠들어, 반은 깨어 비몽사몽한 귀에 달칵 문소리가 났다. 그가 먼저 출근하는 소리를 들었다. 연인의 체취가 가득한 침대에 얼굴을 박고 마음속으로 속삭였다.

　'이게 당신 몫이야, 카이사르.'

　그녀에게 진 빚을 갚을 수 있도록, 사랑하는 남자를 위해 가증스런 배신자를 남김없이 이용해 줄 거다.

part
05

가면의 시간

이틀 후 아침 8시 반. 고구려 호텔.

그들은 호텔 3층 프라이빗 라운지에 마련된 브런치 뷔페 바Bar에 앉아 있었다. 토마토가 들어간 오므라이스 접시 위에 포크를 놓으며 율리우스가 말했다.

[예전에 우리 둘이 아침을 먹던 그때가 생각나는군. 그리워.]

세영은 마시던 오렌지주스잔을 놓았다. 느긋하게 의자 등받이에 몸을 기댔다. 팔짱을 끼고 냉소적으로 이죽거려 주었다.

[당신이 나를 위해 오믈렛을 직접 만들어주던 것? 아님 우리 둘이 발가벗고 욕조에서 거품 목욕을 하고 있으면 패트가 차가운 샐러드를 만들어주곤 했던 것?]

[전부 다. 그때가 나의 천국이었지.]

[당신, 정말 못 말리는 낭만주의자였던 것은 인정해. 순진한 처녀의 넋을 홀딱 빠지게 만들었다구.]

[섬을 하나 샀어. 사파이어같이 아름다운 섬이지.]

독침처럼 쏘는 세영의 말을 완전히 무시하기로 한 모양이다. 그가 가방 하나를 샀다는 듯이 아주 한가하게 말했다.

[좋은데. 그래서?]

[올 겨울쯤에 그 섬에서 휴가를 보낼 생각은 혹시 없어? 그럼 우리 가문의 영광일 텐데.]

[여자를 흔들려면 당신의 지갑을 과시하라. 좋아, 아주 영리한 전략이야.]

[옵션으로 덧붙여 나의 시간과 열정도 얼마든지 제공할 의향 있다.]

[이번에는 빙 돌려서 당신이 가진 부와 권력으로 접근하기로 한 모양이지? 좋아. 당신이 이렇게 필사적이라면, 나도 생각이 좀 달라지지.]

세영은 손가락으로 커피 한 잔을 청했다. 그리고 몸을 숙여 그에게로 가까이 얼굴을 가져갔다.

[사업 이야기나 하자.]

[사업? 내 사업?]

[당신이 엄청난 보따리를 들고 한국에 왔다는 건 다 알고 있는 사실이야. 그래, TK하고의 이야기는 잘 되어가?]

율리우스의 표정이 잠시 흠칫 굳어졌다. 이내 껄껄 웃기 시작했다.

[저런, 내 아가씨가 이곳에서는 엄청난 거물이라는 것을 잠시 잊었어. 원한다면 어떤 정보든 얻어들을 수 있는 위치에 있는 몸이었지.]

[난 유리한 내 위치를 이용하지 못하는 멍청이가 절대로 아니거든.]

세영은 자랑스레 대꾸했다. 율리우스가 동의의 표시로 고개를 끄덕였다.

[그 프로젝트 진행 상황은? 알려진 대로 TK와 우선협상을 시작할 작정?]

[아직은 아니야.]

그가 어깨를 으쓱했다. 놓았던 포크를 들어 남은 오믈렛을 짓이겨 한 조각을 입에 넣었다.

[사실상 그 회사가 조건을 어겼어. 계약서에 사인하기 전까지는 어떤 경우에도 우리 회사와의 협약 사항에 대해 언론에 발설하지 않기로 했었지. 유럽 쪽 통신회사들 비위를 거스르는 것도 현명하지 못하니까. 한데 지나치게 일찍 알려져 버렸어. 우리가 그 회사와 계약하지 않는다 해도 할 말이 없어진 셈이지.]

[GS텔레콤이 접근 중이라면서?]

[이런! 낭패인걸.]

율리우스의 입가에 다시 웃음기가 사라졌다. 놀란 기색을 솔직히 감추지 않았다.

[대체 네가 모르는 게 뭐지? 이거야말로 오직 내 심중에만 들어 있었던 대안代案 중 하나였는데.]

[세상에서 제일 바쁜 사람 중 하나인 당신이 열다섯 시간을 날아와 아무것도 얻지 못하고 돌아간다는 건 말이 안 되지, 카이사르.]

[그래서 내 생각을 낱낱이 짚어 읽었다?]

[그런 셈이랄까? 우연의 일치로, 당신에게 접근해서 계약을 따내려고 필사적인 그쪽 관계자와 내가 좀 아는 사이거든.]

[흠, 그래? 증오하는 나를 먼저 찾아와 부탁할 정도로 그쪽 사람과 친밀한 모양이지?]

[당연하지. 나랑 어제 저녁까지 침대를 같이 쓴 사이인데.]

태연스레 응대했다.

율리우스의 검회색 눈동자가 번쩍 빛을 발했다.

[너의 현재 연인?]

[그렇다고 해두지, 카이사르. 날 위해서 내 연인의 회사와 계약을 맺어달라고 부탁하면 무리일까?]

[그렇게 하겠다고 대답하면 난 바보 멍청이겠지.]

그가 손가락으로 빵을 짓이겨 뜯었다. 동글동글 비벼서는 콩알처럼 만들었다. 태연한 안색과는 달리 신경질적인 손놀림이었다.

[사랑으로 사업을 망치는 남자란 경멸받아야 마땅하지. 그나저나 GS텔레콤 쪽 사람하고 접촉한 건 몇 명 안 돼. 네 지금 연인을 내가 한 번이라도 본 적 있나?]

[글쎄, 내 남자가 어느 정도의 책임을 지고 일을 하는 처지인지 아직은 몰라서 말이야.]

[몇 명 안 되는 사람들 중에 내 마음에 드는 사람은 하나도 없었어. 명색이 연적인데, 나하고 맞먹는 상대를 데려와. 그럼 한번 재

고해 보지.]

제법 깐깐하게 구는걸. 말랑하게 보았는데 의외로 영리하게 굴었
다. 이가 들어가지 않았다.

세영은 한발 물러섰다.

[좋아. 계약을 해달라는 말은 취소하지. 대신 당신에게 접근하기
위해 최선을 다하고 있는 내 연인의 노력을 가상히 여겨줘. GS텔레
콤을 TK와 마찬가지로 우선협상 대상자로 인정해 주는 정도는 가
능할까?]

[뭐, 그 정도는 해줄 수 있겠지.]

한참 후에 그가 동그랗게 만 빵덩이를 손가락으로 집어 으깨며
대답했다. 이내 한 손으로 턱을 괴며 그가 되받아쳤다.

[이 정도면 너 역시 협상할 준비가 된 건가? 원하는 것을 주었으
니, 너도 내가 원하는 것을 주어야 공평한 거래인 것 같은데?]

[원하는 게 뭐야?]

[너.]

[농담도 잘하시지.]

세영은 마지막 커피를 청했다. 그와 함께 생긋 웃으며 신랄하게
받아쳤다.

[흘러간 강물을 잡아와, 그럼 다시 자줄 테니.]

[절대로 불가능하단 말이로군.]

[영리해졌어, 카이사르. 오늘은 말귀가 좀 통하는데? 그런데 왜
며칠 전은 그렇게 바보처럼 굴었어?]

[상냥했던 내 장미가 이렇게 가시 돋친 엉겅퀴로 변해 있으리라

고 미처 생각하지 못한 실수였지.]

[어리석은 남자 같으니라고! 여자의 별 볼일 없는 순정을 지나치게 과신한 모양이네.]

이날은 안색 하나 변하지 않았다. 아무렇지도 않은 얼굴로 속을 긁어대는 세영의 독설에도 귀머거리인 양 덤덤했다.

그 정도는 각오한 탓이리라.

[네 아버지를 만나게 해줘.]

그가 단도직입적으로 요구했다. 생각보다는 큰 요구 사항인걸. 세영은 눈을 깜빡거렸다.

[왜?]

[왜라니? 대한민국 대통령을 직접 면담할 수 있는 기회란 쉽게 오는 게 아니지. 게다가 네 아버지처럼 원리원칙주의자이고 청렴하다고 알려진 사람은 더더욱 말이야.]

[청탁 따윈 먹히지 않을 것은 뻔히 알고 있지?]

[당연하지.]

[그런데 우리 아버지를 만나서 무엇하려고?]

[기밀이다.]

[대가가 없으면 움직이지 않아.]

율리우스가 씩 웃었다. 가볍게 칭찬했다.

[이런, 단번에 배우는걸? 역시 영리한 학생이라니까. 여기 협상의 대가가 앉아 있군.]

[교활한 게 내 매력이지.]

[좋아. 그리스와 대한민국 해군에 대한 프로젝트라고만 알아둬.]

[흠흠, 이번에 대한민국에서 개발한 잠수함을 공짜로 팔아달라고 애원이라도 할 참? 하나 더. 다급한 그리스가 급한 불을 끄기 위해서 각국으로 돈 빌리러 나섰다는 건 비밀이 아니지.]

[더 이상은 노코멘트.]

그가 몸을 숙였다. 싱긋 웃으며 기습적으로 세영의 입술을 가볍게 훔쳤다.

[나중에 가족이 되면 다 알려주겠지만, 지금은 아니다. 사업상 기밀을 다 털어놓는 남자, 매력 없지.]

그 주 목요일이 정 대통령의 생일이었다. 세영이 식당에 들어섰을 때 이미 다른 가족들은 전부 다 식탁 앞에 앉아 있었다.

"죄송해요. 늦었습니다. 어찌나 길이 막히는지요."

"어서 앉아라. 시장하다. 바로 사무실에서 오는 거니?"

영부인이 정이 담뿍 담긴 눈초리로 세영을 재촉했다.

"선거 전략회의가 있었거든요. 사무총장님께서 직접 주관하셨어요. 어떻게 하면 늙고 노쇠한 당에 새바람을 한번 일으켜 볼까 궁리 중이랍니다."

"하 의원이 아주 기대가 크더구나. 앉자. 먼저 식사부터 해야지."

대견한 눈초리로 정 대통령이 한마디 덧보탰다. 그의 말이 신호였다. 벽 쪽에 나란히 서 있던 급사들이 식사를 서빙하기 시작했다.

"바깥 분들에게도 음식 좀 나누자고 그랬는데. 이 실장님, 어떻게 되었나요?"

"넉넉하게 준비해서 다 나누어 보냈습니다."

식구뿐 아니라 청와대의 모든 직원을 가족인 양 생각하고 먼저 챙기는 살뜰한 어머니이다. 대통령의 생일이라고 해서 특별한 건 그다지 없었다. 다만 미역국과 갈비찜, 떡으로 만든 케이크가 있어 생일상임을 짐작하게 했을 뿐이다. 대통령 내외가 소일거리 삼아 청와대 관저 뒤편에다 직접 밭을 일구고 가꾼 야채들도 쟁반 가득 나왔다.

"해외순방 며칠 나갔다 왔더니 그새 잡풀이 무성하더라고. 농약을 안 치니 말이야. 감당할 수가 없어요."

"그래도 튼실하게 열매도 맺고 어찌나 잘도 크는지 대견해요. 토마토가 얼마나 실한지요. 아침에도 잘 익은 것을 너덧 개나 땄다니까요."

휴가다운 휴가란 거의 없는 대통령 내외의 일상이다. 유리알처럼 투명하게 공개된 공식적 일과. 허구한 날 좁은 관저 안에서만 오락가락하는 데 지친 탓인지 올해 들어서 대통령 내외는 본격적으로 텃밭 가꾸기를 취미생활 목록에 올렸다. 오이, 상추, 케일, 쪽파, 토마토에 참외까지. 밭은 두어 고랑인데 가꾸는 것들은 십여 가지가 너끈했다.

소박한 식성인지라 넓은 식탁은 푸릇하고 싱싱한 야채와 장아찌류, 나물 반찬으로 주로 채워졌다. 아버지가 제일 좋아하는 참게 간장게장이 얌전하게 등딱지에 노란 알과 살을 가득 담은 채 앉아 있는 것이 별미였다.

아무리 바쁜 스케줄이 있다 해도 아버지가 즐기는 백김치와 간장게장은 직접 담그시던 어머니. 관저에 들어온 이후 요리를 하는 일은 거의 없어졌지만, 하다못해 식탁에 남편의 수저라도 놓아야 직성이 풀리시지.

세영은 갈빗살을 발라 아버지 접시에 놓아주는 어머니를 바라보며 문득 그런 생각을 했다.

'사랑받을 자격이 충분하다 못해 넘치는 어머니가 왜 첫결혼에서 실패를 하신 것일까?

유립의 말로는 그녀의 어머니가 그의 부모님 사이를 갈라놓고 갈기갈기 찢어버린 장본인이었다고 한다. 아주 작은 미물 한 마리도 상처 입히지 못하시는 어머니가 아닌가. 그런 분이 어떻게 그런 일을 하실 수 있었을까?

"왜 식사는 안 하고 그러고 있어? 시장하지 않아?"

부드러운 미소가 날아왔다. 세영은 흠칫 놀라 어색하게 미소 지었다.

화기애애한 담소 안에서 가족들만 아는 훈훈한 사연, 웃음들이 넘치는 저녁 자리였다. 식사를 물린 후 후식은 가족실에서 하기로 했다.

"자, 이제 선물 개봉 순서가 있겠습니다. 제일 먼저 어머니의 선물 증정식이 있겠습니다요!"

쌍둥이 중 막내 헌영이 익살스러운 목소리로 외쳤다. 조깅용 운동화, 넥타이, 화장품. 가족들이 마련한, 소소하나 정성 어린 선물에 정 대통령은 내내 파안대소. 흐뭇한 얼굴로 기뻐했다.

"저흰 좋아하시는 강△△ 화백 신작을 한 점 주문해 놓았는데, 그게 금요일이 되어야 도착한다네요."

유정이 카드와 며느리가 마련한 한과 바구니를 내놓으며 미안한
듯 말했다.

"거참, 감사하지만 너무 비싼 건 안 돼요. 공직자 윤리규정상 신
고해야 한다구. 형님, 거 군인 월급 다 털어서 내 선물 사오는 것 아
니오?"

정 대통령이 끼죽끼죽 웃으며 소탈하게 농담을 던졌다. 세영도
웃으며 한마디 보탰다.

"이런 게 바로 친인척간 부적절한 관계라 부르죠."

"강 화백이 내 친구야. 산다 말은 했지만, 뭐, 작업실 가서 구경
하다가 마음에 들어 하나 내놔라 그랬지."

세영은 핸드백에서 작은 케이스를 꺼내 밀어놓았다.

"죄송해요, 아빠. 담에 돈 많이 모아서 더 좋은 것 해드릴게요."

"우리 딸이 선물해 준 건데 제일 기대가 되는구나."

"가볍지만 비싼 게 좋다더군요."

정 대통령이 상자 포장을 풀었다. 세영이 준비한 것은 커프스핀
이었다.

"요즈음 멋쟁이들은 다 커프스핀을 넥타이핀이랑 맞추어서 한대
요. 전문작가의 핸드메이드 작품이라구요. 꽤나 비싸요."

사실은 어제 유립과 함께 사이버 백화점 남성용 명품 코너를 두
시간이나 돌았다. 당연한 일이지만, 장래의 장인어른이니 선물값은
그가 치렀다.

정 대통령이 벙싯 웃었다.

"정말 고맙다. 이번 APEC 회의 때 하고 나가야지. 하지만 이런

선물보단 올해는 우리 딸이 좋은 인연을 만났으면 좋겠어. 임자 생각도 그렇지?"

"때 되면 좋은 인연이 나타나겠지요. 억지로는 못해요."

"나이 찬 녀석이 혼인은 생각하지도 않고 공부하러 또 떠난다니, 마음이 좀 그래. 인석아, 불효하지 말고 빨리 네 짝 데려와."

정 대통령이 짐짓 엄포를 놓았다.

"그래서 말인데 아빠, 말씀드릴 게 있어요."

세영은 커피잔을 놓았다. 말하지 않는 것까지 꿰뚫어 보는 아버지의 직관력 앞이기에 저절로 긴장되었다.

"들어보셨을 거예요, 율리우스 알렉키소스라고. 이번에 방한한 ISE사 회장이란 사람이죠. 만났어요."

"예전에 그리스 대사가 말한……? 그때 넌 모른다고 하지 않았냐?"

하나도 잊지 않고 틀림없는 아버지의 기억력이라니. 이럴 때는 솔직한 게 최고다. 물론 말할 수 있고 알려 드리고 싶은 것에 한해서지만.

"그땐 별로 말씀드리고 싶지 않았어요. 저어…… 우리 둘, 미국에 있을 때 알았던, 아니요. 솔직하게 말씀드릴게요. 잠시 사랑했던 사이에요. 하지만…… 헤어졌죠."

정 대통령의 눈썹이 잠시 꿈틀했다. 딸의 입에서 사랑했다 헤어졌다는 말이 나온 대목이었다. 느닷없는 세영의 고백 앞에서 식탁 머리가 갑자기 정적으로 변했다.

"흠, 그래? 하지만 그 회장, 어젠가 출국한 것으로 알고 있는데?"

"출국한 사람은 부회장이에요. 공식적인 석상에는 언제나 그 남자가 율리우스를 대신하죠. 저어…… 그 사람, 얼굴에 흉터가 있어서 자신을 드러내기를 꺼려하거든요."

"그래? 어쩌다가 얼굴에 상처를 입었대?"

이번에는 늘 동정심 많은 어머니가 물었다. 모른다고 대답할 도리밖에 없었다. 죽었다 깨어나도 점잖은 양반들 앞에서 세영 자신이 다이아몬드반지로 내려 그어 그의 얼굴을 망쳐 놓았다고는 말하지 못한다.

"사고를 당했대요. 그런데 그가 아빠를 꼭 뵙고 싶어해요. 괜찮으시다면, 만나주실 수 있으세요? 대통령 각하로서가 아니라 정세영의 아버지로서 말이죠."

"정세영의 아버지로 만나야 할 일이 생긴 거냐?"

"그와 친구니까요. 십 년 만에 만난 사람이에요. 모처럼 한국에 왔는데, 가족들과 인사시켜도 나쁘지 않을 것 같아서요."

"어머, 오피스텔에서 본 그 남자는 그럼 누구……?"

둘째 외숙모 유정이 말을 하다 말고 꼬리를 흐렸다. 말실수했다 싶었던 것이다. 아무리 조카딸이라고 하지만 나이 서른이나 먹은 아이 사생활을 떠벌린 셈이니 민망해져 버렸다. 눈치를 보아하니, 그 사내를 아는 사람이 아무도 없어 보였다. 괜스레 긁어 부스럼을 만든 건 아닌지.

모든 사람의 시선이 세영과 유정 사이를 오갔다. 현수의 얼굴이 약간 찡그려졌다.

"새언니, 누구 말예요? 저희 모르게 세영이가 만나는 사람 보셨어요?"

이럴 때는 시침 뚝 떼는 게 최고다. 점잖으신 외숙모께서, 그것도 아버지 앞에서 그 딸년이 사내와 엉켜 해괴망측하게 놀고 있더라는 말씀은 대놓고 하지 못하실 터이니. 세영은 아랫배에 힘을 주었다. 아주 태연하게 거짓말을 했다.

"아, 그 남자? 엄마, 그게요, 외숙모님께서 저희 집들이 때 제가 초대한 사람을 보셔서 그래요. 그냥 친구예요. 어머니도 아시죠? 소영이랑 정욱이랑 다 아는 어릴 때 동창인데, 그날 같이 모여 놀았어요."

"그래, 정욱이도 동창이라고 하더라. 나이 찬 애들이니 같이 모여 있기만 해도 그냥 짝 맞춤으로 보여. 이게 병이야."

서둘러 유정이 말실수를 수습했다. 당사자가 아니라고 하는데 어쩌랴. 요새 젊은 애들이 다 그렇지, 뭐. 그렇게 생각하려고 애를 썼다.

하지만 그때 본 광경이 쉽사리 사라지지 않았다. 둘 사이, 아무리 친구라 하지만 지나치게 친밀하고 격의없었다. 그런 것은 그냥 만져지는 법이다. 천생연분이라 해도 좋을 것이다. 함께 있는 모습이 무척 잘 어울려 보였었다. 그날 본 젊은 사내가 지나치게 훤칠하고 미목수려했던 까닭도 있었을 것이다.

"하긴, 네 친구가 좀 많아야지. 그날 재미있었어?"

"예. 노래방도 가고 보드게임도 하고 영화도 보고, 아주 재미있었어요."

"당신 말이야, 정욱이 혼인시켜 놓고는 인제 우리 세영이 차례라고 그러는 거지?"

"어른들 이렇게 걱정하시는데 결혼이나 하고 나가지, 우리가 돌아오자마자 누나가 다시 공부하러 간다니 좀 섭섭해."

쌍둥이 중 첫째인 무영이 한마디했다.

"유학 준비는 어때? 잘 돼가?"

사촌 진혁이 슬쩍 말꼬리를 돌렸다. 그도 정욱처럼 유립과 세영의 관계를 알고 있다. 만약 유립과 세영의 일이 어른들에게 발각되면 그 역시도 당사자 중 한 명으로 책임을 면치 못할 것이기에 좀 긴장했던 것이다.

"여러 학교 프로그램 이것저것 알아보고 있어요. 시월 말쯤 출국할까 해."

"학위 따고 돌아와서 강단에나 서지 그래?"

"에이, 난 학교 체질 아니지, 오빠."

"그래. 우리 세영인 확실히 정계 체질이지."

"이십 년 후에 민국당 당대표 되는 거지."

아주 자연스럽게 사람들의 화제가 세영 자신의 진로 쪽으로 넘어갔다. 그럭저럭 무사히 수습한 것이다. 아주 잠시 안도의 눈빛이 진혁과 세영 사이에 교차되었다.

세영은 고개를 돌려, 가만히 사람들의 이야기에 귀를 기울이고 있는 아버지를 바라보았다. 내심을 읽히지 않는 눈동자가 번쩍 빛을 발하고 있었다. 어쩐지 더 불안해졌다. 당분간 바짝 몸을 사려야 할 것 같다.

세영은 몸을 곧추세우고 정 대통령을 응시하며 다시 부탁했다.

"아버지, 어떠세요? 율리우스를 한번 만나주시겠어요?"

"꼭 만나달라는 부탁 같구나."

"그렇게 물으시면 '네' 라고 대답하겠어요."

"좋아. 내 딸이 처음으로 부탁하는 일인데. 임자, 주말에 청광대에 가서 낚시라도 할 텐가? 순방 다녀오느라고 피곤이 쌓였을 텐데."

"저야 상관없지요. 당신이 힘드셨죠."

정 대통령이 손위 처남들을 바라보았다. 즉석에서 골프 초대를 했다.

"형님들, 모처럼 이번 주말에 골프나 치죠. 우리 딸이 소개하는 남자 구경도 같이 하십시다."

"오라버니, 같이 가세요. 새언니, 일산 새아기도 데리고 같이 오세요."

영부인도 찬성했다. 부드럽게 오가는 골프모임 초대를 빌미로 대통령은 율리우스를 주말에 청광대로 데리고 오라는 의사를 딸에게 피력한 것이었다.

세영은 꽉 움켜쥔 손을 천천히 풀었다. 땀이 차 축축했다. 슬쩍 치맛자락에 문질러 닦았다. 갑자기 튀어나온 유럽의 이야기에 무척 긴장하고 있었던 것이다.

눈치라면 귀신인 아버지를 교묘하게 속여야만 한다. 이 세상에서 가장 두려운 사람이 있다면 바로 아버지였다. 절대로 쉬운 분이 아니었다. 그의 눈을 기만하고 속인다는 것은 사실상 불가능했다. 그녀의 자유를 인정하고 가능한 한 사생활에 대하여 거의 간섭을 하지 않으시는 분들이기는 하다.

그러나 그녀가 만나고 있는 남자가 이유립이라는 것을 절대로 눈치채게 해서는 안 된다. 당분간 연막을 치기에는 십 년 만에 나타난 율리우스, 그 가증스런 배신자로 충분할 것이다.

금요일 오전, 새벽부터 추적추적 비가 내렸다.

일 좀 할 만한데 휴대전화가 울렸다. 머피의 법칙인가? 바쁠 때면 오히려 더 그를 찾는 전화가 많아진다. 통화버튼을 누르자마자 쨍한 지민의 목소리가 들려왔다.

〈얼굴 좀 보고 살자.〉

"바빠요. 죽을 시간도 없어. 불쌍한 조카가 뭘 어쨌다고 잡아먹으려고 그러는데?"

휴대전화를 다른 귀로 옮기며 유립은 심드렁하게 내뱉었다.

〈뭐가 그리 바빠?〉

"일 많아 바쁘지. 하지만 고모가 호출하시면 점심 정도는 같이 먹어드릴 용의가 있어. 단, 맛있는 쌈밥을 사주신다면야."

〈와라. 밥 먹자.〉

위층의 영감님, 아침에 또 일본 나가셨다. 이틀이면 돌아온다고 하지만 알게 무어람. 당신은 볼일 보러 떠나시면서 불쌍한 아들더러는 후반기 신입사원 연수원 입사 때 읽으실 연설문 작성하라신다. 끙끙대며 초안을 잡았다. 역시 이런 건 세영이 전공이다. 저녁 때 수정 좀 해달라고 던져 줘야지.

보람찬 오전 일이 끝났으니 밥 먹으러 간다. 지민의 차가 화랑 앞에 서 있었다. 하루는 학교, 이틀은 인사동 화랑, 그리고 나머지 전부는 작업실에서 시간을 보낸다. 지치지도 않고 예술혼을 불태우는 고모를 볼 때마다 유립은 언제나 존경심과 자랑스러움을 동시에 느끼고는 했다.

점심을 먹고 화랑 사무실로 돌아왔다. 늘 같은 코스. 유립을 거쳐 영혜로 넘어가는 지민의 공격 메커니즘이 시작되었다.

"네 엄마 자중 좀 하라고 그래."

"또 왜요?"

유립은 짜증스럽게 되물었다. 맛있는 밥 먹고 좋은 커피 마시는데 그만 목에 걸릴라 그랬다. 결국 또 두 노인네의 문제였다. 정말 아들 인생에 있어 손톱만큼도 도움 안 되는 부모라니까.

"물어나 보자. 넌 알 것 아냐? 네 아비 일본 가는 거, 일 땜에 출장 가는 거냐? 아니면 정말 네 엄마 말대로 거기 여자 두고 새살림 차렸니?"

"낸들 알아? 일인가 보지. 그 양반 성격에 소문나게 여자 끼고 있겠어? 나이가 얼만데? 아버지야 진짜 속은 고모한테만 털어놓잖아요. 고모한테 암말도 안 했으면 별일 아닌 거야."

"대체 누가 수행한 거냐?"

"비서실장, 그리고 진 이사."

"일하러 간 거네."

"음, 나도 그렇게 알고 있어요."

"한데 네 엄마는 왜 그 난리냐?"

지민이 욕설을 삼켰다. 지헌과 영혜가 앞에 있으면 한 대 패주고 싶다는 표정이었다.

"저들이 아직도 청춘이야? 사랑싸움하면서 울고불고할 때냐고! 엉? 그렇게 조마조마, 혹여 남편이 새 계집 얻었다 싶으면 따라가서 요절을 내든지. 그러지도 못할 거면 잠잠하나 있든지. 왜 주변 사람한테 전화해서는 질질 짜면서 하소연이냐? 내가 이 나이에 낼모레 칠순 되는 아우 부부싸움에 곁다리 서야 하냐?"

"고모가 집안 어른이잖아."

"말은 좋다! 평소에는 개 닭 보듯이 데면데면하면서 이럴 때만 어른 대접이야? 저들 필요할 때만 제 편들어 달라 징징거려?"

"오죽 답답하면 그랬겠어? 고모가 참아. 어른이 참아야지. 지금껏 그렇게 살았는데 최 여사더러 달라져라 어떻게 해? 잘난 고모가 한 번만 더 참아줘. 나를 봐서라도."

이러는데 노크 소리가 났다. 화랑의 직원이었다.

"지난번에 강△△ 화백 그림 주문하신 분이요, 지금 가지러 오신다는데, 거의 도착하셨대요."

"그래? 포장은?"

"다 해놓았어요."

"그래, 알았어. 도착하시면 여기로 모셔요. 차 대접해야 할 분이야."

"알겠습니다."

유립은 커피잔을 놓고 한숨을 푹 쉬었다. 편두통이 또 시작되려 하고 있었다.

"고모, 나도 힘들어."

"……안다."

결국은 그를 이해하고 연민해 주는 유일한 사람. 그래서 의지할 수밖에 없는 사람. 한없이 깊은 고모의 눈동자를 바라보며 유립은 어깨를 축 늘어뜨렸다.

"이것저것 복잡한 것 너무 많거든. 능력없는 놈이 큰 프로젝트 맡아서 무진장 고생하고 있어. 그것만으로도 머리 터질라 그래. 게다가 몰래하는 연애질, 얼마나 스트레스인데. 인제 세영이 경호팀들까지 태클 걸어와."

"저런, 그래?"

"나랑 만나는 거 막느라고 이젠 그쪽에서 날 따라다니는 경호원들까지 쥐패는 형편이야. 사는 게 숨이 벅차. 한데 이놈의 노인네들 문제로 해서 고모까지 날 죄면 못산다고. 나 좀 봐줘요."

"에휴, 불쌍한 놈. 어쩌다 네 부모 같은 이들 사이에서 태어나서 팔자가 이리 버겁니 그래?"

"그러니까 말이야. 그러니까 고모라도 동정해 줘요. 하나뿐인 조카, 스트레스로 돌아버릴 것 같아, 진짜."

시계를 보았다. 오후 2시 반.

회사로 돌아가서 일을 마무리해야 할 것 같았다. 유립이 막 일어서려는데, 똑똑 노크 소리가 나고 문이 열렸다.

"안녕하세요, 이 교수님. 저 왔어요."

"어서 와요, 민 여사."

"인제 진짜 가을이네요. 하늘이 얼마나 높은지, 원……. 어머나."

들어오던 여자도 놀란 얼굴이었지만, 유립은 더 경악했다. 세상이란 넓기도 하지만 참 좁기도 했다. '민 여사'라는 지민의 고객은 세영의 집에서 만난 그녀의 외숙모, 즉 정욱의 어머니였기 때문이다.

하늘이 새까맣게 변한다는 것은 바로 이런 순간을 두고 일컫는 말이었다. 유립은 거의 초주검이 되고 말았다. 민 여사에게 세영과 엉켜 갈 데까지 가던 장면을 목격당한 것이 기억나서가 아니라 지민이 아무것도 모르고 유립을 소개해 버렸던 것이다.

"민 여사는 이 애 처음 보지? 내 조카. 왜, 이야기했었잖아. 연전에 스탠포드에서 학위 따고 돌아왔다고. 그 집 아들내미랑 고교동창이라고도 그랬던 것 같은데?"

유정이 입을 쩍 벌렸다. 귀로 듣고도 차마 믿을 수 없다는 시선으로 유립을 바라보았다. 제발 잘못 들었기를 바라는 그런 얼굴이었다.

"그, 그럼…… 가회동의…… 그……?"

"그래. 세월 이만 흘러 말 못할 사이도 아니잖아? 지헌이 아들이야."

순간 민 여사의 얼굴이 퍼렇게 변했다. 거의 반 졸도라도 할 기색이었다. 유립은 유립대로 '환장할' 지경이었고.

여하튼 말이 길어지기 전에 이 자리를 빨리 벗어나는 게 상수였다. 목례로만 인사를 차리고는 지민이 부르거나 말거나 서둘러 줄행랑을 쳤다. 차에 올라타자마자 유립은 머리털을 움켜쥐곤 벅벅 긁었다.

'어쩐지 안 오고 싶더라니.'

정말 미치고 팔짝 뛸 노릇이었다. 세영의 외숙모가 그의 정체를 분명히 알았으니, 이제 어쩐다? 지민에게 전화를 걸어 고함을 빽빽 질러 버렸다. 애꿎은 화풀이를 했다.

"고모가 수습해! 왜 날 소개시켜? 지난번에 세영이랑 나랑 엉켜 있던 거 보신 분이라고. 미친다, 진짜! 왜 그리 눈치가 없어요? 우리 둘 헤어지면 다 고모 탓이야!"

〈미친놈.〉

지민의 말대로 미친놈처럼 고함질을 빽빽 쳤어도 기분이 나아지지 않았다. 거대한 검은 덫이 그를 향해 서서히 죄어오는 듯했다. 보이지 않으나 분명 그를 목표로 삼아 사방에서 그물이 날아오고 있는 것 같았다. 정말 둘의 사이가 공개되기 전에 어찌하든 도망가야 할 텐데.

그날 처음으로 유립은 자신이 없어졌다. 가슴에 커다란 돌을 하나 얹은 듯 답답했다. 면밀하게 세운 그들의 계획이 서서히 부서져 내리는 환상을 보았다. 분명 어디에서부터인가, 무엇이 하나둘씩 어그러져 가고 있었다. 불길한 그림자가 그들의 운명을 손아귀에 넣고 킬킬거리는 소리가 들렸다.

그때, 세영은 율리우스를 차에 태우고 청광대로 내려가고 있었다.

[좋은 곳이로군.]

율리우스가 주변을 살피며 간단하게 피력했다.

[아름다운 곳이지.]

세영도 간단하게 동의했다. 능선을 이룬 산줄기들이 농담濃淡을 달리한 수묵화처럼 펼쳐지고, 그 아래로 호수가 다소곳이 앉아 있다. 부챗살처럼 벌려 선 산그늘이 가라앉아 있는 호심湖心 안에는 자그마한 섬이 두어 개. 비 내리는 하늘 위로 젖은 새 두 마리가 날아가고 있었다.

네 겹의 담을 넘어갈 때마다 초소에 선 경비원들이 무전기로 무어라 보고하는 것을 보면, 부모님께서는 미리 도착한 듯싶었다.

본관 앞으로 두 사람을 태운 차가 도착했다. 우산을 든 경호원이 다가와 재빨리 차 문을 열어주었다.

"거실로 모시라는 전갈이십니다."

"아버지는요?"

"대통령님께서는 낚시터로 가셨습니다."

"이렇게 비가 오는데?"

세영은 가늘지만 줄기차게 내리는 빗줄기를 올려다보았다. 물안개에 젖은 호수가 어슴푸레 비 그늘을 깔고 적요하게 누워 있었다. 틀림없이 낚시광인 큰외숙부님의 선동 때문일 것이다.

영부인은 거실에 앉아 책을 읽고 있었다. 모처럼 맞이한 한가로운 휴일, 게다가 비까지 오는 날이다. 편안한 정적 안에서 언제나 부지런한 어머니도 마냥 게으른 표정이었다.

두 사람이 들어서자 활짝 미소 지으며 일어섰다.

[어서 와요.]

[초대해 주셔서 감사합니다.]

율리우스가 한국식으로 허리를 굽히고 먼저 인사를 했다. 어머니가 청하는 악수를 하기 위해 손을 잡으며 그답지 않게 너스레를 떨었다.

[사진보다 훨씬 아름다우십니다. 로즈가 누구를 닮았나 했더니 어머님을 닮았군요.]

[아첨도 이렇게 세련된 분이 하시면 진실처럼 믿어지죠. 앉으세요, 알렉키소스 회장님.]

[율리우스라고 불러주십시오.]

영부인의 시선이 아름다운 남자의 볼에 깊이 팬 상흔으로 다가갔다. 안타깝다는 빛이 스쳐 지나갔다. 하지만 현명하게 그것을 화제로 올리지는 않았다.

차가 나오고, 날씨를 주제로 몇 마디 대화가 오갔다. 그때 현관머리에서 떠들썩한 소리가 들리더니 비옷을 입은 두 남자가 들어왔다. 정 대통령과 큰 외숙부인 유 변호사였다. 비옷을 벗었지만, 두 사람 다 몰골이 초라했다. 바짓단에도 물이 튀고 머리도 젖었다.

[아침 내내 낚시하셨단다. 잡아도 다 놓아줄 걸 뭣하러 하시나 몰라.]

[이런, 초면인 손님맞이에 좀 민망한걸.]

동욱이 소탈하게 웃으며 거실로 들어왔다. 일어서는 율리우스에게 먼저 악수를 청했다. 미소는 짓고 있으나, 눈빛은 날카로웠다. 사업적 관계로서가 아니라 딸을 가진 아비의 눈으로 그를 바라보고 있었다.

그것을 율리우스 역시 느낀 것 같았다. 어깨에 힘이 들어가고 있었다.

[어서 오시게. 내가 세영이 아비일세.]

[뵙게 되서 영광입니다, 각하.]

[공식적인 자리도 아닌데 각하라는 말은 좀 그렇군. 앉으시게. 나는 잠시 옷이나 갈아입고.]

영부인과 대통령이 2층으로 사라졌다.

세영은 곁눈질로 율리우스를 살폈다. 어떤 사람을 만나도 자신을 잃지 않고 나른하던 그가 숨소리를 죽이고 꼿꼿이 앉아 있었다.

[긴장한 모양이네.]

[네 아버지, 존재감이 굉장한 분이로군.]

[존재감만 아니라 가진 힘도 굉장하시지. 적어도 이 땅 안에서는. 그러니 조심해, 카이사르.]

세영은 낄낄 웃었다. 소금 치듯 남자의 심장에 다시 조롱의 못을 박았다.

[날 화나지 않게 조심해. 저런 아버지의 딸을 두고 '하찮은 동양 여자 따위'여서 농락했다는 말을 해버리면 곤란하잖아.]

율리우스가 고개를 돌렸다. 몇 초간 가만히 세영을 응시하다가 아주 진지하게 되물었다.

[로즈. 널 사랑하고 숭배했던 내가 왜 그런 말을 했는지 한 번도, 단 한 번도 궁금했던 적 없어?]

[전혀. 이왕 버린 남자의 진심에 대해 내가 왜 궁금해야 해?]

[그렇다면 넌 남자가 때로는 사랑 때문에 아주 교활한 거짓말쟁이가 될 수 있다는 것도 믿지 않겠구나.]

[글쎄, 당신같이 가증스러운 인간이 '사랑'을 말하니 좀 듣기 그

러네.]

[……세상일은 눈에 보이는 것이 전부는 아니라는 것 정도는 알고 있을 테지? 마찬가지야. 진실 역시 네가 믿는 그대로가 아닌 것도 가끔 있지.]

[우리 사이 당신만 아는 감추어진 진실이 있다는 식으로 말하지마. 듣기 역겨워, 카이사르.]

세영은 주먹을 들어 율리우스의 허벅지를 팍 내려쳐 주었다.

[두 사람, 너무 친한 척하지 마라. 아빠가 좀 화나려고 한다.]

계단을 내려오며 정 대통령이 한마디 툭 던졌다. 나직하나 날카롭게 오가는 대화를 전혀 듣지 못한 표정을 짓는 척했다.

[과년한 딸애가 데리고 오는 남자면 누구든 내 딸 훔쳐 가려는 도둑놈으로 보이거든.]

[어머닌요?]

[모처럼 오신 손님, 식사 대접이라도 한다고 주방 내려갔다.]

동욱이 두 사람의 앞자리에 와서 앉았다.

외숙부 내외는 손님더러 편안하라 일부러 자리를 비켜주신 모양이다.

잠시 말없이 율리우스를 훑어보던 정 대통령이 먼저 말문을 터주었다. 명색이 딸의 손님을 맞이한 자리이다. 미적거리거나 음험하게 구는 건 안 하기로 하신 모양이었다.

[그래, 말씀해 보시지, 알렉키소스 회장. 날 굳이 만나고 싶어 한이유가 무엇인지?]

[딱히 목적이 있었던 건 아닙니다. 다만 한국에까지 왔는데 로즈

의 부모님을 반드시 뵙고 가야 한다 싶었습니다. 그래서 결례를 무릅쓰고 여기까지 온 겁니다.]

[그렇군. 우리 딸애하고 예전에 알았던 사이라고?]

[단순히 알았던 사이 정도가 아니라 '아주 사랑했던' 사이였습니다.]

이놈 봐라? 동욱의 눈동자가 번쩍 빛을 발했다.

무심한 척 커피를 마시던 세영이 켁켁거렸다. 율리우스가 아버지를 처음 만난 자리에서 단도직입적으로 그런 말을 할 줄은 미처 예상하지 못했다.

[카이사르, 말은 똑바로 해야지. 불쾌하게 헤어진 사이라고 말하는 게 맞지 않아?]

세영의 말 따위는 들은 척 만 척, 율리우스가 찻잔을 놓았다. 허리를 꼿꼿이 세우고 똑바로 동욱을 바라보았다.

[사실은, 사업 문제 때문에 한국에 온 것은 아닙니다. 그저 핑계였을 뿐입니다. 저는…… 따님에게 청혼을 하기 위해 이곳에 왔습니다.]

[카이사르!]

입 닥치라는 뜻이다. 세영의 날카로운 고함 소리에도 아랑곳하지 않고 그는 정 대통령을 응시하는 시선을 거두지 않았다.

[전 십 년 전에 저의 일생을 전부 걸 만한 여자를 만났습니다. 미친 듯이 지독하게 운명같이 사랑에 빠졌죠. 하지만…… 우리들의 의사나 감정과는 상관없이 부득이하게 헤어져야만 했습니다.]

[헤어진 이유를 들어볼까?]

감히 내 딸을 걷어찬 이유나 알아보자, 동욱이 팔짱을 꼈다. 여차하면 내 딸을 아프게 한 이놈, 단숨에 내동댕이칠 만반의 준비 자세를 갖추었다.

[그때 우리가 헤어지지 않았으면…… 로즈의 목숨이 위태로웠습니다.]

[그것참, 드라마틱하군.]

정 대통령이 눈썹을 치켜 올렸다. 율리우스의 말에 대하여 간단하게 논평했다.

자신의 사랑 때문에 사랑하는 여자가 위험에 처하였기에 마지못해 그 잡은 손을 잘라낸 그 남자가, 그리하여 목숨 같은 그 사랑을 빼앗기고 잃어버린 남자가, 이제 그 사랑을 되찾기 위해 마침내 다시 찾아왔다. 절치부심한 채 뼈아픈 그 십 년을 고스란히 기다린 사내가 말을 이었다.

[어르신께만 솔직히 말씀드리고자 합니다. 알려진 것과는 달리 저의 성性은 알렉키소스가 아닙니다.]

[맙소사! 이 거짓말쟁이. 당신, 날 만날 때 이름까지 속인 거였어?]

기가 막혀서 세영이 신경질을 내자 정 대통령이 입을 다물라는 뜻으로 딸에게 엄한 시선을 보냈다. 꼿꼿이 앉아 신부 앞에서 고해告解라도 하는 것처럼 긴장으로 가득 찬 율리우스를 건너다보았다.

[무슨 뜻이지?]

[민망합니다. 하지만 어르신께만은 정직해야 할 것 같습니다. 저의 가문 성은 '메를로티'라고 합니다.]

[메를로티? 이탈리아 출신인가 보군.]

[더 정확하게 말하자면 시칠리아 출신이죠.]

[……시칠리아 출신 메를로티란 성을 가졌다? 알 만하군.]

살짝 이맛살을 찌푸리며 동욱이 나직하게 중얼거렸다.

[우리 섬의 전통과 여기 한국사람들. 비슷한 것이 꽤 있습니다. 대표적인 것이 가족의 단단한 결속력이죠.]

[그렇군.]

[우리 가문의 어르신들은 제가 다 알 수 없을 만큼의 엄청난 힘을 가지고 계셨죠. 심지어 이탈리아 총리마저도 바꿀 만큼이요. 사람들은 모르겠지만 베를루스코니 같은 시시한 인간을 총리로 만들었다가 하루아침에 실각시킨 것도 사실은 우리 가문이 주도한 일이었지요. 그 정도의 힘을 가진 우리 가문의 이면은 사람들은 알지 못하는 뒷거래와 부정적이고 어두운 것들이 대부분이었습니다.]

[그럴 수 있겠군. 이해하네.]

[우리 가문은 그러한 힘을 지속시키기 위해 어떤 세력과도 어떠한 거래든 할 의사를 가지고 있었습니다. 우리 가문과 비슷한 생각을 가진 또 다른 세력이 있었지요. 그들과 우리 가문의 계약조건은…… 혈맹, 절대로 깨어지지 않는 영속적인 거래였지요. 그리고 증조부를 가장 닮았다는 제가 있었기에 그 거래는 가능했습니다.]

[……정략결혼?]

[네. 화성 왕복선이 오가는 시대에 부끄럽습니다만 그런 것은 아직도 남아 있습니다. 사람들의 생활 방식이란 하루아침에 바뀌는 것이 아니더군요.]

율리우스가 세영을 돌아보았다. 그 눈에는 한없이 쓸쓸한 미소가 담겨 있었다. 죽음처럼 깊은 상처를 받은 남자가 거기 앉아 있다. 그럼에도 아무것도 할 수 없이 무력하게 손을 놓아야만 했던 그날의 고통이 생생하게 어려 있었다.

[난 내 전부이자 운명인 여자를 이미 만나 버렸습니다. 깊이 사랑하고 있었어요. 하지만 완고한 가문의 어르신들과 상대편은 그것을 인정하지 않았습니다. 그들이 내 목숨만 요구했다면 절대로 타협하지 않았을 겁니다. 하지만…… 그날, 전 최후통첩을 받아들여야만 했습니다. 헤어지지 않으면…….]

율리우스가 몸을 떨었다. 그날을 기억하는 것만으로도 여전히 소름 끼쳐 견딜 수 없었다. 얼음못에 사지가 박혀 경련하며 죽어가던 사람처럼, 서서히 피가 빠져나가며 대신 혈관을 채우던 것은 완벽한 공포였다. 그날의 기억은 아직도 악몽으로 나타나곤 했다. 옆에 앉은 여자는 평생 모르겠지만.

[사랑하는 내 여자가 아주 비참한 방식으로, 제가 감히 상상도 하지 못할 정도로 잔인하게 능욕당하고 죽게 될 것이라고 내 아버지란 자가 통고했습니다.]

그때 그의 나이 스물둘. 깊은 사랑을 하고 있었지만, 그것을 지킬 힘은 가지지 못했다. 서투른 풋내기였다. 사랑하는 여자를 지키기 위해 비겁하게 타협하고 멀리 보내는 수밖에 알지 못했다. 하여 필사적으로 거짓말을 했다. 절대로 사랑하지 않는 척해야만 했다. 그 여잔 자신에게 아무것도 아니라는 거짓말을 속으로 오열하며 내뱉었어야만 했다.

그가 내뱉은 독액의 직격탄을 맞아 절망에 겨워, 고통스러워하는 눈빛으로 울부짖으며 달아나는 연인을 잡을 수 없었다. 그녀가 얼굴에 새겨준 깊은 상흔을 품고, 언젠가는 너를 다시 잡으리라는 맹세 하나만 품고 대서양을 날아 돌아갈 수밖에 없었다.

얼굴의 흉터를 지우지 않은 것은 나름대로의 맹세였다. 그의 심장에 새긴 피울음의 표현이었다. 사랑을 빼앗긴 사내의 울부짖음이었다. 날이면 날마다 그 상처를 바라보며, 어루만지며 연인을 생각하고 그리워했다. 그의 상처는 얼굴에 있었지만, 그녀의 상처는 심장 속에 영원히 새겨진 것을 알았기에.

첫사랑이자 마지막 사랑을 빼앗긴 무참한 경험은 힘없는 남자를 변하게 만들었다. 강철같이 단단하고 거대한 힘을 휘두를 수 있는 거물로 만들었다.

율리우스가 세영을 돌아보았다. 그리고 주먹을 꼭 움켜쥔 채 선언했다.

[저 자신에게 했던 그 약속, 잊지 않겠다는, 반드시 그 사람에게 돌아가겠다는 약속, 이제야 지켰습니다.]

사랑하는 여자에게 돌아오기 위해 십 년이란 긴 세월을 기다렸다. 작은 기억 하나 잊지 않고 전부 다 가슴 안에 간직한 채 천천히 그녀에게로 걸어오고 있는 남자가 거기 앉아 있었다. 아직도 깊은 사랑을 자르지 못하는 남자가, 그 사랑을 되찾기 위해 무슨 짓이든 하겠다는 남자가.

[감동적이네, 카이사르. 하지만 어쩌나? 난 이미 그 마음 다 버리고 말았는데. 당신이 이따위 멍청한 말을 할 줄 알았다면 여기로 데

리고 오지도 않았어!]

[당신이 버렸대도 상관없어. 새로이 시작하면 돼. 이번에는 내가 채우겠어. 각하.]

그는 세영의 말 따윈 가볍게 일축할 작정으로 보였다. 들은 척 만 척 동욱만 응시했다.

[말해보시게.]

[허락하신다면, 따님과 정식으로 다시 시작하고 싶습니다. 전 이미 제 일생을 이 사람과 같이하기로 결정했고, 그 일을 위해서 어떤 일이든 감수할 작정입니다.]

[닥쳐요, 카이사르. 이미 끝난 이야기잖아.]

율리우스가 싱긋 웃었다. 그녀를 얻기 위해서라면 누구하고든, 어떤 상황하고든 투쟁할 의지를 똑똑히 선언했다.

[네가 그랬지, 원타임 원러브라고. 미안, 로즈. 난 너와 달라서 '원타임, 온리러브' 야.]

간절한 것은 절대로 잊히지 않는다. 남자는 간절한 그 사람을 찾으러 지구를 한 바퀴 돌아 마침내 그녀에게로 왔다. 잃어버린 사랑과 행복을 소유하려 그녀의 부모에게 고개를 숙였다.

"대단한 녀석이야. 하긴, 내 딸을 빼앗으러 온 녀석이면 저 정도는 되어야지."

현관 앞에 선 아버지의 눈은 율리우스가 탄 차 꽁무니에 박혀 있었다.

그 말로 세영은 율리우스에 대한 아버지의 호감을 읽어냈다. 누군가를 저렇게 초면부터 칭찬한 적은 없는 분이시다. 그가 몹시도 마음에 들었다는 뜻이다.

세영은 말없이 어깨를 으쓱했다. 동의할 수 없다는 표시였다. 돌아서며 냉랭하게 내뱉었다.

"아버지, 지금 굉장히 위험한 발언을 하셨어요. 설마 마피아 따위와 관계를 맺고 있는 남자를 일국의 대통령이신 분이 칭찬하시는 건 아니죠?"

"누군가를 평가할 때 과거가 중요하지는 않아. 현재가 중요한 거지. 그리고 미래가 중요한 거고. 내가 본 바로는 저 녀석, 자신이 원한 대로의 미래를 만들 능력이 있어. 너에게 실수한 과거가 있다 해도 뭐, 끝내 이해하지 못할 것은 아니니까. 그렇지 않니?"

"지금에서야 그때 저 사람이 처한 상황을 이해했다고 해서 제가 반드시 그를 용서해야 하는 건 아니죠. 게다가 다시 사랑해야 할 의무도 없구요."

"다시 사랑해야 할 의무는 없지만, 새로 시작할 의사를 한번 가져보라고 권유하고 싶구나."

"왜요?"

정 대통령이 씩 웃었다. 다시 한 번 고개를 돌려 이미 어둠 속에 묻혀 버린 길을 바라보았다. 율리우스가 떠난 흔적을 되짚는 것 같은 동작이었다.

"내가 본 놈 중에 가장 나쁘지 않아."

"나쁘지 않다는 표현이 묘하시네요."

"그럼 대놓고 내 딸 훔치러 왔다고 말하는 녀석에게 '좋다' 라고 말해야 하냐?"

정 대통령이 딸의 어깨를 감싸 안았다. 본능적으로 세영도 아버지의 팔짱을 꼭 끼었다. 아버지 곁이면 완전하게 안전하다. 아직도 아버지에게 세영은 예쁘고 조그만 공주님일 뿐이었다.

"변변찮은 놈 새로 만나 고생하느니, 구관이 명관이라고 뭐, 저 정도면 괜찮아."

"아빠, 만에 하나 저 남자하고 결혼이란 걸 하면 저 멀리 떠나 살아야 해요. 게다가 대통령의 사위가 외국인인 것은 아마 사상 처음일걸요? 또 하나, 만에 하나 저 남자가 마피아 계열과 연관된 것이 드러나면 아버지껜 치명상이 돼요."

"그게 뭔 상관이냐? 네가 결혼할 즈음에 난 이미 이 자리에서 물러나 있을 텐데."

"설마……? 이번 대선. 출마 포기 결정하신 건가요?"

"아직은 아니다만. 내가 이 자리에 계속 있어야 할 이유도 딱히 없지 않니? 조만간 결정 내리게 되면 제일 먼저 너에게 이야기하도록 하마. 그리고 사위가 외국인이면 뭐 어때? 무슨 상관이냐? 같은 한국에 있어도 네 얼굴 보기가 하늘의 별 따기잖니?"

동욱은 더없이 사랑하는 외동딸과 팔짱을 끼고 건물 안으로 걸어가기 시작했다.

불쑥 찾아와 따님을 사랑한다고, 청혼을 하러 왔다고 담대하게 말하던 먼 나라의 이방인은 생각보다 흡족했다. 사내다운 사내. 기다릴 줄 아는 진득함도 마음에 들었고, 기회를 놓치지 않으려는 영리함은 더 마음에 들었다. 세영에게 걸맞은 위치를 가지고자 자신의 모든 것을 외형상으로나마 완벽하게 가꾸어서는 나타난 것도 나쁘지 않았다.

그리고 솔직히 동욱은 율리우스 그가 한국국적이 아니라는 것이 더 마음에 들었다. '대통령의 딸'이라는 꼬리표가 붙은 한 국내에서는 세영이 편안하게 자유로운 사생활을 즐기며 자신만의 삶을 누릴 가능성은 거의 없다고 봐야 한다. 오히려 결혼을 핑계로 이 나라를 떠나 생활하는 것도 나쁘지 않다고 생각하고 있었다.

"사랑에 미친 남자를 막을 도리는 없어."

"그래서요?"

"둘이 풀어. 잘되든 잘 안 되든 난 간섭 안 한다."

"그 남자가 절 유혹하는 데 성공하면 결혼을 허락하신다구요?"

"대단한 내 딸을 한 번도 아니고 두 번이나 사랑에 빠뜨리게 하는 사내, 범상치 않은 능력이지."

세영은 제 방으로 올라와 침대에 앉았다. 동그랗게 무릎을 말고 한 손으로 턱을 고인 채 곰곰이 생각에 잠겼다. 지그시 입술을 깨물었다.

'그래, 당신 정도면 우리 아버지가 충분히 속아 넘어가실 수도 있지.'

율리우스를 핑계 삼아 당분간 사람들의 시선을 교란한다면? 그 정도의 거물이자, 대놓고 청혼을 하러 왔다 말하는 사내라면 어지간한 사람을 속여 넘길 수 있을지도 모른다.

세영 자신의 경호원인 박 팀장이나 강 실장도 이제는 그녀의 일탈을 놓아두지 않을 거란 의사를 분명히 했다. 노골적으로 양쪽을 향해 태클을 걸고 있는 상황이다. 그들이 언제 어머니나 아버지에게 입을 열어서 산통을 깨버릴지 불안한 상황이다.

'지난번에는 외숙모님도 유립 씨를 보았잖아. 아직은 그 사람의 신분을 모르는 눈치이지만 알려지는 건 시간문제야. 잠시 주의를 분산시킬 필요가 있어.'

십 년 전 첫사랑이라면, 별다른 설명을 하지 않고도 충분히 받아들여질 수 있다. 아버지도 인정한 남자이다. 그가 세영의 상대로 언론에 등장하거나 주변 사람에게 소개되면 게임 끝. 그 누구도 그늘에 숨은 유립을 더 이상은 돌아보거나 경계하진 않을 거다. 세영의 지난날에 스쳐 지나간 남자들처럼 또 한 번의 새로운 과거가 될 뿐이겠지. 상대적으로 자유롭게 될 것이다.

세영은 고개를 들었다. 어둠 속에서 그녀의 눈이 영활하게 빛났다. 추억은 추억일 뿐이다. 아무리 그가 지옥의 심연을 걸어나왔다 하더라도, 모든 배신과 증오의 이유가 그녀에 대한 사랑이었다고 해도 세영은 율리우스에게 줄 것이 없었다.

그녀의 모든 것은 이미 진짜 운명이라 믿는 다른 남자의 것이었다. 유립, 그를 위해서라면…… 작은 기만과 몇 가지 술수 정도는 용서받을 수 있지.

세영은 잠시 망설이다가 휴대전화를 열었다. 화면에 나타난 그의 얼굴을 향해 약간의 냉소를 담아 축하해 주었다.

[축하해, 카이사르. 당신, 우리 아버지한테 십 점 얻었어.]

〈[반가운 일이네.]〉

그는 그다지 놀라지 않았다. 그 정도의 반응은 이미 예상했다는 뜻이다.

오만한 짐승 같으니라고! 세영은 홀로 이를 갈았다. 잘난 척해보라지. 몇 달 후면 난 당신을 발판 삼아 보기 좋게 내 남자를 탈취할테니까. 뒤통수 맞으며 이용당해 보라고, 기분 참 좋을 테니. 세영은 여전히 거만하게 새침하게 받아쳤다.

[우리 아버지 허락일 뿐이야. 내 마음은 여전히 꽁꽁 얼었어. 어떻게 녹일 건데?]

〈[시간은 많아. 어차피 평생이 우리를 기다려.]〉

[오만하기는!]

그가 다시 웃었다. 그리고는 나직하게 되물었다. 자신이 패배할거라고는 전혀 생각하지 않는 아주 자신만만한 음성이었다.

〈[이제부터 내가 할 일은 오직 하나. 미지의 네 남자에게 너의 마음을 다시 찾아오는 건가?]〉

[경고했어. 건방지게 굴지 마. 역겨워!]

〈[이 정도 자신이 없었으면 널 다시 찾아오지도 않았어.]〉

[아, 좋아. 당신이 날 어떻게 공략할지 기대해 보지. 난 공식적으로 당신에 대항해서 내내 도망가고 튕길 거라고 미리 말해두겠어.]

〈[여자의 특권을 인정해 주마.]〉

[카이사르, 세상에는 공짜가 없어. 그거 알지?]

수화기 안에서 그가 다시 쿡쿡 웃었다.

〈[원하는 것을 말해. 나의 로즈, 널 위해서라면 내가 뭘 못하겠니?]〉

[조만간 불쌍하게 걷어차일 내 연인에게 약간의 위로금은 줘야

하지 않아?]

〈[널 팔아넘길 유다에게 은전 삼십 냥쯤 던져 주라는 말씀?]〉

[당연하지. 내가 몇천만 불 정도의 가치도 없다고 생각해?]

〈[네 가치가 겨우 그 정도라면 나도 실망하지. 걱정하지 마. 네가 그 남자를 떼어내고 나와 다시 시작할 의사를 보여준 것만으로도 충분히 그 정도의 대가를 지불할 용의가 있으니까.]〉

좋아. 지금이나마 마음껏 승리를 만끽하라고. 전화를 끊고 세영은 헤죽 웃었다.

'불쌍한 카이사르, 내가 그리 쉬울 줄 알았어? 당신의 순정에 감격해서 엎드릴 줄 알았어?

아무리 사랑이 이유라 해도 비겁함에 대한 대가를 지불해야지. 그녀였다면, 십 년 전 그런 협박을 받았을 때 같이 죽었을 거다. 사랑했다면 놓아주기보다는 함께 죽는 것이 옳았다. 결국 그는 제 목숨을 걸 만큼 사랑하지 않았다.

약간의 가증스런 거짓과 가면으로 충분하다. 유립은 계약을 가질 거고, 그녀는 자유를 얻을 것이다. 그리고 마침내 사랑하는 남자도 쟁취할 거다.

월요일. 유립은 출근하자마자 전화를 받았다. 연락한 사람은 율리우스의 비서였다.

〈[괜찮으시다면 오늘 우리 회장님께서 한번 방문해 주시기를 기대합니다.]〉

[알겠습니다. 오후 몇 시가 좋을까요?]

〈[3시면 어떻겠습니까?]〉

유립은 전화를 끊고 턱을 괴었다. 눈썹이 저절로 찌푸려졌다. 대체 무슨 꿍꿍이인지 모를 일이었다.

공식적으로 회장 노릇을 하는 사촌 알렉키소스는 벌써 나흘 전에 한국을 떠났다. 몇 가지 자질구레한 일들을 처리했을 뿐 특별한 소식은 들려오지 않았다. 사람들이 기대한 바대로 TK와 협상을 맺었다는 이야기도 없었다. 여전히 우선협상 대상 자격이 유효할 뿐이라는 코멘트만 있었을 뿐이다.

나름대로 공을 들였다고 생각했다. 그럭저럭 호감을 샀다는 생각도 들었다.

하지만 그늘에 몸을 감추고 호텔에 도사리고 앉은 그리스 사내는 진짜 포커페이스였다. 꿈쩍도 하지 않았다. TK와 GS텔레콤을 양손에 올려놓고 여전히 저울질을 하는 눈치였다.

'어찌하든 우선협상 대상자로 선정되기만 하면 되는데. 줄 듯 말 듯. 자식이 말이야, 사람 애간장 태우는군.'

실무적인 협상과 계약 문제는 두고두고 오랜 시간 동안 면밀한 검토와 조율을 통해 이루어질 것이다. 하지만 그 일은 통신 쪽 전문가들이 해야 할 일이다. 어차피 유립은 길만 터주는 역할이다. 열심히 삽질을 하고는 있는데, 그럭저럭 열심히 파 내려간 효과가 나타날 정도는 된 것 같은데. 대답이 없는 메아리가 될 것 같아 불안하고 초조했다.

'뭐, 오후에 만나자고 했으니 대강의 그림이 보이겠지. 그때 생각하자.'

허 대리를 불러 준비한 서류들을 깔끔하게 정리해서 파일로 묶으라고 지시했다. 만에 하나, 불시에 프레젠테이션을 할 수도 있다는 상황을 상정해야 했다.

다시 한 번 브리핑 자료들을 점검했다. 지금껏 관찰한 바에 따르자면 의외로 율리우스, 그 사내는 돌발적이고 충동적인 면도 가지고 있었다. 사업도 제 마음 내키는 대로 한다고나 할까? 결정은 쉽게 내리지 않지만, 한 번 결정 내린 후에는 사람들의 의표를 찌르는 기민한 움직임을 보여주고 있었다.

오후 3시, 유립은 율리우스가 머물고 있는 호텔로 찾아갔다.

그는 창가의 소파에 앉아 한가로이 고양이털을 쓰다듬고 있었다.

[어서 오세요, 미스터 리.]

[불러주셔서 감사드립니다.]

[그동안 나를 공략하기 위해 열심히 땀을 뺐는데, 약간의 선물을 드려야 섭섭하지 않겠지요?]

[굳이 선물을 주신다면 뭐, 사양하지 않겠습니다.]

율리우스가 유쾌하게 웃으며 손짓을 했다. 비서가 차를 가져왔다. 치열한 전투 전에 한가로운 티타임. 나쁘지 않다. 유립은 사교적인 대화를 시작했다.

[주말에는 어떻게 보내셨습니까? 연락을 주셨다면 제가 서울을 안내해 드렸을 텐데.]

[아, 멋진 주말을 보냈어요. 내 약혼녀의 가족을 만나서 우호적이고 친밀한 한때를 보냈다고나 할까요.]

미소를 짓고 있던 유립의 턱이 순간 굳어졌다. 설마 율리우스가 옛 연인인 세영을 만났다는 건 아니겠지? 하지만 그녀는 주말에 부모님을 모시고 대통령 별장에 가서 지낼 거라고 말했었다.

[축하드립니다. 조만간 결혼하실 예정이라고……?]

[내 희망대로 일이 이루어진다면 그렇게 되겠죠. 하지만 내 여자는 고집이 아주 세거든요. 사업은 모르겠지만, 연애는 참담한 패배의 연속입니다.]

말은 그리하면서도 율리우스의 입가에는 여전히 유쾌한 미소가 스며 있었다. 자신만만해 보였다.

[실례이지만, 미스터 리는 기혼?]

[아닙니다. 능력이 없어서 아직 미혼입니다.]

[현재 사랑하는 연인은?]

[미혼의 좋은 점은 세상 모든 여자에 대해서 가능성이 있다는 거죠.]

유립의 대답에 그가 씩 웃었다.

[어쩐지 굉장히 프로다운 느낌이 납니다. 하기는 그렇기에 사업을 위해서 무슨 일이든 하겠지만.]

[네?]

[아닙니다. 혼잣말입니다.]

기분 탓일까? 이상하게 그가 유립을 긁고 비아냥대고 있다는 느낌이 들었다. 찬찬히 무엇을 헤아리기도 전에, 율리우스가 먼저 빈 찻잔을 놓고 자리에서 일어섰다.

[자리를 옮기죠. 내 비서가 브리핑을 할 수 있도록 준비해 두었을 겁니다.]

비서가 회의실에 노트북을 연결해 놓았다. 탁자 위에는 물 두 잔을 준비해 놓고, 서류철을 정리해 놓은 다음 사라졌다. 빈방에는 이제 율리우스와 유립, 두 사람뿐이었다. 그가 느긋하게 등을 기댄 채 유립을 바라보았다.

[그래요, GS텔레콤에서 나에게 팔 것이 있다고요?]

[전 처음 듣는 이야기입니다. 오히려 회장님께서 우리들에게 살 것이 있다고 들었지만요.]

아쉬운 쪽은 내가 아니라 너다. 유립은 율리우스가 던진 잽을 세련되게 피했다.

언제나 협상할 때는 유리한 위치에 서라. 철칙이었다. 싱긋 웃으며 가볍게 넘어가는 그를 바라보며 율리우스도 씩 웃었다. 제법인데? 그런 얼굴이었다.

[좋아요. 어차피 여기까지 온 것, 꾸미지 말고 솔직담백하게 이야기합시다.]

율리우스가 주먹을 탁자에 대고 몸을 기울였다. 말싸움하지 말고 정신적 소모전도 그만두자는 이야기였다. 직접적인 협상모드로 전환하자는 신호였다.

[나 역시 한국에 들어온 이후 각종 루트를 통해 알아볼 만큼 알아보았습니다. 나에게는 TK를 대신할 새로운 대안이 필요하고, 미스터 리의 회사는 그것을 가지고 있더군요.]

[우리 회사가 회장님께 도움이 될 수 있다 하니 정말 기쁘군요. 이런 경우를 아주 좋은 파트너십이라고 부르죠.]

조짐이 좋았다. 유립은 속으로 쾌재를 부르면서 겉으로는 아주 정중하게 대답했다.

일단 사업 이야기로 들어가자 조금도 시간을 낭비하지 않았다. 곧바로 자료를 달라 요구했다. 유립은 준비해 온 파일을 율리우스 앞에 놓아주었다. 노트북을 켜고 프레젠테이션 자료들을 상대의 노트북에 전송했다.

[지금 보시는 이 자료들은 우리 GS텔레콤의 제8세대 통신 설비 수주 현황과 현재 시공 중인 현황 자료들입니다. 현재 GS텔레콤은 한국 내 순위 2위로서, 1위인 TK와는 점유율 6.2% 격차를 보이고 있습니다. 하지만 이 그래프를 보시면 짐작하실 수 있으시겠지요? 당해 연도를 비롯한 삼 년간 통계를 살펴보면 갈수록 점유율 격차가 좁아지고 있음을 확인하실 겁니다. 세계 점유율은…….]

[좋아요. 상관없습니다. 난 이미 마음을 굳혔습니다.]

너무 쉬웠다. 아주 쉬웠다, 지나치게……. 이건 좀 이상하잖아.

유립은 고개를 들었다. 설명 따윈 하나도 듣지 않고 그를 응시하고 있는 율리우스와 시선이 마주쳤다.

유립은 펜을 놓았다. 잠시 망설이다 되물어보았다.

[지금 진지하신 거라고 믿어도 되겠습니까?]

[미스터 리도 사업을 하실 분이라면 그 정도는 상식 아닙니까? 숙고의 시간은 길어도 결단의 시간은 빠르다는 것, 알 텐데요?]

[무슨 뜻이지요?]

[계산이 무척 빠르다는 이야기를 하고 싶다는 거죠. 사랑과 사업, 음……. 충분한 거래 조건이 될 수 있죠. 승리를 위해서는 수단과 방법을 가리지 마라. 그게 당신의 황금률인가요? 남자의 자존심도

버리고 사랑하는 여자도 이용할 만큼?]

[그게 무슨 뜻……?]

유립은 입을 꾹 다물었다. 아주 갑작스레, 그러나 너무나 생생하게 그림이 그려졌다. 율리우스의 얼굴 위로 얼음처럼 차디차던 세영의 까만 눈동자가 겹쳐졌다. 그는 이를 악물었다. 빌어먹을, 일이 그렇게 된 거로군.

'지금의 연인인 당신을 위해 과거의 배신자를 이용해 줄까 생각 중.'

그렇게 말했었다. 세영이, 망할 계집애가 하지 말라는 짓을 한 것이다. 그의 눈을 속이고 이 사내를 다시 만난 것이다. 분명했다. 비굴하게 자신을 위해 도움을 요청했던 거다. 빌어먹을! 기분이 정말 엿 같았다.

아무 말 없이 유립은 율리우스 앞에 놓인 파일을 거둬들였다. 탁소리 나게 노트북 뚜껑을 덮어버리고는 벌떡 일어섰다.

[무슨 뜻입니까, 미스터 리?]

[없던 일로 하죠.]

두 손으로 탁자 끝을 움켜쥔 채 유립은 씩 웃으며 내뱉었다. 상욕을 내뱉지 않으려고 어금니를 악물었다. 참아내는 입술 끝이 부들부들 떨렸다.

[정세영, 만났습니까?]

[역시 당신이 그녀의 연인이었군요.]

만났다는 말은 하지 않았지만, 이건 긍정의 대답이다. 망할 계집애, 말짱한 얼굴로 사람 뒤통수를 치는 데에는 정말 뭐 있다. 이놈의 버릇을 확 갈아엎어야지. 정말 못된 마녀 같으니라고.

속으로 이를 벅벅 갈면서, 나지막이 이 사이로 뱉어냈다. 탁자를 움켜쥔 그의 손등에 파르라니 푸른 심줄이 부풀어 올랐다.

[그 여자가 지금 남자인 나를 위해서 옛날 남자인 당신에게 도와 달라 부탁합디까?]

[무엇이든 이용할 수 있으면 다 이용하라. 그게 사업에서 승리하는 철칙이죠. 난 미스터 리를 비난하지 않습니다. 뭐, 어때요? 그럴 수도 있는 거지.]

[이왕 나온 말이니 솔직하게 말하죠. 나, 당신처럼 잘난 놈 아니고 월급 받고 사는 불쌍한 신세이지만, 적어도 내 여자 팔아서 사업할 정도로 막가는 놈 아닙니다. 망해보았자 이 회사, 내 것도 아닙니다. 미련 없습니다.]

[그래서?]

[이 계약 건, 없던 일로 하자는 이야깁니다. 사표 쓰면 그만이죠. 최소한 내 여자의 옛 남자였던 사내에게 내 여자 이름을 팔아 이 빌어먹을 계약을 따냈다는 말은 듣기 싫습니다. 이건……]

앞에 앉은 녀석의 안면을 구둣발로 까뭉갤 수 있으면 얼마나 좋으랴? 그러는 대신 유립은 싱긋싱긋 웃어가며 신랄하게 말을 이었다.

[못난 놈의 쓰잘데기 없는 자존심이라고 해두죠. 지금까지 이야기를 들어주셔서 감사드립니다.]

문을 향해 돌아서는 유립의 등 뒤로 율리우스의 목소리가 들려왔다. 개새끼, 사람을 끝까지 갉작거리면서 마지막 순간까지 비웃고 있었다.

[어떻게 그렇게 자신만만하죠? 내가 로즈의 옛 남자라고 누가 말하던가요?]

유립은 돌아섰다. 그리고 씩 웃어주었다. 장군 멍군. 그도 망설이지 않고 한마디로 율리우스의 속을 뒤집어 난도질을 해주었다.

[내가 정세영이 '현재' 남자입니다. 내가 사랑하는 여자는 절대로 동시에 두 남자 사이에서 양다리 걸치는 잡년이 아니거든요!]

객실 문을 박차고 나온 유립은 두꺼운 문에 등을 대고 한참 동안 눈을 감고 서 있었다. 턱턱 막히는 숨을 억지로 달래고 골랐다. 머릿속이 치유할 수 없는 자괴감과 달래지 못한 분노로 부글부글 끓고 있었다. 시뻘건 용암이 되어 냉철한 이성과 사리분별을 완전히 녹여 버렸다.

엘리베이터에 올라탄 그는 떨리는 손으로 휴대전화를 터치했다. 다른 사람 말만 듣고 오해하거나 동요되면 안 된다. 직접 확인해야 한다. 수화기 안에서 경쾌한 목소리가 응답했다. 이 가증스러운 계집애, 유립은 낮은 목소리로 확인했다.

"정세영."

〈응.〉

"너냐?"

〈뭐가?〉

"율리우스 알렉키소스, 우선협상 대상."

기억하기로 세영이 유일하게 말을 하지 못하고 머뭇거리는 것은 이때가 처음이었다. 그녀의 침묵, 그것만으로도 모든 진실이 제 눈으로 본 것처럼 펼쳐졌다.

"씨발!"

그는 거칠게 휴대전화를 죽여 버렸다. 사내의 자존심을 이런 식으로 개박살 내놓다니. 분명히 하지 말라고 말했다. 그런데 이게 사람을 얼마나 우습게 보았으면 그의 등 뒤에서 태연히 이런 짓을 하고 있었단 말인가.

도무지 참을 수 없었다. 율리우스와 세영이 다시 만난 것만으로도 질투가 나서 참을 수가 없을 지경이었다. 한데 감히 그를 중간에 놓아두고 이토록 어이없고 비굴한 거래를 해?

거칠게 으르렁거리는 욕설이 게워낸 오물처럼 흘러내렸다. 주체할 수 없는 분노와 풀 길 없는 노화가 해일처럼 몰려나왔다. 후아후아, 숨을 들이켰다. 그럼에도 진정할 수 없었다. 열받고 분노한 김에 유립은 거친 손으로 휴대전화 배터리를 확 뽑은 다음 와지끈 부러뜨려 버렸다. 아무 죄 없는 단말기를 발로 짓밟은 다음 휴지통에 때려 넣었다.

이 사이로 검푸른 저주를 씹어 삼켰다.

"정세영 너……! 가만 안 둬."

아주, 아주 차가운 물이 필요했다. 유립은 로비의 화장실로 달려 들어갔다. 세면대에 냉수를 틀어놓고 다짜고짜 머리를 박았다. 숨을 멈추었다. 이 순간의 치욕과 망가진 자존심, 시커먼 배신감을 씹어 삼켰다. 그리고 오만하게 고개를 치켜들었다. 물이 뚝뚝 떨어져 목을 적시고 어깨를 타고 흘러 와이셔츠를 적셨다. 형편없이 초라하고 구겨진 사내 하나가 거울 안에 들어 있었다.

"씨발."

그 사내가 스스로의 모습을 바라보며 욕설을 다시 삼켰다. 금세라도 울어버릴 것 같은 검은 눈이 거울 안에서 그를 거만하게 노려보고 있었다.

거울 속의 그가 바깥에 선 초라한 그에게 다시 묻고 있었다.

"어쩔 수 없잖아? 다른 방법 있어?"

치욕을 삼키고 비굴함을 삼키고, 억울함과 분함을 다 삼키고 흘러내리지 못한 눈물마저 감추어야 했다.

유립은 다시 머리를 찬물에 박았다. 바늘 끝이 머릿속을 콕콕 찌르는 것 같은 감촉 안에서 1분, 2분, 3분……

다시 고개를 들었을 때, 그의 눈동자는 어느새 서늘하게 변해 있었다. 금세라도 눈물 흐를 것 같던 눈빛이 얼음처럼 굳어지고 단단하게 응결되었다. 완벽한 비즈니스맨, 사업을 위해서라면 사랑도 팔고 부모도 팔고 지조마저 파는 철저한 영업맨의 얼굴이 드러났다. 옆에 걸린 수건으로 젖은 머리를 문질렀다.

호텔 쇼핑몰에서 새 셔츠를 하나 사 입었다. 손으로 대강 머리카락을 정리하며 내려오는 엘리베이터를 다시 잡아탔다. 거울 안에서 가르마를 타고 뒷머리를 톡톡 두들겨 젖은 기를 감추었다. 입술 끝을 억지로 휘어 올렸다.

3001호.

아랫배에 힘을 딱 주었다. 힘차게 문에 달린 초인종을 눌렀다. 문을 열어주는 비서 앞에서 더없이 환하게, 비윗살 좋게 웃어 보였다.

[죄송합니다. 회장님을 다시 뵐 수 있을까요? 아까의 추태를 사

과드리러 왔습니다. 가능하다면, 중단했던 협상을 다시 시작할까
합니다만.]

〈……연결되지 않았습니다. 전화를 받지 않아…….〉

세영은 자포자기 심정으로 휴대전화를 거칠게 죽였다. 열서너 번
째. 그러나 유립은 여전히 전화를 받지 않았다. 초조한 시선이 다시
시계로 향했다. 오전 1시 반. 자정이 한참 넘어간 시간임에도 그는
아직 집에 들어오지 않았다.

율리우스와 협상을 마치고 호텔에서 나간 시간은 9시 반. 네 시
간째 그의 행방이 묘연했다.

오죽했으면 처음으로 눈 딱 감고 회사에 전화까지 해보았다. 그
러나 외근 나간 후에 아직 들어오지 않았다는 대답이었다. 언제 들
어올지 연락도 없었다는 말만 들었을 뿐이었다.

초초해서 견딜 수가 없었다. 손톱을 짓씹으며 세영은 이리저리
서성거렸다. 아까 율리우스가 한 말이 귓가에서 쟁쟁거렸다.

그래서 돌아오지 않는 유립이 더 무서웠다.

〈[대단한 놈을 만나고 있었어, 로즈. 인정할 건 인정하자고. 너,
네 남자가 그런 못돼 처먹은 성깔머리 가진 것 알고나 있었나?]〉

[무슨 말이야? 알아듣게 설명해!]

〈[사업은 사업, 연애는 연애, 내가 양해각서에 사인하자마자 장
갑을 던지더군.]〉

사실 세영은 유립이 전화를 해서 상욕을 퍼부었을 때 일이 파작
났구나 생각했다. 저 잘돼라 벌인 일에, 지랄 맞은 자존심이 걸렸던

모양이다.

어느 정도 야비한 데가 없다 말 못하는 율리우스가 아닌가? 입 꾹 다물고 계약해 주진 않았을 터다. 반 복수심 삼아, 또 세영 자신에 대한 감정풀이 삼아 분명 그를 자극하고 건드리고 조롱했겠지. 꾹꾹 누르고 잘 감추어둔 불같은 성격이 마침내 터진 모양이었다. 훼손된 자존심을 참아내지 못해 계약이고 나발이고 다 때려치울 줄 알았다. 그 자리를 박차고 나왔을 거라고 생각했다.

한데 율리우스의 말에 따르자면, 유립은 이십 분 만에 말짱한 얼굴로 다시 나타났다 한다. 끝내 양해각서를 체결하고 계약을 쟁취하는 데 성공했다.

〈[그러더니 곧바로 날 권투도장으로 끌고 가더군. 실실 웃기는 하는데, 살기등등한 맹수였어.]〉

옆 돌려차기로 단판 승부, 단번에 그를 링에 눕힌 후에 얼굴 위로 거만하게 수표 한 장을 던져 주더란다.

〈[그가 나한테 뭐라고 한 줄 알아?]〉

[그 사람이 뭐라고 했어?]

〈['기분 나빠, 개자식아. 그 낯짝 수술해. 내 여자 흔적 지워.' 아, 정말 졌다.]〉

인정할 것은 인정할 줄 아는 율리우스. 그러고 보면 그 역시 사내답다고나 할까? 킬킬거리고 있었다.

〈[게다가 그녀석. 정보력 한번 엄청나던데? 내 성이 '메를로티'라는 것도 다 알고 있더군. 한 번만 더 너에게 허튼수작하면 가차없이 까발려서 매장시켜 버리겠다고 협박까지 했어. 네가 말했어? 내

과거? 한 방 먹었어. 내 얼굴에 난 상처를 네가 새겨준 거라는 걸 그 사내가 아는 줄은 몰랐다.]〉

[우린 아무것도 감추지 않아. 목숨 다해 사랑했던 과거가 부끄러울 것도 없지.]

〈[그것을 듣고도 감수하는 사내 없어. 잊지 않고 갚아주는 놈도 많지 않고. 기분 좋아. 연적戀敵이 그 정도는 되어야 널 탈취하는 맛이 있지.]〉

그야말로 유립으로서 정말 파란만장한 하루를 보낸 셈이다. 그녀에게도 무진장 화가 났을 거다. 후려 패든 욕을 하든 여하튼 돌아와야 할 것 아닌가.

그러나 지금껏 종무소식이다. 단 한 번도 그가 이런 적이 없었다.

'한 번만 전화를 더 해보자.'

여전히 전화를 받지 않으면 밤거리라도 달려나가 이리저리 찾아보아야 할 것 같았다. 그냥은 불안하고 초조해서 집 안에 있을 수가 없었다.

전화벨이 다섯 번쯤 울렸을까? 어둠처럼 검은 목소리가 응답했다.

〈나다.〉

"어디야?"

〈한 블록 아래.〉

"왜 전화 안 받았어? 걱정했잖아!"

상냥하게 말하고 싶었다. 사근사근 위로하고 싶었는데 왜 따지듯이 말이 나오고 짜증이 묻어 있는지 모를 일이었다. 바락 고함을 지르고 말았다. 그만큼 걱정했었다.

〈휴대전화.〉

"응."

〈아까 열받은 김에 확 분지르고 짓밟아서는 쓰레기통에 처넣어 버렸다.〉

그런데 이 전화를 어떻게 받아? 세영의 궁금증을 읽기라도 한 모양이다. 그가 말을 이었다.

〈젠장, 회사 돌아가다 보니까 중요한 번호들 다 거기 입력해 놓은 거야. 별수 있냐? 털레털레 다시 거기까지 기어가서 볼썽사납게 화장실 쓰레기통 뒤져서 분질러진 놈 다시 찾았다.〉

이 대목에서 절대로 웃음이 나오면 안 되는 거다. 그런데 껑충한 키에다가 흠잡을 데 없이 비즈니스슈트를 차려입은 그가 화장실 쓰레기통을 뒤지는 꼬락서니를 상상하자 그만 기막힌 웃음이 먼저 나왔다. 이내 눈물 같은 것으로 변해 버린, 억눌린 흐느낌이 목구멍을 아프게 훑고 솟구쳤다. 세영은 한 손으로 입을 꼭 막았다.

수화기 안에서 유립이 한숨을 푹 쉬었다.

〈웃지 마, 나도 웃기니까. 대리점 찾아가서 새 단말기 사고 그전 전화기 칩 다시 읽어 옮기고……. 배고파서 청국장 사 먹고. 그리고 지금 집으로 걸어가는 중이다. 다 왔다.〉

"자기 집으로 가 있을까? 불 켜놓고 기다릴게."

〈됐다. 오늘은 혼자 있게 해주라. 지금 너 보면 한 대 칠 것 같다.〉

으스스 몸이 떨려왔다. 유립 앞에 있었다면 정말 한 대 얻어맞을 것만 같았다. 목소리에 아직도 삭이지 못한 살기가 여전히 묻어 있었다.

"자기야……."

〈입 닥치고 끊어. 너, 간사스럽게 구는데 아주 질렸으니까!〉

먼저 전화가 끊어져 버렸다.

세영은 멍하니 방 안에 선 채 끊어진 휴대전화를 내려다보기만 했다. 겁도 좀 나고 무섭기도 했다. 저절로 한숨이 푹 나왔다.

"이거 심각한걸."

아무래도 이번에는 꽃대궁 꺾어지듯 엎어져야 할 것 같다. 싹싹 빌고 눈물로 호소하고 약한 척 힝힝거리면서 용서해 달라 비위를 맞춰야 할 것 같다.

"다 자기 잘되라고 한 짓 아니었냐구!"

빈 방에 혼자 서서 빽 고함을 쳐보았다.

하지만 기분이 나아지지 않았다. 무서운 건 무서운 거다. 유립의 기색은 예전하고 너무 달랐다. 아무래도 절대로 건드려서는 안 되는 역린逆鱗을 뽑아버린 모양이다.

잠시 망설이다가 세영은 흥! 하며 몸을 돌이켰다.

"맞을 매는 빨리 맞는 게 낫지."

이를 꽉 악물며 현관을 나와 문을 닫았다. 엘리베이터를 타고 25층으로 올라갔다.

그의 집은 아직도 불이 켜져 있지 않았다. 그래서 안 들어온 줄 알았다. 안으로 들어서자 자동적으로 켜지는 현관등에 거실이 잠시 비추어 보였다. 멈칫 서버리고 말았다.

유립이 한 손을 이마에 걸친 채 소파에 축 늘어져 있었다. 그의 몸에서는 만화에서 보는 것처럼 검은 기운이 뭉클뭉클 피어오르는 것 같았다. 사람이 들어서는 기척을 보여도 고개도 돌리지 않았다.

이내 불이 꺼지고 집은 다시 어둠과 정적 속에 감추어졌다.

"자, 자기야……."

"불 켜지 마."

책을 읽듯 감정 없고 단조로운 목소리였다. 들어오란 말도 없다. 화도 내지 않는다. 그런데도 소름이 쫙 끼쳤다. 정말 그가 화가 난 것이 보였기 때문이다. 주체할 수 없는 스스로의 감정들을 다스리느라 어금니를 물고 안간힘을 다하고 있는 중으로 보였다.

어찌할 바를 몰라 세영은 엉거주춤 현관 앞에 서 있기만 했다.

"유립 씨, 내가 잘못……."

"잡소리 까지 말랬지?"

한마디라도 더 하면 정말 아까 그가 말한 대로 한 대 맞을 것만 같았다. 더 무서워진 세영은 입을 꾹 다물었다.

최악의 하루, 최악의 시간, 그 안에서 벌어진 일들은 그들 둘 사이에도 최악의 비틀림이었다.

삼십여 분이나 지났을까. 유립이 천천히 일어섰다. 현관 앞에 벌써듯이 팔을 떨어뜨린 채 멍하니 서 있는 세영에게로 다가왔다. 금세라도 그녀를 밀어내고 문을 탁 닫아버릴 것만 같았다. 그게 더 무서웠다.

세영은 그만 유립의 팔을 꽉 잡아버렸다. 죽어도 떨어지지 않으려다. 소매 깃에 매달린 채 눈 꾹 감고 바락 소리 질러 버렸다.

"나 때려줘! 막 패라구!"

"뭐?"

"나한테 화났잖아. 맞을게. 때려!"

"······환장하겠네."

"아니면 내가 손 들고 벌설까? 응?"

확실한 액션.

세영은 그 자리에 그대로 풀썩 무릎을 꿇었다. 두 손을 들고 벌서는 척하며 그를 올려다보았다. 무조건 항복, 사죄, 읍소, 삼십육계 줄행랑을 놓쳤으니 그다음은 '비굴하게 죽여줍쇼' 밖에는 없었다.

유립이 그녀를 내려다보며 잠시 헛웃음을 쳤다.

"정세영이, 까불지 말고 일어나. 나랑 이야기 좀 하자."

조용하다. 덤덤하다. 그래서 더 무서웠다. 난생처음 아버지 앞에서가 아닌 다른 사람 앞에서 소름이 오싹 돋는 경험을 했다. 허수아비처럼 어둠 안에 선 유립이 정말 무서워졌다.

어둠 안에서, 거실 바닥 이쪽과 저쪽에 앉아 둘은 막막하게 서로를 바라보았다.

"왜 그랬냐?"

아주 낮은 목소리였다. 이 모든 일을 설명하라는 뜻이었다. 세영은 잠시 망설이다가 솔직하게 말했다. 빙 돌리고 거짓말하고 감추고 가린다고 해서 해결될 일이 아니었다.

"자기한테 유리하라고."

"씨발."

어둠 속에서 유립이 나직하게 욕설 한마디를 씹어뱉었다.

그 목소리 안에 소용돌이치는 모든 것들, 역겨움과 분노, 울화통, 비애와 수치심과 비굴함과 노여움, 질투······.

인간의 언어로는 결코 표현할 수 없는 그 모든 감정들. 유립의 마음 안에서 지금껏 억압되고 감추어진 강렬한 것들이 직격탄처럼 세영에게 날아왔다. 날카로운 유리파편처럼 박혀 버렸다. 그 자리에서 피가 흘렀다.

하지만 그건 세영 자신의 피가 아니라 유립의 선혈이었다. 그가 내던진 건 부서진 심장 부스러기였다. 그녀가 상상한 것 이상으로 크게 상처 입었다. 그는 거의 빈사 상태였다. 아직도 정신과 육체를 가누면서 서 있는 것만으로도 거의 기적에 가까웠다.

"내가 그러지 말랬지?"

"하지만 난 자기한테 좋으라고……."

항변하려는 세영의 입을 유립이 막았다. 조용히 경고했다.

"네 맘대로 나한테 좋은 거, 정하지 마라. 폭력이다."

"으…… 으응."

"너한테 좋은 거라고 해서 나한테도 좋은 건 아니다. 나한테 좋은 건 내가 아는 거다. 너 말이야, 날 상대로 뻑 하면 네 멋대로 하는 거, 무진장 나쁜 버릇이다. 고쳐라."

"내가 또 언제 그랬다고……?"

"보신탕."

유립이 잘라 말했다. 무어라고 종알거리려던 세영은 그만 입을 꾹 다물었다.

"나 보신탕 싫어하거든. 그런데 네가 좋다고 그것 보내면 난감하다."

사랑하는 여자가 보내준 것. 버릴 수는 없고, 그렇다고 안 먹는 것 먹을 수도 없고. 그를 시험에 들게 하고 말지. 이래서 그에게 편두통이 생기는 거다. 단 한 사람 세영 앞에서만 편안했는데, 이놈의 계집애조차 그를 조종하고 휘두르려고 하는 것이 아닌가.

유립은 이를 악물며 분명히 경고했다.

"그렇게 음식 보내주면 다른 놈은 기분 좋을지 몰라도 난 아니거든. 네가 판단해서 나한테 좋은 일, 맘대로 하지 마라. 다음에 나한테 꼭 물어봐라. 알겠냐?"

유립은 몸을 일으켜 세영에게로 다가갔다. 축 늘어진 팔을 억지로 가누어 그녀를 끌어당겨 안았다.

그래도 이 사람에게 돌아갈 수밖에 없다. 천지사방. 어디를 둘러보아도 이 사람 품 안이 아니면 갈 곳이 없었다. 아무리 오늘처럼 화가 나도, 패 죽여 버리고 싶은 짓을 해도…… 그래도.

이 사람을 보니 휴우, 하고 숨이 편안해지는 것이, 때려달라 귀엽게 가증을 떠는 모습 앞에서 그만 피식 웃게 되는 이 팔자라니. 정말 더러운 '사랑'이라는 놈에 푹 빠졌다.

"세영아."

"응."

유립은 연인에게 울고 싶은 목소리로, 아주 지친 목소리로 부탁했다. 화를 내는 게 아니라 그냥 부탁했다. 세상에서 유일하게 그더러 하고 싶지 않은 일 하지 말라 말해준 사람에게. 그래 놓고는 제멋대로 그를 휘두르려는 악녀에게 마지막으로 부탁했다.

"너, 언젠가 나더러 하고 싶지 않은 일은 하지 말라 그랬잖아? 그런데 네가 왜 나한테 그런 일 시켜?"

"미, 미안해."

어느새 세영의 목소리가 젖어 있었다. 미안하다고, 미안하다고……. 이 순간 그녀로서는 오직 그 말밖에 할 것이 없었다.

유립은 연인의 정수리에 머리를 얹고 나지막이 하소연했다. 나도 힘들다고, 너만은 알아달라 부탁했다.

"나 말이야, 지금까지 내가 하고 싶은 것 하나도 못하고 살았거든. 철 안 든 잘난 부모 사이에서 눈치 보며 줄타기하느라고 꾹 누르고 살고 있거든. 내 인생, 남들이 맘대로 결정하고, 무조건 나한테 '좋은 거다' 하며 강요하고 조종하려던 거, 신물 나게 겪었거든. 그런데 이제 너까지 그러냐? 그러지 마라. 나 죽는다."

"잘못했어. 미안해. 다시는 안 그럴게."

"그래, 착하다."

울지 못하는 그 대신 품 안의 세영이 훌쩍거리고 있었다. 그녀가 흘리는 건 그의 눈물, 그의 가슴 안에서 흘러내리는 핏물이다. 이렇게 화가 나도, 어이없이 가슴 아프고 치사한 일을 당해도 온전히 터뜨리지 못한다. 먼저 삭이고 싱글거리는 법부터 배운 이 사람, 그런 스트레스 때문에 날마다 편두통을 앓아 진통제를 사탕처럼 물 없이 씹어 먹는 이 사람이다. 그 무거운 등에 사랑하는 사람이 다시 감당하기 힘든 비굴함과 굴욕을 얹었다.

그녀는 대체 무슨 짓을 한 걸까? 세영은 스스로에 대한 혐오로 미칠 것 같았다.

입술을 악물고 흐느낌을 삼켰다. 지금 흘리는 눈물조차 미안하고 가증스럽게 느껴져 견딜 수가 없었다. 그녀는 그에게 좋은 일을 한 것이 아니었다. 사랑한다는 이유로 그를 목줄 묶어 끌고 다니는 어리석은 횡포를 저지른 것밖에는 되지 않았다.

"미안해, 미안해, 자기야. 다시는 이런 짓 안 할게. 내 맘대로 안 할게. 뭐든지 우리 같이 의논해서 할게."

"좋아. 오늘 일은 이것으로 끝내자. 마지막으로, 여하튼 고맙다. 씨발."

"……응?"

세영은 숨을 멈추었다. 머리 위에서 들려오는 목소리를 믿을 수 없었다. 유립이 그녀를 안은 팔에 힘을 풀었다. 소파로 가서 털썩 주저앉았다. 두 손으로 머리털을 휘감은 채, 그럼에도 마지못해 인정했다.

"너 아니었으면 어떻게 그 자식을 녹여서 그런 계약 했겠어? 수단과 방법을 가리지 않고 유리한 쪽으로 몰고 가야 이기는 게임인 줄 알고 있는데…… 치사해도 더러워도 비굴해야 살아남는 것도 아는데, 나 아까 그것 깜빡 잊어버릴 뻔했다. 그 알량한 자존심 땜에."

세영의 눈에 그만 눈물이 주르르 흘러내렸다. 저 앞에 비로소 어른이 된 그녀의 남자가 석상처럼 앉아 있었다. 삭일 줄 알고 이겨낼 줄 알고 마침내 품어 안을 줄 알기까지 하는 산 같은 그런 남자가.

지금껏 사랑하는 이상으로 그를 사랑하는 게 가능할까 싶었다.

하지만 염치없어 얼굴을 가린 채 그녀더러 도와주어서 고맙다 말하는 유립을 바라보는 순간이었다. 세영은 지금까지의 붉고 단선적이던 열정의 사랑과는 아주 다른 사랑을 알았다. 깨달았다.

밀물처럼 몰려드는 새로운 사랑의 내용은 불완전한 인간이기에 가지는 연민과 동질감이면서 동시에 아주 강하고 깊은 신뢰감, 완전한 믿음과 든든한 의지였다. 저 앞에 앉아 있는 남자는 이제 그녀의 신랑이 될 만반의 준비를 갖추었다. 아무것도 두렵지 않았다.

세영은 소파로 걸어가 유립의 무릎에 앉았다. 그의 목을 꼭 끌어안고 젖은 눈썹을 키스해 주었다. 마음을 다해, 영혼을 다해 그녀의 인생까지 얹어 속삭여 주었다.

"사랑해. 정말 사랑해."

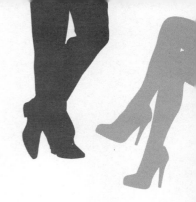

part
06

그날은 폭풍 속으로

"정말 오랜만에 고모님 뵙는 거네."

"고모님 삐치셨다. 우리 둘만 놀면서 따돌린다고. 죽었어."

유립이 차 문을 닫으면서 경고했다. 세영은 혀를 내밀었다.

"설마? 오늘이 내 생일인데 죽이기야 하시겠어?"

"우리 고모 인정사정이 없단 말 안 했나?"

두 사람 다 청바지에 하얀 티, 그리고 선글라스. 세영의 생일이라 유립이 하루 휴가를 냈다. 온갖 계략을 다 짜내서 함께 시간을 맞춰 도망치는 데 성공했다. 보통의 연인처럼 인적 드문 수목원에 가서 놀다왔다.

공식적으로 지금 현재, 세영은 율리우스를 만나고 있는 중이었다. 만날 약속을 정하고 태연하게 짓뭉개고 있었다. 예전에 그가 그랬던 것처럼……. 하릴없이 호텔에서 몇 시간씩이나 오지 않을 그녀를 기다리고 있을 카이사르 그를 생각하며 허공중으로 냉소를 날려주었다.

"어서 와라."

아파트 문을 열자 제일 먼저 구수한 해물탕 냄새가 났다. 저쪽 주방 불 위에서 냄비가 부글거리고 있었다. 지민이 활짝 웃으며 둘을 맞이해 주었다.

하지만 세영은 본능적으로 공포에 질려 슬슬 뒷걸음질 쳤다. 유립의 등 뒤에 숨어 얼굴만 빠끔 내밀었다. 두 손 모아 싹싹 빌었다. 살려달라 아우성쳤다.

"요것이 연애한다고 하더니 허락도 없이 더 예뻐졌단 말이지?"

"으악! 제발요."

세영은 두 손으로 얼굴을 가리며 비명을 질렀다.

"유립 씨, 살려줘!"

"그냥 죽어. 난 힘없어."

의리 없는 연인 같으니라고! 도와주기는커녕 제집처럼 편안한 얼굴로 주방으로 커피를 내리러 가며 유립이 킬킬거렸다.

잔인한 운명, 탈출구는 없었다. 짓궂은 웃음을 머금고 다가오는 이지민 교수를 바라보며 세영은 달달 떨었다. 이 세상에 잘난 그녀가 감당하지 못할 사람은 딱 두 사람. 한 사람은 아버지였고, 다른 한 사람은 바로 눈앞에 선 이 은발의 여장부였다. 턱하니 십 센티미터 앞에 와 선 지민이 을렀다.

"키 낮춰!"

"제발 좀 봐주세요. 저도 서른 넘었다고요."

"번데기 앞에서 주름 잡니? 난 칠십 넘었다."

유구무언有口無言. 힝힝거리면서 마지못해 허리를 굽혀 이 교수의 코앞에 키를 낮추었다. 만나기만 하면 일종의 의식인 양 이 교수는 두 손으로 세영의 볼을 쭉 잡아당겼다가 고무줄처럼 튕겨놓고는 했다. 애정표현치고는 상당히 과격했다. 언제나 어린애 취급하는 모욕적인 행동이었다.

그럼에도 어쩔 수 없었다. 대항할 길이 없었다. 고무젖꼭지를 물고 다닐 때부터 알고 지낸 분이 아닌가.

"우리 유립이 녀석 길들인다고 요새 힘이 좀 든다지?"

"때려주세요. 제 말은 안 듣고 매일 딴 짓만 한대요, 고모님."

"또 까불지? 정세영이."

"난 말이지, 자기보다 고모님이 더 좋아."

"맞을래?"

유립이 주먹을 흔들어 보였다.

"나 말고 좋아하는 사람 있으면 다 죽여 버려!"

"쳇, 질투도 저 정도면 정신병이야."

"자— 알 논다."

지민이 혀를 찼다. 두 사람 토닥대는 꼬락서니를 보며 눈꼴시다는 뜻을 감추지 않았다.

이 교수의 아파트. 넓기만 할 뿐 산사山寺처럼 간소한 실내에는 가구라고는 하나 보이지 않았다. 침대처럼 넓어 열 명이 앉아도 남을 소파와 낮은 원목테이블 말고는 사방 벽에는 전부 빙 둘러 그림

뿐이었다. 걸려 있고 앉아 있고 서 있는 그림들의 화사한 색감이 아파트를 꽃밭처럼 만들었다.

세영은 맨바닥에 엉덩이를 대고 앉은 채 사방을 휙 둘러보았다.

"그림이 많이 늘었네요? 미술관 하나 지으셔야겠어요."

"저 건방진 놈에게 물어봐라. 이 늙은 고모 칠순잔치 때에 미술관 지어준다더니 지금껏 꿩 구워 먹은 듯 소식이 없단다."

"기다리세요, 근사하게 마련해 드릴 테니."

"언제? 이 고모 죽은 후에?"

"그것도 좋죠. 화가는 사후에 인정받는 게 진정한 명성이라면서요? 저 그림들, 다 저에게 상속해 주실 거죠? 값이 얼마나 될까? 세영아, 저것들 팔면 우리 아파트 살 돈 나올까?"

이 교수가 옆에 놓인 쿠션을 들었다. 건방진 말만 골라서 하는 조카를 향해 냅다 내던졌다.

"핫하."

유립이 웃으며 쟁반에 커피잔 세 개를 얹어 거실로 돌아왔다.

"갈 데 없을까 봐 아파트 타령이냐? 이리로 오려무나. 골방 하나 내줄 테니. 죽이 되든 밥이 되든 숨어서 어디 소꿉장난 한번 해보렴."

"고모만은 응원해 준다 해놓고서? 지금 우리들 비웃으시는 거죠?"

"잘 아네?"

"우리끼리만 논다고 삐치신 거지?"

"……어지간히 해, 이것들아. 너들 둘 꼬락서니 보니 기가 차서 그런다."

지민이 한숨을 푹 쉬었다. 지긋지긋하다는 표정을 감추지 않았다.

"될 일을 해야 도와나 주고 잘한다 칭찬을 하지, 이것들아! 늙어 힘 하나 없는 나를 찾아와서 어쩌려고? 이 고모 혈압 터져 죽는 것 보려고 왔어, 엉?"

"에이! 고모, 왜 그러셔? 도와준다고 해놓고. 저희들에게 고모뿐이에요. 이러지 마셔."

실실거리는 유립을 향해 지민이 눈을 흘겼다.

"두 눈 깜빡이면서 동정표 사려 하지 맛. 이놈아, 안 속아. 미남계에 한 번 속지, 두 번 속냐?"

몰래 함께 나들이라도 다녀온 것일까? 똑같이 하얀 티셔츠에 낡은 청바지. 소파에 앉은 유립의 발치에 세영이 앉았다. 연인에게 편안하게 몸을 기대고 앉은 꽃 같은 여자, 사랑하는 여자를 품에 안고 커피 한 잔을 나누어 마시며 짓궂은 장난질을 치고 있는 남자, 유립.

저들은 무의식적인 동작이겠지만, 지민의 눈에 예사로 보이지 않았다. 그를 바라보고 있는 세영의 눈빛에서도, 버릇처럼 제 여자의 머리카락을 만지작거리고 있는 유립의 손길에서도 감추지 못한 사랑이 넘쳐흘렀다. 오가는 시선, 잠시 닿은 손끝 하나에도 소중하고 좋아서 어쩔 줄 몰라 하는 감정이 잡혔다.

함께가 아니면 절대로 안 되는 운명, 말하지 않아도 생생하게 배어 나왔다.

가슴이 먹먹했다. 시선을 돌려 허공을 바라보며 지민은 토해내지 못한 한숨을 억지로 감추었다. 스스로를 자위했다.

'저러니 내가 저놈들을 못 떼어놓은 거야.'

항상 그늘이 깔려 있었다. 감춘다 하지만 억지로 죽인 불만과 우울이 서려 있던 조카 놈의 모습을 지금껏 보아왔다. 그런 놈이 오늘, 비 온 다음날 아침햇살처럼 웃고 있었다. 투명한 행복만이 어려 있었다. 아무리 깎아서 보려 하여도 천생연분, 빌어먹을 정도로 잘 어울린다는 것을 인정할 수밖에 없었다.

지민은 주방으로 들어가 음식을 준비하는 척하며 혀를 쯧쯧 찼다. 먹먹한 한숨을 내내 토해내도 여간해서는 홀가분해지지 않았다.

'저 철부지들을 어찌해?'

사랑과 열정에 눈이 멀어 앞뒤 돌아보지 않고 사리분별, 인습 따윈 헤아릴 생각도 하지 않는다. 무조건 서로에게만 달려가려는 저 아이들을 어찌해. 같이 있어 더없이 행복하니, 절대로 떼놓지 못할 저 아이들을 진정 어찌해?

과일을 담아 내놓으며 지민은 알면서도 물어보았다.

"그래, 서로 어찌할 생각이니?"

"다음 달에 먼저 세영이가 유학 가고 내년 봄쯤에 제가 북미 지사 쪽으로 나가면요, 결혼신고하고 곧바로 잠적할 겁니다."

"쉽지 않을 거다."

"알고 있습니다. 하지만 이 수밖에 없어요."

"끝까지 해치우고 말겠다?"

"네."

"다칠지도 몰라."

"함께라면 감수할 겁니다. 눈 하나 없어진들 어떻습니까? 다리 하나 잃는다고 대수입니까?"

유립이 맹세했다. 무겁게 대답했다. 저절로 남자의 두 팔이 앞에 앉은 연인의 어깨를 단단하게 감싸 안았다. 절대로 잃어버릴 수 없다는 듯, 죽어도 놓칠 수 없다는 듯, 미묘한 절박함이 어려 있었다.

"사내꼭지라고 곧 죽어도 큰소리는!"

지민이 눈을 흘겼다. 짐짓 큰 소리로 퉁을 주었다.

'너, 불안하구나. 잠시 헤어지는 것조차 괴롭고 슬퍼하는구나.'

그림을 그리는 사람이다. 말하지 않아도 느끼는 예민한 감수성을 가졌다. 침묵하는 근육의 움직임이 의미하는 자잘한 느낌을 읽어내는 능력이 있었다. 지민은 가만히 유립을 건너다보았다.

연인의 팔에 얼굴을 기댄 세영, 그녀를 감싼 유립의 팔, 완전한 믿음과 완전한 동의, 말하지 않아도 느껴지고 만져지는 울림, 꼭 닮은 영혼들이 소리 지르고 있었다. 애원하고 있었다. 사랑하고 있어요. 같이 행복할 수 있게 제발 도와주세요. 눈물겹게 아우성치는 소리를 들었다.

'사랑하는구나. 너희들 정말 사랑하고 있구나.'

슬픔을 마시듯이 쓰디쓴 커피를 단숨에 마셨다. 왜 이 애들이 행복해지면 안 되는지, 더 정확하게 말하자면 조카 놈이 왜 사랑하는 여자를 얻으면 안 되는지, 태어나서부터 지금까지 한 번도 행복하게 살아보지 못한 불쌍한 놈이 아닌가.

'천 사람, 만 사람이 욕하고 비난해도, 나는 도와줄 거야.'

지민은 입술을 꼭 깨물었다. 어차피 무덤에 들어갈 날도 얼마 남지 않은 인생이다. 황혼인 그녀가 힘 보태 인생 시작하는 저 애들이 웃을 수 있다면 바윗돌인들 대신 맞지 않으랴.

이른 저녁을 먹고 테라스에 나가 차를 마셨다. 고즈넉하게 저물어가는 서울 거리를 내려다보던 세영이 고개를 돌렸다. 지민을 바라보며 문득 물었다.

"고모님, 제가 정말 궁금한 게 있어요."

"뭐냐? 나더러 시시하게 왜 결혼 안 했느냐고 묻는다면 용서 안 할 거야!"

짐짓 유쾌하게 소리 질러주었다. 젊은 두 사람의 웃음소리가 지민의 호탕한 웃음에 따라붙었다. 그러나 세영의 눈은 웃고 있지 않았다.

"그건 아니고요. 고모님, 우리 어머니하고 유립 씨 아버님, 왜 이혼을 한 거죠?"

잠시의 침묵이 흘렀다. 아무도 소리 내어 말하지 않았던 이야기, 쉬쉬하며 감추고 덮으려고만 했던 이야기들, 당당하고 거칠 것 없는 성격상 한 번은 정곡으로 찔러 들어올 것이라고 생각했다.

지민은 다시 차를 따랐다. 덤덤하게 되물었다.

"네 어머니가 말을 안 하더냐?"

"좋은 일도 아닌데요. 속내 이야기를 더분더분 말씀하시는 분도 아니시구요. 언젠가 한 번 여쭈었더니……."

"그랬더니?"

"그저 서로가 운이 좋지 않았을 뿐이다, 그러셨어요."

"그런 것을 악연惡緣이라고 하지."

이번에는 지민이 유립을 바라보았다.

"네 아비는 무어라 하더냐?"

"속엣 말을 하시는 분이면요? 어머니 입에서야 좋은 소리란 나지 않을 건 고모님이 더 잘 아실 테고요. 정말 세영이 어머님께서 두 분 사이를 망친 건가요? 정말 그분들 인연, 우리가 건드릴 수 없을 정도로 최악인 건가요?"

"……그렇다고도 할 수 있고 아니라고도 할 수 있지."

"무슨 뜻입니까?"

지민은 피어오르는 커피 향기를 응시했다. 아득하니 떠오르는 그 시절을 반추했다. 어리석음, 집착, 맹목, 헛되고 헛된 감정들과 때늦은 회한들, 그 모두를. 무엇보다 엇갈린 사랑 같은 것들을 되새겼다.

"매듭이 하도 얽혀 누가 피해자이고 누가 가해자인 줄 모르겠단 뜻이다. 이미 삼십여 년이 흘러갔는데, 다 지난 날 일인데, 잘잘못을 따지면 무엇하겠니? 하지만 한 가지, 확실한 것은 있다."

지민은 한 몸처럼 앉아 있는 두 젊은이들을 건너다보았다. 잘못 끼워진 단추를 슬기롭게 풀어버린 그들을 바라보았다. 다시 단추를 끼우려 하였지만, 어리석음에 눈이 멀어 똑같은 실수를 되풀이한 혈육의 이기심, 결국은 그 사이에서 고통과 악연이 태어났다.

남들은 아니 된다 하겠지만, 젊은 두 사람이 이토록 하나이고자 하는 것이 운명이라면, 애초에 잘못 지어진 매듭을 다시 풀어 채우라는 뜻인지도 모른다. 그녀는 냉혹하게 덤덤하게 단언했다.

"처음부터 끝까지 네 아비가 나쁜 놈이었다. 제 인연이던 두 여자를 제대로 망쳤지."

"아, 네……."

"처음에는 현수, 세영이 네 어머니를, 그다음에 유립이 네 어미를 망쳤지. 이기적이고 차고 제 생각만 하는 위인 아니더냐? 한 사내가 두 여자를 바보로 만들었다. 나는 그리 생각한다. 너의 어미원망이야 무작정 유 여사에게로 갔겠지만, 그것은 업. 매듭을 묶은사람은 다 네 아비 때문이라고 생각한다, 나는."

"누가 잘못한 거죠?"

"남자 여자 갈라서는 데 잘잘못이 누구에게 있을까?"

지민은 한숨인 양 내뱉었다. 인연 맺은 두 사람 다에게 책임이 있을 뿐. 서로 짝이 될 운명이 아니었던 두 사람이 인간 된 고집과 오기, 어른들의 욕심으로 억지로 묶였다.

"두 집안 비슷하고, 같이 살면 어울릴 것이라 하여 유립이 어미버리게 하고 억지로 결혼시켰어. 순리대로 산다 하는데, 그 순리가무엇일까? 마음 가는 대로 흐르게 하는 거였을 게다. 그런데 우리집안이, 나도 어리석어서 그 일을 받아들이지 못했다."

동생 지헌의 오만하고 독선적인 성품에 억지로 당한 그 일, 어찌흔쾌하였을까? 결국 이 년 만에 파국 난 결혼, 그 사이에서 모든 사람들이 상처 입고 아프고 힘들었다.

"아니다 싶은 결혼 깨고 현수, 유 여사는 미련없이 돌아섰지.지금 생각해도 네 엄마…… 세영아, 제일 잘한 일이 그 일이라 생각한다."

"그렇게 요란스레 이혼하고 재혼하였으면 내내 행복하셨어야죠."

지민은 의문에 찬 세영의 말에 엷게 미소만 지었다.

그 행복의 싹을 그들이 짓밟아 버리게 만든 이가 네 어미라 할 것이면 그녀에게 잔인한 것일까?

맞아, 하고 세영의 말에 고개를 끄덕이는 유립이 가엾었다.

그렇게 잡은 행복의 호박을 제대로 건사하지 못해 썩혀 버린 유립의 어머니 최 여사가 어리석은 것일까?

항상 가까운 데는 보지 못하고 손에 닿지 않는 먼 데만 바라보며, 자신만 괴롭고 자신만 불행하다 여기며 스스로 만든 지옥에서 사는 지헌이 불쌍한 것일까?

"그러게 말이다. 그 사이 얽힌 이야기들, 내 입으로 어찌 다 말할까? 한다 해도 이미 지난 일, 부질없어 말 못하고……. 그만두마. 하지만 이거 하나만 기억하렴."

지민은 사랑하는 두 사람을 바라보았다. 슬기롭게 어려움 헤쳐나가고, 무슨 일이 있어도 잡은 손 놓지 않으려는 새 연인들이다. 인생의 반면교사였을 그들의 부모 이야기를 마쳤다.

"그들 세 사람, 누가 잘했네, 잘못했네, 따지는 것도 어리석다. 그저 이 말만 하자. 세영이 어미하고 이혼한 건 그들이 인연이 아니었기 때문이고, 유립이 네 어미하고 불행했던 건, 그 위인들 둘 다 받으려고만 하고 먼저 주려고 노력하지 않아서 그렇다. 불행도 행복도 다 제 할 노릇, 그렇지 않을까?"

"그렇겠지요."

"내가 너희들에게 해주고 싶은 말도 그렇다. 너희들이 인연이면 무슨 일이 생겨도 반드시 하나가 될 거다. 아니라 하면 아무리 용을 써도 안 될 것이고. 나더러 도와달라 하였지? 내가 도와줄 일은 그 것뿐이다. 서로를 믿으라는 말밖에는."

그들이 서로의 운명이라면 반드시 하나가 될 것이다. 그것이 순리일 테고, 어떤 방해가 있어도 어떤 어려움이 닥치더라도 넘어가고 이겨낼 수 있을 거다. 그래서 하늘이 정한 사람인 거다.

"행복도 불행도 다 제 할 노릇, 제 몫을 알고 꼭 잡아 놓치지 않고, 오롯이 키워 나가려고 노력하면 너희들이 바라는 행복이 올 거다. 그것을 절대로 잊지 말고 믿어라."

"명심하겠습니다."

인도의 친구가 선물한 하얀 머플러를 꺼냈다. 지민은 나란히 앉은 둘의 손을 꽉 묶어주었다. 돌고 돌아 여기까지 온 인연의 흐름을 엄숙하게 응시하며 사랑하는 두 사람을 축복했다. 곧고 강하게 보일 뿐, 사실은 너무나 불안해하고 두려워하는 여린 마음들을 다독였다.

"지금 사랑하는 이 마음을 잊지 말아라. 이 마음으로 하나 되어 살면 평생 너희 부모들이 찾으려 애썼던 그 행복을 너희들은 잡을 수 있을 거다. 까짓것, 죽을 각오로 사랑한다는데 겁날 게 무엇이 있니?"

"네, 잊지 않을게요."

저 애들은 예전의 그이들보다 훨씬 더 영리하고 현명해.

지민은 컵을 씻는 세영과 그 옆에서 같이 접시를 식기세척기에 집어넣는 유립의 뒷모습을 지켜보았다. 따로 또 같이⋯⋯. 하나여도 충분한 아이들이 둘이 되어 더욱더 야무지다. 어쩌면 조카 놈이 제 아비와는 달리 하늘의 무지개를 잡을 수도 있을 거라는 믿음이 들었다.

그들이 설거지를 막 마치던 그때였다. 초인종 소리가 났다. 잠시 지민은 화장실에 들어가 있었고, 키 큰 유립은 싱크대에 컵들을 집어넣고 있었다.

아무것도 모르고 세영이 무심코 문을 열었다.

"형님, 저 왔어요. 친정 언니가 조기를 좀 보냈네요. 몇 마리 가져왔어⋯⋯."

문을 열고 들어서며 최 여사가 수선스럽게 말을 잇다가 어찌할 바를 모르고 문 옆에 엉거주춤 선 세영을 보았다.

"에구머니나, 손님이 와 있었네. 난 그것도 모르고⋯⋯."

예고도 없이 나타난 유립의 어머니를 대면한 세영도 경악스럽기는 마찬가지였다. 몇 초간의 어색한 침묵과 탐색하는 시선이 오갔다. 세영은 마지못해 어색하게 고개를 숙여 목례를 했다.

"세영아, 늦었다. 가자. 오늘은 네 집에 가서 놀까 보다."

아무것도 모르고 주방에서 손을 닦으며 유립이 걸어나왔다.

이런 빌어먹을 일이!

세영과 제 어머니가 현관머리에 나란히 서 있는 게 아닌가. 그 역시 너무 놀라 그 자리에 그만 우뚝 서버렸다.

"세, 세영이?"

최 여사가 기절할 듯이 놀란 얼굴로 아들을 바라보았다. 다시 시선을 돌려 다시 문 앞에 선 여자를 꼼꼼히 헤아려 보기 시작했다. 누군가를 닮았더라니, 어디서 한 번 본 얼굴인 것 같더니.

이내 얼굴이 하얗게 질리기 시작했다. 마침내 세영이 누구인지 눈치를 챈 것이다. 하늘이 무너져도 이만은 못하리라.

최 여사가 유립에게 다다다다 달려들었다. 아들의 옷깃을 잡아채며 사생결단하듯이 제발 아니라 말하라고 난리를 쳤다.

"유, 유립아, 저 애가, 저 애가 왜 여기 있는 거니? 네가 저 애를 어떻게 알아? 대답해라! 저 애하고 너, 어떤 사이냐?"

맙소사, 미치겠다. 진짜 큰일 났다.

허공 속에서 두 사람의 시선이 마주쳤다. 위태롭게 이어지던 실한 가닥이 뚝 끊어지는 소리가 들렸다. 불길하고 섬뜩한 그 무엇이 그들에게 무섭게 달려오고 있었다.

다음날 아침 11시.

날이 밝기 무섭게 영혜는 언니 경혜가 운영하는 한정식집으로 달려갔다. 아들 유립이 현수의 딸년과 어울리더라는 경천동지할 사건에 대하여 의논하러 간 것이다.

영업 준비해야 하는데 대체 왜 이러나.

식전 댓바람부터 쫓아와서 제 얘기 들어달라 난리를 피우는 영혜 앞에서 경혜의 표정은 내내 심드렁했다. 제 부모들끼리 얽힌 일일랑은 이미 삼십 년 전 아득한 과거이다. 비슷한 수준의 집안들이니 젊은 애들끼리 오며가며 알음알음 안면 틀 수 있는 일이고, 친하게

지낼 수도 있다. 별일도 아닌 일에 호들갑 떠는 버릇이라니, 어찌
이리도 변하지 않는지. 혼이 쏙 빠져나가는 기분이었다. 그만하라
타일렀다.

"그만해. 네가 신경과민이야."

"언니는! 지금껏 내 얘기를 뭐로 들은 거야? 보통 사이가 아니더
라니까! 아이고, 천불이야! 기가 차서, 기가 차서!"

영혜가 속에서 일어나는 화증을 이기지 못하고 숨을 헐떡였다.
시원해지는 것도 아닌데 활활 손부채를 부쳤다.

"아, 좋아. 언니 말대로 특별한 사이 아니라고 해. 그래도 말이
야, 제 엄마 생각하면 어떻게 그 집 여식하고 오갈 수 있어? 엄마 망
신을 시켜도 유분수지."

"망신은 무슨 망신? 예전부터 그 집안하고 청담동 고모님하고 잘
오가는 사이였다며? 그러다가 알게 된 모양이지. 자네 아들, 생각
이 없는 애가 아니네. 설사 걱정하는 일이 있다 해도 저들은 안 되
는 것, 누구보다도 잘 알고 있을 거야. 그만해."

경혜가 보기로는 별일도 아니었다.

물론 영혜 입장에서는 철천지원수라 할 수 있는 현수의 딸이 아
들과 잠시라도 어울리는 것이 싫고 화나는 일일 수도 있을 것이다.
말도 되지 않는 일이라며 거품을 물 수도 있다. 하지만 달리 생각하
면 지금껏 어미의 그러한 푸념과 원한을 귀에 못이 박히도록 듣고
자란 유립이 아무리 철이 없기로서니 그 집 딸과 무슨 일을 벌일까?
그리고 경혜가 아는 한 조카는 그 정도로 속없는 녀석이 아니었다.

이렇듯이 경혜의 눈에는 철딱서니 동생이 혼자서 난리 치는 것만

으로 보였다. 괜히 긁어 부스럼 만드는 것 같았다. 젊은 애들 나이도 비슷하다는데, 부담없이 인사하는 친구 사이일 수도 있지. 둘이 껴안고 뒹구는 것을 본 것도 아닌데 하늘이 무너질 듯 난리를 피우는 것이 우스꽝스러웠다.

"아냐, 언니. 예감이 심상찮아."

영혜는 답답해서 가슴을 쳤다. 자신은 심각해 죽겠는데, 별일 아니라고 치부하려는 경혜가 야속해서 죽을 지경이었다.

이미 한 번 지민에게서 유립이 놈이 마음 딴 데 주었다는 말을 얼핏 들은 적 있다. 아무리 둔한 그녀라도 아들의 기색이 예전과 다르다는 것을 모를까? 이 약은 놈이 말짱하게 어미의 눈을 속이고 해서는 안 되는 짓을 하고 있는 게 분명했다.

"그러니깐 내가 지 앞에 아무리 예쁜 애 가져다 놓았어도 시큰둥했던 거야. 나 몰래 하는 짓 있다 싶었는데. 언니, 분명해. 그 미친 놈이 고 앙큼한 계집애하고 연애질하고 있어. 확실해."

"……그래, 좋다. 유립이가 정말 그 여자애하고 연애라도 하고 있다 치자. 그럼 어떡할래?"

"어떡하긴! 그놈 머리털을 뜯어놓고 다리몽둥이를 분질러 버려야지!"

영혜가 바락바락 고함질렀다. 유립이나 세영이 앞에 있다면, 아주 난도질이라도 할 기세였다.

"미친놈! 아주 제 엄마 얼굴에 똥물을 튀겨라. 어떻게 제 아비하고 결혼했던 여자의 딸하고 그럴 수 있단 말이야?"

"……너, 네 아들 이겨?"

"뭐라고?"

"바른말 하자."

경혜가 착 가라앉은 목소리로 아우를 단속하려 애를 썼다. 진정하고 품위 지켜라 충고했다. 그만하라는 신호였다.

"내가 너 몰라? 넌 목소리만 컸지, 네 아들이 정색하고 눈만 부릅떠도 움찔하잖아. 정말 그 녀석이 그 집 딸하고 죽고 못 사는 사이라고 하자. 결혼이라도 하겠다고 나서면 너 말릴 수 있어?"

"왜 못 말려? 길바닥에 드러누워 악이라도 쓸 거야! 달리는 자동차에라도 뛰어들 거라고! 제 엄마가 죽는다는데 지가 어쩔 거야?"

"그놈이 너를 반쪽이라도 신경 쓸까? 아직도 니 아들, 어찌 그리 몰라? 그 녀석, 지가 싫은 건 목에 칼이 들어와도 안 하고, 해야겠다 싶은 건 제 팔 하나 떼놓고서라도 해치우는 놈이야. 너하고 달리 지 아비 닮아 정말 독해. 이기적이고 지 생각만 하는 못돼 처먹은 놈이라고!"

"뭐라고? 언니, 내 아들만 한 효자가 어디 있다고 그러는데? 걘 내 싫은 것은 죽어도 안 하는 애야!"

자신은 욕해도 남이 아들에 대해 싫은 말을 하는 건 또 죽어도 싫다. 왈칵 골을 내는 아우더러 경혜가 실소를 머금었다.

"쯧쯧쯧! 어찌 그리 한입으로 하는 말이 이리 다르나, 그래? 아들더러 효자라 말은 하면서, 그 아들이 제 엄마 난처할 짓 안 하는 건 왜 못 믿나 그래? 유립이가 제 입으로 딱 잘라서 아무런 관계도 아니라고 그랬다며? 그런데 왜 그 말 못 믿어?"

딱 내치는 경혜의 무안에 영혜가 입을 비죽이면서도 더 이상은 반박하지 못했다. 무색해진 얼굴로 다 식어버린 차만 홀짝거리던 그녀가 갑자기 다시 경혜더러 캐물었다.

"언니, 혹시 우리 유립이는 가만히 있는데 여우 같은 고 계집애가 먼저 달려들어 꾀고 있는 것은 아닐까?"

"뭐라고? 말이 되는 소리를 해라."

경혜가 어이없어 그만 웃어버렸다.

생각해 보면, 조카 놈보다 명색이 대통령 딸이라는 그 집 여자애가 더 걸리는 게 많지 않은가? 체면도 그 집이 더 차릴 터이고, 사람들 이목도 그 집안이 더 신경 쓰일 것이다. 집안 간 복잡한 인연을 뻔히 안다 치면, 둘이 사귈 리도 없거니와, 설사 교제한다 해도 사내놈이 먼저 덤벼들었을 테지. 조카 놈이 어디 제 뜻 없이 남 말에 움직이는 성품이기나 하면.

그러나 영혜는 기를 쓰고 세영이 유립을 유혹했다고 버럭버럭 주장했다. 지금 그녀로서는, 아들이 그녀를 배신했다고 인정하는 것은 죽기보다 싫었다. 차라리 요망한 계집에게 유혹당하여 잠시 미친 짓을 하고 있을 뿐이라고 믿는 게 훨씬 나았다. 지푸라기라도 잡고 싶은 어미의 슬픈 진심이었다.

"아냐, 언니. 우리 애가 좀 잘났어야지. 우리 유립이 훤칠하잖아. 얼마나 멋져? 가진 것도 많잖아. 분명히 그걸 알고 고 계집애가 우리 애를 먼저 유혹했을 거야. 여자애들 다 그래."

"그만해. 그렇게 따지자면 그 집안도 꿀리는 것 없어. 명색이 대통령 집안이야. 그 여자애가 뭐가 아쉬워서 돈 보고 남자 꾀어낼까?"

"듣자 하니 너무하네! 그럼 언니는 우리 유립이가 먼저 고 계집 애한테 미쳐서 어미 눈 속이고 집안망신 각오하며 어울린다, 그 말 이우?"

영혜가 아무런 상관도 없는 경혜를 상대로 바락바락 골을 내고 있는 그 즈음.

같은 건물 찻집에서 만나고 있는 두 부인 역시 한숨을 폭폭 내쉬고 있었다. 유씨 집안 며느리들이자 세영의 외숙모인 두 여인, 유정과 성연이다.

하늘이 무너질 일이니, 정세영과 이유립, 철딱서니라고는 약에 쓸려야 찾아보기 힘든 두 인간의 연애를 알게 된 후 머리를 맞대고 고민 중이었다.

"동서, 정말이야?"

"아이고, 형님. 전들 이런 말을 전하고 싶은 줄 아세요? 제가 얼마나 고민했는데, 화랑에서 그 남자 알아보고 기절할 뻔했다구요."

"하지만 이 사실을 아가씨에게 알려줄 수도 없고……. 아휴, 간 떨려. 고모부가 알아봐. 날벼락 떨어지지."

"날벼락은 고모부만인가요? 정욱이 아빠도 난리 날 거라구요. 그 집안하고는 다시 상종도 안 하겠다는 사람인데."

유정의 말에 성연이 고개를 끄덕였다.

어지간히 지헌을 싫어한 시동생이었다. 현수가 이혼하기 직전, 거만하게 군다고 지헌을 향해 권총을 꺼내 들고 휘두른 전력도 있지 않은가.

"그럼 알리지 마?"

"안 알렸다가 정말 큰 사단 나면 어쩌려고요? 걔들, 보통 사이 아니었어요. 떼기 힘들겠더라구. 아주 폭 빠진 것같이 보이던데."

"하지만 될 법한 인연이어야지."

"그러게 말예요. 어지간하면 눈 감고 싶어요. 다른 문제도 아니고 젊은 애들 연애하는 거, 저들 사정이고 간섭하면 안 되는 거 알지만요, 이건 손 놓고 가만 놓아둘 문제가 아니잖아요."

"……휴우, 어쩌다가 그리된 걸까? 둘이 언제 어떻게 만났을까?"

"정욱이 놈 닦달했더니, 말을 얼버무립디다."

유정이 속이 타 찬물을 다시 들이켰다. 그동안 홀로 고민하느라 살이 다 빠졌을 정도였다.

"같은 봉사회 모임이라니까, 거기서 만난 눈치 같아요."

"세영이가 한국 돌아온 지 반년쯤 되었으니, 시간이야 뭐 별로 안 되었네. 설마 속정까지 들었을까?"

"청춘남녀 불붙는 거야 하룻밤이면 족하지. 아주 둘이 찰떡 붙듯 찰싹 붙어 있더라구요. 흘깃 봤지만요, 이미 갈 때까지 간 사이입디다. 세영이 년이 더 좋아하는 것 같더라구요. 걔가 사내꼭지 놓고 그런 행동하는 거 첨 봤네. 하긴 그 집 아들 인물이야 훤칠합디다만."

"걸 볼 새야 예전 가회동 그이도 썩 좋았지. 그래서 아가씨가 반했던 거고. 동서 눈에 아들이 더 나아 보였어?"

아니라 해도 호기심이 나는 것은 인지상정이었다. 성연이 캐묻자 유정이 고개를 끄덕였다. 어쩔 수 없다. 사람 눈은 다 똑같은 것이다.

"어미가 절세미인이라더니, 제 아버지보다 나은 것 같기는 하더라구요. 키도 크고요. 속이야 모르지만 겉 볼 새는 제 부모 좋은 점만 받았습디다. 이런 일만 아니면 우리 세영이랑 잘 어울려 보이기는 했어요. 하지만 이게 될 법한 인연이어야지요."

"암만."

"형님, 저 정말 심장 떨려서 못살겠어요. 두 집안 체면이 뭐가 돼요, 이게?"

"두 집안만인 줄 알아? 자네 집안, 우리 집안 다 걸리네."

손위인 성연이 한숨을 쉬었다. 그녀 또한 남편에게 이 사실을 어찌 말해야 하나 머릿속이 복잡했다.

"일단 세영이를 불러다 앉혀놓고 이야기를 들어나 봅시다. 형님, 그 애도 나이 서른 넘었는데, 어른이고 또 좀 야무져야지. 어른이 시킨다고 하는 애도 아니고 말이야. 둘이 풋정이라 하면 우리가 충고해서 떼야지요. 아가씨나 고모부님 귀에 들어가게 하면 절대로 안 돼요."

"그러나 말이야."

성연이 혀를 쯧쯧 찼다. 배신감이야 그녀도 유정 못지않았다. 그 집안하고의 악연은 어찌 이리 질긴가. 지헌 때문에 시누이 현수가 당한 일을 샅샅이 알고 있었다. 아직도 치가 떨렸다.

한데 그런 사내의 아들하고 불이 붙어 제 어미, 아비 망신을 시켜? 그렇게 분별없을까?

"세영이 고 계집애, 제 엄마 닮아 야무지고 제 앞가림 잘한다는 게 다 헛말이야. 하필이면 그런 남자를 만나가지고는……."

"전 정욱이 놈 등짝을 패줬어요. 둘이 만난 것은 어쩔 수 없다 쳐도 뭔가 둘 사이 분위기가 심상찮으면 미리미리 제 놈 선에서 단속을 했어야지."

"둘이 연애하라 등 떠민 것도 아닌데 그게 정욱이 잘못이겠어? 일단 동서, 일어나, 세영이부터 만나자고."

일단 세영의 사무실 쪽으로 가자는 결론이 났다. 점심이나 먹이고 난 후 차근차근 자초지종을 물어 그 후에 대책을 세우자고 합의한 것이다.

두 여인이 지하주차장의 차를 빼기 위해 엘리베이터에 올랐을 때였다. 안에 타고 있던 사람을 보고 두 사람 다 흠칫하고 말았다. 안면이 있는 이였기 때문이다. 아니, 지나치게 잘 알고 있는 사람이었다. 최영혜, 바로 그녀였던 것이다.

눈이 마주치는 순간, 서로가 놀랐다. 동시에 외면하고 싶었다. 다른 날 같으면 못 본 척, 안 본 척하며 조용히 스쳐 지나갔을 거다.

그러나 그날은 일진이 나빴다. 이왕 눈이 뒤집혀진 영혜였다. 언니 경혜에게도 통만 당하고 나오는 길이다. 누구든 분풀이할 상대가 필요했다. 그런 눈에 성연들이 딱 걸린 셈이었다.

'아주 단단히 망신 줘야지. 어디서 감히 내 아들한테 꼬리를 치게 만들어? 딸내미 가정교육 좀 잘 시키라지.'

한 다리 건너 현수에게 패악질을 하는 셈이었다. 삼십 년 내내 뭉쳐 둔 분풀이를 오늘에서야 하는구나.

영혜는 주차장에 내리자마자 거만하게 돌아섰다. 외면하듯 걸어가는 유정과 성연의 등에 대고 '거기, 저 좀 보세요' 하고 불렀다.

얼음땡이라도 하듯 두 여인의 발이 딱 멎었다.

"평소 말 섞지 않으시는 분이 먼저 알은 척하시니 좀 그러네요. 무탈하시죠?"

그래도 그나마 제일 손윗사람이다. 성연이 억지로 미소 지으며 안부인사를 차렸다.

그러나 겉치레뿐인 인사를 차릴 생각 따위 애초에 없었다. 영혜는 거두절미 공격의 포문부터 열었다. 제 할 말만 가림없이 내뱉었다. 작정하고 패악질을 쳤다.

"거기 말이죠, 엄청 체면 차리고 예절 따지며 거들먹거리는 집안인 것 아는데, 딸자식 교육이나 제대로 시키라고 전해주세요."

"네에? 아니, 그게 무슨……?"

"왜 남의 집 귀한 아들을 꾀어내고 그런대? 참 가관입디다. 계집애가 부끄러운 줄을 알아야지 말이야……."

이렇게 하여 단숨에 영혜는 아들이 공들여 세운 계획을 허물어버렸다. 그날 밤, 두 집안을 강타한 회오리바람을 순식간에 불러오고 말았다.

어젯밤에는 아주 사람을 들들 볶더니, 어째 오늘은 말짱 갠 하늘이다. 유립은 로비 라운지에 앉아 있는 어머니의 표정을 바라보며 고개를 갸웃거렸다.

"바빠 죽겠는데 왜 내려오래? 어제 했던 소리 또 하려면 가요. 짜증나."

회사까지 찾아와서는 2차전을 시작하려 하는 건가? 유립은 애초에 기선을 제압하기로 결정했다. 앉자마자 퉁명스레 틱틱거렸다.

지난밤, 얼마나 닦달을 당했는지 아직도 골치가 아팠다. 물론 끝까지 부인하고 시침을 떼기는 했다. 무슨 오해냐고 버럭버럭 마주 고함까지 질러가며 말이다.

"고모님 댁에 잠시 놀러 온 사람하고 인사한 거라고. 동갑이라 말 트기로 했을 뿐이란 말이야!"

봄에 열린 지민의 전시회 때 한 번 만난 인연이라 말했다. 그때 인사를 나누었다고. 비슷한 연배, 어차피 아는 사이, 알은 척도 하지 않고 사느냐고 짜증을 벅벅 부렸다.

그럼에도 영혜는 끝내 의심을 지우지 못했다. 의부증에 사로잡힌 여자처럼 묻고 또 묻고…….

결국 유립은 몰아세우는 어머니더러 이젠 아들 말도 못 믿느냐고 버럭 화까지 냈다.

유립이 너무 강력하게 부인하고 화를 내자 다소 의심이 풀린 모양이었다. 겁도 난 모양이었다. 마지못해 최 여사는 어름어름 물러섰다. 그러나 여전히 의심을 지우지 못한 눈동자를 한 채 몇 번이고 정말이지? 하고 채근했다.

다시 한 번 좔좔좔 쏟아지는 레퍼토리. '내가 널 어떻게 키웠는데'가 시작되었다. 팔자가 어떻고 저떻고……. 그 집안 인간들이라면 치가 떨리느니 어쩌느니……. 지겹게도 세뇌당했던 과거의 추한 인연들에 대한 한탄과 푸념과 원망을 몇 시간이고 들어야만 했다.

"행여 만에 하나라도 말이다, 그 애 다시 만나고 이상한 소문나고 그러면 정말 이 엄마 죽는다. 다시는 눈도 마주치지 않을 거지?"

"그런 말을 왜 해? 일어나지도 않은 일로 마음을 괴롭히시면 좋아요? 고정해요, 엄마. 제발! 걱정하시는 일 같은 건 절대로 일어나지 않아요."

유립은 얼굴빛 하나 변하지 않고 단언했다.

최 여사가 걱정하는 일은 일어날 리 없다. 만 점짜리 아들 유립이 어머니 표현대로 '꼴같잖게 건방지기만 한' 정세영과 인연 맺어 사귀는 일 따윈 절대로 없을 거다. 이미 그건 저질러진 일이었다. 조만간 세영은 유립의 애인이 아니라 아내가 될 것이다. 하찮은 연애질 따위를 왜 한단 말인가? 결혼할 텐데.

최 여사가 눈을 흘겼다. 섭섭하다 입이 튀어나왔다.

"얘는, 말 한마디도 안 했는데 엄마한테 고함만 질러. 너 요새 왜 이렇게 엄마한테 못되게 구는데?"

"엄마가 말도 안 되는 말로 날 귀찮게 하니까 그렇지! 별일 없으면 집에 들어가요. 영감, 오늘 아프대. 아까 집에 들어갔다고."

이 회장이 정말 어디 아픈 건 아닌지, 요 며칠 심각하게 관찰 중이었다. 일본 다녀온 후부터이다. 그 나이에 해외출장이 힘들었던지, 얼굴이 시커멓게 변해 있었다. 몇 끼를 얻어먹지 못한 듯 볼 살이 홀쭉해져 있었다. 기어코 오늘은 두 시간도 넘기지 못하고 집으로 퇴근하는 것을 지켜보았다.

어머니의 표정에 깜짝 놀란 기색이 스쳤다.

"너희 아버지 벌써 퇴근했어? 많이 아프대? 어디가 어떻게 아프대?"

"몰라. 몸살인 모양이지. 해외를 그렇게 뻔질나게 나다니는데 당연히 힘들지. 아버지 나이도 칠순이야."

유립은 시큰둥하게 대꾸하고 어머니를 재촉했다.

"일어나요. 빨리 집에나 가셔. 가서 아버지 좋아하시는 도가니탕이라도 끓여요. 아파서 퇴근한 분 아냐. 이럴 때나 좀 잘해줘요."

"내가 끓인 걸 드시기나 하면? 너희 아버지 입맛이야 까다로운 건 세상 사람이 다 안다."

"음식이 맛이야? 정성이지. 밉다 해도 같이 늙어가는 마누라 아냐. 엄마가 정성 들여 해드리면 아버지, 겉으로는 그래 보여도 속으로는 좋아하셔. 가요. 가서 도가니탕 끓여요. 나도 저녁때 들어갈게."

"알았어. 엄마 들어갈게. 그나저나…… 정말 아닌 거지?"

"뭐가 또— 오?"

"거짓말하는 거 아니지? 고모님 댁에서 만난 그 애 말이다. 진짜 우연히 만난 사이지?"

"엄마!"

또 시작이다. 단칼에 잘라 버려야겠다. 짜증이 서린 유립의 눈초리에 최 여사가 흠칫했다. 찔끔하는 눈초리로 커피를 한 모금 마시며 딴청을 피웠다. 그러다가 갑자기 의기양양한 얼굴로 허리를 죽폈다.

"허기는 이제 끝난 일이기도 하다만은. 마음이 있다 해도 그 요망한 것이 너에게 감히 접근하지 못할 게다. 내가 단단히 단속해 놓았다."

까딱했으면 코로 커피를 게워낼 뻔했다. 청천 날벼락이 쳤다. 기가 차서 유립은 어머니를 노려보았다.

"지금 무슨 말씀을 하시는 겁니까?"

"아, 아니, 아까 말이다. 누굴 좀 만났지 뭐야."

"누구요?"

"아, 그……."

"그? 그 누구요?"

갑자기 명치끝이 쓰려오기 시작했다. 긴장하여 주먹을 쥔 손에 땀이 축축이 차오르기 시작했다. 빨리 말하라는 듯이 노려보는 아들의 눈을 최 여사가 이리저리 피했다.

"엄마!"

"그 집 외숙모 되는 사람들."

아이고! 속 시원하다, 말은 안 했어도 딱 그런 표정이었다. 나 잘 했지? 하는 얼굴이었다. 시커멓게 변해가는 아들의 안색을 보지 못한 것인가. 아니면 일부러 눈치를 채지 못한 척하는 것인가. 영혜는 끝끝내 자신이 잘했다고 주장했다.

"딸년 간수 좀 잘하라고 그랬다, 왜?"

"뭐라구요?"

"멀쩡한 남의 집 아들 홀려서 웃음거리 되게 만들지 말라고 충고 했지. 아휴, 어찌나 속이 시원하던지. 점잖은 척 고개 빳빳이 치켜 들고 다니던 그네들이 풀이 팍 죽어서 말이다. 허둥지둥 돌아서 나가는 꼴에 내가 십 년 먹은 체기가 다 가시더라."

"……세영이 외숙모님들더러 딸 단속 잘하라고 영부인께 전하라 하셨다고요?"

머릿속이 하얗게 변하는 느낌이었다. 아무것도 보이지 않고 아무 것도 들리지 않았다. 예상치도 못한 너무 큰 충격에 유립은 순간적으로 멍해지고 말았다.

"망신도 그런 망신이 어디 있어? 말이 되어야 말이지. 이혼한 전 남편 아들과 저들 딸년이 어디 될 인연이냐고."

"엄마, 정말 그런 말을 했어요?"

"그래, 그랬다. 왜, 내가 못할 말을 했니? 우리 잘난 아들에게 고 앙큼한 것이 철없이 반해서 일 치면 어쩌냐? 걱정돼서 내 미리 못 박았다. 왜?"

눈앞이 노래졌다. 바닥이 빙글빙글 돌고 있었다. 유립은 탁자 모 서리를 움켜쥐었다.

하느님, 맙소사! 지금 일이 어떻게 굴러가고 있는 거지?

내내 공들여 용의주도하게 세워두었던 모든 계획들이 엉망진창 이 되어버렸다. 시작도 하기 전에 난마처럼 얽혀 버렸다. 어쩌면 좋 지? 이 사태를 어떻게 수습하지? 어머니가 이렇게 대놓고 말도 되 지 않는 난리를 부릴 줄을 꿈에도 생각하지 못했다. 세영의 집안에 대하여 가진 뿌리 깊은 앙심과 아들에 대한 이기적인 소유욕을 너 무 과소평가했다.

'이럴 때가 아니야. 늦기 전에 세영이 데리고 도망가야 해!'

유립은 두 번 생각할 사이도 없이 자리를 박차고 일어섰다. 뒤에 서 어머니가 소리쳐 부르는 것도 아랑곳하지 않고 뛰쳐나갔다.

그들에게 허락된 시간은 이제 단지 몇 시간뿐이다. 어머니의 부 주의하고 왜곡된 말 한마디가 엄청난 태풍을 몰고 왔다. 세영의 부모님이 그들의 관계를 알게 될 것은 이제 시간문제였다.

차에 시동을 걸며 휴대전화를 눌렀다. 무슨 일이 있더라도 지금 세영을 만나야 했다. 헤어질 때는 헤어지더라도 도망이나 쳐보고 죽어야지.

검정색 페라리가 굉음을 내며 서울 거리를 질주하기 시작했다.

같은 시각, 세영은 율리우스와 함께 호수가 있는 교외의 이태리 음식점에 앉아 있었다.

[너무 오래 나와 있었나. 우리나라 음식이 그리워.]

[그리스 음식을 원했다면 다른 곳을 가자고 했어야지.]

[슬슬 귀국해야지 싶어.]

율리우스가 냅킨을 놓았다. 먼 곳을 응시하며 중얼거렸다.

[주키니(호박)가 든 무사카가 먹고 싶어.]

[무사카 좋지.]

세영도 맞장구를 쳤다. 그가 몸을 바로 하고 그녀를 정시했다.

[사흘 후에 한국을 떠날 작정이다.]

[그래서?]

[어제 내가 네 아버지를 만난 이야기를 왜 묻지 않지?]

[내가 관심을 가져야 하는 거야?]

세영은 은포크로 우아하게 딸기 한 알을 찍어 입안으로 가져가며 대꾸했다. 건너편에 앉은 율리우스의 눈이 번쩍 빛을 발했다

[한 달 후에 네가 런던으로 떠난다는 정보를 주시더군.]

[당신의 홈그라운드이니, 잘해보라는 말씀?]

[외국인 사위를 얻는 것에 대해 별다른 거부감을 갖지 않을 거라고 말씀하셨어. 상당히 용기를 얻었지.]

[카이사르, 아예 우리 아버지랑 같이 살지 그래?]

그가 한 손으로 턱을 어루만졌다. 초조할 때 나오는 버릇이었다.

[로즈, 내 청혼에 대한 대답을 오늘 해주기로 한 것 같은데?]

[서두르지 마, 카이사르. 신중하지 못해 보여.]

세영은 냅킨을 들고 입술을 닦았다. 핸드백을 열어 콤팩트를 꺼냈다. 화장을 점검하고 콧등을 톡톡 두들겼다.

율리우스가 스푼으로 접시를 툭툭 두들겼다. 더 이상은 참아낼 수 없다는 성마른 심정의 표현이었다.

세영은 눈을 치켜들었다. 긴 속눈썹을 깜빡거리며 애교있게 대꾸했다.

[내 대답 짐작하고 있으면서 왜 그래, 당신?]

[거절……?]

세영은 가타부타 대답 없이 물잔을 들고 생긋 웃어주었다. 율리우스가 낮은 목소리로 물었다.

[이유는?]

[당신이 너무 오만한 흰둥이라서.]

가차없이 찔러들었다. 세영은 생긋 웃으며 대꾸했다. 아주 유쾌하게 윙크를 했다.

[게다가 당신은 너무 잘났어. 바람둥이란 말이지. 우리 아버진 나라면 하늘처럼 떠받들고 사는 사내라야 만족하신대. 거기서 불합격이었어. 하나 더, 결정적으로 내가 당신을 사랑하지 않잖아.]

검회색 눈동자가 번쩍 어두운 빛을 뿌렸다. 그가 푸딩 스푼을 놓고 몸을 바로잡았다. 아주 진지하게 되물었다. 노여움보다는 흥미로움이 그 눈에 담겨 있었다.

[어차피 결론은 이미 나 있었군, 로즈. 그런데 나를 내내 애태운 이유가 뭐지?]

[십 년 만에 도래한 복수의 달콤함을 맛보면 안 된다는 거야, 카이사르?]

세영은 뻔뻔하게 되물었다. 생긋 웃으며 사내의 상처 난 심장에 시디신 식초를 뿌렸다. 율리우스가 마지막으로 헛된 애원을 시도했다.

[사랑한 이유로 지옥을 맛본 날 동정해 줘.]

[당신이 왜 용서받지 못한 줄 알아?]

동정 대신 세영은 되물었다. 남자가 눈썹을 치켜 올렸다.

[왜지? 난 널 위해 최선을 다했다고 생각했는데. 그때나 지금이나 말이야.]

[당신이 나에게 목숨을 걸지 않았거든. 십 년 전, 나라면 그 지옥에 같이 내려갔어. 죽어도 같이 죽자 요구했을 거야. 사랑하는 사람이 없는 세상을 사느니 차라리 같이 죽는 것을 택했을 거야. 당신은 그것 못했잖아. 목숨 건 사랑을 못하는 남자, 매력 없어.]

[그렇군.]

세영은 씩 웃었다. 손을 내밀어 남자의 조각 같은 턱을 어루만졌다. 왼쪽 볼에 깊이 남은 그녀의 흔적을 살며시 쓸어내렸다.

[진지하게 제안할게. 돈을 좀 보태줄 테니 카이사르, 이 상처 수술해.]

[왜?]

[내 남자가 아주 싫어해. 심지어 그것이 증오로 만든 상처라 해도 당신 몸에 내 흔적이 남아 있는 게 싫대.]

[……네 남자, 강적이야. 인정해 주지.]

[좋아. 내가 왜 당신에게 돌아가지 않는지 내 남자의 존재로도 충분한 설명이 되었다고 봐. 내가 당신 때문에 느꼈던 모든 감정의 지옥들을 당신 역시 배로 맛보아야 그게 정의인 거지. 조만간 내가 결혼하면 초대장은 보내줄게. 물론 선물도 들고 와줄 거지?]

[이유립, 아니, 렉스? 하찮은 샐러리맨인 줄 알았더니 경산그룹의 황태자였어. 마음에 아주 들어. 그 자식이 날 파헤쳤듯이, 나도 그 자식을 파헤치고 싶게 만들었어.]

세영은 고개를 획 돌렸다. 느긋한 동작으로 의자 등받이에 몸을 기대는 율리우스를 노려보았다.

[뭐 하자는 수작이야, 당신?]

[네가 지금 원하는 게 그 남자와의 결혼인가, 로즈?]

세영은 손을 흔들어 옆자리의 박 팀장과 강 실장을 물러앉게 했다. 아주 흥미로운 눈빛을 가장했다. 팔꿈치를 탁자에 고였다. 얼굴을 가까이한 채 달콤한 미소를 날렸다.

[사랑스런 카이사르, 어디까지 알고 있지?]

[그 사내 이름만 들어도 네 아버지가 아주 혐오스런 눈빛을 한다는 것.]

세영의 심장이 두근거렸다. 차가운 물방울이 똑똑 떨어져 피를 식히는 것 같았다. 설마 아버지 앞에서 율리우스가 유립을 두고 그녀의 남자라는 헛소리를 한 것은 아니겠지? 하지만 별일 아니라는 척, 태연한 척 끝까지 생글거려 주었다.

[내 아버지 앞에서 왜 그 사람 이름이 나와야 했는지 모르겠네.]

[아, 별거 아냐. TK를 버리고 GS텔레콤하고 계약을 맺은 이유를 묻기에 그 남자에 대한 개인적인 호감이라고 말했을 뿐이야. 네 아버지, 등잔 밑이 어두운 것 같아. 네가 그를 만나는 것을 감추기 위하여 나를 이용하고 있다는 것은 꿈에도 모르더군. 나와 데이트한다는 핑계를 대고 네가 그 남자 아파트에서 뒹구는 것은 더더욱.]

이 사내도 만만치 않은 남자라는 것을 잠시 잊었다.

턱을 고인 채 한 손가락을 물었다. 반쯤 젖은 손가락 끝으로 부드럽게 율리우스의 입술을 건드렸다. 반은 애무, 또 반은 조롱, 여자의 교활한 도발 앞에서 남자가 씩 웃었다.

세영은 방그레 웃으며 칭찬해 주었다.

[대단하신 정보력이야. 그래서? 설마 내 남자를 질투해서 내 사랑에 초치려는 건 아니지?]

[너, 이루지 못할 사랑에 빠져 질투로 광란하는 사내가 어떤 짓이든 저지를 수 있다는 것을 아직도 모르나?]

세영은 깔깔대고 웃고 말았다. 이 세상에 절대로 협박에 굴하지 않을 여자가 있다면 그녀 자신뿐이다.

[오호! 자기, 협박? 아니면 거래?]

[둘 다 아냐.]

[그러면?]

[약간의 호기심. 나의 로즈가, 어떤 남자든 얻을 수 있는 그녀가

왜 그 녀석만은 꽁꽁 감추고 있을까.]

[약간의 방해 요소들을 아직 완전히 제거하지 못했어. 그나저나 내 남자를 파헤친 소감이 어때?]

[아주 닮았더군, 너희 둘. 내가 널 미치도록 사랑하는 게 아니라면 얻게 해주고 싶을 정도. 링에서 뻗었을 때 그럭저럭 인정한 것 같아. 매력적인 사내였어.]

[당신을 차버리고 새로 얻은 남자인데 당연히 최고여야지, 카이사르. 당신을 거절한 것에 대해서 끝까지 앙심을 품지 않을 거지?]

율리우스가 세영를 건너다보았다. 말 그대로 순수한 호기심이 눈동자 속에 어려 있었다.

[왜 드러내 놓고 사귀지 않는 거지? 당당하고 자신감 넘치는 너라면 어떤 경우에든 숨기고 감추는 것이 있을 거라고는 생각하지 못했는데?]

[당신이 이해하지 못하는 한국적 인습을 설명할 필요는 없겠지.]

[말해봐. 옛정을 생각해서 내가 널 도울 수도 있을지 모르잖아?]

세영은 짙은 검회색 눈동자를 말끄러미 바라보았다. 모란꽃처럼 붉어진 미소를 한가득 베어 물었다. 작은 팁으로 남자의 볼에 키스해 주었다. 그 키스의 대가로 더 큰 것을 받아내리라고 마음먹으면서.

[언젠가는 그 약속을 지켜. 말하자면 이런 거지. 그 남자의 아버지가 내 어머니와 한때 결혼한 사이였거든.]

[의붓남매도 아니고 이복남매는 더더구나 아냐. 뭐, 어때?]

[그러게 말이야. 하지만 한국적 체면과 관습이라는 게 존재하지.]

세영은 한숨을 쉬었다.

[보이지는 않지만 아주 두텁고 징글맞고 단단한 것이 있어. 우린 어떻게 하면 그 벽을 효과적으로 소리 없이 깨부술까 탐색 중이야.]

[건투를 빌 만큼 내가 널 미워하지 못해 유감이다.]

[괜찮아. 날 방해하지만 않으면 돼. 공항에는 나가줄게.]

율리우스가 손을 저었다. 과장되게 실의를 내보이며 어깨를 으쓱했다.

[나를 거절하고 더 멋진 남자를 만난 옛 여자를 다시 보고 싶지는 않다. 미련 맞아지잖아. 내 자존심도 아직 많이 남았거든.]

세영은 의심쩍은 눈초리로 율리우스를 노려보았다. 느닷없이 다시 시작하자며 나타났던 때의 기백이나 아버지를 만났을 때 보였던 집착과 자신감과는 달리 지나치게 쉬이 물러나는 것 아닌가. 겉으로는 무심한 척하되, 컴컴한 꿍꿍이가 따로 있는 것 같아 어쩐지 좀 찜찜했다. 속을 떠보듯이 세영은 화사하게 웃었다.

[당신이 이러면 내가 섭섭하지, 카이사르. 십 년 만에 재회한 첫사랑을 배웅조차 하지 않을 만큼 내가 옹졸한 여자로 보여? 당신이 한국에서 얻어가는 모든 성과들, 내 공이 오십 퍼센트라는 건 알고 있을 테지?]

청혼은 청혼, 사업은 사업. 대통령과의 비밀 회담을 통해 율리우스는 그리스 정부를 대신해서 해군력 증강을 위한 비밀 프로젝트를 성사시켰다. 덤으로 유럽 은행이 가장 필요로 하는 비밀자금의 유동성에 대한 긍정적인 답변까지도.

[받은 만큼 갚아, 카이사르. 당신, 나에게 확실하게 빚진 거야. 잊

지 말라고.]

[기억해 두지. 하지만 정말 부탁해. 공항에는 나오지 마. 내가 그때 무슨 짓을 저지를지 모르니까.]

[멋지다. 혹시 날 납치할 생각 하고 있어?]

[못할 것도 없지. 사실은 정말 진지하게 그래 볼까 생각중이야.]

[매혹적이야. 나 당신에게 납치당하면, 비행기 안에서 그거 할 수 있겠다. 그지?]

천진난만한 표정을 가장하며 세영이 맹하게 되묻자 율리우스가 포크를 들어 세영을 찌르는 시늉을 했다. 여전히 그의 눈빛은 읽어 낼 수 없는 컴컴한 미로 같았다.

[네 아버지 나라에서나마 억지로 신사처럼 굴려는 나를 더 이상 자극하지 마. 난 이미 한계야.]

그때였다. 전화를 받으러 나갔던 강 실장이 다가왔다. 대화가 방해받은 셈이라 두 사람은 동시에 눈살을 찌푸리며 돌아보았다.

"무슨 일이죠?"

"죄송합니다. 여사님께서 지금 급히 찾으십니다."

"엄마가 왜? 보다시피 대화 중이에요."

"지금 당장 모시고 들어오시라는 분부이십니다. 손님께서도 양해해 주실 겁니다. 아주 급한 일이랍니다."

"좋아요. 차 앞에서 기다려요. 나가죠."

상관없다는 뜻으로 율리우스가 두 손을 들어 보였다. 마지막으로 굿바이의 키스를 남기고 세영은 일어나 식당을 걸어나왔다.

막 출입문을 열려는데, 휴대전화가 따르르 울었다. 유립이었다.

〈어디냐?〉

"엄마 호출. 관저로 가는 중이야. 왜?"

휴대전화 속의 화면에 비친 유립의 얼굴이 시커멓게 굳어 있었다.

〈세영아, 너 거기 가면 우리 다시 못 본다. 이대로 도망쳐서 내게로 와.〉

세영의 발길이 우뚝 멎었다. 숨이 멎었다. 마침내 두려워하고 전전긍긍하던 그 일이, 그 순간이 닥쳐온 것인가? 다급하게 물었다.

"무슨……? 왜 그래?"

〈미친다! 우리 엄마가 산통 다 깼다. 이판사판이다. 도망가자.〉

'그러지 뭐' 하고 대답하려다가 세영은 다시 아차 했다. 힘없이 중얼거렸다.

"여권이 없어."

〈뭐? 왜?〉

"엊그저께 갱신한다고 강 실장이 가져갔어."

유립이 상욕을 내뱉었다. 미치겠네! 그가 한 손으로 머리털을 벅벅 긁었다. 몇 번 얼굴을 쓸어내리더니 고개를 번쩍 들었다.

〈제길! 이가 없으면 잇몸이다. 우리 집으로 가자. 아버지께 너랑 결혼한다고 할 거다. 지금으로써는 힘 빌릴 데가 영감밖에 없어. 죽이 되든 밥이 되든 정면승부다.〉

"응, 알았어."

〈시청 앞이다. 무조건 달려와. 알았지?〉

마침 가게 앞에다 손님을 내려놓는 모범택시가 한 대 있었다. 강 실장이 채 막을 사이도 없이 세영은 미친 듯이 달려갔다. 막 출발하려는 택시에 막무가내 올라탔다. 그리고 다급하게 고함을 쳤다.

"아저씨, 빨리 달리세요! 돈은 더블로 드릴게요! 어떤 미친놈이 따라오고 있어요! 어서요!"

유립은 약속한 대로 시청 앞 도로에 비상등을 켜놓고 기다리고 있었다. 세영은 유립의 차로 재빨리 달려갔다. 그녀가 조수석의 문을 닫기도 전에 유립은 차를 출발시켰다.

행여 세영이 이미 부모님 곁으로 끌려갔을까 봐, 다시는 영영 보지 못할 곳으로 떠났을까 봐 운전을 해 이곳으로 오는 동안 그는 거의 제정신이 아니었다. 수없이 제기랄, 제기랄을 되뇌면서 머리를 쾅쾅 박았다.

전혀 예상하지도 못한 곳에서, 전혀 예기치 못한 복병이 나타날 줄이야. 어머니의 섣부른 간섭과 멍청함 때문에 모든 일이 망쳐졌다.

"정세영, 아무래도 우리 둘 큰일 난 것 같다."

거미줄 같은 침묵이 차 안에 가득했다. 눈에 보이지는 않지만, 꼼짝달싹도 할 수 없게 옥죄어드는 인습이란 이름의 투명한 거미줄. 그까짓 것! 하고 함부로 짓뭉개 버릴 수 있을 거라 생각했지만 정작 현실로 부딪치고 나니 아득하기만 했다.

유립의 말이 끝날 때까지 세영은 침묵했다. 괄괄한 성격답게 '맙소사! 아이고, 큰일 났네!' 하고 난리를 칠 법도 했건만, 표정 하나 까딱 않고 미동없이 그의 이야기를 끝까지 들었다. 괜찮아. 다 말해

봐요. 이해할 수 있어. 그런 말을 하는 것처럼 유립의 손을 꼭 끌어 안고 이야기를 들어주었다.

몇 분의 침묵 후에 딱 한마디, 탄식이었다.

"……미치겠네. 우리 엄마가 날 부르신 것도 그럼 경고하기 위해 서겠군. 난 아직 폭풍 속으로 뛰어들어 갈 마음의 준비가 안 되었단 말이야. 이거 너무 빠른 것 아냐?"

"누군 된 줄 알아? 젠장! 여하튼 너를 만난 이후로 제대로 돌아가 는 게 아무것도 없어. 이제 어떻게 하지, 우리?"

초조하게 중얼거리는 유립을 바라보는 세영의 눈에 문득 안쓰러 움 같은 것이 묻어났다. 망설이지 않고 이내 세영이 유립의 팔에 얼 굴을 묻었다. 그가 운전을 하는 것도 아랑곳하지 않고 목을 팔을 감 았다. 볼에 부딪치는 온기, 부드러운 손이 비쭉 수염이 돋기 시작하 는 턱을 어루만졌다. 아주 한가하게, 그들이 처한 급박한 상황과는 전혀 상관없이 예사로운 말이 입에서 흘러나왔다.

"수염이 그새 많이 자랐네."

"아침에 면도해도 늘 이래."

"따끔거려. 당신이랑 사랑하고 나면 항상 피부가 빨갛게 된단 말 이야."

"앞으로는 면도에 좀 더 신경 쓰도록 하지."

"하지만 이대로도 좋아. 더 거칠고 섹시해 보이거든?"

함박꽃잎 같은 웃음이 가물가물 눈 속으로 너울거렸다.

유립은 자신들이 미쳤다고 생각했다. 터지기 일보 직전인 폭탄을 앞에 두고도 이렇게 함께 온기를 맞대고 오롯이 둘만인 이 시간이 그저 행복하다. 앞이 보이지 않은 어둠과 심연이 기다리고 있다 해도 이렇게 눈동자를 들여다보며 서로의 존재 안에 담긴 자신을 발견하는 순간, 몸이 부서지도록 기쁘고 만족하다. 짓궂은 웃음이 찰랑거리는 귀여운 얼굴, 유립은 충동적으로 세영의 팔을 잡았다.

"내가 너 사랑한다고 말했니?"

"사랑이 아니라며?"

그 말이 그리도 섭섭했던가? 세영은 끝까지 심술을 부린다. 골을 내는 척한다. 유립은 고개를 흔들었다. 그래, 아직은 사랑이 아니다, 아직은.

사랑이란 건 이렇게 쉬이 얻어지는 것도, 만들어지는 것도 아니다. 층층이 겹겹이 쌓인 믿음과 신뢰와 배려와 삶이 모여 만들어진 케이크 같은 것이다. 그들은 이제 겨우 언약이라는 밀가루와 열정이라는 달걀을 깨뜨려서 함께하는 삶이라는 그릇에 담고 휘저으려는 참이다.

"사랑한다는 말은 한 오십 년 살아보고 해줄게. 그 대신 이 말은 할 수 있어."

"뭐?"

"널 만나지 못한 지난 세월, 난 그냥 반쪽이었던 것 같아. 진짜 내가 아닌 가짜였어."

유립은 숨을 죽인 채 사랑 고백을 기다리는 그의 여자를 응시했다. 가만히 자신의 품 안으로 끌어당겼다. 딱 맞는 요철. 그들은 둘이었고 동시에 하나였다. 언제부터 그녀가 품 안에 있는 것이 세상에서 가장 자연스러운 일이 되었을까? 유립은 한숨처럼 속삭였다.

"이제 완전해. 네가 숨쉬는 것, 그건 내가 숨을 쉬는 거야. 네가 보고 느끼는 것, 내가 똑같이 하는 거야. 네가 내 옆에 없으면……. 세영아, 난 그냥 가짜야. 절대로 날 가짜인 허수아비로 만들지 마. 무슨 일이 있더라도 널 내 여자로 둘 거야. 그러니 너도 약속해."

유립은 맹세의 각인으로 세영의 이마에 짧은 입맞춤을 했다.

"어떤 일이 있더라도 날 단념하지 마. 우리 자신의 삶에, 존재에, 영혼에 우리 서로만을 담고 심겠다고 맹세해."

그의 신부 또한 그러겠다고 맹세했다.

그럼에도 무서운 것은 어쩔 수 없다. 아무리 담대한 세영이라 해도 이러한 비상사태 앞에서 계속 태연자약한 척하기란 쉽지 않은 일이다. 한숨과 함께 나직하게 중얼거렸다.

"우리가 같이 들어가면 자기 집에서 난리나겠다. 그지?"

"어쩔 수 없어. 지금으로서는 힘 빌릴 데가 우리 영감밖에 없어. 너희 아버지하고 맞짱 뜰 수 있는 힘이나 배포를 가진 사람은 이 나라에서 우리 영감뿐이거든."

세영도 그 점에 있어서는 동의하는 바였다.

"하아. 내가 우리 엄마 딸이라는 걸 알면 자기 부모님, 뒤로 넘어가실 텐데! 자길 죽이려들걸?"

"할 수 없어. 만나는 여자 있으면 데려오라고 한 게 영감이니까. 자기 말에 책임을 져라 이거지."

유립이 뚝뚝하게 내뱉었다. 아무리 못마땅해도 아들인데 설마 자신의 손으로 사지死地로 밀어 넣는 짓은 하지 않아주기만을 바랄 뿐이다. 마지막 기대요, 유일한 소망이었다.

승용차가 가회동 대문 앞에 도착했다. 유립은 세영의 손을 꽉 잡았다.

"준비됐어?"

"당신은?"

"나야 항상 올 레디지."

"좋아. 나도 준비됐어. 눌러!"

몇 시간 전 미친 사람처럼 헐레벌떡 뛰쳐나간 아들이 멀쩡하게 집에 나타났다. 의아한 터로 최 여사가 인터폰 안에서 쨍알거렸다.

〈너, 도대체 어떻게 된 거야? 전화도 안 받고, 회사를 그렇게 무단 조퇴하면 돼?〉

그래도 아들이 왔으니 좋다. 현관까지 나와 손수 문을 열어주던 최 여사가 입을 딱 벌렸다. 천연덕스러운 얼굴로 미소까지 머금은 채 나란히 선 두 사람, 유립과 세영을 바라보는 순간이었다. 석상이 된 것처럼 그 자리에 붙어버렸다. 얼굴이 하얗게 질렸다.

어머니의 안색과는 상관없이 유립은 우렁찬 목소리로 말했다.

"엄마, 내 여자 데려왔어."

세영도 눈 딱 감고 생글생글 웃었다. 두 손을 가지런히 앞으로 모았다. 유립의 어머니, 이제부터 시어머니가 되는 최 여사에게 인사를 했다.

"안녕하세요? 어머님, 정세영이에요. 절 받으세요."

무어라 말을 하기는 해야 하는데 할 말이 없다. 충격도 어느 정도여야 정신을 차릴 수 있는 거다. 금붕어처럼 입만 뻐끔뻐끔 벌어질 뿐 말이 나오지 않았다. 너무 기막혀 차마 입이 떨어지지 않는 것이었다. 현관에 딱 굳어진 최 여사 앞에 유립과 세영은 무릎을 꿇었다. 아주 공손하게 큰절을 올렸다.

"이. 이! 이, 이 미, 미……! 미친……."

절을 받는 순간, 둘의 관계를 받아들이는 것이 된다. 그것을 갑자기 깨달은 듯 최 여사가 비명을 질렀다.

"나, 나갓! 당장 나가라고! 가, 감히 어디서……. 이, 이 망할 것들!"

최영혜 여사 평생, 그날 처음으로 현명했다. 그런 다음 그대로 기절을 해버렸으니까.

"사모님!"

가정부가 비명을 질렀다.

부축을 받으며 어머니가 안방으로 사라지는 것을 보며 두 사람은 일어났다. 세영은 유립을 바라보다가 어이없어 종알거렸다.

"당신 엄마, 너무 심하지 않니? 나를 보자마자 기절을 하시다니……. 내가 그렇게 못생겼나?"

"기절이라도 해서 가혹한 현실에서 도피를 하고 싶으셨겠지. 난 엄마가 내 머리털이라도 뜯을 줄 알았는데 그건 아니라서 다행이다."

"머리채를 뜯을 사람은 다른 데 계시지. 이제는 이쪽 벌통 사정 좀 보자, 자기야."

세영이 핸드백 안에서 휴대전화를 꺼냈다. 전원을 넣자마자 전화벨이 울리기 시작했다. 세영은 유립의 가슴에 등을 기댔다. 심호흡을 하며 경고했다.

"마음 단단히 먹어. 울 아버지 무서운 분이시란 말이야. 아, 엄마다."

화면에 새파랗게 질린 영부인의 모습이 나타났다. 그녀의 등 뒤로 안절부절못하는 비서실장의 얼굴이 언뜻 비쳤다 사라졌다. 경호원들로부터 드디어 딸애가 친 대형사고에 대해 보고를 받은 것이 분명했다.

세영은 짐짓 태연하고 명랑한 목소리로 먼저 인사했다.

"엄마, 안녕?"

〈너, 거기 대체 어디냐?〉

"유립 씨네 집이요. 어른께 인사드리려고 같이 왔어요."

〈얘가, 얘가! 너 대체 어쩌려고 이런 짓을 한 거야? 아니다. 전화로 할 이야기가 아니다. 당장 이리로 오너라. 와서 이야기하자. 정세영, 엄마랑 이야기 좀 하자.〉

"좀 있다 갈게요. 아직 유립 씨 아버님을 뵙지 못했거든요 인사는 드리고 가야 그게 도리죠. 참! 엄마, 유립 씨, 엄마 사위가 인사한대요."

세영은 끝까지 뻔뻔함을 고수하기로 작정했다. 어차피 이판사판 아닌가. 그에게 전화기를 넘겼다. 유립이 전화기를 받아 들었다. 기가 막히다 못해 망연자실했다. 영부인이 한 손으로 이마를 짚으며 바닥으로 꺼지는 것을 보았다. 끝까지 히죽 사람 좋은 웃음을 머금었다. 아무것도 안 보이고 안 들리는 양 넙죽 허리를 굽혀 인사를 했다.

"어머니, 이유립입니다. 내일 찾아뵙겠습니다. 씨암탉 해주십시오!"

　기가 막히다 못해 까무러칠 일이었다. 믿고 싶지 않은 잔인한 현실을 피하고 싶은 마음뿐이었다. 수화기 저쪽의 영부인도 실신했다.

part
07

이별, 영 이별. 아니, 안 이별

새벽 1시 26분쯤.

새파랗게 질린 얼굴을 하고 정동욱 대통령 내외께서 득달같이 서울 유립의 집으로 들이닥쳤다. 철없고 배포 큰 막무가내 한 쌍을 사이에 두고, 마침내 이지헌 회장 내외와 정동욱 대통령 내외께서 맞불이 붙은 것이다.

철썩!

난생처음 세영은 아버지에게 매라는 것을 맞았다. 그것도 치욕적인 따귀를, 인정사정없이 사람들 눈앞에서 말이다.

"여보! 제발 참으세요. 아무리 그래도 그렇지, 어떻게 딸애한테 손을 대세요?"

맞은 사람은 딸인데 비명은 영부인이 질렀다. 정 대통령이 나직하게 오금을 박았다. 눈에 시퍼런 빛이 줄기줄기 흐르고 있었다.

"말귀 못 알아듣는 녀석은 맞아야 정신을 차리지. 이놈의 자식! 어디서 감히 이런 짓을 해?"

지금 누가 눈에 들어오겠는가? 이 상황에서 체면 찾고 예의 찾는 게 이상하지. 대통령이 딸에게 윽박질렀다.

"당장 나오지 못해?"

"안 가요. 안 갈래요."

"이 녀석이 정말!"

"유립 씨 사랑해요. 같이 살 거예요. 반대하셔도 이미 늦었다고요."

천하에 그 무엇도 무서울 것 없는 담대한 성격이다. 하지만 이런 경우에는 간이 졸아드는 게 당연하다. 세상에서 제일 무서운 아버지께서 정말 화가 나셨다. 저절로 몸이 떨리고 소름이 돋았다. 억지로 태연한 척해 보아도 달달 떨리는 목소리를 어쩔 수 없었다.

다시 바람 소리를 내며 손이 날아왔다. 그 손을 허공에서 가로막은 사람이 유립이었다. 가늘게 흐느끼는 세영의 머리를 끌어안아 가슴 안에 감추었다.

시퍼런 불꽃이 이글거리는 유립의 눈과 정동욱 대통령의 눈이 정면으로 마주쳤다. 어느 누구도 감히 몇 초간 이상을 정시하지 못한다. 그런 무서운 눈빛을 그는 아무렇지도 않게 맞받았다. 소중한 연인을 안은 팔에 힘을 주며 말을 뱉었다.

"세영이, 제 사람입니다. 아무리 아버님이라도 함부로 이 사람한테 손대시면 제가 못 참습니다."

"못 참으면?"

"제가 맞아야죠. 별수 없잖습니까? 저를 치십시오!"

이번에는 최영혜 여사께서 목을 끌어안고 킥킥 자지러졌다. 망할 놈, 처음부터 제 여자 편들어 천지분간 못하는 팔불출, 이런 꼴이 되어서도 제 여자만 챙기고 있다. 그렇게 비명 지르고 싶은 듯했다.

정 대통령이 '이놈 좀 보게?' 하는 눈빛으로 째려보았다. 유립 역시 지지 않고 맞장을 떴다.

"고정하십시오, 아버님. 세영이 저 하나 믿고 제가 하자는 대로 한 죄뿐입니다. 그러니 저를 치시고 이 사람 그냥 놓아두십시오."

"아버님? 감히 누구더러 아버님이야! 버릇없는 것들, 배울 만큼 배우고 나이도 먹을 만큼 먹은 놈들이 하는 짓은 겨우 이 모양이야?"

이번에 유립이 따귀를 맞았다. 그를 후려친 사람은 이 회장이었다. 그래도 잘못했다 말하지 않는다. 죽어도 못 놓는다, 사랑한다고 아우성을 친다. 서로의 아버지들에게 '그 사람 때리지 말라' 애원하는 둘을 바라보며 네 사람 다 뒤로 넘어갔다.

"이, 이런 망할 놈들을 보았나!"

기가 차다 못해 이젠 놀라기도 힘겨웠다. 어쩔 줄 몰라 하며 안절부절못하던 영부인이 기우뚱 소파에 무너져 내렸다. 정 대통령이 아내의 어깨를 감싸 안았다. 죽어라 끌어안고서는 못 떨어진다 난리를 치고 있는 두 사람을 노려보는 눈빛이 시퍼런 칼날이었다. 넋이 나간 듯 바닥에 무너진 것은 유립의 모친 최 여사도 마찬가지였다.

"민망합니다, 어르신. 일단 오르시지요."

이 회장이 동욱 내외에게 잠시 진정하자 청했다. 양가 어른들이 일단 소파에 좌정했다.

"서 있지 말고 게 앉아."

날카로운 어조로 이 회장이 유립에게 명령했다. 세영부터 소파에 조심스레 앉히고 유립은 그 옆에 앉았다. 어깨를 꼭 끌어안고 어디 떼놓을 테면 떼놓아 보아라, 죄인을 취조하는 형사처럼 버티고 앉은 양가 부모 앞에서 시위示威했다. 무슨 일이 있어도 헤어지지 않겠다는 것을 시위하듯이 손을 잡고 딱 붙어 앉아 있는 꼴에 다시금 눌러두었던 노화가 치미는 모양이었다.

"어쩌자는 게냐?"

나직하게 말문을 연 사람은 지헌이었다. 유립은 당당하게 그 말을 맞받았다.

"결혼할 겁니다."

"말 같은 소리를 해."

"저더러 만나는 여자 있으면 데려오라고 하신 분이 아버지 아니십니까? 한입으로 두말하시려는 겁니까?"

"세 살 먹은 애도 아니고! 믿었는데! 이놈의 자식. 미친 게 아닌 다음에야 사고를 쳐도 유분수지!"

지헌이 버럭 소리쳤다. 아들을 노려보는 눈빛이 시퍼런 칼날 같았다. 하지만 유립 또한 지지 않았다. 한층 더 고개를 뻣뻣이 들고 당당하게 되받았다.

"몸과 마음 건강한 청춘남녀, 서로 깊이 사랑합니다. 그것 말고 중요한 게 뭐가 있습니까? 반대하신다고 그만둘 만큼 우리 둘, 시시한 연애한 거 아닙니다!"

"유립 씨 아니면 저 죽어요, 아버지. 사랑해요. 제발 우리 둘 떼놓지 마세요."

훌쩍훌쩍. 조용한 거실 안에 세영의 처량한 울음소리만 들렸다.

"네 분이 무슨 말씀을 하셔도 저, 세영이 포기 못합니다. 그리고 아버님, 이번 일은 다 제 책임입니다. 세영이 나무라지 마십시오. 제가 시작한 일입니다. 맞아도 제가 맞겠습니다. 욕을 들어도 제가 들을 테니 이 사람, 무섭게 하지 마십시오. 제가 책임지겠습니다."

"될 법도 아닌 인연 맺어, 겁도 없이 같이 살겠다고 나서는 그 철딱서니로 감히 무엇을 책임지겠다는 거야?"

유립이 채 말을 끝내기도 전에 동욱이 버럭 소리쳤다. 어지간히도 노여웠는지 잘도 감추었던 내심을 그대로 드러낸 목청이 몹시 거칠었다.

"책임을 지지 않았다면 벌써 우리 둘 헤어졌겠지요. 오다가다 원나잇. 단물 다 빨아먹고 뒤돌아보지 않고 헤어지면 그만 아닙니까? 하지만 전 세영이 사랑합니다. 이런 짓 할 만큼 사랑합니다. 평생 소유하고 싶고 같이 살고 싶었습니다. 우리 둘 같이 살아야 행복한 사람들입니다."

"결혼식은 아빠 임기 동안 안 할게요. 대신 여기서 살 거예요. 유립 씨 집에서 같이 살 거라고요. 계속 이렇게 반대하시면 저희들 콱 죽어요! 정말 우리 둘이 죽는 꼴 보실 거예요? 엉엉엉!"

세영도 훌쩍거렸다. 두 손까지 모아 비비며 애원했다.

"네놈이 눈이 뒤집혔지? 어떻게? 어떻게!"

영혜가 아들의 등을 쥐어뜯으며 절규했다. 퍽퍽 치며 울음을 터뜨렸다.

"널 어떻게 키웠는데! 이놈의 자식아! 요망한 계집애한테 미쳐 가지고 이게 무슨 꼴이냐? 엉?"

"요망한 계집애라니요! 기가 막혀서! 누울 데를 보고 발 뻗으랬 다고, 아들더러 할 일, 안 할 일 구분하게 가르쳐야지. 하긴 가정교 육이라는 게 어디 가나? 이 집 남자들, 어차피 남 생각 안 하고 제 맘대로 하고 사는 내력인 줄은 압니다만."

현수 역시 대놓고 딸애더러 '요망하다' 말하는 영혜의 발언을 그 냥 넘길 수는 없었다.

둘이 미친 짓 하는 것일랑 그 책임이야 둘이 똑같이 지는 것. 손뼉도 마주 쳐야 소리가 나는 법이다. 가만히 듣고 있자니 모든 죄 는 다 세영이 탓이라는 것인가? 아무리 여자가 난리를 쳐도 사내놈 이 꿈쩍하지 않아봐, 이런 일이 왜 생기나.

화도 나고 모욕받은 분忿도 나고. 심장이 벌렁거렸다. 자신도 모 르게 날카로운 목소리로 되받아치고 말았다. 빠지직. 두 어머니 사 이에서 푸른 섬광 같은 눈빛이 오갔다.

더 이상은 못 듣고 있겠다. 목불인견目不忍見. 이게 무슨 망신이고 추태인가. 이 집안 인간들하고 마주 앉는 것도 그러하거니와 말을 섞고 있는 것만으로도 견딜 수가 없을 지경이었다.

정 대통령이 벌떡 일어났다.

"임자, 그만하지. 더 이상 말은 필요없어. 허 실장, 이 녀석 데려 가지."

대통령의 말에 따라 현관머리에 석상처럼 서 있던 경호원 두 명이 다가왔다. 세영을 억지로 일으켜 세웠다.

"싫어요, 안 가요!"

세영은 흐느끼며 끝까지 유립의 옷자락을 놓지 않으려 했다. 그 또한 필사적으로 연인을 잡은 팔에 힘을 풀지 않으려 했다. 하지만 건장한 경호원들의 힘을 이길 수가 없었다.

"안 가요! 아빠, 싫어요. 유립 씨랑 살 거라고요!"

"데리고 나와!"

정 대통령이 현관머리에서 신발을 신고 돌아섰다.

더 이상은 말도 붙이지 못하게 하는 남편의 서슬이 무섭다. 현수도 따라서 주춤주춤 현관으로 내려섰다. 그녀 역시 망신스럽고 민망하고 치밀어 오르는 노화를 어찌하지 못해 늘 단아한 얼굴이 파랗게 질려 있었다. 동욱이 아내의 팔을 잡고 정중하게 허리를 굽혔다.

"불민한 여식 때문에 심려를 끼쳤습니다. 이 회장, 그럼 다음에 기별드리겠습니다."

경호원들에게 팔을 잡혀 질질질 끌려 나가던 세영이 '아파' 하며 고통스런 신음 소리를 냈다. 아랫배를 움켜쥐며 풀쩍 쓰러졌다.

"아파……. 유립 씨, 배 아파 죽겠어."

순식간이 실내가 경악의 침묵으로 가득 찼다. 영부인이 달달 떨리는 목소리로 확인했다.

"호, 혹시 이 애가 임신했나?"

유립은 속으로 한숨을 쉬었다. 배 아파 죽겠다고 소리치는 세영의 눈이 교활하게 빛나고 있었다.

'그럼 그렇지, 이 여우야.'

순순히 끌려갈 여자가 아니었다. 수단과 방법을 가리지 않고 필사적으로 온갖 술수를 다 부리고 있었다. 그렇다고 임신했다고 뻥까지 칠 줄은 몰랐다.

그러나 정 대통령은 눈 하나 까딱하지 않았다. 무서운 눈으로 딸을 노려보았다.

"일어서지 못해? 감히 지금 어디서 누굴 속여?"

아버지의 눈에 불꽃이 튀고 있었다. 진짜로 화가 났다는 뜻이었다. 더 이상은 생쇼를 부릴 엄두가 나지 않았다. 세영이 질질 짜면서 엉거주춤 일어섰다. 사형장에 끌려가는 사람처럼 비칠비칠 먼저 현관을 나섰다.

"그럼 다음에 뵙지요."

바람 소리 나게 먼저 동욱이 문을 나섰다. 영부인 역시 남편을 따라 나갈 수밖에 없었다. 그다음으로 자석에 쇠붙이가 끌려가듯이 십여 명의 수행원들이 줄줄이 따라 나갔다.

유립 역시 경호원들에게 양팔을 잡혀 저지를 당하고 있었기에 꼼짝도 할 수가 없었다. 세영이 끌려가는 것을 말짱하게 바라보면서도 어쩔 수가 없었다.

"씨발! 놓으란 말이야! 이거 놓으라고!"

고래고래 고함을 질러도 소용없었다. 그의 힘을 억누른 손길은 조금도 느슨해지지 않았다. 발길질을 하고 쌍욕을 하고 이리저리 몸을 비틀어 빠져나가려 했지만, 소용없었다. 대통령 일행이 사라질 때까지 로봇 같은 경호원들은 내내 그를 붙잡아 움직이지 못하게 했다.

마지막 승용차까지 사라지자 그제야 팔을 놓아주었다. 까불지 말라는 뜻인가? 아무 소리도 없이 그의 아랫배에 강한 주먹이 박혔다. 유립의 무릎이 턱 하고 꺾였다.

어찌할 수가 없어 멍하니 휴지뭉치처럼 주저앉아만 있었다. 그에게 다가온 사람은 이 회장이었다. 그때까지 내내 황당하여 넋을 놓아버린 얼굴이던 그가 비로소 정신이 든 듯싶었다. 거의 말 한마디도 하지 않고 우두커니 남처럼 앉아만 있던 지헌이었다. 매서운 바람 소리가 났다. 세차게 아들의 뺨을 후려갈겼다. 딱 한 마디만 하고 돌아섰다.

"미친놈."

평소 같으면 금쪽같은 내 아들 왜 때리느냐고 소매 걷고 덤벼들었을 최 여사, 이날만큼은 더 패주었으면 하는 표정이었다. 냅다 다다다다 달려와 아들의 등짝을 같이 내려치기 시작했다.

"이 망할 놈아, 네가 어쩌자고, 어쩌자고 그런 애를 데려와? 엉? 같이 죽자, 같이 죽어!"

따귀를 맞은 아픔도 느껴지지 않았다. 유립은 멍하니 바닥에 주저앉아 있기만 했다.

방금 전까지 그의 품 안에 있었던 따뜻한 온기를 되새기며. 그것을 영원히 잃어버릴 수밖에 없다는 현실을 받아들이려 애를 쓰며.

빼앗겼다. 다시는 보지 못한다. 다시는…….

사랑하는 그 여자를 안지 못한다. 다시는……. 숨을 쉬지 못한다. 다시는 행복해질 수 없다.

"으아아악악!"

짝 잃은 맹수가 거칠게 포효했다. 모든 것을 다 상실한 남자가, 아무것도 가진 게 없는 남자가 두 손으로 머리를 감싸며 사납게 울음을 터뜨렸다.

아주 조금의 힘을 빌리고 싶었다. 도와주지 않을 거란 것도 사실은 알고 있었다. 하지만, 하지만 쥐꼬리 같은 기대, 그래도 부모이니까. 아들이 그토록 원하는 여자, 사랑하는 여자, 지킬 수 있게 조금이라도 손을 빌려주었으면 하는 바람으로 이 대문을 들어섰다.

하지만 돌아온 건 역시 차가운 냉대였을 뿐이다. 더없이 냉랭한 내쳐짐뿐이었다. 그가 설 곳은 이제 세상 아무 곳에도 없었다. 그의 심장을 잃어버렸기에. 억지로 빼앗겼기에.

"내가 널 어떻게 키웠는데? 이 꼴 보려고 널 키운 줄 알아? 엉? 이 배은망덕한 놈아! 네가 어떻게 이렇게 엄마 뒤통수를 쳐?"

아들의 흐느낌도 아랑곳없이 영혜가 유립의 등을 쥐어뜯으며 통곡했다. 반# 실성한 어조로 욕설을 퍼부어댔다.

"닥쳐요! 엄마가 나한테 무슨 은혜를 줬다고 배은망덕 소리 하는데?"

참다 참다 못한 고함 소리, 유립이 버럭 소리친 건 바로 그 순간이었다.

현관머리의 지헌조차 놀라 움찔 발길을 멈추었다. 돌아서서 아들을 노려보았다.

그러거나 말거나 유립은 마침내 하고 싶은 말을 전부 내뱉기 시작했다. 지금껏 꾹꾹 눌러 담았다. 부글부글 끓는 모든 것을 감추었다. 싱글거리는 가면 안에 묻어두고 아닌 척, 모르는 척, 괜찮은 척

살아왔다. 그러나 그것도 이젠 끝이었다. 막다른 골목에 몰아넣어진 짐승이 마침내 허연 이를 드러냈다. 상처 입고 살기에 젖어 으르렁거리기 시작했다.

"사랑한다구요!"

절규했다. 다만 그 말뿐, 더 이상 빼고 더할 것이 없었다. 다른 이유는 없다. 사랑하는 여자와 평생 헤어지지 않고 같이 살고 싶었다.

"뭐가 죈데? 내가 정세영이 사랑하는 게 왜 죄라는 건데? 나, 그 여자한테 미쳤어! 눈에 뵈는 게 없다구! 그런데 나더러 어쩌라고?"

"하필이면 왜 그 여자냐? 어떻게 그 여자 딸을 사랑한다고 엄마 앞에서 말하는 거니? 어쩌라고? 내가 널 어떻게 키웠는데?"

"왜 생색내? 날 위해서 날 낳았어? 차라리 낳지를 말지! 왜 낳아서 날 이렇게 만들어? 왜 사는 게 사는 것도 아닌 놈을 만드느냐고!"

유립이 영혜에게 막무가내 고함지르는 것을 가만히 듣고 서 있었던 지헌이 다시 또 아들의 뺨을 후려쳤다.

"이놈의 자식, 어미한테 그게 무슨 막말이야?"

유립이 벌떡 일어섰다. 난생처음 아버지에게 대항해서 맞보아 째려보았다. 그의 눈은 광기로 꿈틀거리고 있었다.

"이 여자, 내 엄마 맞아요?"

"뭐라고? 너 이놈, 아주 막가는구나! 제 어미더러 이 여자라니!"

지헌의 호령 소리에 유립이 이상야릇하게 입술을 비틀었다. 비웃음을 머금은 채 맞받았다.

"어머니가 내 어머니 맞으면 이 여자, 아버지 마누라도 맞겠네."

"너, 너, 이놈……."

하도 어이가 없어 지헌이 말을 채 잇지 못했다. 아들이 이따위로 정색하고 덤벼든 것은 처음이었다. 제정신이 아닌 듯해 보이는 이 놈을 대체 어떻게 다스려야 하는지 방법을 알 수 없었다.

유립이 입술 끝을 비틀면서 버럭 고함쳤다.

"평생 마누라 대접도 안 하고, 그래서 아들놈한테도 엄마 대접도 못 받게 만들어놓은 게 누군데? 이제 와서 건방지게 불효한다고 후려 팹니까?"

빅뱅. 유립의 부서진 심장이 폭발했다. 감추어둔 모든 난폭하고 거칠고 더럽고 추악한 것들이 드디어 한꺼번에 터지고 말았다. 삼십 년 넘게 꾹꾹 눌러놓아 감추었던 것들, 마침내 그것들의 압력은 임계점을 돌파하고 말았다.

"왜 나에게 모든 짐을 다 떠밀어 넣었는데? 내가 뭘 어쨌다고! 사랑하는 여자하고 같이 살고 싶은 죄밖에 없는데. 왜 쓸데없이 이혼 같은 거 하고, 또 내 엄마랑 재혼 같은 거 해서 날 낳았는데? 그랬으면 제대로 사랑하고 제대로 마누라 대접하고 같이 잘살든지! 씨발, 이제 와서 내 못 가진 거 다 가진 여자 만나 이젠 좀 인간답게 살아보겠다 싶은 아들놈, 씨발! 앞길은 왜 가로막느냐고요!"

내가 이렇게 제멋대로이고 이기적이 된 게 다 누구 때문인데? 그는 울부짖었다.

"내가 어떻게 살건 전혀 관심도 없었으면서! 날 사이에 두고 쓸데없이 신경전이나 벌이고 필요할 때만 아들 찾더니, 인제 와서 왜 나한테 효자 노릇 바라느냐구! 내 평생 도움 하나 준 거 없으면서 왜 지금까지 방해하는데?"

그는 고래고래 고함치며 아우성을 쳤다. 발을 쾅쾅 굴러가며 고함쳤다. 낳아준 것을 항의했다.

"내 여자랑 같이 살고 싶은 게 뭐가 그리 큰 잘못인데? 그 여자가 아버지랑 이혼한 여자 딸인 게 내 죄야? 왜 당신들 죄를 나한테 덮어씌우는데! 내가 이혼하랬어? 내가 낳아달랬어요? 난 한 가지도 요구 안 했어. 씨발! 죽도록 싫어하는 여자한테 애는 왜 낳게 해가지고! 아들 취급도 안 하다가, 내가 세영이랑 살려니깐 왜 또 난리야! 왜 당신들 죄로 내 인생을 망가뜨려? 지금까지 망가뜨린 것으로 충분하잖아! 다 필요없어. 씨발! 다 버린다고! 내가 무엇에 미련이 있을 것 같아? 난 아무것도 필요없어. 세영이 말고는 아무것도 필요없다고! 세상에서 딱 하나 욕심낸 것뿐인데. 왜 못 가지게 해? 어? 어? 내가 뭔 죄를 지었다고? 나도 행복해질 권리쯤은 있잖아. 부스러기 같은 행복 하나쯤은 원할 권리 있잖아! 그런데 왜 내가 죽도록 원하는 것 하나도 못 가지게 해? 내가 뭔 죄를 지었다고! 아버지 아들로 태어난 죄밖에 없는데 왜 다 빼앗겨야 하는데? 왜 아무것도 못 가지는데? 같이 못 살면 죽어도 좋은 그 여자를 왜 빼앗겨야 하는데!"

치밀어 오르는 절망과 분노를 이겨낼 수 없었다. 유립은 자포자기 심정으로 주먹으로 유리창을 내질렀다. 유리창이 쨍 하니 금이 갔다. 핏줄기가 팍 튀어 올라 그의 얼굴과 와이셔츠를 적셨다.

"아이구머니나! 유립아!"

반 넋을 놓고 아들의 절규를 듣고 있던 영혜가 외마디 비명을 질렀다. 허겁지겁 달려들어 피투성이가 된 손을 옷자락으로 싸안으려 했다. 원래 심약한 터라 얼굴이 파랗게 질려 있었다.

부들부들 떨며 다가오는 어머니 손을 유립은 매몰차고 박정하게 뿌리쳤다. 손등에서 팔목에서 뚝뚝 떨어지는 핏물이 거실 바닥에 시뻘건 선혈자국을 만들었다. 피 따위야 다 빠져나가 버렸으면. 어차피 살아도 산 것이 아니었다. 세영을 잃어버린 그는 살아갈 수가 없었다.

유립은 단말마의 비명인 양 부르짖었다.

"씨발! 왜 나는 행복해지면 안 되는데? 왜 당신들 때문에 사랑하는 여자를 단념해야 하는데! 책임져요! 낳았으면 책임져야 할 것 아냐. 누가 내 인생 이렇게 불행하게 만들라 했어? 무슨 권리로 당신들, 내 팔자를 이렇게 사무치게 만들었는데?"

깨어진 파편 같은 사내가 울고 있었다. 심장이 산산이 부서져 버린 후 살고 싶다 울부짖고 있었다. 사랑을 빼앗겨, 심장을 잃어버려…….

유일하게 원한 단 하나를 탈취당한 후, 두 손으로 얼굴을 묻고 상처받은 짐승처럼 끄억끄억 울었다. 눈물처럼 얼굴을 타고 핏물이 흘렀다. 무너지듯이 바닥에 주저앉아 애원했다.

처음이자 마지막으로 유립은 지헌의 바짓자락 아래에 비굴하게 매달렸다. 아기처럼 기어 영혜에게 다가갔다. 두 손 모아 빌며 애원했다.

"사랑해요. 사랑해요. 그 여자 없으면……. 엄마, 난 아무것도 아니야. 아버지, 저 죽어요. 같이 살고 싶어. 같이 살고 싶어요. 단 하나 소원이야. 그 여자, 내 전부인데. 엄마, 세영이 사랑해. 같이 살게 해줘요. 다른 건 아무것도 바라지 않아. 그 애를 사랑해요. 사랑해요……."

　어슴푸레하게 밝아오는 새벽. 다시 하루가 시작되고 있었다.

　집 안은 무덤처럼 괴괴했다. 어젯밤 유립이 터뜨린 핵폭탄으로
인하여 그야말로 초상집에다 쑥대밭이 된 것이다. 아직도 핏자국
남은 거실 바닥이며 깨진 채 갈지 못한 유리창이며, 지난밤 광란에
빠진 유립의 난동을 그대로 보여주고 있었다. 부부와 아들, 세 사람
중 어느 누구도 채 한잠 자지 못한 검은 밤이 끝났다.

　유립은 멍한 얼굴로 피투성이가 된 손을 붕대로 감고 있는 주
치의의 대머리를 바라보고 있었다. 어젯밤의 격정과 광기를 다
잊어버린 것처럼 덤덤했다. 나무로 만들어진 인형처럼 굳어 있었
다.

　의사가 내려가고 나서 이내 달칵 문이 열렸다. 제일 먼저 얼굴을
치고 바닥에 떨어진 건 비행기 표였다. 편도 표였다. '다시는 돌아
오지 못한다'는 선언이었다.

　밤 내내 한숨도 자지 못한 부자父子의 얼굴은 하나같이 꺼칠했다.

　"네놈 미친 짓은 이것 한 번으로 충분하다."

　"미친 짓인 건 알지만, 장난은 아닙니다."

　"장난 아니면? 불장난 맞아. 시간 지나면 잊혀져. 눈에 흙이 들어
가도 안 되는 일이니 이만해서 마음 접어."

　"마음 접을 수 있었다면 여기까지 오지도 않았습니다."

　이를 갈 듯이 대꾸했다.

　부자의 시선이 팽팽하게 허공에서 맞붙었다. 유립은 꽉 움켜쥔

주먹을 천천히 폈다. 허리를 굽혀 성한 손으로 비행기티켓을 집어 들었다.

"저에겐 그 여자 하나밖에 없어요. 천년만년 기다리더라도 세영이랑 살 겁니다."

"세상일 제 뜻대로 되는 것 아니다. 나도 아니지만, 그쪽도 절대로 못한다 할 것이다. 이만하고 끝내."

"사랑…… 하고 있습니다. 죽었다 깨어나도 그 애하고 살 겁니다."

"이 미친놈 좀 보게. 끝내 고집을 피우겠다는 거냐?"

유립은 옷걸이에 걸린 재킷을 끌어 내렸다. 부친을 건너다보며 냉소를 지었다.

"사람 마음 그것, 뜻대로 접어지시던가요? 그것 못해서 아버지, 어머니를 힘들게 하신 것 아닙니까?"

"네놈이 뭘 알고 그따위 말을 함부로 하는 거야?"

"어머니 사랑한다고 세영이 어머니와 이혼하셨다면서요? 한 여자 아프게 하고 다른 여자 택했으면 책임을 지셨어야죠. 그냥 우린 사랑합니다. 그래서 아버지와는 달리 책임집니다. 저희들의 감정이 아니라 아버지 세대의 치졸한 인연으로 우리 사랑하는 것 방해하지 마십시오. 저희 둘 인생까지 우습게 만들지 말라는 말씀입니다."

"망할 녀석, 끝까지 쓸데없는 고집이로구먼."

"저희들 살아갈 날, 네 분보다 많습니다. 앞날이 아직도 창창합니다. 기다리지요. 죽어도 우리 둘이 같이 있는 꼴을 못 보신다면, 저희들 기다릴 겁니다. 네 분 다 돌아가신 연후에 결혼하면 되니까요."

오다가다 만난 인연, 잠시 후면 지워질 거라고 속단하지는 말라는 경고를 한 셈이다.

"저도 그렇고, 세영이도 그렇고, 진심입니다. 장난 아닙니다. 저희 둘 떼놓고 억지로 갈라놓아 보십시오. 그래도 우리 안 헤어집니다. 평생 기다릴 수 있습니다. 그러니 저 막을 수 있다고 자신하지 마십시오. 아버지, 전 세영이 못 놓습니다."

"……그래, 어디 두고 보자. 그 마음 언제까지 갈지. 놓지 못하겠다면 어디 네 멋대로 해봐!"

유립은 방구석에 놓인 트렁크를 들고 방을 나섰다. 계단 아래 어머니가 서 있었다. 그녀 역시 한잠도 자지 못한 모양이었다. 머리카락은 헝클어져 있었고 눈은 새빨갰다.

그쪽으로는 일별도 하지 않고 현관으로 나갔다.

"내, 내가 너를 어떻게 키웠는데!"

등 뒤에서 들려오는 목소리는 그야말로 비참했다. 최 여사의 고함은 죽어가는 짐승의 신음 소리였다.

유립은 말없이 현관에 내려가 구두를 신었다.

"그 집안하고 연 맺으려거든 엄마더러 죽어라 그래라! 미친놈! 내가 저를 어떻게 키웠는데……. 어떻게 이렇게 뒤통수를 말짱하게 치는 거야. 아이고, 아이고!"

"다녀오겠습니다. 토론토에 도착해서 연락드리지요."

"나가 죽어! 이 꼴 저 꼴 보이지 말고 당장 나가 죽어, 이놈아!"

"죽을 땐 죽더라도 전 세영이랑 살다가 죽을 겁니다. 건강하십시오."

유립은 미련없이 몸을 돌이켰다. 이 나라, 이 집안 따위에는 정 하나 남아 있지 않았다. 어차피 사는 거나 죽은 거나 똑같은데 어디 가서 어떻게 산들 무슨 상관이랴.

유립이 탄 비행기가 인천공항을 떠나갈 무렵.

세영은 부모님 앞에 무릎을 꿇고 있었다. 비로소 분노와 놀람을 삭이고 이성을 찾은 부모님 앞에서 취조를 당하는 중이었다. 그녀 의 눈은 밤 내내 울었던지라 통통 부어 있었다.

"둘이 언제 처음 만난 거냐?"

"……작년 겨울 세인트존스 리조트에서요."

설익은 열정에 철없이 까분다 싶었나 보다. 어지간하면 뗄 수 있 겠거니 했을 게다. 한데 벌써 둘이 한참 전에 인연을 맺은 사이라는 말을 털어놓자 다들 자지러졌다. 영부인은 허공을 바라보며 한숨만 쉬었다.

정 대통령은 세영을 노려보며 저걸 패 죽여 말어? 궁리하는 얼굴 이었다. 그럴 수는 없으니 노염을 꾹 참으며 죄인처럼 곁에 선 강 실장만 노려보았다.

"강 실장, 실망이네."

"죄, 죄송합니다, 각하. 정말 면목없습니다."

"강 실장 잘못없어요, 아버지. 제 사생활을 간섭하지 말라고 하 신 분은 아버지세요."

"고양이, 쥐 생각 하는 게냐?"

"제가 어떤 남자를 만나든 제 자유잖아요? 유립 씨 사랑해요. 아무리 반대하셔도 그 사람이랑 결혼할 거란 말예요."

"될 법한 이야기를 해야지. 너 대체 무슨 생각을 하고 사는 거냐? 그 집안하고 네가 어떻게 엮일 수가 있는 거냐? 안 된다. 이만하고 끝내. 그놈이나 너 다치게 하고 싶지 않다. 마음 접어."

"저 그리 못해요, 아버지."

사랑은 혁명이다. 세영은 독 오른 뱀처럼 고개를 발딱 들고 대차게 내쏘았다.

"반대하시어 헤어질 양이면 시작도 하지 않았어요! 절 모르세요, 아버지?"

"뭐라고? 이놈의 자식이!"

"세상에서 제일 절 잘 아시는 분이 아버지시잖아요. 제가 그 사람이랑 여기까지 왔으면 우리 절대로 못 헤어진다는 것 짐작하셨을 것 아니에요."

남편의 위협이 먹혀들지 않자 이번에는 영부인이 나섰다. 눈물로 호소했다.

"너 정말 엄마가 죽는 꼴을 보고 싶은 거니?"

"유립 씨를 사랑하고 결혼하고 싶어하는 게 왜 엄마를 죽이는 일이 되죠? 그런 말씀 하지 마세요."

"될 법한 인연이 아니야. 어떻게 그 집안 아들하고 네가 결혼 따위를 한다는 거니?"

"왜 될 법한 인연이 아닌데요? 유립 씨랑 저, 피가 섞인 것도 아니고 인척 관계도 아니잖아요. 배울 만큼 배웠고 죽도록 사랑해요. 집안 수준 어울리고요, 몸이나 마음 어디 하나 모자란 것도 아닌데요. 오히려 넘치지, 못한 것은 하나도 없다구요."

"사람들이 뭐라고 떠들어대겠니? 아버지 체면은……."

"사람들 입방정이라는 것은 몇 주 지나지 않아 사라진다고, 신경
쓰지 말라고 말씀하신 건 어머니세요. 한 번뿐인 인생, 정말 사랑하
는 남자랑 살고 싶어요. 엄마는 딸의 행복보다는 체면이 더 중요하
신 건가요?"

딱 부러지게 덤비는 딸의 말에 골치가 지끈거렸다. 어떤 말로도
의지를 꺾을 생각이 없음을 확실하게 보여주었다. 제 아버지 닮아
질기기는 쇠심줄이라. 아이고, 머리야. 영부인이 고개를 설레설레
저었다. 체념하여 눈을 감아버렸다.

정 대통령이 버럭 골을 내며 탁자를 한 손으로 탁 쳤다. 딱 잘라
내쏘았다.

"잔말 필요없다. 임자도 그만해. 구구절절 필요없어. 이 결혼 못
하니까! 내가 반대다. 내 딸, 그 집안에 못 준다. 그놈 도통 마음에
안 들어."

"왜요?"

"건방지고 영리하고 가진 게 너무 많은 놈이라 싫다, 왜?"

정 대통령이 버럭 소리쳤다. 생각하면 할수록 골이 난다는 것을
감추지 않았다.

"내 딸한테 홀라당 미친놈이라 더 싫다. 왜? 그만하게 나이 든 놈
이, 세상 물정 알 만한 놈이 너에게 미쳐서 그런 짓 저지르는 것 보
아하니 이보다 더한 일도 할 놈이더라. 섬뜩해서 싫다. 그런 놈 사
위로 맞기 싫으니 그만둬라."

"아버지, 그건 논리적인 이유가 아니라구요."

세영은 항의했다. 정 대통령이 흥 하고 비웃었다.

"논리적? 시작한 네가 비논리적인데 왜 내가 논리를 찾아야 하냐? 무조건 그놈 싫다. 내 딸 안 줄란다. 고집 피워봐라, 끝까지 방해해 줄 것이니."

"아무리 방해하셔도 우리 둘, 결혼해요."

"까불지 마라. 죽어도 너희 둘 혼인신고 못하게 할 거라는 것 알고 있지?"

"동거만 하죠. 사실혼도 법률로 보호받는다는 건 알고 계시죠?"

"내 말이 농담으로 들리냐? 그만두지 않으면 둘 다 다칠 게다. 이 말만 하자. 끝내라."

정색을 한 아버지의 눈이 무서웠다. 세영은 달달 떨리는 심장을 억지로 부여잡았다. 이런 정도의 협박과 반대를 견디지 못할 양이면 유립과 연애라는 것을 시작하지도 않았다. 강하게 고개를 흔들었다. 끝까지 저항했다.

"못해요, 아버지. 죽어도 그 사람하고 살다가 죽을래요."

그때 비서실 직원이 다가와 대통령 귀에다 대고 무어라 속삭였다. 그가 고개를 끄덕였다.

"출국하면 다시는 그 친구, 입국허가를 절대로 내주지 말게."

"알겠습니다. 지시해 놓겠습니다."

굳이 말을 듣지 않아도 짐작할 수 있었다. 유립이 한국에서 내보내어진 모양이다. 멀리 귀양을 간 셈이다. 둘이 보지 않으면 그 정이야 떨어지겠지. 양가에서 생각해 낸 방도라는 게 결국은 이렇게 치졸한 수단이라니. 세영은 한숨을 쉬었다.

"너도 귀양 가고 싶지 않으면 조심하거라. 이 세상 어떤 놈도 상관없지만, 그놈은 안 된다고 분명히 이야기했다. 올라가거라."

타협불가. 입 닥치고 시키는 대로 하라는 말씀이시다. 기운 없이 일어나 문을 나서려는데, 등 뒤에서 대통령이 한마디 더 쏘아붙였다.

"네 아파트 정리하라고 시켰다. 오늘부터 관저에서 지내도록 해."

세영은 돌아서서 힘없이 항의했다.

"아버지, 이메일도 있고 페이스북, 인터넷 카페와 휴대전화도 있는데요? 저도 마음먹으면 한 교활한다고요."

"맘대로 하렴. 이제부터 스물네 시간, 혼자는 못 있을 테니. 전화도 압수다. 한 십 년 보지 못하면 둘 마음이라도 변하겠지들. 급한 건 우리가 아니라 너희들 아니냐?"

"……죄송해요."

울려고 했던 건 아니다. 얄팍하게 눈물로 호소하려고 했던 것도 아니다. 하지만 유립을 생각하자 눈물부터 나왔다. 죽어도 못 헤어진다, 정작 말을 하자니 염치가 없었다. 가슴이 꽉 막히고 목이 아팠다. 차마 두 분 얼굴을 다시 볼 염치가 없었다. 문을 향해 돌아선 채 흐느끼며 부모님께 사과했다.

"죄송해요. 아버지, 어머니, 망신시키려고 이런 일한 것 아니에요. 우리도…… 이렇게 사랑하지 않으려고…… 정말 노력했어요. 그건 믿어주세요."

"듣기 싫어! 올라가."

"……뭐라 하셔도 그 사람만 사랑해요. 아버지, 죄송해요. 전 죽어도 그 사람 단념할 수 없어요. 그 사람뿐이에요."

말하지 못한 말은 시간은 그들 편이라는 것이었다. 세영은 정말 소리치고 싶었다. 끝까지 반대하시면 네 분 다 돌아가실 때까지 기다리고야 말겠다는 맹세였다.

겹겹이 쇠창살을 치고 아무리 막아도 사랑에 빠진 연인을 막을 수 없다는 것을 왜 모르실까?

세영은 방으로 돌아와 침대에 엎드렸다.

자신도 모르게 절망적인 울음소리가 새어 나왔다. 부모님 앞에서는 의연한 척, 강한 척해보았지만 힘들었다. 아무리 아무것도 아냐! 하고 스스로를 위로했으나, 그녀 역시 사랑을 빼앗기고 억지로 연인과 헤어진 신세에 불과했다. 베개 안에 얼굴을 묻었다. 세영의 눈에서는 어젯밤 내내 흘린 눈물이 다시 흘러나오기 시작했다. 베갯잇을 적셨다. 문 닫힌 복도 끝에서 영부인이 안쓰러운 얼굴로 딸의 울음소리에 귀 기울이고 있는 것도 모르고서.

우는 일밖에 하지 못하는 스스로가 너무 한심스러웠다. 질질 짜면서 패배자가 되어 수동적으로 움직이는 것은 세영의 스타일이 아니었다. 하지만 그녀가 무엇을 할 수 있단 말인가? 사방에 보이지 않는 촘촘한 그물이 드리워져 날갯짓 한 번 할 수가 없는데.

평생 동안 울었던 것만큼을 이 하룻밤 동안 다 운 것 같았다. 울일 말고 지금 그녀가 연인과 자신을 위해서 할 수 있는 일이란 것이 없었다. 그래서 더 눈물이 났다. 억눌린 슬픔이 흐느낌이 되어 오래도록 아프게 새어 나왔다.

'두려워. 우리 다시는 만나지 못하면 어쩌지? 무서워, 두려워, 유립 씨.'

딸의 문에 노크하려던 현수는 고개를 설레설레 저었다. 그만두고 몸을 돌이켰다. 그녀도 딸애도 지금은 이성적으로 차분하게 무엇을 이야기하거나 헤아릴 수 있는 상황이 아니었다.

두 갈래의 마음이 싸우고 있었다. 괘씸타 하는 노여움과 배신감이 한쪽이라면, 딸애의 눈물과 슬픔에 같이 아파하는 어미의 맹목이 다른 한쪽이었다.

현수가 기억하기로 아기 때 말고는 큰 소리 내어 운 적이 없던 세영이었다. 그토록 강렬하고 절박하던 눈빛도 보지 못했다. 결국은 진심이란 이야기였다.

'리조트에서 만났다지. 처음에는 저도 놀라 도망친 모양이구나. 그래서 그때 그렇게 슬퍼 보이고 억지로 명랑한 척했던 거구나.'

현수는 멍하니 창가로 가 멀리 바라보이는 산 능선의 불빛을 응시했다. 올 초 세영이 갑자기 귀국했을 때, 묘하게 마음 쓰이던 이유가 그것이었던 거다. 이제야 의문이 풀렸다.

'무척 슬퍼 보였었어. 힘들면 더 명랑한 척하는 아이니까. 안 그래도 되는데 더 웃고 즐거운 얼굴을 하려고 애쓰고 있었어.'

그만큼 안타깝고 괴로웠단 이야기였다. 현수가 기억하기로 세영의 그런 상태는 몇 달이나 지속되었다. 정말 힘들어도 끝내 힘들지 않다 말하던 애가, 그 몇 달 내내 억지로 웃고 다녔다. 밥도 제대로 먹지 못하고 사람들이 알아볼 정도로 얼굴에 축이 났다.

'분명해. 그때 그 아이와 처음 만나선 제 말대로 정말 깊이 사랑했던 거야.'

아무것도 모르면서 처음부터 두 아이는 미친 듯이 서로에게 빠지고 열정에 휘말렸던 것이 분명했다. 그러다가 서로의 정체와 신분을 알았을 테지.

지금 이런 지경에 왔어도 현수는 기본적으로 딸을 믿었다. 야무지고 사려 깊은 아이였다. 이성적인 헤아림도 남 못지않았다. 제가 생각해도 될 법 싶지 않은 인연이었던 거다. 처음에는 저들 부모님의 체면과 양가의 형편을 생각해서 먼저 접고 헤어진 것이 분명했다. 그래서 그렇게 실의에 차 있었던 거고, 아파했던 거고…….

'사랑에 쉽게 빠지는 아이 같으면……. 금세 잊어버리고 돌아서는 아이라면 좋겠는데. 그러지 못하는 애잖아. 지금 그 사람에게 못 박혀 내내 잊지 못하고 살 것 같아 두려워.'

세영은 다시 청혼하러 온 율리우스란 남자를 잊기까지 십 년이 걸렸다고 며칠 전에 말했었다. 청혼을 거절할 거라고 어머니인 현수에게만 귀띔하던 자리였다.

"……웬일인지 모르겠어요. 나 그렇게 착한 애 아닌데. 한 번 마음에 담기는 힘들어도, 일단 마음에 담으면 쉽게 잊지 않고 단념되지도 않아요. 집요한 이 성격 정말 짜증스럽지 않아요, 엄마?"

"집요한 게 아냐. 네가 곧아 진짜인 사람은 깊이 챙겨서 그렇다."

"율리우스, 사랑했어요. 하지만 십 년 걸려 잊었어요. 다시 시작하기는 힘들 것 같아요. 베어내기 너무 힘들었지만, 이미 끝난 걸요."

그런 애가 다시 한 사람을 마음에 담은 거다. 스스로도 안 된다, 안 된다 되뇌면서도 금단의 남자를 사랑해 버린 거다. 어찌할 도리 없는 지독하고 치열한 사랑에 함몰해 버린 거다. 마침내 부모도 거역하고 이성도 내던져 버릴 만큼 그렇게 깊이, 강렬하게.

현수는 복도 끝에 놓인 작은 실내 분수를 가만히 응시했다. 불빛을 받아 오색으로 빛나는 물줄기가 솟구치고 있었다. 위로 치솟았다 다시 떨어지고 다시 치솟았다 또 떨어지고…….

물이 아래로 떨어지는 것이 순리. 마음 가는 대로 서로에게 향일하는 것이 순리. 함께일 수 있다면 무슨 짓이든 다 할 수가 있다는 아이들. 그렇게 강하게 원하고 충만한 애정으로 서로에게 목숨을 걸었다면, 오직 서로의 존재만이 인생의 전부라 말한다면…….

'어머니는 순리대로 살라 하셨지.'

굳게 닫힌 딸애의 방문을 바라보았다. 한 손을 가슴 위에 올려놓고 전율하는 심장을 지그시 눌렀다. 방향을 잃고 솟구치는 분노와 어이없는 화기火氣를 누르려고 안간힘을 다했다. 지금은 모든 사람의 감정과 인연들이 얽혀, 무엇이 옳고 무엇이 그른지도 헤아릴 수 없다. 전부 다 날카롭게 대립하고 손톱을 세운 상태이다. 누구라도 한 명은 한발 물러서서 주변을 헤아려야만 했다. 모두에게 좋은 방법을 찾아야만 했다. 현수는 자신이 그 중심에 서 있음을 본능적으로 알았다.

아직도 가늘게 새어 나오는 딸의 울음소리를 가슴에 집어 담았다. 나직한 한숨이 아파하는 자식의 눈물 따라 또다시 흘러나왔다.

'저 애를 낳은 나의 순리는 무엇일까? 민망해. 어미인 내 과거가

자식의 앞길을 가로막아 버렸다니.'

이것이 결국은 죗값인 거다. 모질게 하고 나쁜 짓 했던 이기심이 삼십여 년 만에 이렇게 정확하게 돌아왔다. 그 업보가 사랑하는 자식에게로 내리쳤다. 한 손으로 얼굴을 가려 버린 현수의 손 사이로 천천히 물기가 새어 나오고 있었다.

〈잘사냐?〉

정욱이 히히거리며 염장을 질렀다. 잿빛 하늘, 잿빛 건물들. 11월인데도 눈이 내리는 날이었다. 사무실에 출근할 때, 거의 한 시간 반을 기다시피 왔다. 익숙한 캐나다의 눈이지만 끔찍했다.

그럭저럭 심드렁하게 말하며 유립은 창밖을 바라보았다.

"열심히 찬바람 맞아가며 코크스와 석탄을 사들이고 있다. 전기 자동차와 노트북도 팔아먹고."

〈그래, 사랑 때문에 유배당한 기분은?〉

"뭐라고 말해줄까? 지독히 불행하다, 자식아. 행복에 익사하고 있는 네놈의 자만심이 드디어 채워지냐?"

〈그럭저럭, '재수만땅' 이유립이가 마침내 진짜 재수없어졌구먼. 직장은?〉

"먹고살 만큼 벌고 있다. 왜, 돈 부쳐 줄래?"

딱 한 달 동안 두문불출했다. 심장에 흐르는 피를 지혈하고 절망을 치료할 시간이 필요했었다. 방에만 틀어박혀 짐승처럼 신음하고 으르렁거리고 아파했다. 그래 보았자 아무것도 얻을 것이 없다는 것을 깨닫고는 일어섰지만.

그는 토론토에 있는 경산그룹 캐나다 현지 법인 수출입 담당 팀장으로 발령받은 상태였다. 어르신 눈에 나지 않게 콕 박혀 조용히 엎드려 살란 말이었다. 휴대전화, 여권 모두 압수, 경호원을 빙자한 감시원 두 놈 상주. 죄수가 뭐 할 말이 있나. 주는 대로 먹고 하라는 대로 하면 되지.

출국 직전, 그리도 간절하다면 어디 한번 그 마음들, 어찌 지키는지 두고 보겠다는 이 회장의 말 한마디가 그가 간직한 마지막 희망의 불씨였지만, 몇천 킬로미터 떨어진 이국의 하늘 아래서는 그러한 기억마저도 너무나 아득하고 컴컴했다. 시간이 흐르고, 멀리 떨어져 살다보면 그러한 세월의 흐름에 마모되어 사라질 한순간의 열정 따위가 얼마나 대단할까. 어른들은 그리 생각하는 것이겠지만, 그들은 모른다. 세영에 대한 유립의 마음은 기껏 열정, 허약한 사랑 그런 것이 아니라 숨 쉬는 일, 살아가는 의미 그 자체였다.

어디 한번 두고 보라지! 그는 이를 악물었다. 더 질긴 사람들이 이기는 법. 그리고 참아낼 수 없는 세월들을 웃는 척 빈들거리며 잘도 타고 넘는 것은 유립 자신의 장기가 아니던가?

유립이 툴툴거리자 정욱이 다시 깐죽거렸다. 염장을 벅벅 질렀다.

〈지금이야 유배 신세지만, 네 아버지만 돌아가시면 경산이 통째로 네 거잖아.〉

얄밉게 굴어도 두 달 만에 한국에서 한 꼭지나마 날아온 소식이다. 유립은 서류를 내던지고 책상 위에 놓인 담배갑을 집어 들었다.

"잘 있더냐?"

〈누구?〉

이놈의 자식, 유립은 인상을 썼다. 정욱이 놈이 모처럼 전화질을 해온 건 세영의 소식을 간접적으로나마 전해주려는 거다. 빨리 본 편을 늘어놓지, 더럽게도 진을 빼고 있었다.

"네 사촌."

〈나도 얼굴 보기 힘들다. 거의 관저에서 나오지도 못하고 있거든. 참 한 가지 더, 율리우스란 놈 알지?〉

"그래."

〈그놈 어제 다시 한국에 왔거든.〉

"그런데?"

〈정식으로 청혼했단다. 뉴스에도 났다. 네 여자를 데려가려고 온 모양이다.〉

"……그렇군."

유립은 서둘러 한국의 포털 사이트를 검색했다.

'대통령의 딸 세영 양. 그리스 출신 국제적인 사업가와 결혼 초읽기에 들어가!' 율리우스 그자와 세영의 얼굴이 나란히 화면에 박혀 있었다.

'역시나.'

찌르르 심장이 울렸다. 책상 위를 더듬어 담배 한 대를 피워 물었다.

나만큼 너도 힘들구나? 세영아, 난 쫓겨났지만 넌 강제 결혼을 당할 지경에 놓여 있구나.

"네가 할 일이 있다."

〈뭔데?〉

"세영이한테 연락 좀 해줘라."

수화기 안에서 정욱이 콧방귀를 날렸다.

〈내가 왜? 날벼락 맞은 것은 너 하나로도 충분하지 않냐? 인제 나까지 끌어들이려고? 너랑 친구란 이유만으로 나도 요주의 대상이야, 인마. 두 달 동안 청와대 가서 밥 한 번 못 먹었다구.〉

"이봐, 친구."

〈친구우? 불리할 때만 친구지? 우리가 언제 친구였냐?〉

정욱이 뻗댔다. 너 같은 놈, 싸가지 만땅을 친구로 둔 적 없다고 소리쳤다. 유립은 한숨을 푹 쉬었다. 아첨을 좋아하는 찌질이를 살살 달랬다.

"그러지 마라, 인마. 진성 박살 낼 때 나도 거기서 달렸다. 정강이 까여가며. 너, 그러는 거 아니다."

〈그래서? 십 년 묵은 원한이 사라졌다고 믿은 거냐? 재수만땅.〉

"이봐, 찌질이, 유정욱 씨, 유 팀장님, 유리한 네 위치를 충분히 즐겼으면 나 좀 도와주지?"

〈인제 제대로 하네, 인마. 친구더러 부탁할 때는 솔직하게 도와달라는 거다. 배배 꼬지 말고. 그래, 어떻게 도와주랴? 세영이 탈출시켜 데려다 달란 부탁 말고는 다 해주마.〉

"세영이가 내 휴대전화를 가지고 있어."

〈그래?〉

"아마 그건 빼앗기지 않았을 거다. 충전해서 전화 좀 받으라고 해라. 내가 한국 시간으로 내일 새벽에 건다고."

〈알았다. 그 정도는 해주지.〉

"전화도 그 녀석 다 도청당하고 있을 거야. 반드시 만나서 이야기해."

〈그래.〉

전화를 끊고 유립은 두 손으로 얼굴을 감싸 안았다.

'기다려. 나도 기다릴게.'

네가 내게로 오는 날까지. 죽도록 보고 싶어도 보고 싶다는 말 안 할게. 그러면 더 보고 싶으니까. 난 이렇게 착하게 기다리고 있어. 그러니까 너도 날 놓지 마. 날 믿어, 우리 다시 만날 수 있다는 것을, 언젠가는 함께일 수 있다는 것을 믿어. 세영아, 제발 날 놓지 마.

'영감들 다 죽으려면 한 이십 년 걸리겠네. 뭐, 그다지 길지도 않잖아. 저 눈더미를 스무 번만 더 보면 되는 건데, 뭘. 괜찮아. 괜찮다구.'

애써 자신을 위로하는 쓸쓸한 독백이 하얀 눈처럼 휘날렸다. 긴 겨울은 오래전에 시작되었다.

새벽 4시. 한국.

침대 안에까지 쥐고 잤던 휴대전화가 부르르르 움직였다. 세영은 발딱 일어나 앉았다. 잠시 망설이다가 가만히 화면을 열었다.

그가 웃고 있었다.

〈세영아.〉

미처 닦을 사이도 없이 눈물부터 주르르 흘러내렸다.

"응."

다만 그 말밖에 할 것이 없었다. 할 말이 너무 많아 할 수 없었다.

사무쳐서 할 말을 잃었다. 그저 서로의 얼굴만 바로 보며 침묵했을 뿐.

'많이 야위었네', '너 얼굴 많이 상했다'. 덤덤하게 그런 안부인 사를 하려고 했다. 하지만 목울대에도 가슴에도 얼음이 된 눈물덩 어리만 가득해서 차마 말이 나오지 않았다. 세영은 화면 안의 그가 만져지기라도 하듯이 얼굴이 담긴 액정을 볼에다 가져다 댔다.

이건 미처 생각하지 못했던 보너스였다. 압수당한 휴대전화 생각 만 했지, 옛날 유립이 준 그의 휴대전화 생각은 하지 못했다. 정욱 의 연락이 왔을 때 기적을 선물받은 것 같았다. 얼마나 가슴이 뛰었 는지. 두 달 만에 보는 사랑하는 사람의 모습 앞에서 허약한 눈물은 자꾸만 흘러내렸다.

〈세영아.〉

"응."

〈보고 싶다는 말은 하지 마라. 나 미친다.〉

"응."

〈우리 다시 안으려면 좀 많이 기다려야겠지?〉

고개를 끄덕였다.

더 할 말이 없다.

오래도록 다시 침묵.

보고 싶다는 말, 기다린다는 말, 그 이상도 이하도 할 것이 없었 다. 이별이라거나, 헤어진다거나, 놓는다는 거나 그런 말은 해도 거 짓말, 안 해도 거짓말, 사무치고 사무쳐서 말로는 표현하지 못하는 것을 침묵으로 다만 가슴으로 받아들였을 뿐이다.

남자가 여자의 눈물을 닦아주기라도 하듯이 손을 들었다. 가만히 화면에다 갖다 댔다. 여자도 손을 댔다. 작은 화면 안에서 멀리 떨어진 연인의 손들이 하나로 포개졌다. 잡을 수 없어 안타까운, 그래서 더 애틋한 심장들이 만났다. 그 사이로 더운 눈물이 또 스며들었다.

유립이 가만히 속삭였다. 아주 천천히 심장에서 심장으로 흘려보냈다.

〈이유립은 정세영이가 많이, 아주 많이 보고 싶다.〉

"나더러는 보고 싶다고 말하지 말래 놓고……."

물기 어린 눈동자가 웃었다. 그의 눈에 찬 물기를 보고 연인이 더 울까 봐, 울지 않으려는 남자가 억지로 웃었다.

〈착하게 기다릴게. 내게로 와. 꼭 와줘, 언젠가는.〉

"호호백발 되어서 찾아가도 기다리고 있을 거야? 사랑할 거야?"

〈시간이 사랑을 죽이지는 않을 테니까. 내 사랑이 기다림 따위에 지지는 않을 테니까.〉

그러니까 너도 시간 따위에 지지 마. 기약 없는 기다림에 지치지 마.

그 사람이 정말 하고 싶었던 말은 그것이겠지.

마침내 참아내지 못하고 세영은 큰 소리로 어흑어흑 울고 말았다. 태평양 건너에 있어 눈물 닦아주지 못하는 연인이 너무나 가슴 아파 먼저 전화를 끊을 때까지, 날이 하얗게 밝아올 때까지, 그녀의 어머니가 차마 들어오지 못하고 딸의 문 앞에서 오래도록 서성거릴 때까지, 눈이 퉁퉁 부어 식당으로 들어온 딸을 정 대통령이 오래도록 못마땅한 눈으로 노려볼 때까지.

사랑은 짧고 이별은 길다. 하지만 이렇게 헤어져 있어도 이별하지 않았다 말하는 사랑은 더 길고 깊은 것. 마음은 언제나 하나인데……. 그러한 마음은 이 세상 그 누구도 자르지 못한다는 것을 어떻게 말해야 할까?

[너의 연인이 지닌 불리한 위치를 이용하려는 나를 너무 미워하지 마. 세상만사 다 그렇지, 뭐. 잃는 사람이 있으면 얻는 사람이 있고 웃는 사람이 있으면 우는 사람도 있어야 하는 법이거든. 그래야 세상이 균형 잡고 제대로 굴러가지.]

세영은 잔뜩 능글거리는 율리우스를 노려보았다. 두 사람은 청와대의 잔디밭을 산책하고 있었다. 그는 일주일 전 사업적 거래와 결혼문제를 해결하기 위해 다시 방한했다.

공식적으로 이제 그는 대통령의 사위 후보로서 매스컴에 정식으로 소개되고 있을 정도였다. 정 대통령이 마침내 화근을 근본적으로 제거하기로 결정한 것이다. 십 년 동안 딸을 기다려 사랑을 찾으러 온 율리우스를 대안代案으로 생각하기에 이르렀다. 이 며칠 사이로 강제 약혼식을 치러야 할 모양이었다.

두 사람의 발끝으로 우수수 낙엽이 굴러갔다. 11월의 싸늘한 산바람이 제법 매서웠다.

세영은 가볍게 코웃음을 쳤다.

[내 아버지가 결혼을 허락했다고 해서 날 얻을 수 있다고 믿는다면 우스운 난센스지, 카이사르.]

[법률적 구속은 나름대로 강한 거야, 로즈. 너와 내가 법적으로

부부가 되면 너도 날 좀 다르게 생각할지 어떻게 알아?]

[당신을 사랑하지도 않는 여자하고 그렇게 결혼하고 싶어? 당신, 정신적 마조히스트 아니냐고.]

[내가 못 가지면 다른 녀석도 못 가진다. 이게 내 사업의 철칙이지.]

[이미 파괴된 사랑을 얻어보았자 당신한테 좋을 게 뭐가 있어?]

[존재 자체로 가치있는 여자는 당신뿐이거든.]

[웃기는군.]

율리우스가 발걸음을 멈추었다. 한 발자국 뒤에서 따라가던 세영의 몸이 그에게 부딪쳤다. 그가 작은 어깨를 두 손으로 잡았다. 진지하게 변한 표정이 얼음장처럼 찼다.

[싫든 좋든 우린 결혼하게 될 거야. 마지막으로 한 번만 더 물어보자. 날 다시 사랑할 가능성은?]

[없어, 0퍼센트도.]

세영의 단호한 응답에 맞서 율리우스 역시 가차없었다. 칼로 베듯 단번에 내려쳤다.

[그렇군. 좋아. 약혼식은 없어.]

[뭐라고?]

[네 아버지는 한국에서 약혼식을 치르고, 내 나라에서 결혼식을 올리라고 말했지만 생각이 달라졌다.]

[무슨 수작이야, 카이사르?]

음산하게 노려보는 세영 앞에서 그가 여유만만하게 웃었다. 하지만 웃음기 서린 입가와는 달리 검회색 눈동자는 더없이 냉혹했다.

[사흘 후 약혼식 대신에 결혼식이란 뜻이야. 마음 없어 언제든 날아가려는 파랑새는 가능한 한 일찍 날개를 잘라놓아야 하거든.]

[당신이 아무리 대단해도, 우리 아버지가 아무리 무서워도 날 강제로 결혼식장에 끌고 갈 수는 없어.]

[두고 볼까?]

그가 윙크를 했다. 구석까지 몰려가 옴짝달싹할 수 없는 세영의 처지를 분명히 알고 있지 않고서야 지을 수 없는 자신만만한 표정이었다. 그 즈음에서 세영은 율리우스를 상대로 헛된 제안을 시도했다.

[이만해서 항복할게. 카이사르. 그러니 제발 날 상대로 웃기는 이런 짓은 그만하는 게 어때? 우리 서로 우스워지는 꼴은 이만하자고. 응?]

[내가 이미 말하지 않았나? 널 다시 얻기 위해서라면 난 무슨 짓이든 한다고.]

역시 강적. 그는 세영의 설득 앞에서도 끄덕하지 않았다. 그동안 그가 참아내고 인내했던 그 모든 검붉은 감정의 바닥을 드러내듯이 나직하게 내뱉었다. 한 남자의 순정과 심장을 바보로 만들어 버린 여자에게 보내는 가장 강력한 저주와도 다름없었다. 동시에 그건 지독한 집착과 끊어낼 수 없는 사슬과도 같은 사랑에 대한 선언이었다.

[내 평생 지독하게 사랑하는 만큼 끔찍하게 증오하게 된 여자가 바로 너야. 십 년 전엔 내가 널 버렸다고 하자, 지금은 네가 날 철저하게 망가뜨렸어. 이 정도면 너의 복수. 공평하게 해결된 것 같은데? 자아. 로즈. 궁금하지 않아? 우리 둘이 같이 떨어질 지옥이?]

[지옥 같은 소리! 혼자 가. 난 당신하고는 그 어디든 같이 갈 생각 따윈 없으니까."]

절대로 지지 않는다. 비웃음마저 담고선 신랄하게 되받아치는 세영을 바라보다, 율리우스가 가벼이 한숨을 쉬었다. 몹시 차고 검은 피를 이어받은 시칠리아 사내가 나직하게 경고했다.

[이만해서 입 다무는 게 좋을 거야, 로즈. 내게도 내 증조부와 똑같은 색의 피가 흐르고 있어.]

[무슨 뜻이야?]

[네가 이런 식으로 계속 고집을 피우고 내 심장을 찢어놓는다면 널 무한히 사랑하는 나의 인내심도 끝내는 바닥을 치게 되리라는 뜻이다. 너, 다쳐.]

[그깟 협박 따위. 내게는 먹히지 않는다는 거 알지?]

[내가 왜 널 공격해야 하지? 로즈, 안심해. 넌 나의 평생의 반려인걸. 아끼고 숭배하고 사랑할 뿐이지. 난 다만 캐나다의 그 녀석을 이야기하고 있는 거다.]

나직한 한마디 말이었지만 그건 세상에서 가장 치명적인 무기였다. 자신도 모르게 세영의 얼굴이 파랗게 질렸다. 그는 다름 아닌 유립의 생명을 수단으로 삼아 그녀를 압박하고 위협하는 중이었다. 그녀를 응시하는 율리우스의 눈동자에 어린 섬뜩한 빛은 그가 느끼는 강렬한 질투와 정비례하는 것이었다. 명백한 진실. 확실한 사실을 알려주고 있었다.

세영은 긴장과 조바심으로 말라가는 입술을 억지로 적신 후에 힘겹게 반박했다.

[웃기지 마. 그 사람이 그렇게 호락호락한 줄 알아?]

[너의 남자가 나름 대단한 건 인정하지만, 지금은 내가 유리해. 그 자식은 처음부터 끝까지 너처럼 합법적인 세계의 사람이지만 난 달라. 알잖아? 나는 내 필요에 따라 서슴지 않고 극단적이고 불법적인 일을 처리해 줄 인간들을 아주 많이 거느리고 있어.]

[율리우스, 당신……!]

[농담 아냐. 널 얻는 데 있어 그녀석이 계속해서 장애가 된다면 그런 것 따위, 제대로 치워야지. 더 이상 우리 사이의 그늘이 되지 못하게. 완전히 확실하게! 네가 이런 식으로 어리석은 고집을 부리면서 날 자극한다면 십 년 전 너의 사랑과 생명을 놓고 내가 당한 협박이 어떤 수준이었는지 너도 곧 알게 될 거다.]

그 말을 끝으로 율리우스는 세영을 놓아두고 먼저 성큼성큼 걸어가기 시작했다.

세영은 피나도록 입술을 짓씹었다. 순식간에 전의를 상실하고 말았다. 너무 떨려 그 자리에 서 있을 힘도 없었다. 율리우스는 자신이 내뱉은 말, 그 이상으로 움직일 사람이라는 것을 잘 알고 있었기에 태연한 척하기가 너무 힘들었다. 두렵고 무섭고 그리고, 끔찍하게 절망스러웠다. 그녀는 안간힘을 다해 굳어진 다리를 움직여 근처의 벤치에 가서 앉았다. 두 손으로 얼굴을 묻은 채 한동안 가만히 앉아 있기만 했다. 깊은 자괴감으로 그만 실소가 흘러나왔다.

'정세영, 너 잘난 척하고 살았지만, 너무 시시하잖아? 네 운명이 이렇게 흘러가는데도 아무것도 못하고 당하기만 해야 한다니…….'

하지만 어찌할 방법이 없었다. 지금 현재, 죽음으로 저항하는 수밖에는 이 상황을 타개할 방도가 생각나지 않았다.

하지만 그럴 수는 없다. 무슨 일을 겪든, 어떤 일을 참아내든 살아서 그 사람에게로 가야 한다. 비겁하게 죽는 것으로 그 사람을 배신할 수는 없다. 십 년, 이십 년, 아니, 평생이라도 기다린다는 그 사람에게로 반드시 가야 한다.

'유립 씨, 나 어떡해? 어떡하면 좋아?'

가슴속에 메아리치는 절규가 닿기까지, 그곳의 사람은 너무 멀었다. 지금 깊이 사랑하는 연인들은 아주 멀리 헤어져 있었다.

'어른 노릇이 참 힘든 거구나.'

현수는 그날도 창가에서 서서 내내 눈으로 세영을 좇고 있었다. 행여나 격한 성질머리에 잘못된 행동이라도 할까 봐 이 두 달 내내 그녀는 잠시라도 마음을 놓을 수 없었다.

'누가 미친 건지 모르겠어. 이제는 누가 잘못하고 누가 옳은 건지도 헤아릴 수가 없어.'

당장만 해도 싫다는 딸애를 율리우스에게 억지로 밀어놓는 남편의 행동도 정상이 아니었다. 언제나 냉철하던 그가 아닌가.

하지만 그런 동욱도 사랑하는 딸이 지헌의 아들과 연을 맺으려 했단 것을 안 순간부터 돌변해 버렸다. 아집과 독선으로 똘똘 뭉친 독불장군이 되어버렸다.

하물며 율리우스란 사내도 마찬가지. 뻔히 자신을 사랑하지도 않는 여자를 군이 욕심내어 원하는 남자도 정상은 아니었다. 그렇게 진행된 결혼이 과연 행복할까? 그건 행복을 위한 결혼이 아니고 파멸을 하기 위해 결합하는 것이나 진배없었다.

어처구니없는 이 모든 일과 사람들 사이에서 가엾은 딸애만 겨울 나뭇잎처럼 점점 마르고 있었다. 바삭바삭 소리를 내며 부서지고 있는 것이 눈에 보였다.

현수는 세영이 벤치에 앉아 두 손으로 얼굴을 가린 채 어깨를 들먹이는 모습을 오래도록 내려다보았다. 입술을 꼭 깨문 채 딸애의 눈물이 그칠 때까지 창가를 떠나지 못했다. 힘없는 발걸음으로 비칠비칠 관저 쪽으로 걸어가는 딸아이의 몸은 종잇장처럼 야위어 있었다. 칼로 찔린 듯 아팠다. 겨우 두 달 만에 저렇게 말라비틀어진 것이다.

'누구라도 해야 해, 누구라도.'

한 사람이라도 나서서 잘못되어지고 있는 일들을 이 정도에서 잘라주어야만 했다. 만약 그렇지 못하다면 전부 다 상처 입고 오래도록 후회할 일이 생기고 말 것이다.

어두운 얼굴로 현수는 창가에서 물러나 책상으로 돌아왔다. 문앞 책상에 앉아 있던 비서를 불렀다.

"홍 실장님."

"네, 여사님."

영부인의 부름에 비서가 일어나 책상 앞으로 다가왔다. 현수는 그녀를 올려다보았다.

"예전에 세영이 경호 담당하던 강 실장, 그이가 지금 어디에 가 있죠?"

"책임을 지고 사표를 썼다고 알고 있습니다. 지금은 사설 경호업체에 취업했다고 들었습니다."

현수는 고개를 끄덕였다. 가볍게 한숨을 쉬었다.

"그이 잘못도 아닐 텐데 엉뚱한 우리 애 일에 휘말려서 날벼락을 맞은 셈이 되었네. 내가 좀 만나고 싶은데."

"알겠습니다. 연락하겠습니다."

실장이 방을 나갔다. 현수는 책상 서랍을 열었다. 여권과 통장, 그리고 두툼한 봉투가 들어 있었다. 더 이상은 결심을 미룰 수 없다. 현수는 자리에서 일어섰다. 이내 떠날 녀석, 가방이라도 미리 챙겨놓아야 할 것이다. 그곳은 겨울이 유난히 춥다.

'가방을 대놓고 크게 싸지도 못할 거고……. 내 캐시미어숄이나 넣어줄까?'

그리고 둘을 위한 반지도 넣어줄 것이다. 삼십 년 전 그녀가 사랑한 남자와 잠시간 떨어져 있었을 때, 다시 돌아온 그가 끼워주었던 작은 진주반지. 고통과 인내와 기다림을 양식 삼아 만들어낸 아름다운 진주라면 언약의 증표로 알맞을 것이다. 오직 한 사람만을 가슴에 담아 기다릴 줄 알고 깊이 사랑할 줄 아는 사람들에게 주는 어미의 선물이었다.

다음날 아침, 8시 반.

날이 밝았는데도 율리우스는 여전히 침실에 앉아 있었다. 한잠도 자지 않아 눈에는 핏발이 서 있었다. 수염을 깎지 않아 턱이 거무스름했다. 손에 든 술잔만을 바라보고 있었다. 눈앞에는 TV가 켜져 있었다. 아침 뉴스를 방송하는 앵커가 잘 알아들을 수 없는 한국말로 떠들어대고 있었다.

하지만 짐작하지 못할 이야기도 아니었다. 화면에 나오는 사진만으로도 다 알 수 있었다. 그리스 ISE 회장인 율리우스 알렉키소스와 정동욱 대통령의 따님 세영 양의 약혼식이 임박했다는 뉴스였다. 그 외에는 어떤 것도 남자의 귀에 들어오지 않았다.

'힘들어. 어려워……'

남자의 아름다운 눈썹이 찌푸려졌다. 술 한 모금을 목에 굴렸다. 싸한 알코올의 독한 맛이 목젖을 적시며 타고 흘렀다.

[흐르는 물을 잡아와, 그럼 결혼해 줄 테니까.]

딱 부러지게 거절하던 여자의 매서운 눈빛이 떠오르고 있었다. 시간은 남자에게 고여 있는 물이었지만, 여자에게는 흐르는 강물이었던 모양이다. 그녀는 이제 흘러갈 그녀만의 영원한 바다를 찾았다고 한다. 고이기만 하고 흐르지 못해 그만 썩어버린 그의 호수와 마음은 이제 돌멩이 하나의 가치조차도 없다고 했다.

'대타代打라……. 정말 꼴 보기 좋게 되었군. 율리우스 알렉키소스, 목숨을 걸지 못한 사랑의 대가가 결국은 이것이로군. 다른 남자를 사랑하는 연인의 발치에 엎드려 결혼을 구걸하는 꼴이라니.'

쓴웃음이 저절로 입가에 서렸다.

'하지만 그런 비굴함조차 감수할 만큼 그녀를 원해.'

모든 고뇌의 이유였다. 그는 한 손으로 이마를 짚었다. 다시 깊은 한숨을 토해냈다.

그만이 불행해진다면 일생 동안 감수할 의향도 있었다. 하지만 그들의 억지스런 결합은 그가 사랑하는 여자를 더 불행하게 만들 것이 뻔했다. 그의 손이 버릇처럼 왼쪽 볼의 상처로 갔다. 애무처럼 아래위로 쓸어내렸다. 너무 오래되어 이미 익숙해져 버린 이 상처는 떼어낼 수 없는 세영에 대한 진실되고 순결한 사랑의 증표이기도 했다. 이렇게 사랑하는 여자를 강제적인 협박으로 몰아붙이는 자신이 너무 치졸하고 싫으면서도, 이런 식으로밖에는 다가갈 수 없는 자신을 참을 수가 없다. 대체 어떻게 이 난맥상을 풀어야 하는 걸까?

'최악. 최악! 우린 점점 더 끔찍하게 밑바닥을 향해 굴러가고 있어.'

심지어 어젠 그녀가 사랑하는 남자의 생명을 걸고 위협하는 짓마저 저질렀다. 십여 년 전, 그가 당했던 그 일. 아무리 세월이 흐르고 기억이 희미해진다 해도 영원히 잊을 수 없지. 훗날, 어떤 일로도 용서될 리가 없는 그런 독 바른 칼날을 다른 누구도 아닌 그 자신이, 세영을 향해 휘두르고 있다는 것이 거짓말만 같았다.

이런 것을 사랑이라 할 수 있을까? 누구보다도 그녀를 행복하게 해주겠다고 스스로에게 맹세한 그 약속을 율리우스 자신이 무참하게 파괴하고 있다. 그리하여 그 스스로와 그녀 모두를 잔인하게 망가뜨리고 있었다. 아무리 아니라 부인하려 해도 진실은 그 자신이 가장 잘 알고 있다. 세영의 사랑은 이미 그의 것이 아니라는 것을. 그와 그녀는 이미 다른 세상에 서서 영원히 건널 수 없는 강을 두고 마주 보고 있을 뿐이라는 것을…….

화면은 다른 뉴스로 옮겨가고 있었다. 오늘 정 대통령이 국빈 방문한 중국 수상과 더불어 계룡대에서 벌어지는 3군軍 사열행사에 참석한다는 뉴스였다.

사흘 후 율리우스 자신의 동의하에 대통령의 뜻대로 세영과 그는 약혼식이든 결혼식이든 하게 될 것이다. 강렬한 사랑과 집착은 세영에 대하여 잔인해져만 가는 자신에 대한 후회와 맞닿아 있었다. 율리우스는 입술을 꾹 물었다.

'놓아줄 수 있어? 십 년이나 기다린 그 여자를? 유일한 사랑을 다른 남자에게 보내줄 수 있어? 너, 그렇게 오만해?'

대답은 언제나 네버! 그래서 이런 미친 짓도 감수하기로 한 거다. 스스로를 비웃는 마음으로 율리우스는 단숨에 술잔을 비웠다.

바깥에서 비서가 똑똑 노크를 했다.

[뭐야?]

[손님이 찾아오셨습니다.]

[이 시간에? 거절해. 돌려보내.]

[회장님, 죄송합니다. 나와 보셔야 할 것 같습니다.]

대체 누가 이렇게 무례한 방문을 한단 말인가? 식전인 이 시간에조차 사생활私生活을 보장받을 수 없단 말인가? 화가 난 채 율리우스는 침실 문을 벌컥 열어젖혔다.

[아침부터 불청객이 찾아와 죄송해요, 율리우스.]

전혀 예상치 못한 방문객이었다. 문 앞에는 은빛 투피스 차림에 핸드백을 든 영부인이 서 있었다.

[아, 아⋯⋯. 들어오십시오. 아닙니다. 제가 나가죠. 잠시 거실에서 기다려 주시면⋯⋯.]

맨발에 흐트러진 옷차림, 아침인데도 손에는 술잔이다. 가장 어려운 사람에게 자신의 가장 밑바닥 꼬락서니를 보여준 꼴이라 적이 당황했다. 율리우스는 한발 물러섰다.

현수가 가볍게 고개를 끄덕였다.

[기다리지요. 천천히 나오세요.]

오 분 후, 그가 다시 방에서 나왔다. 이번에는 제대로 된 바지에 셔츠 차림. 아직도 얼굴에 물기가 남아 있다. 급한 김에 단추도 채 채우지 못했다. 어른을 맞이해서 연신 단추를 잠그고 재킷을 걸치고 현수가 앉은 소파 앞으로 다가왔다.

앉자마자였다. 어떻게 오셨느냐는 질문을 채 하기도 전이었다. 영부인이 먼저 단호하게 말했다.

[우리 딸아이.]

[네?]

[이곳에 남겨둘 수가 없어. 당신이 좀 데려가요.]

대통령과는 달리 영부인은 그들의 결혼을 찬성하지 않는다는 뜻을 분명히 했었다. 다른 남자를 사랑하는 딸을 그에게 보낸다는 것은 예의가 아니라 했다. 서로 사랑하지 않는 두 사람을 훼손된 체면을 덮자고 억지로 묶는다는 것은 더 옳지 않다 주장했다.

그런데 영부인이 먼저 찾아와 딸을 데리고 멀리 떠나라 한다. 어찌 된 영문인지 알 수가 없었다. 의아해하는 율리우스를 바라보며 영부인은 다시 말을 이었다.

[그 아이 여권은 가져왔어요. 지금 당장, 당신 전용기에 태워요. 그럴 수 있겠어요?]

[원하신다면…… 못할 것도 없지요. 따님을 제게 허락해 주셔서 감사합니다.]

[아아, 내 말을 제대로 이해하지 못했군요. 율리우스, 난 당신과 우리 딸의 결혼을 허락하러 온 게 아니에요.]

율리우스의 입이 딱 벌어졌다.

영부인이 고개를 흔들었다.

[당신더러 내 딸을 정말 사랑하는 남자에게 데려다 주라는 부탁을 하러 온 겁니다.]

[네에?]

[내 딸아이가 당신과 강제로 결혼하게 되면, 두 사람 다 불행해져요. 알잖아요? 난 그런 일을 허락할 수 없습니다. 율리우스, 내 딸아이를 그 사람에게 데려다 주세요. 그게 당신이 할 일이죠.]

현수는 그가 감히 대꾸도 하지 못하게 엄하게 말을 맺었다.

[내 앞에서 당당하게 우리 딸을 사랑한다고 말했죠? 대답해 봐요, 율리우스. 당신의 말은 진실입니까?]

[그렇습니다.]

[그렇다면 그 사랑을 증명하세요.]

현수는 망설이지 않고 요청했다.

[당신도 알다시피 우리 애는 울지 않아요. 하지만 그런 애가 큰 소리로 울면서, 정말 간절하게 죽어도 같이 살고 싶다 말했어요. 그런데 그 남자는 당신이 아니죠.]

[……]

너무도 정확하고 잔인한 진실 앞에서 입이 막혔다. 그 아무리 거침없고 강하다 한들, 이러한 명백한 진실을 직시해야 하는 일에선 어쩔 수 없다. 결국 율리우스는 사랑하는 여자의 어머니 앞에서 그저 침묵할 도리밖에 없었다.

　[미안해요. 딸애에 대한 당신의 진심을 의심하는 건 아닙니다. 하지만 이 말은 해야겠네요. 당신은 아니라 하겠지만 난 당신이 꽤나 위험한 일과 관련된 사람이라는 걸 알고 있어요.]

　반사적으로 율리우스가 황망함을 감추지 못한 채 현수를 건너다보았다.

　[이제는 당신이 힘을 가졌으니 우리 애를 안전하게 지킬 수 있다고 말하겠죠? 하지만 그게 아니라면요? 십 년 전에 내 딸 주변에서 벌어졌던 일이 다시 되풀이될 가능성이 조금이라도 있다면요? 절대로 그런 일은 벌어지지 않을 거라고 당신 어머니의 이름을 걸고 맹세할 수 있나요?]

　사랑하는 여자의 어머니가 그에게 묻고 있다. 이 세상 모든 어머니의 이름으로. 사랑하는 남자로서 너는 사랑하는 여자를 평생 안전하게 행복하게 지켜줄 수 있느냐고.

　현수의 그러한 질문은 율리우스 그에게 있어 가장 아프고 두려우면서 동시에 미안한 부분을 정확하게 찌르는 것이었다.

　이젠 더 이상 자신을 사랑하지도 않는 여자를 억지로 설득해서 강제로 결혼을 하는 것도 모자라서, 그러한 결혼의 결과로써, 세영이 십 년 전의 위험을 똑같이 감수해야 하는 상황이 발생한다면? 만에 하나 그러한 가능성이 실제로 발생해서 세영이 위험에 빠지거나 위해를 당한다면? 하지만 그가 신이 아닌 다음에야 어찌 절대로 그런 일은 벌어지지 않을 거라고 맹세할 수 있단 말인가?

　[아, 정말…….]

율리우스가 한 손을 이마에 대고 나직하게 웃었다. 어찌할 수 없이 받아들여야 하는 잔인하고 기막힌 현실을 인정할 수밖에 없다는 뜻이었다. 허탈한 웃음소리가 허공을 울렸다.

[참 대단하신 분입니다. 도무지 저더러 대꾸를 하지 못하게 만드시는군요.]

[누구도 풀지 못할 이 일을 해결할 수 있는 힘을 가진 사람은 지금 당신밖에 없어요. 율리우스, 제발 부탁합니다. 내 딸에게 유일한 그 남자를 선물해 주세요. 그 아이 단 하나 소원을 이루어주세요. 그 애를 사랑하는 남자의 명예를 걸고! 그러겠다고 약속해 주세요.]

딸의 행복을 위해 망설이지 않고 고개를 숙인 어머니의 간절한 요청을 감히 누가 거부할 수 있을까? 적어도 이 순간, 율리우스는 그런 힘을 가지고 있지 않았다.

고개를 든 현수가 가만히 손을 내밀어 율리우스의 손을 잡아 토닥였다.

[미안해요. 그리고 고맙습니다. 지금은 모르겠지만, 언젠가는 당신도 이날의 선택을 감사하게 생각할 거예요. 율리우스, 급합니다. 부디 내 남편이 돌아오기 전에 지금 당장 떠나주세요.]

율리우스의 전용기를 얻어 타고 세영이 도망친 것은 그날이었다. 그 비행기는 아침의 새 빛이 하늘을 적실 무렵 캐나다 토론토 피어슨 국제공항에 도착했다.

part
08

오래된 해후

청광대. 사방은 아스라이 피어오르는 물안개에 젖어 있다. 실체인 세상이 사라지고 어렴풋한 환몽만이 존재하는 듯한 이곳, 오직 홀로인 적요함 안에서 현수는 하룻밤 내내 호반의 정자에 앉아 있었다. 어깨에 걸친 케이프를 가끔씩 끌어당기며 깊은 생각에 잠겨.

"여사님, 이만 들어가시지요. 건강에 좋지 않습니다."

비서인 홍 실장이 안절부절못하며 몇 번이나 권했다. 하지만 꼼짝도 하지 않았다. 벌써 사흘째. 따님께서 떠나신 후 청와대로 복귀하지 않고 곧바로 이곳으로 왔다. 일체의 연락을 끊고 심지어는 대통령의 호출에도 응하지 않고 침묵만 지키고 있었을 뿐이었다.

"홍 실장."

"네."

"걱정 말아요. 어차피 내일까지는 공식적인 일정도 없잖아. 내일은 돌아갈 테니 홍 실장에게 폐 끼치는 일은 없을 거야."

"알겠습니다."

이러고 있는데 언덕 너머에서 경호원 한 명이 허둥지둥 뛰어왔다.

"대통령님께서 이곳으로 오시고 있다는 연락입니다. 한 시간 후에 도착하신답니다."

"알았어요."

현수는 다시 호수 쪽으로 시선을 옮겼다. 케이프를 움켜쥔 손에 단단히 힘이 주어졌다.

'두렵지 않다면 거짓말이겠지.'

가장 사랑하는 남편이지만 또한 세상에서 제일 무섭다. 이성적으로 해서는 안 되는 일을 그에게 의논도 하지 않고 저질렀다.

하지만 방법이 없었다. 그녀 말고는 복잡하게 얽힌 인연의 고리를 끊고 해결해 줄 수 있는 힘을 가진 사람이 없었다. 남편을 이겨내고 딸을 지지하며 안타까운 사랑을 지키게 해줄 수 있는 사람도 역시 그녀뿐이었다. 설사 남편을 노엽게 하여 정면으로 맞붙는다 해도 어쩔 수 없다. 천 번, 만 번이라도 같은 상황이면 언제나 똑같은 결정을 내렸을 것이다.

어미 된 자는 슬픈 존재였다. 탯줄을 잘라낸 후에도 아이들과 일체라는 점에서 아이들 몫의 인생까지 등에 짊어지고 간다. 어찌할 수 없이 강해지고 악해지고 지독스러워질 수밖에 없다. 그 아이들을 지키고 보듬고 눈물을 닦아주어야 하는 사람이기에. 어미의 사랑은 그래서 천형天刑, 맹목.

누구나 다 비겁하고 옳지 않다고 비난해도 세상에서 유일하게 조건 없이 사랑하고 편들어줄 사람은 결국 자신뿐. 그녀가 한 일은 그래서 우스꽝스럽지만 절대적으로 옳다.

'내가 지켜야 하니까. 풀어야 하니까. 그 애들 일, 나 말고는 지탱해 줄 사람이 없으니까.'

다시 한 번 단단히 되뇌었다. 남편이 와서 큰 고함을 지르더라도 이겨낼 수 있다. 어미이기에, 그 애들을 깊이 사랑하기에 반드시 강해질 수 있다. 아니, 강해져야 한다.

남편의 뜻을 어기고 경호실장을 움직여 세영을 출국시킨 것은 사흘 전 아침. 율리우스에게 딸려 세영을 내보내고 나서 현수는 곧바로 이곳으로 와서 두문불출했다.

워낙 철저한 사람이니, 딸애에 대하여 한시도 눈을 떼지 말도록 단단히 닦달을 했을 것이다. 하지만 그날 그는 국빈을 맞이하여 군사열행사를 치르기 위해 이른 아침부터 서울을 비워야만 했다. 또한 아내인 현수가 자신을 말짱히 속이고 딸을 바깥으로 빼돌릴 것이라고는 꿈에도 짐작하지 못했을 것이다.

현수는 율리우스와 세영을 함께 내보내고선 당장 보고를 올리겠다는 경호실장을 단호히 가로막아 섰다. 하여 대통령이 딸애가 출국한 사실을 보고받았던 시각은 이미 늦은 저녁, 세영이 비행기를 타고 떠난 지 일곱 시간이나 지난 후였다. 이미 비행기가 대한민국 영공을 넘어간 이상 그의 힘으로서도 어쩔 수 없을 것이라 계산했다. 율리우스는 남자의 명예를 걸고 딸아이를 연인에게 모셔다 주겠다고 약속했다.

그리고 어제, 그녀의 딸은 전남편 지헌의 아들과 결혼식을 올렸다.

〈고마워요. 엄마, 고마워요. 하지만 정말 죄송해요.〉

전화 안에서 딸애는 흐느끼고 있었다. 미안하다고 죄송하다고 몇 번이고 되풀이 말하며 울었다.

하지만 행복해요. 그래서 더 죄송해요. 그렇게 말하며 내내 울었다.

죄송하고 미안한 것도 사실, 행복하다 말하는 것도 역시 진실, 이성으로 제어되지 않는 사랑에 빠져 같이 손잡고 지옥에 떨어져도 행복하다 말하는 사랑이라면, 그런 의지라면 자를 수 없었다.

사랑하는 사람은 같이 살아야 한다는 진리를 현수는 이미 잘 알고 있었다. 같이 행복해져라 축복하고 그렇게 되도록 손을 빌려주는 수밖에는 길이 없다는 것도. 정말 미안하다고, 하지만 행복하다 말하는 딸애의 눈물 안에서 현수는 남편과 맞설 용기를 얻었다.

얼마 후 헬기 소리가 들렸다. 하늘을 올려다보니 붉은 등이 깜박이며 내려앉고 있었다. 남편이 도착한 모양이다.

십여 분 후, 저벅저벅 하는 발소리가 가까워졌다. 경호원도 없이 남편이 혼자 걸어오고 있었다. 하긴 대통령 내외가 서로 삿대질하고 고래고래 큰 소리 치며 부부싸움을 했다는 게 알려지면 망신이지.

현수는 평온한 얼굴로 돌아섰다. 아침에 나간 남편을 저녁에 맞이하는 것처럼 예사로이 맞이했다.

"어서 오세요."

"참 잘하는 짓이다!"

어지간히도 화가 난 얼굴이었다. 여간해서는 감정을 드러내지 않으나 한 번 화를 내면 누구 못지않게 격한 남자가 아닌가? 동욱이 줄기줄기 눈에 불을 뿜은 채 버럭 소리쳤다.

"임자, 지금 나한테 시위하나?"

"잘한 것도 없고 잘했다고 시위하는 것도 아니에요. 그냥 이것저것 생각할 게 많아서 혼자 온 거예요. 내일은 돌아가려고 했다구요."

"하지 말라는 짓만 골라서 해놓고 무슨……. 그리도 망신당하고 싶었어?"

"망신당해도 내 딸이 행복하면 그만이죠!"

"이 철없는 사람 보게. 끝내 잘못없다, 큰소리로군?"

동욱이 기가 찬지 잠시 말을 멈추었다. 어미가 되어서 못난 짓 하는 놈 다잡아 다시는 그런 일 하지 않게 가르쳐야지, 먼저 나서서 가지 말아야 할 곳으로 보내다니.

그런데도 저 잘했다 꼿꼿이 눈 뜨고 당차게 되받아치는 아내 앞에서 어지간한 그도 말을 이을 수가 없었다. 아내가 이러는 것을 단한 번도 본 적이 없었다. 그래서 그는 지금 속으로 은근히 당황하고 있었다. 한발 물러서서 활활 손부채를 부쳤다.

"하! 기가 차서, 기가 차서."

"진지는요?"

점입가경. 사람 속을 홀라당 뒤집고 부글부글 끓게 해놓은 사람이 누군데? 아주 태연하게 밥 먹었느냐고 묻는다. 눈을 부릅뜬 남편이 다시 소리 질렀다.

"남편 뜻 거역하고 집 싫다 가출한 마누라가 밥 먹었느냐고 왜 물어?"

"끼니 거르지 말라고 그랬지요? 들어가서 진지하세요."

"지금 임자가 나한테 할 말이 이것뿐이야? 변명도 좋고 설명도 좋으니 이야기부터 해보지. 왜 그랬나? 우리 딸을 그 집안 아들놈에게 주고 나니 마음이 편해? 엉?"

"나중에요. 우리 둘 다 지금 이야기하면 좋은 소리 안 나와요, 세영 아빠."

"좋은 소리 안 나오게 만든 게 누구야?"

"세영 아빠!"

"해도 될 일을 해야지, 이 사람아. 그놈들 인연이 될 법해? 하늘 아래 어찌 얼굴을 두고 살려고 이러는 거야?"

"동욱 씨, 여보."

현수가 그의 옷소매를 잡으며 안타깝게 불렀다. 금세 울 것 같은 표정이었다. 아내가 이런 얼굴이 되면 약해지고 만다. 육십을 넘어 일흔을 바라보는 이 나이에도 동욱은 아내가 울면 무서웠다. 가슴이 찢어졌다. 그래서 그만 목소리가 낮아졌다.

"왜?"

"……이제 그만하세요. 당신이 여기서 아무리 노염 내시고 고함 질러도 안 돼요. 끝난 일이라구요. 애들 어제 결혼신고 마쳤어요."

"뭣, 뭐라고?"

동욱은 허옇게 질린 얼굴을 하며 털썩 주저앉았다.

현수는 조용히 말을 이었다.

"그 아이, 캐나다국적을 가졌답니다. 제 나라 안에서 정식으로 결혼신고하는데 당신이 어떻게 막아요? 결혼식도 하고 증인도 있고. 인제 못 물러요. 아세요?"

"잡아와서 이혼시켜! 그럼 되는 거지, 그게 대수야?"

"어미도 이혼하더니 그 딸도 이혼한다는 말 듣게 하고 싶으세요?"

스스로 가장 뼈아픈 상처를, 말 한마디 하지 않고 감추어두기만 했던 흠을 먼저 내뱉었다. 그런 아내의 모습에 가슴이 아파 더 골이 났다. 동욱이 버럭 소리쳤다.

"좋아, 이왕 말이 나왔으니 해보자고! 전남편의 아들놈하고 딸년이 혼인하는 망신이 커? 아님 딸년 이혼시키는 망신이 커? 이 사람아, 제발 사리분별 좀 하시게."

"망신이야 제가 당하는 겁니다. 내 딸이 행복하다는데 무슨 상관이에요? 설마 당신, 체면이 우리 딸 행복보다 중하다는 말씀이세요?"

"기가 차서! 임자, 아주 제정신이 아니로구먼!"

동욱이 입을 쩍 벌렸다. 아무래도 아내의 행동이 정상이 아닌 것 같았다.

현수가 입술을 꼭 깨물었다. 눈물을 글썽글썽하면서도 그를 밀어내며 바락바락 소리쳤다.

"미쳤다고 해도 좋아요! 나라도 내 딸 행복을 지킬 겁니다. 아무것도 겁나지 않아요. 당신도 겁 안 나! 그러니까 나한테 고함치지 마요! 반성 안 해. 당신이 무서워 죽을 것 같지만, 반성 안 해! 잘못 했다고 말 안 할 거야!"

쪼르르, 맑은 액체가 잔에 차올랐다. 아무도 없는 거실에 희미한 새도우 등 하나만 켜져 있다. 넓은 소파에 동욱만이 혼자 앉아 있었 다. 홀로 자음자작하는 그의 표정은 검은 그늘로 덮여 패잔병처럼 초라해 보이기까지 했다.

지나치게 큰 정신적 충격의 연속이었다. 극도로 피곤했다. 한 잔, 또 한 잔. 독한 술을 넘기는데도 취기가 올라오지 않아 다시 술잔을 채웠다. 막 잔을 입에 가져다 대는데 문이 달칵 열리는 소리가 들렸 다. 소리 없이 현수가 다가왔다.

"늦었어요. 왜 안 주무세요?"

"그럼 임자는 이 마당에 잠이 오나?"

"그렇다고 처량하게 혼자 깨어서 자음자작하시는 것도 보기 안 좋네요."

현수가 그의 앞으로 다가앉았다. 반쯤 열린 문으로 구욱구욱 밤 새 우는 소리가 나직하게 들렸다. 잠시 후 동욱이 내려놓는 잔을 현 수가 빼앗았다.

"저도 한잔 주세요."

"술도 잘 못 먹는 이가 왜 달라 해? 왜 고약하게 주정하려고?"

"주정 좀 하면 어때요? 당신 앞인데."

생긋 웃는 아내를 바라보다 동욱은 술병을 기울였다. 반 정도 따라주며 자정을 넘긴 시계를 힐끗 보았다.

"임자는 왜 안 자?"

"당신이 옆에 없으니 잠이 안 오네요."

"흥! 늙은 남편 코 고는 소리 없었으니 오히려 편했을 텐데, 왜?"

현수가 새치름하게 토라지며 볼멘소리로 받아쳤다.

"생각이 하도 무거워 잠도 안 와요."

"무슨 생각?"

현수는 잔을 들고 멍하니 술을 내려다보았다. 그러다 다시 시선을 돌려 컴컴한 하늘을 바라보았다.

"옛날 생각이지 뭐예요. 닥친 일이 그렇고 내 나이도 이만하니 별의별 생각이 다 떠오르고 그럽니다."

"생짜로 딸 내주고 분해서 그런 건 아니고?"

"……아니라고 말하면 거짓말이죠."

동욱이 현수의 손에 들린 술잔을 빼앗아 다시 한 모금을 마셨다. 잠시의 침묵 후 씁쓰레한 목청으로 내뱉었다.

"세영이 놈."

"네."

"믿었는데, 괘씸해. 그렇게 우리 뒤통수를 칠 줄 누가 알았어?"

"……저인들 안 괴로웠을까요?"

현수가 조용히 되받았다. 저도 생각이 있고 헤아릴 줄 아는데 왜 괴로움이 없었을까? 갈등이 없었을까? 마음대로 사랑도 잇고 자르는 거라면 이 세상에 눈물이 왜 있을까? 둘 다 서른 줄, 해야 할 일과 해서는 안 되는 일을 가릴 줄 알고 이성 있는 어른이다.

하지만 서로에게 미쳐서 아무것도 안 보이는데 어떻게 하냐고, 헤어질 수 있었으면 벌써 헤어졌다고 딸애는 흐느끼며 말했었다.

"그 아이 말예요."

"누구?"

알면서도 짐짓 모른 척 되물었다. 그러자 현수가 옷깃을 터는 척했다. 남편의 시선을 피하며 금지된 이름을 꺼냈다.

"이 회장댁 아들 말예요."

"그래."

"일이 이 지경이 되니 그런 생각이 드네요. 만약 이 회장, 그이하고의 인연이 없었다면 그 애들 둘, 어땠을까 하고요."

"별 시답잖은 생각을 했구먼?"

동욱은 자신도 예전에 한 번 똑같은 생각을 했다는 말은 하지 않았다. 유립을 처음 보았을 때, 지헌의 아들이라서 아깝다고. 전대의 악연惡緣만 아니라면 내 딸을 주어도 좋을 만큼 괜찮은 놈이라고 생각했었다. 현수가 술 한 모금을 들이켜며 나지막이 말했다.

"딸자식 가진 어미가 결국은 죄인이고 고개 숙인답니다. 뭐, 집안도 그만하고 나이도 그만하고 살아가는 것도 그만하고 어지간히 짝 맞추어서 결혼시켰을 것도 같다는 생각이 들어요."

"듣기 싫어! 그래서 임자가 한 일이 옳다 강변하는 건가?"

"그냥 들으세요."

"그만해! 암만 당신이 그래도 그놈은 안 돼. 반드시 데려와서 이혼시킬 거야."

"이해하시려면 못하실 것도 아닌데 대체 그 아이라면 고개 흔들고 만정이 떨어지는 얼굴을 하시는 이유나 들어봅시다. 왜 그러세요?"

"그놈 하는 짓이 다 맘에 안 들어!"

동욱이 버럭 소리쳤다.

"뭐가 그리 마음에 안 차셨는데요?"

"임자도 보았잖아! 뻔뻔하고 능글맞기는……. 그 지경이 되었어도 기 하나 죽지 않고 음험하고 능청맞은 꼬락서니하고는! 아주 정 떨어졌어. 당돌하기는 말도 못해. 어린놈이 어른 무서워할 줄도 모르고 말이야."

현수가 살짝 웃음을 짓자 동욱이 눈을 부라렸다.

"왜 웃나?"

"……당신이구려."

"뭐?"

"옛날 우리 젊었을 때 친정어머니께서 당신 두고 반대하시면서 하신 말씀 그대로네요."

"뭐야?"

현수가 새침하게 옷깃을 여몄다. 쌀쌀해서 감기가 들면 어쩌나 마음이 쓰여 동욱은 카디건을 벗어 아내의 어깨에 걸쳐 주었다. 한마디 불퉁하나마 걱정해 주었다.

"밤이라 쌀쌀하잖아. 옷이나 제대로 챙겨 입고 나오지."

그 말에는 대꾸도 않고 현수가 곁눈질로 남편을 바라보았다. 그의 마음을 짚어 환하게 읽어 내린 듯 다시 물었다.

"당신을 너무 닮았지요? 하는 짓이 뻔히 눈에 보이니까 더 마음에 안 차시는 거지요? 그래서 더 못마땅하신 거구요."

"암만."

동욱이 술 한 모금을 또 홀짝 마셨다. 이가 갈렸다. 멍청한 척, 지는 척하면서도 징그러울 정도로 영리하고 교활한 눈빛을 가지고 있었다. 건방지게 사람 머리 꼭대기 위에서 놀고 있는 게 환히 보였다. 손가락 하나를 가지고도 딸년을 조종하고 있는 거다. 그러니 지금껏 부모 말 거역할 줄 모르던 녀석이 그렇게 미치고 정신 잃어 날뛰는 것이지. 어둡고 비틀리고 낱낱이 구겨진 것밖에 없는 놈한테 귀한 내 딸을 눈 뜨고 생짜로 빼앗겨?

"그리고 말이야, 난 그놈 비틀리고 구겨진 게 싫어. 담고 있는 그늘도 싫고."

딸년, 세영이 제 딴에는 영리한 척 휘젓고 다녀도 영 어수룩하다는 것을 동욱은 알고 있다. 어디 한번 세상의 험한 꼴을 보기나 했던가? 늘 아낌을 받고 사랑만 듬뿍 받고 자라 사람 마음속에 감추어진 복잡하고 음험한 그늘을 알지 못한다.

햇살 같은 그 애를 검은 심연 같은 그놈이 내내 탐내다가 홀짝 통째로 삼킨 것만 같아 두고두고 입맛이 썼다. 고이 기른 태양빛, 제가 무엇이라고 홀라당 낚아채서 제 품 안에 감추는가? 제 놈의 무거운 얼음덩어리를 딸의 온기로 녹이고 풀어 평생 뜨뜻하고 낙락하게 살려는 욕심이 보여 열불이 확 치밀었다. 마구 패주고 싶었다.

현수가 고개를 저었다. 온화하나 단호하게 반박했다.

"그늘을 알고 마음 구석 빈 데 많고 모자란 것투성이라 전 좋게 보았어요. 우리 딸이 밝고 환하고 곧고 귀한 줄 아는 아이예요. 그만큼 대접하고 아낄 줄도 알았어요."

"뭐라고?"

"자기가 없는 것이어서 그만큼 더 귀하죠. 제가 모자란 것이라서 가지려고 애태우는 거고. 사람 사랑하는 게 다 그런 것이잖아요. 천생연분. 내 딸, 참 좋은 사람 찾았어요."

그득히 차고 홀로 다 가졌으면 옆의 사람이 왜 필요할까? 모자라기에 서로 채워주고 부족하기에 서로 의지하고 빈틈이 많아 서로가 섞여 충만해지는 것이다. 그래서 사랑이고 인생을 같이 가는 것이다.

"세영 아빠, 친정아버지께서 당신을 받아들이고 참 좋아한 이유도 그랬어요. 없이 살아봐서 옆의 사람 귀한 줄 안다구요."

"그래서 임자는 나더러 그 둘을 찬성하라는 거야?"

"당신이 찬성하든 반대하든 이미 부부가 된 아이들입니다."

현수는 지적했다. 남은 건 그들의 사랑을 받아들여 순리대로 풀 것인지 아니면 끝내 반대해서 두 애를 불효자로 만들 것인지가 남았을 뿐이다.

"여보, 제발 한 번만 깊이, 마음 풀고 생각해 주세요. 다른 것은 생각 말고 우리 딸애 입장으로 생각해 줘요, 네? 어른들이 반대하였어도 우리도 끝내 뜻을 이루었잖아요."

"안 돼!"

"아무리 고집 피워도 당신 그 애들 못 이겨요. 목숨 걸고 사랑하는 애들을 어떻게 이겨?"

현수가 이를 악물었다. 딸을 위해 남편과 끝내 싸우겠노라고 선언했다.

"저요, 모진 어미는 되지 않을 거예요. 친정어머니처럼 죽을 임시에 후회하고 못내 마음 아파하기 싫어요."

"그게 무슨 말인가? 장모님이 뭐라고 하셨는데?"

"……당신하고 저하고 정말 행복하게 사는 것을 보면 볼수록 가슴이 더 아팠다고요."

더없이 사랑하는 남편, 감사하게 와준 사랑스러운 아이들. 그 속에 어미닭처럼 종종거리고 살았다. 봄날 햇살 같은 남편의 사랑 안에 감싸여 마냥 행복했다. 하여 다 잊은 일들을 어머니는 하나도 잊지 않고 있었다. 그녀의 손을 꼭 잡고 속이 아파 울 것 같은 눈으로 그런 말씀을 하셨다.

'정 서방이랑 잘사는 것을 보니 내 가슴에 박힌 못 이제 다 빠졌다. 그래서 더 아프고 미안하구나.'

사랑하는 이와 이렇게 곱게 살 줄 알았다면 애초에 욕심 같은 것 부리지 않았다고 하셨다. 남들만 보기 좋은 결혼은 시키지도 않았을 텐데. 어미의 못난 허영 때문에 금쪽같은 딸 머리털까지 빠지는 마음고생시키고 이혼녀 딱지 달게 했다고 가슴을 쳤다.

사실 그 결혼, 딸인 현수가 먼저 시작했다. 하지만 그런 건 싹 지우고 다 어머니, 당신의 잘못만이라 자책하셨다.

'내 딸 저렇듯 귀하게 대접하는 사람, 왜 그리 모질게 반대했을까? 정 서방만 보면 늘 미안해. 서로 사랑하면 그것으로 족한 결혼인데, 그게 순리인데……. 추하게 엄마가 욕심 부렸어. 부끄러워. 내 딸한테 민망해.'

그런 이야기를 해가던 목소리가 갈수록 젖어들고 떨렸다. 고개를
든 현수의 눈가가 어느새 발갰다. 남편의 손을 잡아 가슴에 꼭 품었
다. 그 옛날, 이 남자를 얻게 해달라고 완고한 어머니께 간청한 그
날처럼, 그보다 백배 더 간절하게 부탁했다.

"세영 아빠, 내가 망신당할게. 내 딸인데 우리가 감싸주지 않으
면 그 애들 세상 어디에 가서 비벼? 어떻게 해? 이미 일어난 일인
데. 그냥 눈 딱 감고 그 애들 인정해 주세요. 부탁해요, 네?"

이틀 후 청와대, 대통령 집무실.

동욱은 책상 앞에 앉아 입법 상정된 정책들을 살펴보고 있었다.
겉으로는 태연하게 일에 몰두하는 것처럼 보였으나 사실 머릿속이
무척 복잡했다. 결국 원점으로 돌아오는 사념들, 바로 딸아이의 일
이었다. 아내의 눈물 어린 호소였다.

'하지만 그렇다고 이지헌의 아들을 사위로 삼아?'

저절로 펜을 쥔 손에 힘이 꾹 주어졌다. 다시금 머리가 아파 오기
시작했다. 자신도 모르게 얼굴을 찡그리며 시계를 보았다. 이 집안
뒤집어진 것처럼 저 집안도 난리가 났을 터인데. 이지헌을 한번 만
나야 하는 것일까?

갈등이 꼬리를 물고 끝없이 이어졌다. 대통령의 안색이 그다지
좋지 못하다는 것을 앞에 선 비서실장이 재빨리 알아차렸다. 내내
청광대에 계시던 영부인께서도 어제 대통령과 함께 돌아오셨다. 눈
치껏 입 밖으로 내지 말아야 한다고 묵계가 된 따님의 일을 제외하
고는 대통령 가족들의 일상은 전부 다 정상적으로 돌아왔다.

아침에 관저를 나오실 때만 해도 활기찬 안색이시더니 웬일일까? 걱정스러워 캐물었다.

"어르신, 어디 불편하십니까?"

"아, 아냐. 혼자 생각이 좀 있어서. 말씀하세요, 오늘 남은 스케줄은 무엇이라구요?"

"노동부 산하 간부들과의 면담이 있습니다. 그리고 영국 BBC와의 인터뷰는 열일곱 시 정각에 접견실에서 준비되어 있고요."

"좋습니다. 나가 보세요."

비서실장은 잠시 망설였다. 이런 이야기를 전해 드려야 하나 말아야 하나, 별로 기분이 좋지 않으신 것 같은데. 하지만 몇 번이고 간곡한 전화를 받았다. 무시하기 힘든 거물의 면담 요청이다.

비서실장이 나가지 않고 머뭇거리는 것을 알아채고는 대통령이 고개를 들었다.

"아직 용건이 남았습니까?"

"아, 네……. 저기……."

"괜찮습니다. 말씀하세요."

"경산그룹의 이 회장님께서……."

저절로 눈썹이 치켜 올라갔다. 동욱은 펜을 놓으며 차갑게 되물었다.

"그런데요?"

"긴히 뵙고 싶다는 간절한 청이 있었습니다. 몇 번이고 전화를 주셔서 부탁하시기에……."

동욱은 한 손으로 미간을 짚었다. 피할 일도 아니었다. 어차피 벌어진 일들, 결국 철없는 것들이 벌인 일들의 수습은 어른들이 할 수밖에 없는 거다.

오만하고 자존심 강한 그가 먼저 동욱에게 만나자고 청을 해올 정도면 얼마나 고민했을까 짐작이 되었다.

공식 석상에서 얼굴을 보는 것조차 꺼려 지병을 핑계로 거의 나타나지 않을 정도였다. 대통령 선거 유세 때의 유감도 아직은 남았다. 알게 모르게 상대 후보의 자금줄 노릇을 하며 교묘하게 자신을 괴롭혔던 쪽이 지헌의 경산그룹이었다. 동욱에 대한 사적私的인 감정의 앙금에서 기인한 일이라는 것을 모를 정도로 멍청하지 않다. 그 정도로 경원하던 사이였다.

그런 지헌이 먼저 그를 만나기를 청한다. 자식 이기는 부모 없다더니, 결국 그도 한낱 아비라는 말이었다. 보지 않아도 알 수 있는 일이다. 장고長考에 장고를 거듭했을 테지. 굴욕감을 삼키며 먼저 고개를 숙인 셈이다.

"인터뷰가 몇 시에 끝나지요?"

"열아홉 시에 끝날 예정입니다."

"그래요. 좋아요, 비서실장."

"네, 어르신."

"그쪽으로 전화 좀 넣지. 만나지 못할 이유도 없어. 이왕 만나야 할 터이면 미룰 이유가 없지. 오늘 밤은 어떻겠느냐고 여쭈어보세요. 관저는 불편해. 내 사정이 이러하니 자네가 나서서 이목이 적은 곳으로, 적당하게 자리 한번 마련해 봐요."

"알겠습니다. 걱정 마십시오."

비서실장이 허리를 굽혀 인사를 하고는 돌아섰다. 동욱은 밀쳐두었던 서류를 다시 끌어당겼다. 양단간에 결단을 내리지 않으면 안 된다.

"흥, 어림없지!"

정 대통령의 입술 사이로 삐뚤어진 냉소가 새어 나왔다.

그날 밤 9시 반. 청와대 뒤편의 비밀 요정 운향각.

워낙 은밀하여 평상시도 인적이 드문 곳이다. 그런 곳에서도 가장 은밀한 외별각에 단아한 주안상이 차려졌다. 상차림을 준비한 여주인은 일찌감치 그곳에 있던 모든 사람들을 재촉해 멀찍이 물러나게 했다. 이내 검은 양복을 입은 너덧의 건장한 사내들이 문 앞에 포진했다.

그로부터 삼십 분 후, 벤츠 한 대가 그 앞에 멈추었다. 껑충한 키에 적막한 얼굴을 한 사내가 내려 그 문 안으로 사라졌다.

십 분도 채 지나지 않아 이번에는 검은 에쿠스가 도착했다. 귀에는 리시버를 꽂고 매 같은 눈을 빛내고 서 있던 검은 양복 차림의 사내가 차 문을 열어주며 정중하게 허리를 굽혔다.

"이미 도착하셨습니다."

"그래, 알았어."

동욱이 들어서자, 이미 자리를 잡고 앉아 있던 지헌이 일어났다. 무엇이라고 이름 붙일 수 없는 복잡다단한 감정과 인연으로 얽힌 두 사내가 삼십 년 만에 희끗희끗한 머리카락을 한 채 다시 만났다. 도무지 형언할 수 없는 어떤 감정으로 서로들 울컥해졌다. 가능하다면 이런 자리를 얼마나 피하고 싶었던가. 어른 된 죄, 아비 된 죄였다. 그래서 이런 불편하기 짝이 없고 어색하기 이를 데 없는 해후의 자리를 감내할 수밖에 없었다.

동욱이 먼저 인사했다.

"오랜만입니다."

"만나주셔서 감사드립니다."

그들은 덤덤하게 악수를 나누었다.

"앉으시지요."

동욱은 술잔을 건네며 맞은편의 지헌을 가만히 바라보았다. 적막한 얼굴이 더 적막해진 것 같다. 젊었을 때 훤칠하던 기골과 수려한 미목은 그대로였으나 주름살지고 몹시 야위어서 쓸쓸한 고목 같았다. 과묵하던 이가 더 과묵해진 듯싶었다.

술잔이 두어 순배 돌아도 내내 침묵뿐이다. 말을 해도 불편하고 말을 하지 않아도 불편하다. 누군가가 말문을 터주어야 하는데 지헌 쪽은 아니었다. 결국 동욱이 또 먼저 입을 열 수밖에 없었다.

"몸은 좀 어떠신지요?"

"그만합니다."

"……이왕 이렇게 뵙게 됐으니 차, 포 다 떼고 허심탄회 옛날로 돌아가 보십시다, 이 선배. 어차피 두 놈 문제로 만난 것, 민망하나 어찌하겠습니까?"

"……해결을 보아야지요."

"괘씸한 그 녀석들이 사나흘 전에…… 정식으로 캐나다에서 결혼신고까지 했다는 소식을 받았습니다."

지헌이 고개를 끄덕였다. 그도 알고 있다는 뜻이었다. 동욱이 건네는 술잔을 받고도 우두커니 앉아 있기만 했다. 잠시 후 그늘이 가득 서린 이마를 들었다.

"어찌하실 생각이십니까?"

"이 선배하고 같은 생각입니다. 절대로 안 될 인연이지요! 반드시 데려와서 이혼시킬 겁니다."

인정사정없이 단호하게 잘라 말했다. 절대 타협 불가능이다. 지헌이 바늘로 찔러도 피 한 방울 나올 것 같지 않는 매몰찬 동욱의 표정을 가만히 바라보았다. 다시 나지막이 깊은 한숨을 쉬었다. 그러나 어쩔 수 없다. 하겠다 마음먹은 말은 해야 한다. 마침내 떨어지지 않는 입술을 억지로 열었다.

"늙어 망령난 사람의 헛소리라고 생각하십시오. 그 아이들, 둘 사이…… 허락하실 수 없습니까?"

"뭐라구요?"

이지헌의 입에서 나올 것이라고는 꿈에도 생각하지 못했던 말이 나왔다. 동욱은 그만 멍해지고 말았다.

망신이라고 치면 지헌 또한 그들 못지않다. 자존심이나 오만의 크기로 치면 오히려 그가 더하다. 그런 이의 입에서, 제 망신 두어두고 아들과 세영을 맺어주자는 말이 나올 것이라고는 단 한 번도 생각하지 않았다. 오늘 만나기를 청한 것은 자신의 힘을 빌려 아이들을 찾아내자 청하러 온 것으로만 믿었다.

한데 허를 찔린 셈이다.

"내 아들이라서가 아니라 꽤 괜찮은 녀석입니다. 자식은 아비가 제일 잘 안다고 하는데 제가 만든 우스운 악연만 아니라면…… 사위로 자랑스럽게 여길 만한 그릇입니다."

"이 선배, 그만하시지요."

"허락하시든 하시지 않든 제 이야기를 끝까지 들어주십시오."

말을 잘라 버리려는 동욱에게 지헌이 간절하게 부탁했다.

"아비 된 자의 어리석음이라고 노여워하시면 할 말 없습니다. 하지만 내 평생 처음 하는 이야기입니다. 들어주십시오."

그 목소리에는 사람을 움직이게 만드는 사무침과 간절함이 스며들어 있었다. 때문에 동욱도 더 이상은 차마 냉혹하게 베어버릴 수 없게 되었다.

"그놈, 좋은 녀석입니다. 능력도 있고 배포도 큽니다. 제 사람 귀하게 여길 줄도 알고 지킬 줄도 아는 듬직함도 있습니다. 우리 내외가 잘 키우지 못했는데 고맙게도 혼자 잘 자라주었습니다. 아비로서 할 말이 없지요. 오직 감사할 따름입니다."

"잘 자란 놈이라고 하시는데요, 그런 녀석이 될 성싶지도 않은 인연을 마음에 담아 그런 큰 도둑질을 한답니까? 위아래 살필 줄도 모르고 제 열기 솟구치는 대로 천둥벌거숭이처럼 날뛴답니까?"

매섭게 후려쳐 오는 무안 앞에서 대꾸할 말도 염치도 없다. 지헌은 먹먹히 고개를 끄덕였다.

"노염 타신 것 충분히 이해합니다. 하지만 그놈은 한때의 열기로 이런 일을 시작한 게 아닙니다. 그놈, 제 평생, 제 목숨 전부를 걸었습니다."

지헌이 고개를 들어 동욱을 처음으로 똑바로 응시했다.

"죽어도 같이 살고 싶다고 말하며 그놈이 제 앞에서 통곡했습니다. 자라면서 한 번도 무엇을 바라거나 가지고 싶다 말하지 않던 그놈이 못 놓는다, 사랑한다 했습니다. 처음으로 제 다리를 붙잡고 도와달라고 울었습니다."

"……허어 참."

"그때 확실히 알았습니다. 이놈 이거, 보통 마음이 아니구나 하고. 내 자식이 목숨을 걸 만큼 절실한 마음이라면 못 말린다 싶었습니다. 가볍게 보이고 경솔한 것 같지만 제 속내 무겁게 간직할 줄 알고 키울 줄 아는 사냅니다. 그런 놈이 선택한 사람이었습니다. 그래서 그놈 내보낼 때 전 그 마음 접지 말라고 말해주었습니다."

"뭐라구요?"

지헌이 서글프게 입꼬리를 늘어뜨리며 반도 채 비우지 못한 술잔을 가만히 내려다보았다. 나직하게 중얼거렸다.

"왜 그런 어리석은 충고를 했는지 물으신다면……. 예, 죽을 때가 되어 그런 모양이지요. 아무에게도 말하지 못했지만 실은…… 내가…… 별로 오래 살지 못할 것 같습니다."

동욱의 손에 들린 술잔이 살짝 떨리며 찰랑 넘친 술이 상 바닥에 떨어졌다. 감춘다 해도 충격이 서렸나 보다. 지헌이 쓸쓸하게 웃었다.

"재작년에 일본에서 암수술을 받았습니다. 다행히 초기였습니다만 전이가 쉽게 되는 종류라 많이 불안해하면서 가료 중이었죠. 한데 올해 검진해 보니 다시 나빠진 모양입니다. 그래서 지금 재수술을 준비 중입니다."

"큰 병환인데 어째서 가족들에게는 알리지 않으셨는지요?"

"알린다 한들 무엇을 어찌하겠습니까? 소란한 일들이 벌어질 것 같아 별로 알리고 싶지 않았습니다."

오만하고 자존심 강한 터라 내심을 잘 드러내지 않는 지헌다운 일이라 동욱은 생각했다. 많이 야위고 안색이 좋지 않았던 것은 중병을 앓고 있었던 때문이란 말이다. 그러고 보면 병 때문에 모임에 나오지 못한다고 했던 것은 소문이 아니라 진실이었던 셈이다. 그를 오해하고 속으로 괘씸타 여겼던 자신의 옹졸함이 문득 민망스러웠다.

지헌이 멍하니 상 끝을 응시하며 말을 이었다.

"재작년에 수술하기 위해 입원했었는데 멍하니 누워 천장을 바라보고 있으니 별의별 생각이 다 나더군요. 무엇보다 가슴이 답답해지던 것은 내 인생 참…… 부질없구나 하는 후회였습니다."

삶과 죽음의 기로 앞에서 인간은 어찌할 수 없이 살아온 생을 반추하게 된다. 살아낸 시간의 공과功過와 무게를, 잘한 일과 못한 일들을, 사랑하고 미워한 사람들을 전부 떠올릴 수밖에 없다. 후회하든 자랑스럽든 전부 다 자신이 만든 세상이고 흐렸든 갰든 좋든 나쁘든 스스로가 책임지고 감당해야 할 무게이다.

그런 삶을 지헌은 가장 불편하고 껄끄러운 상대라 할 수 있는 동욱에게 처음으로 펼쳐 보이고 있었다. 아들을 위해, 한 번도 사랑한다 말해주지 않고 안아주지도 않았던 불쌍한 핏줄을 위해 혀를 깨물고 주먹을 움켜쥔 채.

"가슴이 먹먹하고 눈앞이 보이지 않더군요. 헤아려 보니 온통 실수, 잘못한 것투성이라 어디서부터 어떻게 손을 대야 할지 알 수가 없었습니다."

가슴 치며 후회해도 돌이킬 수 없는 것들이 왜 그리도 많던지, 지헌은 홀로인 듯 쓰디쓴 미소를 지었다.

못으로 박혀 빠지지도 않고 뺄 수도 없게 만들어 버린 실수들이 낱낱이 떠올라 가슴속을 헤집었다. 무엇보다 눈 어두워 선물처럼 주어진 귀한 사랑을 지키지 못한 것이 뼈아팠다. 사랑하는 일도 첫 번째라 실수할 수 있다 치자. 제대로 잘하지 못한 그 사랑, 두 번째라도 잘해야 했는데, 여차저차 곁에 남은 사람 싫든 좋든 인생을 같이하는 반려라 할 것이면 귀이 여기고 같이 가꾸어 나갔어야 했는데. 똑같은 실수를 두 번이나 하고 만 스스로의 어리석음에 치가 떨렸다.

"하지만 그것보다 더 큰 실수도 있더군요. 잘못을 잘못으로 인정하지 않고 바로잡을 생각도 하지 않고 이 많은 세월을 그냥 흘러가게 내버려 둔 것이었습니다."

"……그렇습니까?"

"거기에는 아들놈 일도 포함되어 있습니다."

지헌이 술잔에 어린 빛을 가만히 바라보았다. 잠시 후 고개를 들어 동욱을 바라보는 시선이 진솔했다. 오만한 사내가 처음으로 입을 열어 스스로의 망신과 수치를 드러냈다. 차갑고 기쁨 없던 비틀어진 그 삶을 고백했다.

"솔직히 전 그 애 어미하고 잘 지내지 못했어요. 하지만 그 애가 내 핏줄인 것은 변함없는 사실이고 또 자라면서 생각지도 못한 기쁨과 자랑스러움을 안겨주더군요. 자식이란 것이 저런 것인가 하는 생각이 들면서 자랑스럽기도 했구요. 못난 저는 아들 키우는 기쁨을 누릴 자격조차 없는 아비였지만 그 녀석, 차갑고 못난 이 아비에게조차 최선을 다해 효도했습니다."

하지만 그런 아들에게 돌려준 것은 무엇이었던가. 아무것도, 아무것도 없었다. 큰 죄만 지었다. 그 아들의 어미를 사랑해 주지 못했던 것, 그래서 아들로 하여금 자신의 태어남을 수치라고 생각하게 만들었다.

"내자 역시 따지고 보면 불쌍한 사람인데 젊은 날의 나는 그렇게 넉넉하지 못했어요. 천생 태어나기를 차가워 남들에게 더분더분 주는 것도 잘 못하고 마음속 이야기도 잘 못합니다. 한데 그 사람은 그냥 유약한 여자이지요. 제 앞가림도 잘하지 못하고 남자 하나 바라보며 울고 웃는 천생 여자, 그런 사람 하나 가꾸지 못했어요. 나는, 내 인생에 온 두 여자를 다 불행하게 만든 못난 사내였던 겁니다. 한데 이제는 나쁜 아비까지 되고 말았어요."

"이 선배……."

"제대로 잇지 못해 끊어진 인연이 삼십 년이 지나 다시 돌아와 버렸습니다."

동욱을 바라보는 지현의 눈빛이 금세라도 울 것처럼 보였다. 목소리가 바람에 휘날리는 나뭇가지처럼 떨렸다.

"그 칼날이 내가 아니라 한창 피는 아이들 인생을 후려쳤어요. 내 업보는 대체 어디까지 가야 하나, 얼마나 더 죗값을 받아야 풀어지나, 그런 생각에 아찔했습니다. 이건 내가 치러야 할 업보이지 그 애들이 아닙니다. 간절하게 부탁드립니다."

먼저 동욱을 찾아오는 일도 하지 못할 사람이었다. 한데 그것으로도 모자라 지헌은 이 평생 다시는 누구에게도 하지 못할 일을 하려고 마음먹은 참이었다. 아들을 위해, 사랑해 주지 못해 미안한, 불쌍한 그놈을 위해.

지헌이 동욱 앞에 무릎을 꿇었다. 깊이 고개를 숙였다.

"망령 난 늙은 아비가 마지막으로 드리는 말씀입니다. 간절히 부탁드립니다. 만에 하나 운명같이 온 귀한 사랑을 잡으려 싸우던 예전의 그 마음이 남아 있으시다면…… 한 번만 아이들 일을 재고해 주십시오. 부디 내 아들을…… 너그러운 눈으로 다시 한 번만 눈여겨 주시기를 간청드립니다."

운전기사가 차 문을 닫아주었다. 더없이 초라했지만 동시에 아주 홀가분한 얼굴로 지헌은 차 등받이에 머리를 기댔다. 피곤해하는 어르신을 십여 년 넘게 모신 기사가 안쓰러운 눈으로 돌아보았다.

"이야기는 잘 끝내셨습니까?"

"음."

지헌은 눈을 감은 채 나지막이 대답했다. 그토록 간절히 부탁했어도 동욱은 끝내 흔쾌한 대답을 하지 않았다. 마지못해 한마디를 했을 뿐이었다.

"될 인연은 막아도 될 것이고 안 될 인연은 붙여도 안 되지요. 어디 한번 두고 볼 일입니다."

하나, 섭섭하다 말할 수는 없었다. 그다음은 너희들의 운명이라고 지헌은 홀로 중얼거렸다. 부디 아들이 자신보다 행운이 있기를 그는 간절히 바랐다.

"거기, 청담동에 전화 좀 넣어보지."

자정이 다 되어가는데 지민은 이내 전화를 받았다. 지헌의 목소리를 확인하고는 툴툴거렸다.

〈왜? 넌 또 무슨 바람 불었니? 안팎으로 왜 다 나만 찾고 난리야? 너도 유립이 놈 문제 땜에 그러냐?〉

"집사람이 또 거기 왔습디까?"

〈와서 한참 동안 속 뒤집고 갔다. 네 아들 쫓겨간 게 왜 내 탓이라니?〉

원망 반, 하소연 반, 흑흑거리다 실성한 듯 울부짖다가 또 소식 끊어진 아들 걱정에 제정신이 아니었다. 영혜를 만나 한 시간 남짓 상대한 것만으로도 충분했다. 지민은 지헌까지 감당할 기력이 없다는 뜻을 분명히 했다.

지헌은 잠시 침묵했다. 지민의 목소리가 좋지 않았다. 내일 보러 갈까 싶었지만 이왕 시작한 이야기, 다 끝내고 싶었다. 그에게는 남은 시간이 많지 않았다.

"누님, 정말 미안한데 시간 좀 내줘요. 내 그리 가는 길이요."

〈자알한다. 아들 놈 하나 있는 거, 부모가 다스리지도 못하고 늙은 고모만 찾아와서 닦달질이로구나.〉

입으로는 욕을 하면서도, 그러나 모처럼 찾아간다는 동생을 박대할 수는 없는 모양이었다.

〈제 발로 온다는 이, 어찌 막니? 건너오너라.〉

지민은 야생화 사진을 늘어놓고 스케치북에 크로키를 하고 있었다. 들어서자마자 쓰러지듯 소파에 앉는 지헌을 힐끗 건너다보았다.

"뭔 일 있었어? 피곤해 보이는구나."

"음, 좀 일이…… . 많이 힘들어."

어지간해서는 입 열어 힘들다 말하지 않는 사람이다. 몸 일으켜 주방으로 가 커피를 내리려던 지민의 손이 멈칫했다. 대신 꿀에 재운 삼차蔘茶 한 잔을 만들었다.

"따끈하게 마셔."

"고마워요."

한 모금, 한 모금 줄어드는 찻물 따라 침묵도 더 깊어졌다. 반눈을 감고 거의 넋을 놓은 표정이던 지헌이 눈을 떴다. 찻잔을 놓고 지민을 바라보았다.

"유립이 놈 배웅하러 공항까지 가셨다면서?"

"그래."

지민은 덤덤하게 대꾸했다. 그래, 어쩔래? 동생을 꼬나보았다.

"이 나라 언제 돌아올지도 모르는 놈, 사랑한 죄로 외국으로 유배당해 나가는 그놈, 내 죽기 전에 또 만날 수 있을까 싶어 배웅했다. 왜?"

"왜 그랬습니까?"

배웅하러 왜 나갔느냐는 말이 아니다. 세영에 대한 유립의 열정을 막지 않고 오히려 왜 부추겼느냐는 말로 알아들었다.

지민은 냉소를 흘렸다.

"글쎄다. 내가 늙어 잠시 노망이 들었던 모양이지."

"……그 인연이 될 법 싶어 보입디까?"

"이 나이까지 살다 보니 사람 사는 일, 꼭 될 일도 없고 꼭 안 될 일도 없더라."

그녀도 찻잔을 놓고 지헌을 응시했다. 변명이라 해도 좋았다. 합리화라 비난해도 할 수 없다. 그러나 지민 자신이 왜 더없이 위태롭고 억지스런 유립의 열정을 가로막지 않았는지 한 번은 설명하고 싶었다.

"너, 알다시피 유립이 그놈, 어디 한 번 큰 소리로 제 주장 한 번 하던 놈이냐?"

"내 뜻 제 뜻 늘 같다 싶어 믿었지요."

"그래서 네가 눈뜬장님이라는 거다."

지민은 가차없이 지헌의 말을 짓뭉갰다. 여전히 자기중심적이어서 어리석은 그 눈을 대놓고 비난했다.

"유립이 그놈, 너 아니다. 아들이라고 해서 어째 늘 아비하고 뜻이 같겠니? 네 피 받아 태어났어도 생각이 다르고 보는 눈이 다르다. 사는 세상이 다른데 어찌 같겠니? 그것을 왜 몰라?"

"그래요. 내 그것을 몰랐지."

"넌 그놈이 입 다물고 따라온다고 해서 너와 같거니 하고 생각했지?"

"음."

"한 번이라도 그놈에게 정말 네가 원하는 게 뭐냐고 물어나 본 적이 있어?"

"그래, 어떻게 살겠다 합디까? 어미, 아비 기절시키고 되지도 않을 아이 집착해서 상망신당하는 게 제가 살고 싶은 거랍디까?"

지민이 슬픈 눈으로 고개를 흔들었다.

"아니. 한 번이라도 좋으니 사랑받고 태어난 다른 아이들처럼 인정받고 칭찬받으며 제 하고 싶은 것을 하고 살고 싶다 했다."

"누가 인정하지 않았다고……?"

"넌 한 번도 말해주지 않았었다."

지민은 단호하게 지헌의 말을 가로막았다.

"한 번도 칭찬 안 했어. 그리고 그 애 어미도 사랑해 주지도 않았고. 그래서 그 애 어미랑 유립이 인생 둘 다 망쳐 놓았잖니. 인정해."

신랄하고 가림없는 지민의 말에 지헌의 얼굴이 한없이 어둡게 변했다.

"거짓말하지 말자. 이 나이에 와서 또 무슨 변명을 하겠니?"

"그래. 좋은 남편, 좋은 아버지…… 아니었지."

그녀의 남동생, 가족이라 하지만 사랑하기 힘들었다. 타고나길 냉담하고 자기중심적인 위인인 것 잘 알고 있다. 나이 들었다 해도 하나도 변하지 않았고 제멋대로 지금껏 오만과 독선의 그 칼날을 마구잡이로 휘두른 것도 잘 알고 있다. 지민은 쯧쯧 혀를 찼다.

"그 칼날에 상처 입은 건 너 아닌 네 주변 사람들이지. 가장 크게 당한 건 유립이 어미고, 그 어미 바라보며 어린애가 무슨 생각 하겠니? 제 아비가 귀이 여기지 않는 어미, 그놈도 존중할 줄도 모르고 아낄 줄도 모르고. 그 태에서 태어난 저를 귀하게 여길 줄도 모르고. 평생 그 애, 네 등만 바라보면서 인정받아 보려고 발버둥 쳤지. 제 속 감추고 성질 누르면서, 한 번이라도 좋으니 네 칭찬 받고 싶어 안달복달하면서 살아온 거잖아. 그러다가 저리 성질 삐뚤게 변한 거고."

지민은 한숨을 내쉬었다. 멍하니 탁자에 흩어진 야생화 사진을 응시했다. 눈은 사진을 보고 있었지만, 생각은 시간 너머를 달리고 있었다. 사람들의 애증과 인연을 헤아리고 있었다.

"그런 놈이 세영이랑 같이 있을 때 제 얼굴이 되더라."

지민은 동생을 노려보았다. 못을 박듯 똑똑하게 말해주었다.

"있는 그대로 참되게, 곁에 있는 사람 사랑하더라. 그 사람에게 사랑받는 저를 보며 처음으로 제 모습 사랑하게 되고 인정하더라. 한 여자 사랑하고 책임지는 사내꼭지 얼굴 하고 있더라. 그래서 못 막았다. 안 막았다. 왜?"

태연하자 침착하자 싶었지만, 목소리가 흔들렸다. 하나뿐인 조카놈, 아슬아슬 경계선 안팎을 넘나들며 제 본디 마음을 간신히 지탱하며 자라오는 것을 보아왔다. 안쓰럽게 지켜오고 바라본 지민으로서는 끓어오르는 분노를 참을 수 없었다.

"그래. 나도 어디 한 번 물어나 보자. 네 아들놈, 네 마누라는 행복해질 권리 없냐? 젊어 저지른 실수, 엇갈린 마음, 서른 해 넘게 살아오면서 누그러질 때도 되지 않았냐? 그런데 너는 어찌 그리 내내 모질게 굴었냐? 네 속에 틀어박혀 다른 사람을 난도질하고 살았냐?"

"내가 늘 서투르고 덜된 인간이라 그랬던 모양이지."

"인정하니 시원하구나. 그래서 나, 네 아들놈 너처럼 살지 않았으면 싶어서 그런 일을 했다. 왜? 한 번은 제 놈이 죽자 살자 원하는 일, 여한없이 해봐라 싶어 놔두었다. 서른 되어 머리 다 큰 놈, 정신 차려 저들이 먼저 끊으면 그것도 순리, 곧 죽어도 같이 살아야 되겠다 싶어 천둥벌거숭이처럼 날뛰며 미친 짓 하는 것도 따지고 보면 함께 될 인연이라 싶어 순리, 억지로 막을 일이 아니지."

지헌이 시선을 탁자 끝으로 떨어뜨렸다. 잠시 망설이다가 지민을 응시했다.

"누님."

"그래."

"사실은…… 오늘 고맙다고 말하려 왔어."

"흥. 둘이 몰래 사귀는 거, 눈감아주었다고 원망해야 정상 아니냐?"

지민이 코웃음을 쳤다. 지헌이 강하게 고개를 흔들었다.

"아니. 그놈, 나름대로 힘들었을 텐데. 그래도 누님이나마 그놈 편들어주어서 다행이다 싶어서."

"철들었구나. 네가 그런 헤아림도 할 줄 알고?"

"유립이 그놈, 이만큼…… 바르게…… 자라고…… 제 여자 찾아내서 책임질 만큼 어른 노릇하게 된 거, 다 누님 덕분이오."

"공치사하지 말아라. 내 자식이냐? 너들 자식이지. 아니다 해도 너희 부부가 그만하니 애 그만큼 큰 거다. 제 부모 등보고 자라는 게 애들인데, 고모인 내가 무얼 했다고."

"……아까 정 박사, 그 친구 만나고 오는 길이야."

지민은 잠시 침묵했다. 죽었다 깨어나도 대통령이 아니라 '정 박사'였다. 끝내 삭이지 못한 자존심이겠지. 놀라긴 했지만 덤덤하게 삭였다. 그러냐 하며 고개를 끄덕였다.

"그래, 그 집은 애들을 어떻게 떼놓겠다 하던?"

"그 친구한테 두 녀석을 맺어주면 안 되겠느냐고 부탁했어."

"뭐?"

화들짝 놀라는 기색을 읽었나 보다. 지헌이 한숨을 쉬며 중얼거렸다.

"마지막으로 아비 노릇 한 번 할까 해서. 생각해 보니 그놈을 위해 내가 할 노릇이 그것뿐이더라고."

"……고맙다. 큰일했구나."

아마도 고개를 숙였을 테지. 지민은 울컥 솟아나는 연민과 더불어 솟구치는 대견함을 억지로 감추었다. 자존심 강하고 냉담한 이 이가 저 발길 하려면 얼마나 힘들었을까? 이제라도 철든 어른 노릇 하려는구나 싶었다.

지헌이 쓸쓸하게 웃었다.

"잘될지, 잘 안 될지는 모르지만 여하튼 내 마음은 그러니까. 더 늦기 전에……. 여하튼 죽기 전에는 그놈하고 말을 트고 싶은데, 가능할지 모르겠어."

억지로 미소 짓는 그 얼굴이 더없이 서글프고 참혹했다.

지민은 고개 돌려 소리 없이 마음으로 울었다. 나쁜 놈, 죽일 놈, 욕은 했어도 피붙이 일이라 가슴이 찢어졌다. 머리로는 잘했다 칭찬했지만, 저 오만한 이가 고개 숙이는 그 일일랑 보지 않기를 바랐는데……. 하물며 세상에서 가장 불편한 사람 앞이 아닌가. 아들놈 사정 보아달라 고개 조아렸다 하니 이를 어째, 하는 한숨이 먼저 나왔다. 나라도 네 편을 들어야지. 위로하듯 덤덤하게 내뱉었다.

"죽기 전이라는 말 함부로 하지 마라. 흥, 제깟 놈이 버텨봐야 얼마나 버티겠어? 얼마 지나지 않으면 기어들어 오겠지. 언제까지나 숨어 살겠니?"

"내가 시간이 많이 없어."

지헌답지 않게 축 늘어져 있었다. 꼿꼿해서 여간해서는 몸가짐을 함부로 하지 않는다. 그런 이가 기운이 하나도 남아 있지 않았다. 유약하고 곤란해하는 목소리였다.

바로 그 순간이었다. 지민은 아주 차가운 손이 있어 심장 쪽을 움켜쥐는 기묘한 한기寒氣를 느꼈다.

"너, 그게 무슨 말이야? 무슨 일 있니?"

지헌이 지민을 가만히 바라보았다. 하나뿐인 피붙이를, 인생 내내 바람막이 되고 어른 노릇 해주었던 백발의 혈육을 눈여겼다. 그녀의 모습을 심장에 새겨두려는 것 같은 동작이었다. 손을 내밀어 누나의 주름투성이 손을 꼭 잡았다. 잠시 망설이다가 입을 열었다.

"누님. 놀라지 말고 들어요. 사실은 재작년에, 내가 암수술 받았어. 동경에서."

"뭐라고?"

하늘님! 지민의 다리에 힘이 풀렸다. 자신도 모르게 심장을 감싸듯이 두 손을 가슴에 모으고 말았다. 버럭 욕설을 내뱉었다.

"야, 이 미친 화상아! 이제 와서 그걸 말이라고 해?"

"두어 달 전에 검사를 받았는데, 아무래도 다른 쪽에 전이가 된 것 같다고 병원에서 연락이 왔어. 재수술을 해야 하는데…… 좀 힘든 쪽이라는군. 내가 대체 어떡해야 할까?"

"야, 이 미친 인간아! 이 나쁜 놈아!"

지민은 그만 지헌의 소매부리를 잡고 악을 쓰고 있었다.

"그딴 말을 인제 와서 왜 해? 죽을 거면 고이 조용히 뒈지지, 늙은 누나한테 이런 말을 해? 네가 인간이야? 엉? 사선 넘나드는 수술 받았다면서 입 꾹 다물고 너 뭣 하자는 짓이냐? 너 죽을 때까지 주변 사람 못돼먹은 사람으로 만들고 욕보여야 하니? 미우나 고우나 네 마누라, 네 아들, 천하의 악처로 만들고 불효자로 만들면 속이 시원하냐?"

"알려서 나아질 것도 아닌데 무엇하러 걱정시켜?"

"같이 걱정하려고 가족 만들고, 의지하니 식구인 거지! 너, 대체 지금껏 누구랑 살았니? 이름만 가족이지, 남남하고 산 거냐?"

지민이 그만 무너졌다. 세상에서 가장 불행하고 가엾은 이 인간을, 외로운 인생을 끝내 이토록 외로이 가려는 동생을 부여잡고 등짝을 치며 어흑어흑 소리 내어 울었다.

"왜 사람을 그리 만드니? 엉? 어쩌자고 끝까지 이런 죄를 짓는 거냐? 대체 유럽 어미하고 그놈한테 얼마나 더 못 박으려고!"

"……내가 잘못한 걸까? 걱정 안 시키려 입 다물고 있었던 것, 정말 잘못한 걸까?"

"나쁜 놈아. 이 나쁜 놈아, 너 그러는 거 아냐! 이러다가 말 안 하고 가면 그 사람들, 남은 사람들 평생 너 때문에 상처받고 살던 그이들, 어찌 견디니? 제 아비, 제 남편 죽어가는 것조차도 모르고 그냥 넘겨 버렸다고, 평생 죄책감에 말려 죽일 셈이었니? 너, 왜 그래? 너, 정말 왜 그랬어? 어? 어? 이 나쁜 인간아, 으흐흐흑."

눈을 감고 지헌은 오열하는 지민의 손에서 로봇처럼 흔들렸다. 그러다가 어느 순간 그의 몸이 스르르 바닥으로 무너졌다.

"지헌아! 유립 애비야! 왜 그래? 유립 애비야!"

이미 정신을 놓아버린 사람에게서는 대답이 없었다. 바닥에 닿은 그의 얼굴 아래로 왈칵 핏물이 번졌다. 반쯤 벌린 입에서 흘러나온 선혈이 서서히 옷자락을 적시기 시작했다.

"사모님, 약 드세요."

영혜가 부스스 몸을 일으켰다. 자리보전한 지도 두어 달, 이마에 띠를 두른 채 기운없이 손을 내밀었다. 가정부가 내미는 약대접을 받아 들었다.

"훌훌 좀 털고 일어나. 네가 이런다고 해서 도망간 애들이 제 발로 기어올 것 같으냐?"

옆에 앉은 경혜가 안쓰럽게 말했다. 아우가 그 모양이니 좋다는 보약 해서 들러 보러 온 것이다.

그러거나 말거나 영혜는 묵묵부답이다. 유립이 홀라당 집안을 뒤집고 외국으로 쫓겨 나간 후, 반 넋을 잃었다. 그 길로 자리보전하고 자리에 드러누웠다. 인생 참 허무하고 부질없었다. 진저리를 치며 생수로 입안을 가시던 영혜가 기운없이 경혜를 바라보았다.

"늦었어, 언니. 집에 가야잖아?"

"가야지. 차 타면 금세인데, 너 기운 차리는 거 좀 보고 갈라 그러지. 그나저나 너, 밥 좀 먹자."

"됐어. 넘겨도 소화 안 돼."

"돌아오면 후려 팰 기운 있어야지. 밥 좀 먹자, 응?"

아우 앞으로 죽그릇 소반을 밀어주며 경혜가 시계를 바라보았다.

"그나저나 이 서방은 왜 이리 안 들어오는 거니? 자정이 넘었다."

"그 인간 제 맘대로 드나드는 거 몰라서 그러우? 회사 일이 바쁜가 보지. 입이라도 열고, 자분자분 설명이라도 제대로 하는 사람이면 내가 화병이 왜 났겠어?"

단숨에 약대접을 털어 넣은 영혜가 한 손으로 이마를 짚었다. 한숨을 후우 내쉬었다.

"미친놈. 내가 절 어떻게 키웠는데…… 미친놈……."

지겹게도 되풀이되는 한탄, 그 말밖에는 하지 못한다. 경혜가 이맛살을 찌푸렸다.

"애들이 어디 부모 마음대로 된다던? 다 제 팔자대로 사는 거지."

"그래도 이런 짓은 말아야지. 지가 내 배로 나온 놈이면, 어떻게 그 여자 딸을 마음에 두고……. 아이구, 천불이야!"

말을 하면 무엇해, 하면 할수록 더 답답해지는데. 꽉 막힌 가슴을 주먹으로 쿵쿵 두드렸다. 곁자리에 놓인 찬물 대접을 들어 벌컥벌컥 마셨다.

그때, 노크도 없이 문이 열렸다. 나주댁이 새파랗게 질려 뛰어들어 왔다.

"사모님, 사모님!"

"시간도 늦었는데 웬 수선이람. 왜 그래, 나주댁?"

"청담동 고모님 전화세요. 회장님께서 쓰러지셨대요!"

"뭐라고?"

영혜가 벌떡 일어났다. 이내 정신을 놓은 얼굴로 스르르 다시 주저앉았다. 이왕 놀란 가슴, 더 놀랄 일이 있을까 싶었는데, 아직도 더 모골 송연한 시련이 남아 있었나 보다. 초점 없는 눈으로 나주댁을 멍하니 바라보았다. 더 자세히 설명하라는 뜻이었다.

"피를 아주 많이 토하셨대요. 응급실에 실려 가셨다구요! 한산병원이라는데."

"가, 가야지. 가봐야지! 언니, 내 옷 주구려……. 아니, 머리부터 매만지고. 아니, 언니, 유립이, 우리 유립이한테 연락을 해야지……."

앉았다 섰다 어쩔 줄 몰라 하며 영혜가 두서없이 중얼거렸다. 제대로 된 맨 정신은 산산이 흩어져 버렸다. 병원 간다 하면서 일어설 줄을 모른다. 아니, 일어설 기운도, 정신머리도 전부 사라진 것이다. 옷차림 건사할 생각은 못하면서 왜 립스틱부터 꺼내는지, 왜 천리만리 사라진 아들 이름부터 부르는지.

갑자기 영혜가 경혜의 소맷부리를 잡고 매달리며 토하듯이 소리쳤다.

"우리 유립이가……. 언니, 언니! 제 아버지 잘못되면 그 앤 어떡해? 어? 그 애 불러와야 해. 제 아버지 곁에 있으라고 해! 언니, 우리 유립이……. 제 아버지 봐야 해. 미우나 고우나 제 자식인데, 유립 아범, 언니, 곁에 아무도 없잖아. 그 애 말고는 없잖아. 아니, 내가 가야지. 늙은 영감, 그래도 나쁜이지……."

끊임없이 눈물이 흘러내리고 있었다. 싫다, 밉다, 꼴도 보기 싫다 데면데면했어도, 소 닭 보듯 멀게 살았어도 부부지간 삼십 년. 미운 정, 박한 정도 정인데, 늘 그 자리에 서 있어 긁어대고 앙앙거려도 꿈쩍하지 않았지. 그래서 더 앙탈 부리고 눈 흘길 수 있었다. 한데 그런 남편이 피 토하고 쓰러졌다 한다. 생사가 경각이라고 한다. 그녀의 세상이, 딛고 선 바닥이 서서히 꺼지고 있었다.

허둥지둥 경혜의 부축을 받아 방문을 나서는 영혜의 뒷모습이 더없이 까칠하고 외로웠다.

삼십 년 내내, 하지 못하고 하지 않았던 어른 노릇이 마침내 그녀에게도 닥쳐왔다. 천지 사방 둘러보아도 이제는 혼자였다. 아들도 곁에 없고 남편도 쓰러졌다. 혼자 서서 결정하고 따져 보고 책임져야 할 때가 준비도 없이 와버렸다.

덜덜덜 사시나무처럼 떨면서도, 영혜는 내내 정신을 놓지 말자 몇 번이고 다짐했다.

그러나 피투성이가 된 채 응급실 침대에 누워 있는 남편 지헌을 보는 순간, 아무것도 생각나지 않았다. 외마디 비명이 터졌다.

"아구머니나, 유립 아버지!"

분명 사랑으로 시작했을 텐데, 그만 미움과 집착만의 관계가 되어버렸다. 부부라는 이름을 단 타인의 세월 삼십 년. 제 고집 강하고 거만해서 이날 평생까지 상처 주었지. 언제나 그 자리에서 굳건히 서서 그녀가 앙앙대고 앙탈하고 쥐어뜯어도 좋았던 남편이었다.

한데 그런 남자가 정신을 잃고 있었다. 손가락 하나로도 감당할 수 있을 만큼 약해빠진 얼굴을 하고 피투성이가 되어 병상에 쓰러져 있었다.

남편이 저토록 늙고 약한 모습이었던가. 영혜는 무섬증도 아닌 공포도 아닌 허탈함과 허무함으로 그만 털썩 바닥에 주저앉고 말았다. 기다시피 병상으로 다가가 두 팔로 남편을 끌어안았다. 얼굴을 묻은 채 흐느꼈다.

"정신 차려봐요, 유립 아버지! 유립 아버지! 눈 좀 떠봐요. 눈 좀 떠보세요……. 당신 이대로 가면 안 돼……. 나하고 아직 말도 못했잖아. 우리 유립이 얼굴도 못 보았잖아. 우리한테 당신, 이러면 안 되잖아. 나 아직 당신 못 보내……. 당신, 아직은 못 보내……. 나한테 끝까지 이러지 말아요, 유립 아버지……."

한편 청와대.

침실에 누운 동욱과 현수도 지헌의 이야기를 나누고 있었다. 무릎을 꿇고 부탁했다는 말에 현수가 나지막이 한숨을 내쉬었다.

"그래도 아들 걱정이 된 모양이지. 자기와 같은 실수 되풀이하지 않게 해달라고 부탁하더군."

"그 사람도 많이 변했네요."

대답 대신 동욱이 천장을 바라보았다. 나지막이 말했다.

"이 회장, 그이 말이야."

"네."

"재작년에 암수술을 받았다는군."

"네에? 그랬대요?"

깜짝 놀라 하며 현수가 일어나 앉았다. 동욱도 따라 몸을 일으켰다.

"초기라서 그나마 다행이었지만, 그래도 계속 관찰 진행 중인가 봐. 어려운 부위인 데다 재발 가능성이 커서 걱정이 많더군."

"네에. 휴우, 세월을 이기는 사람은 없나 봐요. 그리도 건강하시던 분이 그런 병이라니, 마음이 아파요."

"음. 나도 마음이 쓸쓸하더군. 아무래도 자기 몸의 병을 아니까 아들 위해 무엇이라도 해주고 싶었던 모양이야."

"세상 부모 마음이 다 그렇지요."

동욱이 다시 잠자리에 누웠다. 앉아 있는 현수를 한동안 찬찬히 바라보았다. 그의 눈 안에 그녀는, 처음 만난 그대로 늘 곱고 애틋한 사람이었다.

"임자."

"네."

"……나 말이야, 재출마 안 하기로 결정했네."

"아니, 왜요? 계속하신다 하시더니."

그가 팔베개를 만들었다. 아내더러 이리 와서 안겨라 하는 뜻이었다. 현수가 다시 포근한 남편의 품에 안겨들었다. 동욱이 아내를 향해 고개를 돌렸다. 남은 손으로 흘러내린 아내의 귀밑머리를 자분자분 넘겨주었다. 어느새 검던 머리카락에도 서리가 내리고 있었다. 동욱은 가만히 부드러운 머리카락 한 줌을 어루만져 보았다.

언제 서른 해가 훌쩍 지났던가. 손 꼭 잡고 한 걸음 한 걸음 같이 걸어온 인생길이었다. 그와 아이들을 건사하느라 고생해서 이렇게 되었지. 지금껏 식구들을 둘러싼 행복을 만드느라 편히 쉬지도 못했어. 이만하면 되었네. 내 이제는 자네를 더 이상 고생 못시키겠네. 그의 손길 하나하나에 흠뻑 살가운 정이 묻었다.

"높은 자리 원없이 올라도 보았고, 내 뜻도 그럭저럭 펼쳐 보았고. 이제는 별 여한이 없어."

"나라를 위해 아직 하실 일이 많이 남았어요."

"이 자리 아니라도 할 수 있지. 자네가 나 때문에 고생 많았어. 선거 치를 때마다 바짝바짝 야위어가는 임자를 보면 미안하기도 하고 든든하기도 하고……. 이제는 우리도 한숨 쉴 때도 되었지."

"고생했단 말은 하지 마세요. 당신이 힘드셨지요."

"세영이 놈."

"말씀하세요."

동욱은 한참 동안 허공을 바라보기만 하다가 느릿느릿 말을 이었다.

"둘이 맺어지는 것을 반대한 것 말이지, 내 체면이며 사람들이 입방아 찧을까 두려워 그런 건 아니었어."

"……네, 알아요."

동욱은 몸을 돌이켜 아내를 꼭 안았다. 평생 동안 쭉, 사랑하는 이 여자의 고운 웃음을 다치게 하고 싶지 않았다.

"두 놈이 엮어지면, 싫어도 예전 자네하고 이 회장 맺었던 인연이 또 사람들 입을 통해 들먹여질 테지. 난 그게 싫었네."

항상 지켜주고 감싸주고 행복하게 만들어주고 싶었다. 아무것도 가진 것 없는 그를 만나 용기있게 선택해 주었던 사람. 더 깊은 사랑으로 안아주고, 세 아이의 아버지로 만들어주었다. 평생을 같이한 아름다운 반려에 대해 그가 할 수 있는 한 최선의 예의를 지키고 싶었다.

"자네 이름 위에 한 번 더 흙탕물 튀겨질까 봐 두려웠어. 나한테 제일 고맙고 소중한 자네가 사람들 뒷담화거리에 올라앉는 꼬락서니가 되는 게 참을 수가 없었어."

"그런 생각 하지 마세요. 난 하나도 겁 안 나. 당신한테 민망하고 미안해요, 여보."

"내가 재출마 안 하고 뒷방 늙은이로 들어앉아 버리면, 사람들 이목이야 예전만 할까? 그놈들이 혼인해도 흉이 덜 될 거야."

"세영 아버지."

동욱은 아내의 눈 밑에 어린 이슬을 가만히 지워주었다.

"나 믿고 이만큼 따라와 주어서 정말 고맙네. 임자, 인제는 자네 바라는 대로 하세."

현수가 더 깊이 남편의 품에 고개를 묻었다. 자신이 우는 것을 제일 싫어하는 남편에게 이 밤 흘리는 눈물을 보이기 싫어서였다. 감사하고 고마워서, 기뻐서 나는 눈물이 있다는데, 아직은 이 남자, 아내가 우는 것이 제일 아프다 한다. 다시 고개를 들면 환하게 웃어만 주리라. 그런 생각을 했다.

part
09

언제나 불효이다

토론토 캐나다, 유럽의 아파트.

싱그러운 물 냄새를 피우며 그가 욕실에서 나왔다. 시트를 몸에 감고 아직도 눈을 뜨지 못하는 아내 옆에 앉았다. 게으른 마누라의 코를 비틀었다.

"이봐, 잠꾸러기. 일어나. 남편 출근해야 해."

"우린 지금 신혼여행 중이잖아."

"신혼여행 중이라도 먹고는 살아야지. 돈 벌어야 할 것 아냐? 오늘은 오후에라도 나가 봐야 해. 출근해서 선적 상황 체크해야 한다."

"나하고 사랑할 시간을 십 분쯤은 낼 수 없어?"

"십 분쯤은 가능하지."

한국을 떠나온 지 어느덧 열흘이 되어간다. 말 그대로 두 사람은 신혼부부의 생활을 만끽하고 있었다. 같이 잠들고 같이 깨고, 사랑하고 속삭이고 웃었다.

하얀 자작나무 숲이 둘러싼 작은 아파트. 별이 보이고 하얀 눈이 쏟아지는 것이 그대로 보이는 맨 위층 집이 그들의 보금자리였다.

하루 종일 눈이 내리는 밤. 유립의 품에서 잠이 깨면, 다정하고 그윽한 눈빛이 그녀를 지키고 있었다. 사랑해, 사랑해, 말로는 안 하는 사랑 고백이 커피 향기처럼 흘러내렸다.

어제는 눈싸움을 했다. 중국음식을 먹으러 갔다가 오면서 침대 시트도 새로 샀다. 공원에서 아이들이 폭죽놀이를 하고 있었다. 그 속에 끼여 그들도 불꽃 몇 개를 하늘로 쏘아 보냈다.

"자기야, 소원 빌어봐."

"싫어."

"왜?"

유립이 자신의 두터운 점퍼 안으로 세영의 얼굴을 꼭 감싸 안아 들였다.

"네가 내 옆에 있는 이상, 소원은 다 이루어졌다. 더 바랐다가 천벌받을까 무서워."

"더 이상 좋을 순 없다?"

"물론이지. 우리 둘이 함께 있는 이 세상, 바로 천국이다."

이런 남자, 사랑하고 있다. 둘이기를 위해 모든 것을 버린 이 남자가 그녀의 남편이다.

며칠이나 갈까? 언제쯤 아버지가 보낸 사람들이 찾아올까, 이 천국이 깨어질까. 시시하게 그런 걱정은 하지 않기로 했다. 이미 알아버렸다. 설사 다시 헤어지더라도 둘은 영원히 부부였다. 운명이 정해준 짝이었다. 억지로 헤어져 수십 년을 보지 못하고 산다 해도, 사랑은 죽지 않을 것이라는 것을 알았으니까.

"아, 좋다. 역시 이불은 오리털이 최고야."

그는 풀썩 다시 침대로 파고들었다. 홀로였을 때는 텅 비고 써늘하기만 했다. 방 안의 공기가 한결 온화해진 듯했다. 누군가가 곁에 있고 없고가 이토록이나 다를 줄이야. 넓디넓은 침대가 비로소 꽉 찬 기분이 들었다.

유립이 두 팔과 다리로 세영을 꼭 껴안았다. 그의 존재로 그녀의 존재를 전부 껴안았다. 둘의 세상이 하나 부족함 없이 충만해졌다.

달콤하고 부드러운 두 개의 입술이 서로의 영혼에 흔적을 남겼다. 살짝 닿은 그 입술이 말하는 것.

사랑해.

오직 그것 하나뿐. 사랑해.

가벼운 깃털이 피부를 간질이는 느낌이다. 하나로 포개진 두 개의 몸에서 전해지는 열기, 똑같이 타오르는 미친 열병, 그들은 그런 사랑에 타버린 중독자들이다. 보드라운 곡선을 그린 여체, 단단한 직선을 가진 남자의 근육은 서로 다르지만, 맞붙은 심장은 똑같은 박동으로 움직이고 있었다.

두근두근.

꽃처럼 피어오른 미소 안에서 하나가 되었다. 둘이 부딪치면 언제나 본능처럼 끓어오르던 진득한 열기와 불꽃의 육욕이 아닌 따뜻함, 진정한 마음의 온기와 평화가 스며들었다. 아내의 목에 얼굴을 묻고 달콤한 향기를 주린 듯이 들이마셨다. 그녀가 곁에 없던 동안 이 세상, 지루한 시간과 공간을 어떻게 견디고 참았을까? 살그머니 하얀 목덜미를 깨물며 유립은 다짐하듯이 속삭여 주었다.

"정세영."

"응."

"정말 좋아해."

유립이 입을 열어 처음으로 내뱉은, 사랑 비슷한 맹세.

세영이 부스스 웃었다.

"끝내 사랑한다고 안 하는군."

"그 말은 오십 년쯤 살아야 해준다고 그랬지?"

"말을 하려면 미리 연습을 해두어야지. 다 감당할 수 있으니 말해봐, 렉스. 사랑한다고."

"네가 뀐다고 말해줄 것 같아? 정세영, 사······."

"사, 뭐?"

"사탕해."

세영이 킥킥 웃었다.

"음, 아주 좋아. 달콤해. 진저리쳐질 정도로 좋아. 나도 당신, 사랑 말고 사탕해."

그 또한 사랑 대신 사탕을 받았다. 보너스, 유립은 아내의 귀에 대고 다시 속삭였다.

"나 말이야."

"그래."

"요즈음 너무 행복해서 울고 싶다, 세영아."

사랑한다는 말보다 더 직접적인 고백이다. 끔찍할 정도로 달콤해서 세영 또한 울어버리고 싶었다.

"역시 결혼한 마누라하고 연애질한다는 건 위험한 일이야. 중독되면 고칠 방법이 없잖아."

"마찬가지. 남편하고 사랑해 버리면, 그 많은 세상 남자들이 다 울 텐데 왜 당신하고만 미친 걸까?"

이쪽은 순정 고백 중인데, 여자 쪽은 바람피울 가능성이 사라진 것을 아쉬워하고 있었다. 결혼해서도 간식을 탐욕하는 이 버릇을 아직도 못 고친 세영이었다. 실실거리는 눈동자를 내려다보며 유립은 울컥하고 말았다. 주먹을 쥐고 머리통을 쥐어박아 버렸다.

"한 번만 더 그딴 소리 해봐라."

"농담도 못해? 여하튼 이 밴댕이 소갈딱지."

그러다가 두 사람은 동시에 입을 다물었다. 침실 아래 거실, 분명 현관문을 누군가가 노크하고 있었다.

네 개의 눈동자가 저절로 사이드 테이블의 시계로 가서 멎었다.

아침 8시. 이런 시간에 대체 누가 찾아온 것일까? 본능적으로 심장이 오그라들었다. 대답은 하나뿐이었다. 그들을 떼어놓으려는 사람들이 마침내 나타난 것이었다.

열흘도 같이 못 살았는데, 그들의 천국은 끝나 버렸다. 이렇게 짧은 천국, 이토록 간절하고 사무친 마음. 누가 자를까 보냐. 까짓것, 될 대로 되라. 이런 상황에서 또 도망치면 무엇 하나. 유립은 이를 악물었다. 거의 자포자기 심정으로 문을 열었다.

문 앞에는 세영이 도망 올 때 함께 따라온 강 실장이 서 있었다.

"무슨 일이죠?"

"서울에 돌아가셔야겠습니다."

복도 끝에는 검은 양복을 입은 박 팀장 이하 너덧 명의 경호원이 서 있었다. 유립의 시선이 강 실장 등 뒤에 서 있는 오 이사에게 가 박혔다. 영감의 비서실장인 저이까지 왜 나타난 거지?

유립의 시선 안에서 오 이사가 한 발 다가왔다. 침통한 얼굴이었다. 눈이 벌겠다.

"회장님께서 쓰러지셨습니다. 위독하십니다. 도련님, 당장 돌아 가셔야겠습니다."

"뭐라고?"

"재작년에 암수술 받은 곳 근처로 전이가 되었습니다. 재수술을 받으셔야 하는데 그만……."

"암수술? 그게 무슨 소리야?"

하도 기가 차서 유립은 그만 버럭 고함치고 말았다. 귀로는 들으 면서도 머리는 받아들이지 못하는 말들이 윙윙 울리고 있었다.

"사흘 전에 피를 토하고 입원하셨습니다. 도련님만 찾으십니다. 설명은 가면서 하겠습니다. 제발 빨리 서둘러 주십시오. 도련님, 제 발 부탁합니다."

"알아듣게 말을 하라니까! 아버지가 암수술이라니? 아니, 언 제……?"

"재작년부터 일본으로 나가신 것, 다 암 치료 때문이었던 것 아 직도 모르십니까? 초기라서 수술을 받고 끝났다 싶었는데. 물론 전 이가 될지 몰라 계속 관찰 중이었습니다만 이렇게 급속도로 악화되리라고는⋯⋯."

"뭐라고? 재작년? 젠장! 그렇군. 그 수술자국⋯⋯."

유립은 입을 쩍 벌리고 말았다. 털썩 주저앉아 머리털을 움켜쥐었다. 같이 사우나를 갔을 때, 새로 생긴 하얀 수술자국을 보았다. 그때 제대로 물어나 보았으면 좋았을 텐데, 왜 그냥 넘겨 버렸을까. 그 양반 역시 아프거나 쓰러질 수 있는 노인이라는 것을 왜 간과했을까? 본능 안에서 자책이 핏물처럼 흘렀다.

"유립 씨."

유립은 고개를 들었다. 다가온 세영이 떨고 있는 그를 꼭 안아주었다. 눈가에 내린 물기를 훔쳐 주었다. 작은 목소리로, 그러나 아주 똑똑하게 중얼거렸다.

"가자, 지금 당장."

돌아가면 헤어져야 한다. 다시는 만나지 못할 거다. 그래도 가자는 거다. 유립은 아내의 검은 눈동자를 바라보았다.

"세영아."

"가자, 유립 씨. 지금은 우리 둘 돌아가야 할 때야. 일단 가서, 그런 다음에⋯⋯."

설사 헤어진다 해도, 그런 말은 끝내 하지 않는다. 어린 새처럼 심장을 떨면서도 먼저 돌아가자 말해준다. 사람 도리, 아들 도리 다 하자 먼저 말해주었다.

"시간 많은데, 뭘. 괜찮아. 돌아가자. 응?"

그래, 시간이야 많으니까. 유립은 벌떡 일어났다. 이를 악물었다. 평생 하나로 살 우리들에게 기껏 십 년쯤이야 대수야? 지금은 헤어진다 해도 다시 기다려 주지, 뭐. 함께 될 수 있는 날까지 기다릴 수 있어. 지금은 지금 해야 할 일만 하자.

다섯 시간 후, 두 사람은 도망쳐 나온 한국행 비행기에 스스로의 의지로 탑승하고 있었다.

병실에서 앉아 있던 영혜가 아들을 보자마자 벌떡 일어섰다. 지민도 그만 눈물이 글썽해져서는 그대로 소파에 주저앉았다.

"스트레스성 위출혈이었단다. 신경 많이 쓰시고 과로하신 때문이라서. 이젠 괜찮아. 주말에 퇴원할 거다."

이 모든 소동의 원인인 그를 후려 팰 기운도 없다. 욕을 하고 길길이 날뛸 힘도 사라진 지 오래인 듯싶었다. 어머니의 얼굴이 반쪽이 되어 있었다.

유립은 유리벽 너머 병상에 누워 깊이 잠든 이 회장을 멍하니 바라보았다. 환자복을 입고 링거에 매달려 있으니 반 시신처럼 보였다.

늘 단정하고 근엄한 뒷모습만 보아왔다. 절대로 범접하지 못할 거대한 산이라 생각했다. 그러나 지금 그의 눈에 비친 부친의 모습은 형편없이 쇠약한 환자, 그 이상도 그 이하도 아니었다.

유립은 흐느끼는 어머니 앞에 앉았다. 그라도 침착해야 했다. 이제는 그가 기둥이었다. 싫어도 되어야 했다. 유약하게 흔들려서는 안 되었다.

"오 이사한테 들었어요. 재수술은요?"

"일본 병원에서 주치의가 왔다 갔는데……."

지민의 말이 채 끝나기도 전에 영혜가 번쩍 고개를 들었다.

"많이 쇠약해지셔서, 일단 좀 지켜보자고. 전이가 나쁜 쪽으로 되었다고. 수술, 지금은 못한다고……. 기력 차린 다음에……. 유립아! 어떡하니? 네 아버지 저러다가 진짜 잘못되면 어떡해? 응? 으흑흐흐흑."

너덜너덜, 두서도 없는 말을 하다 보니 더 기가 막히는 모양이다. 비로소 마음껏 울어버려도 좋다는 허락을 받은 것처럼 최 여사가 두 손으로 얼굴을 막았다. 아들 품 안으로 무너져 다시 어흑어흑 흐느끼기 시작했다.

잡으면 한 줌밖에 되지 않는 어머니의 어깨를 안아주며 유립은 아버지가 누운 병실을 바라보았다. 어금니를 악물었다.

'이거 반칙이잖아요, 아버지.'

아직 정식으로 공도 울리지 않았는데, 상대가 먼저 기권하고 링에 누워버린 셈이다. 싸울 상대가 없다. 양가의 반대를 무릅쓰고 세영과 달아나서는, 떼를 피우며 엄청난 투지를 불태울 수 있었던 것은 상대인 아버지들이 건재했기 때문이다.

하지만 이렇게 부친이 병마에 쓰러져서는 생사를 오간다니, 무엇을 어찌하란 말인가? 어떻게 할 도리가 없다. 제 발로 기어들어 오는 수밖에는. 같이 항복의 하얀 수건을 내던질 수밖에는.

문 하나를 사이에 두었다고는 하나 바깥의 소란이 전해진 모양이다. 몸을 뒤척이던 이 회장이 눈을 떴다.

부자지간 시선이 마주쳤다. 유립은 어머니를 놓아주고 일어섰다. 침대가 놓인 문을 열었다. 차마 들어가지는 못하고 잠시 머뭇거리는 아들을 바라보며 지헌이 눈살을 찌푸렸다.

"왔으면 들어오지, 왜 머뭇거려?"

"세영이랑 결혼했어요. 죽인다 해도, 절 내쫓으신다 해도 못 헤어져요."

"이놈의 자식, 애비 몸이 어떤지 묻기도 전에 네 얘기부터 하니?"

"원래 하는 짓이 이렇습니다. 아버지 아들, 이렇게 나쁜 놈이었어요."

끝내 노염 타고 거부당한다고 해도 어쩔 수 없다.

지헌이 혀를 쯧쯧 찼다. 몸을 일으키며 아들을 노려보았다.

"누가 무어래도 둘이 같이 살겠다, 필사적으로 도망간 놈들. 죽을 때까지 숨어 살지, 왜 돌아는 왔어?"

"……모르겠습니다."

유립은 망설이다 솔직하게 말했다. 한국으로 돌아오면 억지로 세영과 헤어지게 될지 모른다는 것도 알고 있었다. 앞에 무엇이 기다리고 있을지 상상만 해도 끔찍했다.

그러나 돌아와야 했다. 생각과는 상관없이 몸이 먼저 움직이고 있었다. 노인네가 죽기 전에 얼굴은 보아야지. 사실은, 사실은 심장이 뚝 떨어지고 세상이 캄캄해졌었다는 이야기를 하고 싶었다. 걱정되고 무서워서 눈앞이 보이지 않았다는 말을 하고 싶었다.

그런 말 대신 퉁명스럽게 쏘아붙였다.

"연세가 그만하면 스스로 몸 관리해야죠. 다른 사람에게 무진장 폐 끼치는 일이라고요. 건강 관리 못하면 경영인으로서 실격인 것 모르세요?"

"건방지게 아빌 가르치냐? 볼썽사납게 문가에 서 있지 말고 앉아."

끝내 쌀쌀맞다. 다정하게, 친절하게 말하는 법을 가르치지 못했다. 할 수 없는 일이지. 지헌은 속으로 한숨을 쉬었다.

유립이 아버지 병상 앞에 놓인 의자로 가서 앉았다.

"결혼했다면서 같이 안 왔냐?"

세영이는 어디 있느냐는 물음이었다.

"공항에서 헤어졌어요."

"다시 못 만나면 어쩌려고 함부로 그 손 놓았냐?"

"같이 살 수 있을 때까지…… 기다리려고요."

그는 억지로 고개를 치켜들었다. 가능한 한 명랑하게, 희망을 담고 괜찮은 척 너스레를 떨었다.

"끝끝내 허락 못하신다면, 네 분 다 돌아가실 때까지 저희가 기다리죠, 뭐. 네 분 망신 안 당하게, 세상이 조용히 저희를 내버려 둘 때까지 십 년이고 이십 년이고, 마음에 묻어두고 살죠, 뭐. 어차피 우린 사랑하는데, 부부인데…… 그냥 오래 좀 떨어져 사는 거라고 생각하면. 기다리고 그리워하며 사는 일도 썩 나쁘지는 않을 것 같아요."

"철이 좀 들었구먼."

지헌이 엷게 미소 지었다. 억지로 강한 척, 의연한 척해 보이려는 유립의 얼굴을 살폈다. 두려움과 쓸쓸함을 감추고 한몫 어른 노릇하려는 아들의 어린 마음을 헤아렸다. 저놈, 저렇게 겉으로나마 웃는 척하지 않으면 살 수 없을 만큼 아프고 외로웠던 거다. 지금껏 거짓으로 늘 괜찮다 스스로를 속여가며 사는 게 버릇이 되었던 거다.

이 모든 게 아비인 자신의 죄, 아들의 절규처럼, 행복해질 권리가 있는 사람을 행복하게 만들어주지 못한 못난 자신의 업보, 그의 아집과 지독한 오만이 아들을, 문 바깥의 아내를 전부 불행하게 만들었다.

"회사는……."

"네."

"이 변호사랑 진 이사가 네게 다 이야기해 줄 거다."

"유언 같아서 싫습니다, 아버지. 다음 수술 받으시고 난 후에 이야기하시면 안 될까요?"

"세상일 네 마음대로 안 된다. 나도 병 앓고 난 후 그것 배웠다."

그러니 잔말 말고 듣고 있으라는 뜻이었다. 언제 어떻게 자신의 상황이 변할 줄 모르니 이참에 단단히 이야기를 해두려는 것이 분명했다. 결국 그것은 아버지의 병세가 절망적이라는 것.

고개를 숙인 유립의 두 주먹이 가늘게 떨렸다.

"어차피 누군가가 맡아야 할 회사인데 대대로 가업으로 일군 터전, 네가 받은 만큼 의무도 다해야 한다고 믿는다."

"아버지만큼 할 수 있을지는 모르겠지만, 최선을 다하겠습니다."

"너, 나쁘지 않아. 나보다 그릇도 크고 배울 만큼 배웠지. 나와 달리 굽힐 줄도 알고 돌아가는 재주도 있다. 사람 키우기에는 네가 나보다 더 낫다. 제 것 꼼꼼히 챙기기도 잘하고, 욕심도 많고 잘할 거다."

지헌은 진심을 다해 아들에게 이야기했다. 일 년이라도 빨리, 아니, 오 년 전…… 아니, 아니, 삼십 년 전부터 아들이 태어나 자라고 있을 때, 했어야 했던 이야기를 이제야 한다. 너무 늦게, 골 깊어 회복되기 힘든 지금에서야.

하지만 이제라도 말할 수 있어 다행이야. 그는 그렇게 생각했다. 처음에는 거북했지만, 일단 시작하니 생각 외로 쉬웠다. 그 자신도 놀랄 만큼 그는 마음 깊이 아들을 자랑스러워하고 있었다. 자신을 아주 많이 닮은, 핏줄이란 이름으로 온 이 녀석을 사랑했던 것이다, 결국은.

"네 어미 일은 네게 맡기마. 그리고 네 결혼."

지헌은 잠시 말을 멈추었다. 아들을 건너다보았다.

유립의 입술 끝이 팽팽하게 다물어져 있었다. 사랑해요. 같이 살게 해주세요. 아무것도 바라지 않아요. 세영이가 필요해요. 서른 넘은 놈이 어린애처럼 흐느끼며 절규하던 그때처럼.

지헌이 입을 떼 무엇이라고 말하기 전에 유립이 먼저 말을 가로챘다.

"못 헤어져요."

고개를 흔들었다. 그를 응시하고 있는 고집스런 눈동자가 가만히 젖어들고 있었다.

"다른 건 다 해드려도 이건, 못해요."

끊어질 듯 목소리가 자신도 모르게 젖어들었다. 이 마당에 와서도 속을 긁어내리는 이야기를 하자니 염치가 없었다. 의연하려 애쓰며 유립이 이를 악물었다.

"여기까지 와서 불효하느냐고 노염 타셔도 어쩔 수 없어요. 돌아가실 때까지 같이 살지 말라면 그럴 수는 있는데……. 그동안 보지 않고 살라면 그러기는 하겠지만…… 그 사람 놓지는 않아요. 죄송해요."

몸이 네 갈래로 찢어지고 십자가에 못 박혀 불타 죽어도 신앙을 놓지 않던 순교자처럼 한 번 잡은 그 사람을 놓지 못한다. 지키려 필사적이다. 어리석었던 지헌 자신과는 달리 강하고 현명한 이 녀석, 반드시 제 몫인 행복을 지킬 것이다. 배신하지도 않고 배신당하지도 않고, 함께 잡은 사랑을, 운명을 든든히 움켜쥐고 끝까지 키워갈 테지.

지헌은 목소리를 가다듬었다. 고개를 끄덕였다.

"놓지 못한다면 잡아야지. 두 집안 다 첫혼사인데, 결혼식은 정식으로 해야 할 것 같다. 그렇게 말 맞추어놓았다."

"네?"

사형선고를 기다리는 얼굴이다. 입술을 꾹 다물고 바닥만 내려다보고 있던 유립이 번쩍 고개를 들었다. 지민과 영혜가 병실 안의 동정에 신경을 곤두세운 채 서성이고 있었다. 그들을 무시하고 지헌은 말을 이었다.

"그만하면 짝을 제대로 찾은 셈이지. 잘 맞는 아이를 골랐어. 내가 이번 주 금요일 날 퇴원하면, 아무래도 사돈댁 생각을 해야 하니 한 보름 있다가 청와대 안에서 하기로 하자."

"아버지."

"함은 네놈이 혼자 져야겠다. 사람 이목 끌면 아직은 어르신께 누가 될 거다. 이왕 망가진 체면이기는 하지만, 격식은 차려야 하니, 남몰래 밤 되어서 네가 혼자 지고 가거라."

"아…… 버지."

"너도…… 그래, 행복할 권리가 있지. 네 말대로 아비의 잘못이

네 앞길을 가로막아서야 되겠냐? 장애물 치웠으니, 이제 네 갈 길 가거라."

마침내 지헌은 아들에게 해야 할 말을 전부 다 했다.

청와대, 대통령 관저.

거실에는 아직도 불이 밝았다. 방에서 나오던 세영은 소파에 홀로 앉아 무엇인가를 하고 있는 어머니를 보았다. 내일은 결혼식 날, 지금은 주무셔야 할 텐데. 걱정이 되어 가까이 다가갔다.

"밤이 늦었어요, 어머니."

"하지만 지금 아니면 시간이 없는걸? 귀한 내 딸 시집가는데, 폐백 음식을 남 손에 맡기기 싫어서 말이야."

돌아보며 미소 짓는 얼굴이 온화했다. 탁자에는 빨갛고 통통한 대추들이 잣을 물고 누워 있었다. 어머니는 그 대추들을 하나씩 하나씩 다홍실에 꿰고 있었다. 그 옆에는 이미 잘생긴 알밤이 가득 담긴 목기가 놓여 있었다.

"닭이랑 육포는 옥수동 고모님이 해 오실 거구, 구절판은 큰 외숙모가 해 오신단다. 난 이것만 하면 돼."

"감사합니다. 차라도 한잔 드릴까요?"

"그래, 고맙다."

세영은 돌아서서 전기주전자에 물을 부었다. 가만히 고개를 돌려 어머니를 바라보았다. 고맙습니다. 다시 한 번 중얼거려 보았다. 어머니가 아니었다면 유립과의 정식 결혼은 상상도 할 수 없는 일이었을 것이다. 서른 해 전에 생명을 주신 분은 서른 해가 지난 지금,

다시 한 번 말 그대로 사랑이라는 기적을 주셨다.

한국으로 돌아오며 애써 최악을 생각하지 않으려고 했다. 마음이 묶이고 떼어내지 못할 사랑으로 결합된 이상, 까짓것 보지 못하고 몇 해 헤어져 산들 대수인가? 남들보다 좀 긴 주말부부라고 생각하면 되겠지. 공항에서 헤어지며 애써 웃으려 했다. 오래도록 다시는 보지 못한다 해도 괜찮다, 괜찮다 몇 번이고 되뇌었었다.

어쩔 수 없었다. 참담해하는 유립을 바라보며, 세영이 결단을 내려야만 했다. 부친이 사경을 헤맨다는데, 사랑 타령에만 빠져 이기적으로 우리만 생각하고 살자 말할 수는 없었다. 살다 보면 싫어도 해야 할 도리라는 게 있는 법이다. 그 '도리', 사랑을 이유로 한 번 어겼다. 이번에는 그들이 먼저 무릎 꿇을 차례였다.

십 년, 이십 년. 평생 만나지도 못하고 산 사람도 있다는데, 언젠가는 다시 만날 희망이라도 있으니 얼마나 다행이냐고. 괜찮다고 그렇게 생각했다. 울지 않으려 애를 썼다.

"아버지 임기를 마칠 때까지만 기다려 줘. 결혼식은 치를 수 있게 해줄게. 앞으로 이 년이잖아. 그동안만 결혼사실을 발표하지 않기로 하자. 아버지에 대한 최소한의 예의잖니."

아버지는 내내 괘씸타 고개 돌리고 있었다. 염치없어 차마 고개도 들지 못하는 세영 앞에서 어머니가 그렇게 말씀하셨을 때, 얼마나 울었는지 모른다. 감히 바랄 수조차 없었던 소원은 전부 이루어졌다.

세영은 어머니께 모과차 한 잔을 내밀었다. 모락모락 피어오르는 향기가 거실에 가득 찼다. 결혼식 전날, 마주 앉은 딸과 어머니. 침묵 안에서 차를 마셨다.

같은 여자로서 결혼생활을 준비하는 딸에게 해주고 싶은 말은 참 많은데, 현수는 내내 입을 꾹 다물고만 있다. 너무 많아 말 못하는 것들, 말해도 제 몸으로 겪어내야 비로소 이해할 수 있는 것이다 싶어 말 안 하는 것들, 부디 저 앤 겪지 않았으면 싶어서 입 다물고 삭이는 말들이 정적 안에서 눈빛으로만 오갔다.

"함에 든 것들, 마음에 들었어?"

"네."

"옷감도 곱더라. 사부인께서 마음 많이 쓰신 것 같아."

"그런 것 같아요."

어제저녁, 유립이 혼자 함을 가지고 왔다. 청사초롱을 든 정욱만이 졸졸 앞에서 신랑을 호위해 오고 있었다. 사람들의 이목을 피해야 하고, 또 까다로운 경호절차 때문에 친구들을 동원할 수도 없었을 거다. 청홍 겹보자기로 싸고 근봉謹封한 후에 무명천으로 묶은 오동나무상자를 메고는 청와대 정문에서부터 관저까지 걸어왔다. 어른들이 그리하라 시킨 것이 분명했다.

오색 원앙 한 쌍이 새겨진 상자를 열었다. 격식과 가법에 맞게 잘 챙겨 넣은 예단이 나왔다. 혼서지와 신랑의 사주단자, 한지로 싸고 동심결로 묶은 청홍채단, 그 아래에 신랑 집에서 마련한 신부의 예물이 든 자개상자가 나왔다. 황금 칠보 쌍가락지와 다이아몬드 패물 일습이었다. 상자의 맨 아래에는 오곡을 담은 다섯 개의 채단주머니가 들어 있었다.

"신랑, 신부의 행복을 기원하는 뜻이지. 곡식마다 다 뜻이 있단다."

이게 뭐냐고 물어보니 외숙모가 넌지시 귀띔해 주었다.

"혼서지하고 사주단자는 평생 귀하게 간직하는 거야. 상자에 잘 챙겨 옷장 깊이 넣어두어라. 이거야말로 하늘 아래 첫혼인, 부부 된 증표란다."

"그래요?"

"옛날 지체있는 집안에서는 사별하거나 이혼해서 재취를 얻으면 혼서지하고 사주단자는 보내지 않았대."

그렇다면 재혼 상대인 유립의 어머니는 결혼 때 남편의 사주단자를 받지 못했을까? 잠시 터무니없는 생각이 스쳐 지나가고 있었다. 하나뿐인 아들을 남편의 전처가 낳은 딸과 혼인시키기 위해 함을 챙기면서 그녀는 무슨 생각을 하고 있었을까?

다홍실에 꿴 대추가 이내 한 발을 넘어섰다. 세영은 잽싸고 야무진 어머니의 하얀 손을 가만히 바라보았다. 이것도 역시 외할머니의 가르침이겠지. 여자가 얼굴은 고와도 손은 험해야 한다는 것이 외할머니 지론이었다.

예전에 혼인했던 남자의 아들을 사위로 맞이하게 되었다. 그를 위해 폐백을 준비하고 계신다. 지금 어머니는 또한 어떤 마음이실까?

이만하면 되었다 싶었는지, 영부인이 실을 자르고 매듭을 지었다. 조라랑 대추를 꿴 줄을 들어 보였다. 술과 꿀을 발라 윤기 흐르는 대추가 불빛에 반짝거렸다.

곁에 놓아두었던 나무그릇을 끌어당겼다. 실로 꿴 대추를 돌돌 모양 좋게 아래로부터 놓았다. 똬리를 틀듯 돌려 앉혀 대추고임을 만들기 시작했다.

"대추는 말이야."

고개를 숙인 채 열중하는 어머니의 깨끗한 정수리가 눈을 쏘았다. 불빛 아래 하얀 머리털이 몇 개 보였다. 내일 반드시 염색을 하시라고 말씀드려야겠다.

"네."

"장수와 부귀를 상징한대. 폐백할 때 왜 신부에게 밤이랑 대추를 던져 주는지 아니?"

"아니요."

"대추는 씨앗이 단 하나거든. 천지간 하나뿐인 사람, 즉 왕이 될 만한 후손을 낳으라는 뜻이라지. 게다가 꽃이 피면 반드시 열매를 맺는다는 말이 있어. 반드시 대를 이을 자식을 얻으라는 깊은 의미가 담겨 있다지."

"그렇군요."

"밤은 세 개의 밤톨이 들어 있어. 이왕 낳은 자식, 훌륭하게 자라 삼정승만큼 출세하기를 바라는 마음이 담겨 있다는 거야."

"재미있네요."

"결혼했을 때 시할아버님이며 시부모님 등 시댁 어른들 전부 다 밤과 대추를 다투어 던져 주셨어. 그 숫자만큼 낳았다면 아마 축구단 두 개를 만들었을 거야. 하지만……."

잠시 말이 끊어졌다. 언제나 단아하던 목소리가 사뭇 흔들리고 있었다.

"불효였을 거야. 나, 참 좋은 그분들께 원하시는 자손, 못 드리고 나왔어."

세영은 숨을 멈추었다. 어머니는 아버지와의 결혼을 이야기하고 있는 것이 아니었다. 유립의 아버지와 했던 첫결혼을 말하고 있었다. 기억을 더듬어 아득한 지난날을 바라보는 눈빛이 서글프고 미안했다.

"어른들 다 좋아하신 결혼이었지. 집안끼리도 잘 어울리고, 어디로 보나 하나 어그러진 데 없이 천생연분. 누구보다 잘살 거라 덕담하셨어. 그런데 그 사람하고 나, 좋은 짝 아니었어. 그는 나를 사랑하지 않았고, 난…… 솔직히 말할게. 내가 사랑하니, 그도 날 사랑하게 만들 수 있다고 오기 부려 한 결혼이었거든."

몹시 나빴어. 현수는 솔직히 인정했다. 이제는 말할 수 있는 그때의 진실들, 한때는 선이라 생각했던 악들을 고백했다. 철없어 무서운 줄도 모르고 칼날을 휘둘렀지. 많은 사람을 아프게 하고 다치게 만들었다.

그것이 사랑 때문에 생긴 증오였다면 그래도 나았을 텐데, 변명이라도 할 수 있었을 텐데. 하지만 그때 참 못된 악령에 씌었었던 모양이다. '내가 불행한 만큼 너희들도 행복하게 못 살아. 내 불행에 대해 빚을 갚아' 하는 오기였다. 결국은 사랑이 아니라 자기애적인 자존심이 다친 상처였을 뿐.

"그때 나, 젊고 어리석었어. 안 되는 일, 놓아주는 일 잘 못했어. 오만하고 건방졌어. 인정해."

잘난 집안에서 태어나 듬뿍 사랑받고 자랐다. 귀하게 대접받고 못 이룬 일 없이 살았다. 아니라 해도 그건 그냥 생겨난 것이다. 마음속에 버섯처럼 자라 있던 건 손도 대지 못할 자존심, 자기중심적인 자신감이었다. 감히 누가 그녀를 거부하고 사랑하지 않으랴? 늘 사랑받고 존중받았던 여자의 철없는 자존심이 모든 일의 시초였다. 지금은 그녀를 사랑하지 않는다 해도 언젠가는 사랑하게 만들 수 있어 하는 자신감과 오만이 죄였다.

"아닌 것은 아닌 것이고, 안 되는 일은 안 되는 것이다. 그렇게 인정할 수 있어야만 했는데, 이왕 끊어진 인연, 물처럼 흘려 내보내는 것이 정말 사랑이라는 것을 알았어야 했는데, 어리석고 어리석어 몰랐어."

그렇게 어리석고 이기적이던 그녀에게 그런데 하늘이 복을 주었다. 얼마나 부끄러운 일인가.

자신이 만든 쇠사슬, 사랑의 열화지옥에서 뛰쳐나온 그녀는 구원을 얻었다. 진정 사랑하는 남자를 만났다. 그와 사랑하며, 사랑받는 기쁨을 알게 되며 놓아주는 슬기로움, 잊히지 않는 것들도 서서히 잊어가는 지혜를 배웠다. 사랑에서 오는 상처는 사랑으로 치유하는 비밀을 배웠다.

"내가 행복하게 되었으니, 인연 끊어진 그 사람도 잘 놓아주었으면 좋으련만……."

현수는 딸을 바라보며 가만히 고개 흔들었다.

"그리 못했어. 한 번 기회를 잃어버리고 나니 다시 되돌리기 너무 힘들었어. 선한 끝은 있고 악한 끝은 없다 하더라만. 모질게 마음먹은 것들이 결국은 저절로 굴러가 눈덩이처럼 커지더니 내 손을 벗어나서 그 사람들 삶을 엉망으로 만들고 말았어. 그 죄…… 나 절대로 못 씻을 것 같아."

"그 미안한 마음에 엄마, 그래서 유립 씨를 허락하신 건가요?"

"아니."

영부인은 단호하게 고개를 흔들었다. 여린 미소를 흘렸다.

"내 죄를 내 딸더러 갚아라 할 만큼 나, 이기적이면 안 되지. 그이, 마음에 들었어. 좋은 사람인 듯싶었어. 영리한 내 딸이 일생을 걸고 잡은 사내인데, 그만하면 대단한 거지. 평생 행복하게 해줄 사내인 것 같아 허락한 거야. 목숨 걸고 사랑하는 사내, 이길 자 없어. 하지만……."

단아하고 야무진 손길 아래에서 대추꿰미가 꽃처럼 피어올랐다. 벽사와 경사를 상징하는 붉은색이 봉우리로 솟아났다. 도토록이 솟은 마지막 대추 위, 고운 국화꽃 한 송이 얹어 마무리를 했다.

"내가 그 집 나오며 빼앗아온 것들, 다시 돌려줘야지 하는 마음 없다면 거짓말이지."

완성된 폐백 대추꿈을 바라보며 영부인이 활짝 웃었다.

"아내는 '안해'의 변한 말이라고 들었어. 며느리는 그 집안의 해라는 말이지. 내 집에서 고이 자란 해가 그 집안 살리고 융성하게 하려 떠나가는구나."

밝게 하고, 따스하게 하고, 키우게 하고 풀리게 하렴.

세영이 결혼식 전날 어머니에게 받은 마지막 삼계三戒. 한 남자의 아내가 되어, 정녕 '해다운 해'가 되라는 당부였다.

경사스러운 함박눈이 펑펑 내리던 날이었다. 청와대 영빈관.

가족들만 참석한 조촐한 결혼식이었다. 분홍색 장미와 순백 프리지어로 장식된 꽃길을 걸어 단아한 분홍색 한복으로 치장한 현수와 옥빛 가을 하늘 닮은 한복을 차려입은 영혜가 나란히 걸어 들어왔다. 화촉에 불을 밝혔다.

아직은 서로 불편하여 굳어진 얼굴인들 어떠랴. 따로 들어와 같이 걸어나오는 한 쌍의 사랑하는 사람들. 신랑, 신부의 얼굴 위로 햇살보다 더 환한 웃음이 만개했다. 그것만으로도 충분한 것이었다.

주례를 맡은 대법원장이 샴페인잔을 들고 축배를 선도했다. 행여 다시 놓칠세라, 잡은 손 차마 놓지 못했다. 그렇듯이 애틋한 얼굴로 신랑, 신부가 자리마다 돌아다니며 인사를 했다.

행여 상차림이 허술할세라, 모자란 것은 없는지, 어느새 친정어머니다운 얼굴을 한 영부인이 따로 손님들의 자리를 한 바퀴를 돌았다.

지헌과 현수가 얼굴을 마주하고 둘이 선 것은 바로 그런 때였다. 먼저 현수가 인사를 차렸다. 잔잔히 미소 지으며 지헌의 안부를 물었다.

"몸은 좀 어떠세요?"

"견딜 만합니다."

"기력 회복하시고, 치료 잘 받으셔야 할 텐데……."

"그래야지요."

저쪽에서 웃음이 비눗방울처럼 터졌다. 저절로 두 사람의 시선이 그쪽으로 향했다. 신랑, 신부와 또래 사촌들과 형제들이 모인 그 자리, 짓궂은 농담들이 오가고 악의 없는 놀림들이 섞였다.

누구랄 것도 없이 두 사람의 입가에도 슬며시 웃음기가 번졌다. 현수가 지헌을 똑바로 바라보았다.

"이젠, 조금 행복하세요?"

지헌이 고개를 돌려 현수를 응시했다. 이내 꾹 다물어진 입술을 슬며시 위로 치켜 올렸다. 바라보는 눈빛이 온화해졌다. 봄날 햇살이 내린 것처럼 편안한 미소가 짙어졌다.

"나를 위해, 내 아들을 위해…… 사부인께서 해를 보내주었으니, 우리 집안도 좀 밝아지겠지요."

"그렇게 생각해 주시면 제가 감사하지요. 잘 키운 아들 보내주셔서 감사드립니다."

"별말씀을. 사돈 내외분 닮아 사랑할 줄 알고 사랑받을 줄 아는 아이이니, 못난 내 아들놈 잘 가르치고 다잡아서 제 몫 하게 만들 거라 믿습니다."

두 사람은 다시 깊이 허리 숙여 맞절하고 돌아섰다. 비로소 마음속 가시가 빠지는 소리가 들렸다. 현수는 한 손을 들어 옷고름 아래 심장을 꼭 여몄다. 지헌이 등 뒤에서 '행복하다' 적어도 '행복해지려 노력할 거다' 말하는 것을 들은 것 같은 환청이었다. 아주 오래된 잘못을 용서받은 것처럼 마침내 후련했다.

에필로그

이듬해 3월. 오후 4시 반.

"인제 들어가라."

"아직 십 분쯤 여유 있어요."

지헌의 말에 유립이 대답했다. 가족들은 인천공항에 나와 있었다. 유립과 세영이 다시 캐나다로 출국할 시간이 돌아왔기 때문이다. 이미 배편으로 보낸 짐들 말고 나머지들은 그들을 수행해 가는 강 실장을 비롯한 경호원들이 끌고 가고 있었다.

정 대통령이 퇴임하는 내년까지는 결혼발표를 유보하기로 했다. 대신 내후년에는 귀국해서 정식으로 유립은 지헌의 일을 이어받을 것이다. 그들이 기대했던 이상으로 최선의 양보를 받았다.

"임신한 애가 장거리 비행기 타도 될까 몰라."

영혜가 화장실에서 나오는 며느리를 바라보며 내내 되풀이했던 걱정을 또 했다. 세영은 임신 사 개월째 접어들고 있었다. 코트를 입어서인지 그다지 배가 불러 보이지는 않았다.

"그냥 너만 먼저 나가고 저 앤 국내에 있어도 되잖아. 아기 낳고 나중에 따라가면 될 텐데."

"결혼한 아들을 왜 생짜 홀아비로 만들어?"

지헌이 못마땅해하며 한마디했다. 그 뒷말은 없었지만 부부는 같이 살아야지 하는 꼬리가 달려 있었을 것이다. 영혜가 눈을 흘겼다.

"내가 말만 하면 무조건 퉁이세요? 사람이 무슨 말을 못하게 해."

"그만들 하세요. 멀리 떠나는 아들 내외 앞에서까지 또 이러기야? 엄마, 커피 드실래요?"

유립이 그즈음에서 중재를 시도했다. 영혜가 새침스레 손수건으로 콧등을 두들겼다.

"오렌지주스."

"아버진요?"

"필요없다."

"유립 씨, 음료수 사와?"

세영이 핸드백을 들고 커피숍으로 가려 하자 영혜가 이리저리 폴짝대려는 며느리를 말로나마 만류했다.

"얘, 넌 여기 얌전하게 앉아 있어. 사람 많은데 오가다가 부딪치면 안 된다."

"괜찮아요. 움직이는 게 좋대요."

"여하튼 고집은……. 넌 어째 내가 하라는 건 다 안 하니 그래?"

"어머님, 같이 가실래요? 저 집 생과일주스 맛있는데, 오렌지 말고 키위 드셔보세요."

세영이 영혜의 팔짱을 꼭 꼈다. 속내야 어떨지 몰라도 겉으로야 다정하다. 필요하면 여우 짓을 불사하는 세영의 능수능란한 기술 덕분에 겉으로야 고부지간 사이는 그럭저럭 평온해진 편이었다.

물론 처음부터 둘 사이가 이럴 순 없었다. 서울 집에 데리고 있던 그 몇 달, 은근슬쩍 영혜가 세영을 상대로 단단히 시어머니 노릇을 한 전력이 있다. '금쪽같은 내 아들이 죽어도 좋다 하니 내 너를 봐준다만, 머리부터 발끝까지 너 따위, 마음에 드는 구석 하나 없거든' 하는 유세를 부려대는 통에 그것을 알게 된 유립이 격분. 까딱했으면 모자지간 큰 전쟁이 날 뻔하기도 했다.

"엄마, 나 몰래 한 번만 더 세영이 눈치 줘요! 콱 엎어버릴 거야! 우리 둘. 짐 싸서 처가 가버린다!"

제 마누라 편들어선, 대놓고 엄마에게 눈 치켜뜨고 버럭거리는 아들이 어찌 그리도 미운지. 영혜가 질금질금 눈물바람이 되어선 그토록 밉다 하는 며느리를 앞에 두고 '아들 키워봐야 도대체 소용없다' 난리를 치니, 박해받는 며느리 세영이 그 박해하는 시어머니의 손을 부여잡고 위로하는 웃지 못할 사태가 벌어졌을 정도였다.

나란히 주스를 사러 걸어가는 두 사람의 모습을 바라보던 유립이 지헌을 바라보았다.

"조만간 수술 날짜 잡힌다니 연락하세요. 제가 동경으로 바로 나갈게요. 아니면 제 쪽으로 오셔서 수술 받으시지."

"일하러 가는 놈이 아비 생각을 왜 해? 여긴 사람 없어?"

"에이, 그러지 마세요. 그래도 아들이 곁에 있어야 든든하지."

"됐다, 이놈아."

강 실장이 다가왔다.

"시간 다 되었습니다. 이제 들어가시죠."

유립은 주스잔을 들고 다가오는 세영의 손을 잡았다.

"저희 갈게요."

"아버님, 어머님, 다녀오겠습니다."

"엄마가 너들 출산할 때 나갈 거야."

"다녀오너라."

두 사람의 모습이 출국장 문 안으로 사라졌다.

비행기만 타면 볼 수 있는 줄 잘 알고 있다. 하지만 내내 끼고 살 줄 알았던 아들 내외이다. 당분간이기는 하지만, 멀리 떠난다 싶으니 저절로 영혜의 눈에 눈물이 글썽글썽해졌다. 두 사람이 사라지기가 무섭게 휙 하니 몸을 돌이켜 걸어가는 남편이 그래서 더 쌀쌀맞고 야속해 보였다. 종종걸음으로 따라가며 치받았다.

"누가 성품 차다 안 할까 봐서 그러세요?"

"내가 뭘?"

"애들 들어갔다고 그리 바로 등 돌려집디까?"

"하면 비행기 뜰 때까지 지켜보고 서 있어?"

"사람 사는 정이 그게 아니에요."

그러거나 멀거나 지헌은 입 꾹 다물고 주차장 쪽으로 걸어가기 위해 아래로 내려가는 엘리베이터 앞에 섰다. 문이 열리고 사람들이 내렸다. 그가 열림버튼을 누른 채 아직도 걸어오고 있는 아내를 바라보았다. 기다리게 만든 사람에게 한마디 툭 던졌다.

"거 좀 빨리 걷지."

"흥, 사람 되셨구려. 마누라 온다고 기다려 줄 줄도 알고."

영혜가 콧방귀를 뀌며 한마디했다. 두 사람을 태운 벤츠가 공항을 벗어났다. 속도를 올리며 공항대로로 접어들었다. 묵묵히 앞만 바라보고 있던 지헌이 한마디 불쑥 던졌다.

"다음 주 일본 가."

"수술 날짜 잡혔어요?"

"그래."

"그런데 왜 유립이한테는 입 다물고 있었수?"

"일하는 놈, 번거롭게 이리저리 왜 왔다 갔다 해?"

"흥, 또 당신 혼자 수술 받으실 참이우? 이번에는 내가 따라갈 거여욧!"

영혜가 오금 박았다.

지헌이 먼 산을 바라보다가 뚱한 얼굴로 덤덤하니 되받았다.

"오든지 말든지."

"좋으면 좋다고 하세요."

"아, 누가?"

"큰 수술이라는데 겁날 것 아뇨? 곁에 나라도 있어야지. 효자보다 악처가 백만 배 낫답디다."

"누가 그래?"

"새아기가요."

"……내가 걱정되는 게 아니고 그 나이에 홀몸 되는 게 무서워서 그러지?"

"말 같지도 않은 말씀일랑 하지도 말아요."

인천공항을 떠나는 비행기가 지면을 차고 올라 차창을 스쳐 지나 높이 떠올랐다. 미우나 고우나 부부, 싫든 좋든 함께 늙어가는 두 사람의 시선이 그 비행기를 따라갔다.

영혜가 혼잣말처럼 중얼거렸다.

"애들 출산할 때 맞춰 나가야 할 텐데."

"흠."

"한 석 달은 거기 있어야 할까 봐. 그 애 하는 게 어디 한 군데라 도 야무진 데가 있어야 믿지. 미역국 간이나 맞출까 모르겠네."

"병든 남편 건사할 생각은 안 하고, 혼자 놓아두어도 잘살 애들 시중들러 나갈 생각 해?"

영혜가 지헌을 노려보았다. 짐짓 입을 삐죽였다.

"이 나이까지 나한테 뭘 해주었다고 병간호를 바라시우?"

"늙고 병들면 조강지처뿐이라더구면."

"아이고, 조강지처 귀한 줄을 드디어 알게 되셨어요? 참 대단하 십니다. 늙고 병드니 그제야 마누라가 눈에 밟히나 봐?"

"……말 안 한다고 안 귀한가? 든든하지."

"말 안 하면 누가 알아요? 가슴 열어 헤친 것도 아닌데, 인제 말 좀 하고 사십시다. 날마다 꾹 다물고 있으면 입에 곰팡이는 안 피나 몰라. 애기처럼 잘해달라 칭얼거리지 말고 먼저 좀 잘해보세요."

영혜의 종알거림을 못 들은 척 지헌이 시계를 내려다보았다.

"애들 탑승할 시간이군."

"그러게요?"

영혜가 아스라이 푸른 하늘 속으로 멀어지는 비행기를 바라보았다. 혼잣말처럼 중얼거렸다.

"잘살겠죠?"

"그럼, 둘이 함께인데 어디 간들 못살까. 그 애들 걱정 말고 옆에 있는 사람한테나 잘하지."

"흥, 늙어 남은 사람이 진짜 벗이라더니, 싫든 좋든 저랑 남게 되었네요."

"……병들고 늙어도 옆에 있어주니…… 여하튼 고맙네."

생전 처음 들어보는 공치사 앞에서 영혜가 또 입을 삐죽였다. 지헌의 입가에도 슬며시 미소가 어리다 말았다.

영종대교를 넘어서는 차 뒤꽁무니로 황금빛 햇살이 길게 따라왔다. 그날따라 서해의 낙조가 영 쓸쓸한 것만은 아니었다.

『연애의 조건』完

작가 후기

10년이면 강산도 변한다는데, 그 십 년 전 작품이던 〈이혼의 조건〉, 그리고 〈연애의 조건〉 시리즈를 새로이 단장, 펴냅니다. 작가에게 이토록 영광된 일은 없습니다. 그저 감사하고 그저 기쁩니다.

돌아보면 저의 글쓰기 10년은 길기도 하고 또 참 짧기도 한 것 같습니다. 한국 로맨스가 시작된 초기부터 지금까지 나날이 깊어지고 풍성해진 그 세계의 한 일원으로 동참해 온 제 자신이 정말 행운이라고 생각합니다.

더 정진하고 노력하여, 앞으로 10년 후에도 여전히 읽힐 수 있고 공감할 수 있는 좋은 글을 쓸 수 있으면 좋겠습니다.

감사합니다.

이지환의 이 글을 읽으시는 여러분, 늘 행복하시고 평안하십시오.

새봄이 깊어지는 수리산 기슭에서 이지환 드림.